Sommer
nachts
zauber

Christina
Jones

Sommer nachts zauber

Roman

Aus dem Englischen
von Elisabeth Spang

Weltbild

Die englische Originalausgabe erschien 2006 unter dem Titel
Love Potions bei Judy Piatkus (Publishers) Ltd., London.

Besuchen Sie uns im Internet:
www.weltbild.de

Genehmigte Lizenzausgabe für Verlagsgruppe Weltbild GmbH,
Steinerne Furt, 86167 Augsburg

Übersetzung: Elisabeth Spang
Umschlaggestaltung: Atelier Seidel – Verlagsgrafik, Teising
Umschlagmotiv: © Megan Tamaccio / Brandi Powell
Gesamtherstellung: CPI Moravia Books s.r.o., Pohorelice
Printed in the EU
ISBN 978-3-8289-9547-5

2012 2011 2010 2009
Die letzte Jahreszahl gibt die aktuelle Lizenzausgabe an.

Für Nellie Williams
(alias Nellie Pritchard-Gordon) mit vielem Dank
für einfach alles,
aber besonders für die Erlaubnis,
mir für dieses Buch ihre großartige Milla »auszuborgen«

1. Kapitel

Gut, einen nackten Mann in ihrem Bett vorzufinden, war jetzt nicht *so* ungewöhnlich. Es hatte früher schon einen oder zwei dort gegeben; natürlich nicht gleichzeitig, doch Sukie Ambrose hatte durchaus manche Wonnestunde erlebt. Allerdings, so musste sie einräumen, hatte kein anderer in aller Herrgottsfrühe an einem grauen und frostigen Montagmorgen im März dermaßen hinreißend ausgesehen.

Das Einzige, was an dem hier zu beanstanden war, dachte Sukie, während sie ihn betrachtete – den schlanken, sonnengebräunten Mann, dessen Brustkorb sich im Schlaf unter ihrer dunkelblauen Bettdecke hob und senkte, die verstrubbelten aschblonden Haarsträhnen, die sich auf ihren marineblauen Kissen ganz malerisch machten, die wunderbaren Backenknochen und die geschwungenen, langen dunklen Wimpern –, war der Umstand, dass sie ihn noch nie im Leben gesehen hatte.

Der erste Schreck, der sie durchzuckt hatte, als sie in ihrem Schlafzimmer das Licht angemacht und einen tief und fest schlafenden Fremden darin vorgefunden hatte, wurde nur dadurch ein wenig gemildert, dass diese Situation einfach völlig unglaublich war.

Na schön – und auch durch die Tatsache, dass er ein ausgesprochen schöner Mann war.

Nicht dass seine Anwesenheit deshalb weniger beängstigend wäre, sagte sie sich rasch. Schließlich hatten einige der schlimmsten Schurken der Geschichte außerordentlich gut ausgesehen! Sicher waren auch so manche Massenmörder aus finsterer Vergangenheit die reinsten Ladykiller gewesen, im wahrsten Sinne des Wortes. Und wie oft hatte sie schon in den Fernsehnachrichten den einen oder anderen Serientäter gesehen und dabei schuldbewusst gedacht, dass sie voll auf ihn geflogen wäre, wenn sie ihn bei einer Party kennen gelernt hätte!

War er also ein Verbrecher? Auf der Flucht? Ein entsprungener Sträfling? Ein geisteskranker Mörder, den plötzlich das Bedürfnis überwältigt hatte, versäumten Schönheitsschlaf nachzuholen?

Sukie schüttelte den Kopf. Stark zu bezweifeln. Nicht dass sie irgendwelche geisteskranken Mörder persönlich gekannt hätte, aber sich unter eine fremde Bettdecke zu kuscheln, passte nicht so recht zu einem Gangster Marke Tarantino.

Wenn man auf der Kriminalitätsskala etwas weiter unten ansetzte, war er dann vielleicht ein Einbrecher? Ein Dieb, der die Gelegenheit genutzt hatte, dass sie und Milla übers Wochenende nicht da waren, und die Annehmlichkeiten des Hauses in vollen Zügen genießen wollte, bevor er sich mit ihren Habseligkeiten aus dem Staub machte?

Irgendwie kam auch das Sukie nicht sehr wahrscheinlich vor. Bagley-cum-Russet, ein verschlafenes Dorf mit einer einzigen Hauptstraße, einem Spinnennetz winziger Gassen, einem Pub und zwei Läden, stand bestimmt nicht ganz oben auf der Damuss-ich-hin-Liste irgendwelcher Ganoven. Als sie die Haustür ihres Cottage aufgesperrt hatte, waren ihr keinerlei Anzeichen gewaltsamen Eindringens aufgefallen. Im Erdgeschoss hatte alles unberührt und ganz normal ausgesehen … – andererseits hatte sie, von der Reise erschöpft und einfach nur froh, daheim zu sein, auch nicht gerade nach Hinweisen auf einen möglichen Einbruch Ausschau gehalten.

So etwas konnte sie jetzt wirklich überhaupt nicht gebrauchen …

Müde blinzelnd besah sie sich noch einmal die schlummernde Gestalt. Er schlief wie ein Toter. Ob er womöglich krank war? Oder war er durch die gewundenen Straßen des Dorfes geirrt und hier gelandet, weil er an Gedächtnisverlust litt? Vielleicht glaubte er, dies sei sein Zuhause? Oder hatte er früher mal in Bagley gewohnt und nun das Haus verwechselt? Nein – diesen Gedanken verwarf Sukie gleich wieder. Er war schätzungsweise Ende zwanzig, wie sie selbst, und da sie in Bagley-cum-Russet geboren und aufgewachsen war, kannte sie jeden, der jemals im Dorf gewohnt hatte.

Er sah wirklich unheimlich gut aus. Und wenn er nicht krank war und auch kein dahergelaufener Gauner – dafür sah er viel zu sauber und gepflegt aus –, warum in aller Welt lag er dann in ihrem Bett? Es sei denn …

Vielleicht war er ein Hausbesetzer?

Genau! Einer von dieser neuen Edelsorte organisierter Hausbesetzer, die leer stehende Anwesen in Besitz nahmen, um gegen Obdachlosigkeit und Materialismus zu protestieren. Ach herrje … Sukie sympathisierte zwar stark mit dieser Bewegung, spürte aber auch einen heftigen Impuls zur Revierverteidigung in sich erwachen.

Sie ließ den Blick weiter auf ihm ruhen. Er war wirklich atemberaubend.

Sollte sie ihn aufwecken? Die Polizei rufen? Schreien?

Nein, um zu schreien, war es zu spät, und sie hatte ohnehin wenig Talent für dramatische Auftritte. Außerdem würde es Ewigkeiten dauern, bis die Polizei eintraf, und dann wären wahrscheinlich Formulare auszufüllen und jede Menge Fragen zu beantworten, und sie war viel zu müde, um all das auch nur in Erwägung zu ziehen. Vielleicht wäre es das Beste, einfach wieder aus dem Zimmer zu schleichen, die Tür von außen zu versperren, abzuwarten, bis er wieder zu sich käme, und dann erst Fragen zu stellen.

Sukie stellte ihre Reisetasche leise auf dem Fußboden des Schlafzimmers ab, fummelte mit angehaltenem Atem den altmodischen Schlüssel aus dem Schloss, knipste das Licht aus und schlich rückwärts aus dem Zimmer. Als sie von außen die Tür zusperrte, zitterten ihr die Hände. Verflixt ... Viel zu laut ... Sie hielt inne und wartete auf einen Donnerhall, doch kein zorniger Schrei ertönte aus ihrem Bett. Also steckte sie den Schlüssel in die Hosentasche ihrer Jeans und lauschte erneut. Noch immer kein Laut jenseits der Tür. Der Eindringling war offenbar ziemlich erschöpft.

Doch bestimmt nicht so erschöpft wie sie selbst. Zum gegebenen Zeitpunkt schien es eine gute Idee gewesen zu sein, noch in der Nacht von Newcastle nach Berkshire zurückzufahren. Ihr dreitägiges Seminar – »Aromatherapie für Fortgeschrittene: ätherische Öle und Aufgüsse im 21. Jahrhundert« – war spät am vergangenen Abend zu Ende gegangen. Die Kursteilnehmer waren zwar anschließend noch zu einem nächtlichen Stadtbummel eingeladen worden, durch alle heißen Clubs, die der Quayside Complex zu bieten hatte, einschließlich der verlockenden Aussicht, an jeder Ecke berühmte Fußballer oder Fernsehstars zu erspähen. Doch nach drei intensiven Lerntagen, an denen sie Vorträgen gelauscht, praktische Übungen absolviert und eine ziemlich knifflige Abschlussprüfung geschrieben hatte, und drei Abenden, an denen sie nach den Unterrichtsstunden mit mehreren gleichgesinnten Kosmetikerinnen durch die Pubs und Clubs in Newcastle gezogen war, um keine Gelegenheit zum Flirten auszulassen, wollte Sukie nur noch eins: heim nach Bagley-cum-Russet, ins Bett kriechen und eine Woche lang schlafen.

Was jetzt aber nicht ging.

Natürlich konnte sie auch in Millas Bett schlafen, denn Milla würde erst im Laufe des nächsten Tages von einer Junggesellinnenparty in Dublin zurückkommen, aber mit einem fremden Mann im Haus war das vielleicht keine so tolle Idee.

So ein Mist …

Müde bis auf die Knochen und eher verärgert als verängstigt – schließlich war die Schlafzimmertür fest verschlossen, und das jahrhundertealte und vielfach überstrichene Fenster ließ sich nur wenige Zentimeter öffnen, sodass der Eindringling fürs Erste sicher verwahrt war – ging Sukie auf Zehenspitzen treppab.

Der schlafende Mann im Obergeschoss hatte der großen Freude, die Sukie sonst immer empfand, wenn sie in das Cottage mit dem seltsamen Namen *Pixies Laughter* zurückkehrte, einen Dämpfer verpasst. Es war ihre Zuflucht, ihr wahres Zuhause, ein Ort, den sie von ganzem Herzen liebte.

Sie konnte es grundsätzlich nicht leiden, wenn jemand ungebeten ihr Allerheiligstes betrat, und das Eindringen eines nackten Unbekannten warf sie völlig aus der Bahn. Was in aller Welt, dachte sie mit müdem Grinsen, hätte ihre Patentante in dieser Lage wohl getan?

Cora, Sukies exzentrische Großtante mütterlicherseits und ihre Taufpatin, hatte ihr ganzes chaotisches Leben lang in *Pixies Laughter* gewohnt. Sukie hatte sie innig geliebt und unter diesen niedrigen Balkendecken idyllische Kindheitsstunden bei ihr verbracht, sich im Winter vor das Kaminfeuer gekuschelt und sich in langen heißen Sommern im Garten mit wilden Abenteuerspielen vergnügt.

Als Sukies ehrgeizige Eltern, die am anderen Ende des Dorfes in einer bis aufs i-Tüpfelchen durchgestylten und pingelig ordentlichen modernen Doppelhaushälfte wohnten, das Cottage erbten, hatten sie sofort Pläne geschmiedet, es zu modernisieren und dann für einen horrenden Preis an Neuankömmlinge zu verkaufen.

Entsetzt über die Vorstellung, Coras Zuhause, den Ort glücklicher Erinnerungen und Unterschlupf ihrer Kindheit, zu verlieren, hatte Sukie gebettelt und gefleht und ihre Eltern schließlich davon überzeugt, dass sie selbst die ideale Käuferin für *Pixies Laughter* war. Nach zähen Verhandlungen einigte man sich auf einen Preis, der weit unter dem lag, was die Ambroses aus einem Fremden hätten herausholen können – und nachdem Sukie bei der Bank den Eindruck halbwegs annehmbarer Kreditwürdigkeit hatte erwecken können, war sie eingezogen. Die Modernisierungen – Zentralheizung und ein Badezimmer – hatten ihre Ersparnisse aufgezehrt und unter anderem eine weitere Hypothek erforderlich gemacht. Ihre Eltern hatten es abgelehnt, ihr zu helfen, mit der Begründung, dass Sukie das Cottage ja unbedingt hatte haben wollen und daher nun auch dessen Macken in Kauf nehmen und für dieses Privileg teuer bezahlen müsse. Also hatte sie, um sich finanziell zu entlasten, vor einem Jahr Milla als Untermieterin aufgenommen.

All das war damals nicht ohne Ärger und Streit abgegangen, doch inzwischen hatten sich die Wogen mehr oder weniger geglättet.

Dennoch besuchten Sukies Eltern sie nur sehr selten in *Pixies Laughter*, obwohl sie nicht einmal einen Kilometer entfernt lebten, und Sukies Besuche in der minimalistischen Doppelhaushälfte waren ebenso dünn gesät.

Schon traurig, dachte sie nun, als sie unter dem niedrigsten Deckenbalken am Fuß der Treppe den Kopf einzog, dass sie in dieser Situation nicht als Erstes daran gedacht hatte, ihre Eltern anzurufen und um Rat zu fragen. Abgesehen davon, dass sie höchst ungnädig darauf reagieren würden, vor Morgengrauen aufgeweckt zu werden, hätten sie wahrscheinlich unterstellt, dass sie an dem Problem im Grunde selbst schuld sei, und so abgedroschene und unerfreuliche Phrasen losgelassen wie: »Wie man sich bettet, so liegt man – wenn es mit dem Cottage Probleme gibt, ist das deine eigene Schuld.«

Nein, sie würde mit Dornröschen zu gegebener Zeit schon selbst fertig werden, dachte Sukie, als sie über den unebenen Dielenboden tapste. Die Zentralheizung summte sanft, und in der winzigen, hell erleuchteten Küche tat Sukie, was wohl jede unter diesen Umständen getan hätte: Sie setzte den Wasserkessel auf.

Als sie gerade in der Spülmaschine nach einem sauberen Becher kramte, öffnete sich die Küchentür.

Sie schrie auf und ließ den Becher auf die alten Steinfliesen fallen. Die Scherben sprangen in alle Richtungen.

»Was zum Teufel machst du denn hier?« Milla, ihre Hausgenossin, schlank und blond und mit einem äußerst knappen T-Shirt und einem schwarzen Tanga bekleidet, blinzelte sie von der Türschwelle her an.

»Dasselbe könnte ich dich fragen«, fauchte Sukie, fischte ein großes Bruchstück unter dem Tisch hervor und fragte sich, wie Milla es hinkriegte, immer so bezaubernd und wie aus dem Ei gepellt auszusehen, selbst wenn sie gerade erst aufgewacht war. »Warum bist du nicht in Dublin? Dein Auto stand gar nicht auf der Straße.«

»Ich hab einen früheren Flug genommen, bin immer noch nicht ganz nüchtern und wollte deshalb nicht selbst fahren. Hab den Wagen am Flughafen gelassen und ein Taxi genommen.« Milla gähnte vornehm. »Hol ich später ab. Warum bist du nicht in Newcastle?«

»Ist mir zu anstrengend geworden. Und – es gibt da ein Problem.«

»Was denn?« Milla warf ihr glattes, schimmerndes Haar zurück und angelte mit feingliedriger Hand zwei Becher aus dem Geschirrspüler. »Was für ein Problem?«

»Es ist ein Eindringling im Haus. Oben. In meinem Bett.«

Milla reichte Sukie ihren Becher und lachte. »Das ist kein Eindringling. Den habe ich mitgebracht.«

Sukie seufzte tief. Das hätte sie sich ja denken können. Milla ging immer recht leichtfertig mit Männern um. Einen hatte sie mal nach einem nächtlichen Streifzug durch diverse Clubs an einem Taxistand in Reading stehen lassen, war auf der Suche nach einem Klo verschwunden und hatte ihn dann vollkommen vergessen. Gerüchten zufolge sollte der arme Tropf noch im Morgengrauen verloren dort herumgestanden haben.

»Na klar – warum bin ich darauf nicht selbst gekommen? Aber hättest du ihm nicht wenigstens ein Etikett aufkleben können oder so was? Wie bei Paddington Bär: ›Millas Mann – bitte nicht anfassen‹? Irgendeinen Hinweis, dass er keine Bedrohung darstellt? Und warum« – müde löffelte Sukie Pulverkaffee in die Becher – »liegt er in meinem Bett und nicht in deinem? Und wer ist er?«

»Puh! Viel zu viele Fragen! Also, was die letzte betrifft: keine Ahnung –«, Milla hockte sich auf die Kante eines der bunt zusammengewürfelten Küchenstühle und schlug die langen, makellos geformten Beine übereinander, »– und damit beantwortet sich auch die Frage, warum er nicht in meinem Bett liegt. So oberflächlich bin ich nun auch wieder nicht. Ich möchte jemanden doch zumindest beim Vornamen nennen können, bevor ich ihm eine Übernachtung mit Frühstück anbiete. Vielen Dank.« Sie nahm den Kaffee. »Nein, jetzt mal im Ernst, wir haben uns gestern Abend erst kennen gelernt. Am Flughafen. Haben auf ein Taxi gewartet. Ich hatte ihn im Flugzeug gar nicht gesehen. Er war in Dublin auf einer Junggesellenparty und ungefähr genauso verkatert wie ich. Deshalb wollte er auch nicht mit dem Auto nach Hause fahren. Als wir in der Warteschlange ins Gespräch kamen, stellte sich heraus, dass er in Winterbrook wohnt, und da haben wir uns ein Taxi geteilt.«

Sukie zog die Augenbrauen hoch. Ihre Erleichterung war von kurzer Dauer gewesen. So was war selbst für Milla eher ungewöhnlich, um nicht zu sagen ausgesprochen gewagt. »Und du hast ihn nicht mal nach seinem Namen gefragt? Womit er sein Geld verdient? Womöglich mit Mord, Vergewaltigung, Plünderei! Oder damit, Blondinen in Taxischlangen anzuquatschen, um ihnen ihre weltlichen Güter, ihre Bankkonten und vielleicht sogar den letzten Atemzug abzupressen?«

»Ach Sukie, Süße.« Milla schüttelte den Kopf. »Du liest viel zu viele Räuberpistolen. Er war einfach nur ein Mitreisender, der eine helfende Hand brauchte.«

Sukie sank auf den Stuhl gegenüber. »Na prima. Aber warum ist er hier? Warum ist er nicht im Taxi geblieben und nach Winterbrook weitergefahren? Es sind doch nur noch ein paar Kilometer bis dorthin.«

Milla lächelte ihr grünäugiges »Schläfrige Katze«-Lächeln. Sukie seufzte. Sie selbst war mittelgroß, hatte ausgeprägte weibliche Rundungen, kurzes dunkles, widerspenstiges Haar und blaue Augen und hätte wer weiß was darum gegeben, so auszusehen wie Milla.

»Als wir hier ankamen, schlief er tief und fest.« Milla zündete sich eine Zigarette an. »Wie ausgeknipst. Der Taxifahrer hatte keine Lust auf den Stress, ihn in Winterbrook alleine ausladen zu müssen, und hat uns deshalb beide hier rausgeworfen. Der arme Kerl schlief fast im Stehen, und da ich wusste, dass du noch nicht zurück warst, hab ich ihm dein Zimmer überlassen.«

»War das nicht ziemlich riskant? Du kanntest ihn doch gar nicht!«

Milla blies Rauch in Richtung Decke. »Wie ich schon sagte, er war so gut wie bewusstlos. Und der Taxifahrer hat sich aus dem Staub gemacht. Ich konnte ihn ja wohl schlecht draußen auf der Straße lassen, oder? Also habe ich ihn aufgeweckt, ihm einen Kaffee gemacht, den er nicht getrunken hat, ihn in dein Zimmer gelotst und, tja, das war's auch schon …« Sie drückte die Zigarette aus. »Er ist doch ziemlich süß, findest du nicht?«

»Ziemlich.« Sukie nahm einen Schluck Kaffee. »Überhaupt hätte ich merken müssen, dass er keine deiner Eroberungen sein kann. Er hat ein markantes Kinn.«

»Pfui, wie gemein!« Milla räkelte sich und ließ dabei ein gutes Stück ihrer schlanken, gebräunten Taille sehen, dann gähnte sie wieder und sah dabei immer noch hinreißend attraktiv aus. »Ich stehe nicht *nur* auf aristokratische Trottel mit fliehendem Kinn.«

»Tust du wohl. Es sei denn, du stehst gerade auf Börsenmakler mit scharfen Anzügen, noch schärferen Zungen und hochgestochenem Akzent.«

»Eine Frau muss auf ein angemessenes Niveau achten.« Milla zuckte mit den Schultern. »Aus der Lohntüte eines Arbeiters ließe sich mein Lebensstil nicht finanzieren, Süße, wie oft muss ich dir das denn noch erklären?«

Sukie verzog das Gesicht. Das löste noch immer nicht das Problem mit dem Fremden oben in ihrem Bett und dass sie wohl noch nie in ihrem ganzen Leben so schrecklich müde gewesen war.

»So, und wie wolltet ihr zwei wieder zum Flughafen kommen, um eure Autos abzuholen? O nein – schau mich bloß nicht so an! Ich werde garantiert nicht die ganze Strecke für euch da rausfahren, um – oje!«

Donnerndes Poltern aus dem Obergeschoss ließ das Cottage in seinen jahrhundertealten Grundfesten erbeben.

»Ich glaube, er ist aufgewacht.« Milla sah stirnrunzelnd zur Decke. »Wahrscheinlich muss er aufs Klo. Klingt so, als ging's ihm nicht gut.«

»Nein.« Sukie biss sich auf die Lippen. »Wahrscheinlich nicht. Ich habe ihn eingesperrt.«

»Du hast *was*?« Milla lachte laut auf. »Sukie, du bist echt einmalig! Dann solltest du wohl besser hochgehen und ihn rauslassen, meinst du nicht? Und zeig ihm schön schnell den Weg zum Badezimmer.«

Als Sukie am oberen Ende der engen, verwinkelten Treppe angekommen war, hämmerte der Mann von innen gegen ihre Schlafzimmertür. Sie schloss auf und trat mit abgewandtem Blick zurück, für den Fall, dass er splitternackt war.

War er nicht. Zumindest nicht ganz. Er hatte es geschafft, ausgewaschene Jeans anzuziehen, in denen sein toller Körper noch besser zur Geltung kam.

»Danke.« Er blinzelte sie unter langen aschblonden Haarsträhnen hervor an. »Die Tür hat irgendwie geklemmt, und ich bin voll gegen einen dieser verdammten Balken gerannt. Ist das hier das Haus der sieben Zwerge oder so? Äh, Entschuldigung, aber wo ist das Klo, bitte?«

»Zum Bad geht's den Flur entlang. Letzte Tür. Und vorsichtig, wegen der Balken!«

»Danke.« Er schenkte ihr ein müdes, verschlafenes Lächeln. »Äh, kennen wir uns?«

Sukie schüttelte den Kopf. »Nein. Und ich bin nicht Schneewittchen. Aber das ist mein Haus.«

»Tatsächlich?« Er sah verwirrt aus. »Warst du das denn gestern Abend in dem Flugzeug? Ich dachte –«

»Nein, das war meine größere, dünnere, hübschere, blondere Freundin.«

»Ach ja – Entschuldigung – aber ich muss …«

Sukie trat zur Seite, und er stapfte den Flur entlang.

»Alles klar?« Milla erschien am oberen Treppenabsatz. »Ist er auf dem Klo? Gut – ich geh wieder ins Bett, Sukie. Bis später …«

Sukie seufzte, als Milla lautstark die Tür hinter sich schloss, dann warf sie einen letzten sehnsüchtigen Blick auf ihr eigenes gemütliches, einladendes Bett, zerrte eine Decke aus dem Wäscheschrank und trottete todmüde die Treppe hinab, um sich ihren Schönheitsschlaf auf dem Sofa zu holen.

2. Kapitel

»Dann hast du auf dem Sofa geschlafen, und als du aufgewacht bist, war er weg?« Etwas später am gleichen Tag hob Jennifer Blessing inmitten der pfirsich- und cremefarben dekorierten Pracht ihres Schönheitssalons *Beauty's Blessings* an der Hauptstraße von Hazy Hassocks die makellos geschwungenen Augenbrauen und sah Sukie fragend an. »Ich möchte wetten, Milla war ebenfalls verschwunden.«

»Genau. Hoffentlich lebt und atmet sie noch und wurde nicht irgendwo über den Gehweg geschleift und in einem flachen Grab verbuddelt«, nickte Sukie, während sie sich unsystematisch in ihren pfirsichfarbenen Overall wurstelte. »Und weil ich kaum geschlafen habe, ist mir immer noch ganz schwummerig im Kopf. Es wäre mir lieber, wenn wir die Fortsetzung des Kreuzverhörs auf später verschieben könnten, okay?«

»Kreuzverhör? Das klingt ja, als wäre ich eine neugierige alte Schachtel.« Jennifer runzelte die Stirn, jedoch nicht allzu stark. Botox für Anfänger hatte ihrer Mimik starke Einschränkungen auferlegt. »Ich bin lediglich eine teilnahmsvolle Arbeitgeberin, das ist alles.«

Sicher doch, dachte Sukie, die sich wie zerschlagen fühlte und immer noch verärgert war. Sie hatte höchstens vier unbequeme und ruhelose Stunden auf dem Sofa verbracht und, als sie aufgewacht war und das Haus leer vorgefunden hatte, nicht gewusst, ob sie sich freuen, ängstigen oder ärgern sollte.

Immerhin deutete nichts auf ein Gewaltverbrechen hin, und erfreulich war zudem, dass Milla und der namenlose Traummann offenbar andere Mittel und Wege gefunden hatten, ihre Autos vom Flughafen abzuholen, und dass jemand – Milla wohl kaum – ihr Bett frisch bezogen und sogar den marineblauen Bettbezug samt Laken und Kissenhüllen in die Waschmaschine gesteckt hatte.

Falls der schöne Blonde ein Serienmörder war, so zumindest einer mit häuslichen Talenten. Was natürlich bedeutete, dass er verheiratet sein könnte. Oder fest gebunden. Oder vielleicht sogar …

»Hat dir der Aromatherapie-Kurs denn gefallen?«, unterbrach Jennifer Sukies dahingaloppierende Gedanken. »Mir ist schon klar, dass so was zur Bedeutungslosigkeit verblasst, wenn man beim Nachhausekommen einen nackten Mann im Bett vorfindet, aber das Seminar hat eine Stange Geld gekostet und –«

»Es war toll«, gähnte Sukie. »Oh, Entschuldigung. Doch, ich fand es hervorragend. Hab eine Menge gelernt. Bis heute Morgen war ich voller Begeisterung und ganz erpicht darauf, meine neuen Kenntnisse in die Praxis umzusetzen, und das kommt auch wieder, bestimmt. Ich muss vorher nur erst mal eine Woche lang schlafen und wieder richtig wach werden.«

»Gut, meine Schöne – freut mich wirklich, dass es dir so viel gebracht hat.« Jennifer klimperte mit den frisch verlängerten Wimpern. »Denn bei Massagen bist du ein Naturtalent, und ich denke, mit diesem mobilen Service werden wir uns einen Namen machen. Kein anderer Salon im Umkreis bietet Hausbesuche an, und der Probelauf letztes Jahr mit den Schnupperterminen in den umliegenden Dörfern ist ja gut angekommen.«

Sukie nickte. Das stimmte. Wahrscheinlich, weil es kostenlos gewesen war. Die seltsamsten Leute aus Hazy Hassocks, Bagley-cum-Russet und Fiddlesticks hatten sich zum Lippenaufspritzen, für Kopfmassagen und Pediküren angemeldet. Die Leute auf dem Land waren immer total begeistert, wenn sie etwas umsonst bekommen konnten, selbst wenn sie es eigentlich gar nicht wollten.

Jennifer rückte vor einem der pfirsichfarben beleuchteten Spiegel ihr dunkelrotes Haar zurecht. »Nachher gehen wir die Öle und Duftstoffe zusammen durch, die du brauchst. Meine Lieferanten besorgen jedes neue Präparat, und dann kannst du dich hoffentlich ab nächster Woche auf den Weg machen. Nach der Anzeige im *Winterbrook Advertiser* von letzter Woche hatte ich schon mehrere Anfragen.« Sie hörte auf, an ihren Haaren herumzudrücken und zu zupfen, und sah wieder zu Sukie. »Ach, entschuldige, dass ich schon wieder über die Arbeit rede. Du armes Ding – weißt du, ich hatte eigentlich kaum damit gerechnet, dass du heute kommst – du siehst wirklich schrecklich aus …«

»Danke.«

»Ich mach noch einen Kaffee, okay? Vielleicht hilft das ja.«

Sukie bezweifelte, dass irgendetwas helfen würde, außer Schlaf, Schlaf und noch mehr Schlaf, nickte aber dankbar, worauf sich Jennifer in ihrem eigenen aufreizenden Overall raschelnd in die winzige Teeküche von *Beauty's Blessings* begab.

Aus dem kalten Märzmorgen war ein kalter grauer Nachmittag geworden, und nicht einmal die warmen Farbtöne und noch wärmeren Düfte, die den Salon erfüllten, konnten Sukies gedrückte Stimmung heben. Lampen glommen unter pfirsichfarbenen Schirmen, und ein Klassiksender sorgte leise für geschmackvolle Hintergrundmusik. Sukie wusste, dass Jennifer sich mit Leib und Seele dem Salon verschrieben hatte, von dem dicken Batzen hart verdienten Geldes ihres Ehemanns Lance, den sie hineingesteckt hatte, mal ganz zu schweigen. Der Laden lief gut, aber irgendwie bezweifelten sie beide, dass sich im ländlichen Berkshire jemals wirklich ein Kundenkreis für indisches Augenbrauen-Fädeln, Kaviar-Gesichtsmasken, Schokoladen-Körperpackungen oder gar chemisches Hautpeeling fände.

Seit der Eröffnung von *Beauty's Blessings* im vergangenen Sommer gab es regelmäßige Nachfrage für Gesichtsbehandlungen und Maniküre, und dank einer konzertierten Briefkasten-Aktion nach Weihnachten wurden auch die Massagen und kosmetischen Liftings immer beliebter. Jennifer wollte das Geschäft jedoch unbedingt noch weiter ankurbeln, daher das Angebot individueller Aromatherapie mit Hausbesuch.

Sukie war klar, dass diese Ausweitung des Salons hauptsächlich damit zusammenhing, dass Mitzi, die erste Mrs Blessing, mit ihrem Laden namens *Hubble Bubble Country Cooking* am anderen Ende der Hauptstraße von Hazy Hassocks so einen Bombenerfolg hatte. Denn Jennifer, die zweite Mrs Blessing, war stets und in allen Bereichen von heftigem Konkurrenzdenken erfüllt.

Beauty's Blessings befand sich in einem aus Flint und Schiefer erbauten ehemaligen Cottage direkt neben der Zahnarztpraxis von Hazy Hassocks, was Jennifer anfangs gewisse »Zahnschmerzen« verursacht hatte, weil dort Mitzis gut aussehender und sehr viel jüngerer Lebensgefährte als Zahnarzt arbeitete und ihr so viel Nähe eigentlich nicht angenehm war. Obwohl dieses Ladenlokal für Jennifer also sicher nicht die erste Wahl gewesen war, gestaltete sich die Beziehung zwischen Mrs Blessing Nummer eins und Nummer zwei insgesamt recht zivilisiert, und solange niemand unter Jennifers Dach von Mitzis unternehmerischen Fähigkeiten schwärmte, gediehen die beiden Firmen in halbwegs friedlicher Koexistenz.

Ein paar hundert Jahre zuvor hatte das Gebäude, in dem sich

Beauty's Blessings nun befand, wahrscheinlich eine siebzehnköpfige Familie beherbergt, und den Berichten älterer Einwohner zufolge war die Geschichte seiner gewerblichen Nutzung sehr wechselvoll verlaufen. Anfang des zwanzigsten Jahrhunderts diente das Gebäude als Schusterwerkstatt, dann befanden sich darin in rascher Folge ein Graveur, ein Süßwarenladen, ein Bekleidungsgeschäft, ein Immobilienmakler, zwei verschiedene Charity-Shops und zuletzt eine Saft-Bar.

Mit einer Saft-Bar hatten die Leute von Hazy Hassocks leider nichts anzufangen gewusst, und so wurde sie nach sechs Monaten wieder geschlossen.

Infolge von Mitzis Unternehmensgründung und dem großen Erfolg von *Hubble Bubble* am anderen Ende der Hauptstraße überredete Jennifer Lance dazu, sie finanziell dabei zu unterstützen, sich ebenfalls selbstständig zu machen. Glücklicherweise betrieb Lance ein kleines Bauunternehmen, sodass die umfassenden Renovierungsarbeiten im ehemaligen *Juicy Lucy's* nicht so teuer wurden wie unter anderen Umständen. Doch bevor Lance irgendetwas hatte verändern dürfen, war Jennifer durch zahlreiche Salons in Berkshire gezogen, hatte Händlermessen besucht, alle möglichen Einrichtungsmagazine durchgesehen, sich mit Farbberatern abgesprochen und die allerneueste Ausstattung kommen lassen, mit dem Ergebnis, dass *Beauty's Blessings* nun weit und breit das prachtvollste, luxuriöseste und allermodernste Ambiente zu bieten hatte.

Sukie hob einen der hauchdünnen pfirsichfarbenen Vorhänge und spähte aus dem Fenster. Ringsum wirkte alles überaus grau und freudlos kalt. Einkaufende auf dem Weg zum Supermarkt *Big Sava* eilten mit gegen den Wind gesenkten Köpfen vorbei, und ihre roten Nasen bildeten den einzigen Farbtupfer in ihrem von der Bommelmütze bis zu den Stiefeln einheitlich hellbraunen Aufzug. Vielleicht schneit es bald, dachte Sukie. Sie hoffte es. Hazy Hassocks sah viel hübscher aus, wenn Schnee lag.

Hazy Hassocks, mit einer gewundenen, von Platanen gesäumten Hauptstraße und verschiedenen Geschäften und kleinen Betrieben, war ein großes Dorf, wenige Meilen von Sukies Zuhause in Bagley-cum-Russet entfernt. Hierhin kamen die Einwohner von Bagley ebenso wie die Leute aus dem benachbarten Weiler Fiddlesticks zum Einkaufen und geselligen Beisammensein. In Winterbrook, dem nächstgelegenen Marktflecken, gab es größere Supermärkte, Banken und andere städtische Annehmlichkeiten, während Reading als schicke Stadt galt und ausschweifenden Einkaufsorgien vorbehalten war.

Wenn die alten Römer sich mehr mit diesem Teil des Landes beschäftigt hätten, anstatt ihre Anstrengungen auf den Straßenbau am Ridgeway zu konzentrieren, hätte man innerhalb weniger Minuten von einem Ort zum anderen kommen können. So aber bildeten die kurvenreichen Straßen verschlungene Windungen, die oft wieder zu sich selbst zurückführten, und obwohl die Orte auf einer Landkarte nur Zentimeter voneinander entfernt zu sein schienen, sah die Wirklichkeit ganz anders aus.

Jennifer hatte die komplizierte Geografie genutzt, um sich in der Kosmetikbranche zu etablieren. Es gab meilenweit keine Konkurrenzbetriebe.

»Danke, Jennifer. Du bist ein Engel.« Dankbar nahm Sukie den Kaffee. »Als die Jüngere sollte ich hier eigentlich den Kaffee machen. Und aufkehren und die Handtücher waschen und –«

Jennifer lachte, soweit das Lifting ihrer Augenpartie es zuließ. »Wenn die Aromatherapie gut ankommt, können wir es uns bald leisten, für so was eine richtige Hilfskraft einzustellen. Ich dachte daran, in der Berufsschule in Winterbrook anzufragen, ob sie mir nicht tageweise Studentinnen aus dem Abschlussjahrgang schicken wollen. Denen müssen wir auch nicht viel bezahlen, weil sie hier natürlich wertvolle praktische Erfahrungen sammeln.«

Ja, natürlich. Jennifer hätte selbst dem Geizkragen Shylock noch ein paar Tricks beibringen können. Kinderarbeit wäre genau ihr Ding.

Sukie wanderte zur Theke, nippte an ihrem Kaffee, wartete darauf, dass das Koffein Wirkung zeigte, und studierte inzwischen den Terminkalender. Er war ganz schön voll.

»Soll ich nicht mal nach Mrs Fellowes sehen? Sie ist bestimmt schon seit Stunden in der Kabine.«

Jennifer schüttelte den Kopf. Ihr mahagonifarbener Bob blieb unbewegt. »Ich lasse sie noch ein paar Minuten länger drin. Die Seetang-Packung ist zwar gut – aber so gut nun auch wieder nicht. Ich fürchte, Jahre voller Fastfood und Bier haben bei ihr unauslöschliche Spuren hinterlassen. Was sie eigentlich bräuchte, wäre eine Ganzkörpertransplantation … Du kannst Chelseas Nagelverlängerung machen, wenn du magst. Sie kommt bald zu einer Rundumerneuerung – ich glaube, sie möchte diesmal ein Motiv mit Herzen und Blumen.«

Sukie stöhnte. Sie war so müde, dass sie nicht sicher war, ob sie mit Acrylnägeln und Mini-Abziehbildchen und Kleber und Knipser und Feilen zurechtkäme – ganz zu schweigen von Chelseas unstillbarem, nicht enden wollendem Geplapper , ohne dabei nicht wiedergutzumachenden Schaden anzurichten. Da es jedoch grundsätzlich zwecklos war, sich mit Jennifer auf Diskussionen einzulassen, suchte sie mit einem weiteren Gähnen das notwendige Zubehör zusammen und wankte zur Nageltheke.

Zehn Minuten später polierte sie teilnahmslos an Chelseas Nägeln herum, bislang ohne blutende Wunden verursacht zu haben.

»… und dann kamen ihre Mutter und ihr Vater nach Hause und sahen sich um und – Sukie? Hörst du mir zu?«

»Was? Ja, ja, natürlich hör ich dir zu. Interessant. Wirklich. Bitte versuch, die Hand still zu halten, damit ich mit der Pinzette richtig hinkomme, diese Rosen sind so fisselig – ach, verflixt!«

Chelsea schaute auf das winzige Rosenbildchen, das nun zerknautscht ihr Handgelenk schmückte, und kicherte. »Bist wohl mit den Gedanken nicht bei der Sache, Sukie? Na, das wundert mich gar nicht … Du siehst aus, als hättest du seit Tagen nicht geschlafen – und wer könnte es dir verübeln … Bei Derry Kavanagh würde jede Frau wach bleiben.«

»Was? Wer?« Sukie kratzte die entwischte Rose von Chelseas Handgelenk und versuchte es erneut. »Wovon redest du?«

»Von Derry Kavanagh, der im frühen Morgengrauen aus deiner Haustür geschlichen ist.«

»Wer zum Teufel ist – ach so!«

Chelsea beugte sich vor. »Ah! Die Überdosis nächtlicher Leidenschaft hat dein Kurzzeitgedächtnis also doch nicht dauerhaft geschädigt, da bin ich ja froh. Ich kam gerade an deinem Cottage vorbei, um den Bus zur Arbeit zu nehmen, und wäre fast mit ihm zusammengestoßen. Ooooh – es war wunderbar … Was bist du doch für ein stilles Wasser – wieso wusste ich gar nicht, dass du mit Derry zusammen bist?«

Der Traumtyp hatte also einen Namen. Derry Kavanagh … Sukie nickte. Hübsch. Passte zu ihm.

»Bin ich nicht.« Sie vollendete das nächste Bildchen auf dem langen, weiß geränderten Nagel und lehnte sich zurück. »Er kam nicht aus meinem Bett. Nun, eigentlich – nein, was ich sagen wollte, er war bei Milla. Nicht bei mir.«

»Oh.« Chelsea machte ein bestürztes Gesicht. »Wirklich? Ich hätte nicht gedacht, dass Derry Kavanagh nach ihrem Geschmack ist. Nicht reich genug, kein Modegeck, kein protziger

Hohlkopf … Na ja, wahrscheinlich würde selbst Milla solche Typen für eine Nacht mit einem Leckerbissen wie Derry stehen lassen. Ich jedenfalls bestimmt.«

Ich auch, dachte Sukie plötzlich, schob den Gedanken aber gleich wieder fort.

Sie zuckte die Schultern und drückte Chelseas Stummelfinger für die abschließende Lackierung fester auf den Tisch. »So. Das war's. Ähm – war Milla heute Morgen bei ihm – bei Derry –?«

»Nein.« Chelsea kicherte. »Du Doofi, wenn sie dabei gewesen wäre, hätte ich wohl kaum geglaubt, er wäre dein neuer Freund, oder?« Sie streckte die Hände aus. »Sehr hübsch, danke, Sukie. Jetzt muss ich nur noch aufpassen, dass sie bis Samstagabend so bleiben.«

»Hast du am Samstag was Besonderes vor?« Sukie folgte Chelsea zum Empfangstresen.

Im Ruhebereich von *Beauty's Blessings* war Mrs Fellowes gerade von der Seetang-Packung befreit worden. Jennifer und sie waren beide mit dunkelgrünen Sprenkeln übersät und wirkten reichlich mitgenommen.

Chelsea zog die Augenbrauen hoch. »Da ist Ferns Junggesellinnenparty. In Fiddlesticks. Im *Weasel and Bucket* – ist fast eine Art Betriebsfeier für sie, da sie ja dort arbeitet und ihr der Laden so gut wie gehört, aber trotzdem das kannst du doch nicht vergessen haben?«

Ach ja, Ferns Polterabend. Sukie steckte Chelseas Kreditkarte in das Lesegerät. Natürlich hatte sie das vergessen.

Die mit ihr etwa gleichaltrige Kellnerin Fern würde bald den uralten – nun, er war bestimmt mindestens *fünfzig* – Timmy Pluckrose, den Wirt vom *Weasel and Bucket*, heiraten. Gerüchten zufolge war die Romanze im vergangenen Sommer infolge eines entsprechenden Sternenzaubers erblüht. Sukie glaubte davon zwar kein Wort, aber die Bewohner von Fiddlesticks schworen auf ihre Sternenfeste, und warum sollte sie ihnen widersprechen?

Nur allzu deutlich sah man daran mal wieder, wie sehr sich Millas Lebensstil von ihrem eigenen unterschied. Milla wurde zu prächtigen Partys eingeladen: zu langen Wochenenden in Dublin, Ibiza und Barcelona – Sukies Einladungen erstreckten sich gerade mal auf ein paar Stunden im Nachbardorf …

»Kann sein, dass ich es nicht schaffe.« Sie reichte Chelsea die Karte mit der Quittung. »Ich weiß es noch nicht genau.«

»Ach komm schon!« Chelsea lachte. »So voll ist dein gesellschaftlicher Terminkalender sicher nicht. Und wenn du nicht kommst, wissen wir alle, warum du um Fiddlesticks einen weiten Bogen machst. Liegt wohl an einem Verflossenen, was? An einem Ex namens Lewis Flanagan?«

Sukie stöhnte. Sie ließ sich wirklich nicht gern an den schwachen Moment letztes Jahr erinnern, als sie die kürzeste Romanze aller Zeiten mit Lewis Flanagan gehabt hatte. Lewis, der wie ein Hippie-Rockstar aussah, hatte Sukie ein einziges Mal eingeladen, mit ihm auszugehen. Es war ein netter Abend gewesen – aber Lewis war ganz eindeutig bereits in Amber verliebt gewesen, die kurz zuvor nach Fiddlesticks gezogen war. Sukie wusste, dass unter diesen Umständen aus einer Beziehung mit Lewis nichts werden konnte, und so hatten sie es gut sein lassen.

»Lewis war nicht mein Freund«, antwortete Sukie rasch. »Ich war nur ein einziges Mal mit ihm aus. Das ist Monate her. Wir – wir haben nicht zusammengepasst. Und jetzt ist er mit Amber zusammen, und alles ist Schnee von gestern.«

Tja, so war es. Sosehr sie im letzten Sommer auch in Lewis verknallt gewesen war, es hätte ja doch nicht geklappt, wo er doch so offensichtlich nach Amber verrückt war. Außerdem käme er ja sowieso nicht zu Ferns Party! Amber hingegen schon … Und Amber mochte sie gern, ehrlich, bloß …

»Natürlich.« Chelsea zog ihren wattierten Mantel wieder an und grinste viel sagend. »Ganz, wie du meinst – aber du musst unbedingt kommen – es wird total lustig. Wir verkleiden uns alle als Feen.«

O Gott.

»Und dann kannst du allen von Derry und Milla erzählen!« Chelsea zog ihre strähnchengefärbten Haare aus dem Kragen des Mantels. »Es hat schon ewig keinen interessanten Klatsch mehr gegeben. Und vergiss dein Geschenk nicht.«

»Geschenk? Was für ein Geschenk?«

»Ferns Hochzeitsgeschenk. Weil wir bei der Trauung nicht dabei sein können, und weil sie nichts Nützliches braucht, wollen wir ihr zu der Party alle schönen Mädchenkram mitbringen.«

»Ach so, ja gut.« Das würde Sukie gerade noch hinkriegen. Sie könnte Fern ja eine Auswahl von *Beauty's Blessings'* besten Hautpflegeprodukten schenken.

Chelsea grinste. »Ich hab ihr aus Herbies Bioladen ein Pflanz-Set besorgt: ›Züchte dir selbst einen Mann‹. Timmy ist ja ein netter Kerl, aber er ist älter als mein Vater! So, jetzt hab ich wohl alles. Supermarktkasse, ich komme! Danke auch für die Nägel – und dann bis morgen.«

»Morgen?« Sukie unterdrückte ein erneutes Gähnen. Sie brauchte wirklich mindestens eine Woche Schlaf. »Hast du nicht gesagt, der Polterabend sei am Samstag?«

»Ist er auch, Dummchen.« Chelsea schwang ihre Umhängetasche in riskant hohem Bogen auf die Schulter. »Ich glaub, du bist wirklich nicht ganz da? Morgen – Dienstag? Hazy Hassocks, Gemeindesaal? Tanzprobe?«

Ach du lieber Himmel … Sukie stöhnte. Im Augenblick war sie viel zu müde, um auch nur einen Fuß vor den anderen zu setzen. Nie im Leben könnte sie auch noch tanzen!

»Ich glaube, das muss ich wohl auch ausfallen lassen …«

»Das geht nicht! Du nimmst mich doch immer im Auto mit. Wie soll ich denn ohne dich hinkommen?«

»Du musst ins nächste Dorf und nicht auf die Äußeren Hebriden. Du könntest den Bus nehmen.«

Chelsea verzog das Gesicht. »Ich denke nicht daran. Bus fahren bei Nacht kommt nicht in Frage. Weißt du nicht mehr, was Sharon Midgely passiert ist? Ist in Bagley in den Bus gestiegen, nur eben nach Fiddlesticks, und wurde nie wieder gesehen.«

»Ach das«, Sukie verkniff sich noch ein Gähnen, »sie hat Mr Midgely wegen dem Busfahrer verlassen und lebt jetzt in Sünde irgendwo auf dem Land in Frankreich. Den Bus fand man verlassen am Fährterminal von Euro-Star, falls du dich nicht mehr erinnerst.«

»Ja nun, stimmt schon – aber wenn du nicht kommst, reißt dir Topsy den Kopf ab.« Chelsea steckte die Hände in Winnie-Puuh-Fäustlinge. »In Topsys Augen ist der eigene Tod die einzige Entschuldigung, nicht zur Probe zu kommen. Du weißt, wie sie ist, wenn es ums Tanzen geht.«

»Tanzen?« Jennifer streifte gerade die seetangverkrusteten Latexhandschuhe ab und rauschte auf dem Weg zum Waschbecken an ihnen vorbei. »Lance und ich tanzen schrecklich gerne. Wir lernen gerade Foxtrott.«

Chelsea rümpfte die Nase. »Nicht diese Art Tanzen, Jen. Unser Tanz. Die Cancan-Truppe, die Mitzi gegründet – autsch!« Sie funkelte Sukie zornig an. »Das hat wehgetan! Was ist denn mit Mitzi? Ach so, ja richtig.«

Zu spät. Jennifer war bereits zu den blitzblanken Waschbecken abmarschiert, und man sah allen Fasern ihres schlanken Rückens an, wie verärgert sie war.

»Na super, Chelsea«, seufzte Sukie. »Jetzt ist sie den ganzen restlichen Nachmittag nicht mehr zu genießen. Du weißt doch, wie es sie auf die Palme bringt, wenn jemand die Projekte von

Mrs Blessing Nummer eins erwähnt – besonders in diesen vier Wänden.«

Einige Jahre zuvor hatte Mitzi außer der Gründung von *Hubble Bubble* auch die Babyboom-Generation von Hazy Hassocks und den umliegenden Dörfern auf Trab gebracht, indem sie alle möglichen Aktivitäten auf die Beine stellte. Die Cancan-Truppe von Bagley-cum-Russet war einer ihrer zahlreichen Triumphe. Sechs Damen verschiedener Altersgruppen – einschließlich Chelsea, die für ihre Mutter einsprang, nachdem die sich beim ersten Termin eine Sehnenzerrung geholt hatte – und mit sehr unterschiedlichem tänzerischen Können waren mehrere Monate lang mit wechselndem Erfolg beineschwingend und kreischend bei lokalen Veranstaltungen aufgetreten.

Auf Chelseas Drängen hin war Sukie im vergangenen Herbst der Truppe beigetreten, nachdem ein weiteres der älteren Gründungsmitglieder beim Spagat irreparablen Schaden genommen hatte. Sie hatte damals gedacht, so käme sie ein wenig unter die Leute, es würde sicher mehr Spaß machen als eine Mitgliedschaft im Fitnesscenter und vielleicht, könnte ja sein, bekäme sie dadurch auch so einen durchtrainierten Körper wie Milla.

Doch alles, was sie bislang davon hatte, waren Wadenmuskeln wie ein Fußballstürmer und ein größeres Sortiment an Netzstrümpfen und Strapsen als das im Ann-Summers-Katalog.

»Bis bald!« Mit reuelosem Grinsen klackerte Chelsea aus dem Salon auf die bleiche, kalte Hauptstraße hinaus.

»Sukie!«, ertönte Jennifers Stimme gereizt aus den Tiefen der Toilette. »Komm mal rüber, wenn du mit dem nichtsnutzigen Geschwätz fertig bist, die Abflussrohre sind schon wieder alle mit Schmodder verstopft. Bring deine Gummihandschuhe mit und die Saugpumpe!«

3. Kapitel

»Nicht bewegen!«, schrie Topsy über Offenbachs berühmte, laut dröhnende Musik hinweg. »Tretet zurück, sie braucht Luft zum Atmen! Lasst sie, wo sie ist, Mädels! Sie braucht bestimmt eine Infusion und ein Spinalbrett und vielleicht auch eine Halskrause!«

Es war Dienstagabend, mitten in der Probe der Cancan-Tanzgruppe von Bagley-cum-Russet im Gemeindesaal von Hazy Hassocks. Valerie Pridmore war bei einem besonders schwungvollen Dreh-und-Kick-Manöver ins Straucheln gekommen.

Die fünf noch aufrecht stehenden Mitglieder der Truppe richteten ihre Aufmerksamkeit nun von Valerie, die inmitten der Bühne auf dem Bauch lag, auf Topsy, die aus den düsteren Tiefen des Gemeindesaals aufgeregt herbeigetrippelt kam – aus ihren weit aufgerissenen Augen sprach klammheimliche Freude.

»Und weg!«, kreischte Topsy. »Wartet auf die Sanitäter!«

Niemand hörte auf sie. Alle wussten, dass Topsy viel zu viele Krankenhausserien im Fernsehen anschaute. Sie hätte zum Thema *Emergency Room* oder *Holby* in einer Quizshow auftreten können, und die frühen Folgen von *Emergency-Ward 10* konnte sie fast auswendig mitsprechen.

Außer Puste und mit schmerzenden Muskeln sah Sukie besorgt zu Valerie herab. »Alles in Ordnung? Nichts kaputtgegangen?«

»Nur der BH-Träger.« Valerie verzog das Gesicht. »Nichts

Lebensgefährliches, Süße. Ich muss nur erst mal wieder zu Atem kommen …«

»Sukie, Hände weg!« Topsy war mindestens hundertsiebenundneunzig Jahre alt, klein und runzelig, trug das Haar in einem straffen Knoten am Hinterkopf und war fitter als jede Einzelne von ihnen. Als sie vor dem Bühnenrand ankam, funkelten ihre Knopfaugen zornig wie die einer missmutigen Schildkröte. Sie betrachtete Valerie mit wonnigem Schaudern. »Du brauchst bestimmt Wiederbelebungsmaßnahmen, mein Mädel.«

»Was ich brauche«, murmelte die zusammengekrümmte Valerie, »sind eine Sicherheitsnadel und ein doppelter Gin Tonic. Hilf mir auf, Sukie, sei so gut. Oooh, aua …«

»Nicht anfassen, hab ich gesagt!«, schrie Topsy über Orpheus' Verführungsbemühungen hinweg und kletterte flink auf die Bühne. »Vielleicht muss sie erst wieder in den Sinusrhythmus finden.«

»Wo ich hinfinden muss«, keuchte Valerie, »ist ein anständiger Pub mit –«

»Kein Alkohol!«, schrie Topsy und knipste die veraltete Tonanlage aus, sodass der düstere Gemeindesaal nun vom leisesten Geräusch widerhallte. »Keine orale Zufuhr!«

Sukie konnte sich das Kichern gerade noch so verkneifen und zog Valerie auf die Füße.

»Danke, Liebes. Autsch – verflixt! Ich glaub nicht, dass ich das Bein hier so bald wieder in die Luft werfen kann. Es ist schon ganz geschwollen und steif.«

»Bei einem Kerl hat so was ja durchaus seine Reize«, murmelte Chelsea.

»Tja …«, Topsy musterte mit in die Hüften gestemmten Armen ihre zerzauste Cancan-Truppe. »Das ist ja wirklich eine schöne Bescherung. Kannst du nicht versuchen, ihr mit einer deiner Massagen zu helfen, Sukie? Wir kommen auf dieser Bühne nicht mit einer Tänzerin weniger aus, das verpatzt die ganze Choreografie.«

Sukie bemühte sich, nicht zu grinsen. Offen gestanden hatte sie an schlechten Tagen das Gefühl, die Cancan-Truppe aus Bagley verpatzte die Choreografie ohne weiteres Zutun auch so schon. »Äh, hm, ja, natürlich kann ich ihr das Bein massieren, aber nicht hier. Ich hab meine Sachen nicht da, und außerdem braucht sie mehr Wärme.«

Die Cancan-Tänzerinnen waren bei ihren Bemühungen ganz schön ins Schwitzen gekommen, aber der Saal selbst war eiskalt. Die Muskeln wurden steif, und die schweißnassen Körper kühlten rasch aus.

»Dann ab nach Hause mit ihr«, sagte Topsy, eindeutig eingeschnappt, dass sie um den Genuss einer Horde Sanitäter und eines lebensrettenden Luftröhrenschnitts gebracht wurde. »Sie muss sich ein bisschen flachlegen.«

»Ich würd mich auch gern mal wieder flachlegen lassen«, sagte Chelsea grinsend und zog ihre ausgeleierten Leggings hoch. »Aber nicht von Sukie.«

Valerie, auf Sukie gestützt und wie ein pummeliger Storch auf einem Bein stehend, zuckte die Schultern. »Vielleicht hat mein Alter ja recht. Vielleicht bin ich einfach nicht mehr jung genug für solche Späße.«

»Unsinn!«, fauchte Topsy. »Als ich noch Ballett unterrichtet habe, waren meine Mädels von der Wiege bis ins Grab zäh wie Leder. Margot Fonteyn und Dame Nellie Melba zum Beispiel haben bis ins hohe Alter noch getanzt. Außerdem war diese Truppe hier deine Idee, Valerie Pridmore. Du warst es schließlich, die Mitzi letztes Jahr erzählt hat, du wärst so gern Revuetänzerin, da kannst du doch jetzt nicht einfach zurücktreten, bloß weil das bei den Kandidaten der *Liberal Democrats* gerade groß in Mode zu sein scheint.«

Sukie kicherte, obwohl sie in ihrem ausgeleierten T-Shirt und den Jogginghosen vor Kälte zitterte.

»Das ist überhaupt nicht zum Lachen.« Topsy machte ein empörtes Gesicht. »Diesen Sommer stehen jede Menge Auftritte an – Partys und Galas und so weiter –, ganz zu schweigen von der Hochzeitsfeier für Fern und Timmy … Wir haben mit sechs Tänzerinnen geprobt. Wir können die Choreografie jetzt nicht mehr umschreiben. Wir brauchen einen Ersatz. Schon wieder.«

»Ersatz hin oder her«, schniefte Valerie und hielt heftig hinkend ihren hängenden Busen fest, »ich hol jetzt meinen Mantel und geh heim. Kommt jemand mit?«

Allgemeine Zustimmung – so viel Begeisterung hatten die Cancan-Tänzerinnen den ganzen Abend über noch nicht gezeigt.

Alle zogen dicke Jacken und Handschuhe und Schals über ihre Trainingssachen, Sukie und Chelsea kümmerten sich um Valerie, während die anderen, Betty, Roo und Trace, Topsy dabei halfen, die Lichter auszumachen, stets in der Hoffnung, dass es im Lauf der Nacht keinen Kurzschluss geben würde. Der Gemeindesaal von Hazy Hassocks hätte eigentlich dringend neue elektrische Leitungen und eine neue Heizung gebraucht. Wahrscheinlich gehörte er sogar abgerissen. Aber da es im weiten Umkreis der einzige Raum für Veranstaltungen und Aktivitäten war, und Mitzi Blessing den Eigentümern quasi ihre Seele verkauft hatte, damit ihre Leute ihn benutzen konnten, wagte niemand vorzuschlagen, den Saal für Renovierungsarbeiten zu schließen, denn es stand zu befürchten, dass er dann womöglich nie wieder geöffnet werden würde.

»Bist du mit dem Rad gekommen?« Chelsea sah Valerie fragend an, als sie in die bitterkalte, schwarze und stürmische Märznacht hinaustraten.

Valerie nickte.

»Dann lass das Fahrrad hier, ich nehm dich im Auto mit«, bibberte Sukie. »Mit dem Bein kannst du garantiert nicht in die Pedale treten.«

»Ich fahr das Rad zu ihr nach Hause«, sagte Topsy, die gerade ins Freie trat und ein graubraunes Kopftuch mit Paisleymuster unter ihrem runzeligen Kinn verknotete, wodurch sie noch schildkrötenhafter aussah. »Ich bin von Bagley zu Fuß hergelaufen.«

Sukie seufzte. Topsy ging überallhin zu Fuß. Und zwar ganz schön flott. Es war schon ärgerlich, auf allen Ebenen von einer Frau abgehängt zu werden, die so alt war, dass ihr bei dem Namen Victoria als Erstes die Königin einfiel, und nicht Mrs Beckham.

Nachdem Valerie behutsam auf dem Rücksitz verstaut worden war und Chelsea sich auf dem Beifahrersitz angeschnallt hatte, steuerte Sukie den Wagen langsam durch Hazy Hassocks' unbeleuchtete, zerfurchte Gassen und auf die Landstraße nach Bagley-cum-Russet.

»Gibt's irgendwas Neues von Milla und Derry Kavanagh?«, fragte Chelsea und zappelte vor Neugierde. »Ist er schon eingezogen?«

»Nein.« Sukie schüttelte den Kopf. »Warum auch? Milla hält sich gern alle Türen offen – sie würde niemals Einbaumöbel kaufen –, außerdem ist er gar nicht ihr Typ. Ich habe sie seit gestern Morgen nicht mehr gesehen, und ihn auch nicht.«

»Dann ist *sie* wahrscheinlich bei *ihm* eingezogen«, meinte Valerie von hinten. »Mich bräuchte er jedenfalls nicht zweimal zu fragen. Ich finde ihn absolut hinreißend – aber verrat bloß nicht meinem Alten, dass ich das gesagt hab ...«

Sukie runzelte die Stirn. Wusste denn alle Welt über Derry Kavanagh Bescheid, nur sie nicht? Wie konnte er ihr entgangen sein? Sie hoffte inständig, dass Milla nichts mit ihm anfinge. Es wäre unerträglich, wenn die beiden in allen Ecken und Winkeln von *Pixies Laughter* verliebt herumturteln würden. Nicht dass sie in Derry Kavanagh verknallt wäre. Keine Spur. Aber trotzdem ...

»Milla hat gestern bis spät gearbeitet und heute schon früh das Haus verlassen.« Sie bremste ab, um einem Pärchen Teenager auszuweichen, die sich mitten auf der Straße leidenschaftlich küssten, und hupte. »Bewegung, ihr blöden kleinen Scheißer – so was haben wir nie gemacht!«

»O doch.« Chelsea grinste. »Nach der Schule ... auf dem Heimweg, weißt du nicht mehr? In der Twisty Lane? Ach ja, vor allem nach dem Jugendclub. Du hast bei jeder Gelegenheit Barry Lumsden zum Knutschen abgeschleppt.«

»Nie im Leben! Barry Lumsden war doch total fett!«

»Konnte aber toll küssen«, entgegnete Chelsea sehnsüchtig. »Mensch, Sukie, das ist alles schon so lange her. Damals hatten wir noch jede Menge Typen, die Qual der Wahl. Und jetzt gehen wir auf die dreißig zu und hocken beide ohne Kerl da ...«

Sukie schwenkte um die immer noch eng umschlungenen Teenager herum, die unanständige Gesten machten. »Entschuldige – ich hatte sehr wohl Freunde ...«

»Ja, aber es hat nie lange gehalten«, seufzte Chelsea. »Und da die kurze Geschichte mit Lewis Flanagan nicht zählt, hattest du seit über einem Jahr keine feste Beziehung mehr, stimmt's?«

»Weil ich nicht wollte. Und überhaupt musst du ja gerade reden.«

»Ich bin eben wählerisch. Der Richtige muss rundum vollkommen sein.«

Valerie kicherte. »Ihr jungen Mädchen seid schon komisch. Zu meiner Zeit galt man bereits als Ladenhüter, wenn man mit einundzwanzig noch nicht zum Traualtar marschiert war. Damals hat man nicht mit allen möglichen Kerlen herumgemacht, sondern den genommen, der vor der Tür stand. Ich war schon verlobt, als ich noch zur Schule ging, an meinem achtzehnten Geburtstag hab ich meinen Alten geheiratet, und als ich fünfundzwanzig war, hatte ich schon all meine Kinder zur Welt gebracht.«

Sukie und Chelsea wechselten entsetzte Blicke. Der Wagen schlenkerte kurz.

»Oh, entschuldige, Val. Alles okay? Ich hoffe, das hat deinem Bein nicht wehgetan?«

»Nein, alles in Ordnung. Aber könntest du mich trotzdem demnächst mal massieren, Liebes?« Valerie beugte sich vor. »Bei einem Hausbesuch, so wie es in der Anzeige stand?«

»Ja, sicher. Jederzeit. Aber es muss über Jennifers Salon laufen. Ich hab ihr versprochen, mich vorerst noch nicht selbstständig zu machen.«

»Wie du willst.« Valerie sank mit unterdrücktem Stöhnen auf die Sitzbank zurück. »Aber je eher, desto besser, Liebes. Möglichst noch vor dem Wochenende. Ich muss wieder auf die Beine kommen, um zur Arbeit zu gehen.«

»Okay.« Sukie nickte. Valerie war an der Grundschule in Hazy Hassocks bei der Essensausgabe tätig. So einen Job konnte man nicht im Sitzen erledigen. »Jennifer meint, sie bekommt noch diese Woche all die neuen Öle und das ganze Zeug von ihren Lieferanten – sobald die Sachen da sind, ruf ich dich an, und wir machen einen Termin aus – o Mannomann!«

»Was denn?« Chelsea spähte in die Dunkelheit. »Was ist denn? Oh – wie macht sie das bloß?«

Sie hatten den Ortskern von Bagley-cum-Russet erreicht, wo die beiden ursprünglichen Dörfer an einer Zickzacknaht, die durch ein keltisches Kreuz markiert war, ineinander übergingen. Topsy, über den Lenker von Valeries Fahrrad gebeugt, fuhr direkt vor ihnen.

Sukie grinste und blinkte links. »Düsenantrieb wahrscheinlich. Nachdem sie jahrelang Ballett unterrichtet hat, muss sie Beine haben wie Motorkolben. Gut, Val, soll ich dich gleich bei deinem Bungalow absetzen?«

»Könntest du mich nicht zum Pub bringen? Mein Alter spielt dort Darts. Ich hab ihm gesagt, dass ich nach der Probe dorthin komme – und außerdem brauch ich wirklich einen Drink.«

»Ich auch«, nickte Chelsea. »Ich geh lieber in den Pub als nach Hause, wo sich meine Eltern um die Fernbedienung streiten, meine Brüder um den Gameboy kämpfen, meine Schwestern wegen ihrer Handys Krieg führen und –«

Sukie lachte, machte eine Kehrtwendung und parkte den Wagen vor dem Pub.

»Kommst du mit?«, fragte Chelsea, während sie sich abschnallte.

Sukie schüttelte den Kopf. »Nein danke. Ich will ein langes heißes Bad nehmen. Ich fühl mich ganz verschwitzt und eklig – außerdem lauf ich ja rum wie eine Pennerin.«

»Na, dann bist du fürs *Barmy Cow* doch genau richtig angezogen, würde ich sagen.«

Der Pub, ein winziges, weiß verputztes Cottage mit verrosteten Eisenflicken auf dem Schieferdach, hieß eigentlich *Barley Mow*, Gersten-Garbe, doch nachdem Wind und Regen jahrzehntelang von den Hügeln der Downs herabgefegt waren und die Jugend des Ortes noch ein bisschen nachgeholfen hatte, war die Inschrift auf dem verblichenen Schild kläglich verunstaltet. Selbst die einstmals gelbe Abbildung einer üppigen Garbe hatte nun eine seltsam kuhähnliche Form angenommen.

Und so lange man denken konnte, nannten alle diesen Pub *Barmy Cow* – bekloppte Kuh.

Es war auch nicht die Sorte Pub, wo die Leute wirklich gerne hingingen. Die meisten Einwohner von Bagley-cum-Russet kehrten nur dann hier ein, wenn eine Fahrt nach Fiddlesticks oder Hazy Hassocks nicht in Frage kam. Die hartgesottenen Stammgäste des *Barmy Cow* waren entweder steinalt oder nicht ganz dicht – oder beides.

Sukie war eigentlich gar nicht in der Stimmung, sich eine halbe Stunde lang das Geschwätz der Berkeley Boys anzuhören, vier uralter Brüder, die den Pub betrieben und sich immer noch über Witze schieflachten, die im neunzehnten Jahrhundert schon einen Bart gehabt hatten.

»Wenn du mir nur eben noch nach drinnen helfen könntest, bevor du weiterfährst, Sukie.« Valerie blinzelte vom Rücksitz aus mitleiderregend in die gespenstische Finsternis. »Dann wär ich dir ewig dankbar.«

»Aber sicher doch …«

Den Kopf gegen den eisigen Wind gesenkt, hinkte und hoppelte Valerie mit Chelseas und Sukies Hilfe in den niedrigen, verqualmten Schankraum des *Barmy Cow*. Alles ringsumher war braun vor Nikotin und roch nach warmem Bier und noch wärmerer Menschheit. Aber zumindest gab es ein echtes Kaminfeuer, dachte Sukie mit klappernden Zähnen, auch wenn sich die graue Asche unordentlich auf dem schlammfarbenen Teppich verteilte und gelegentlich kleine Wölkchen beißenden Rauchs zur Theke hinüberzischten.

»Ahoi!«, grölte Valeries Ehemann aus der Ecke mit der Dartsscheibe. »Achtung, Verwundete im Anmarsch! Was hast du denn jetzt wieder gemacht, du dummes Huhn? Hab dir doch gesagt, du bist zu alt und zu fett für diesen verrückten Quatsch! Komm rüber, ich mach dir heile Segen.«

Valerie humpelte unter wildem Gejohle der bunt gemischten Gästeschar durch den winzigen Schankraum und wurde von ihrem baumlangen, schmuddeligen Ehemann erst mal ausgiebig abgeknutscht.

Chelsea stieß langsam die Luft aus. »Krass – aber ich schätze, so was gilt hier wohl als romantische Begegnung.«

Sukie wandte den Blick ab und nickte. »Ich glaube, nach diesem Erlebnis brauch ich doch auch noch einen Drink. Soll ich mal schauen, was die Jungs in Richtung Alkopops so dahaben?«

»Nur zu – auch wenn ich mir da wenig Hoffnungen mache. Ich such uns schon mal einen Sitzplatz.«

Die Berkeley Boys standen alle Schulter an Schulter in einer Reihe zusammengedrängt hinter dem schmalen, schmutzigen Tresen und grinsten Sukie einhellig an. Sie lächelte höflich zurück und bemühte sich wie immer, nicht zu kichern. Die Jungs waren weit überm Rentenalter und in Körpergröße, Leibesfülle und Gesichtszügen grundverschieden, aber immer genau gleich gekleidet. Leider bestand die Kleiderwahl des heutigen Abends unter anderem aus Paisleykrawatten und Norweger-Pullundern.

Hinter ihnen wurde ein Großteil der Wand vom Porträt ihrer Mutter ausgefüllt, der ursprünglichen Wirtin des *Barmy Cow*. Die in Wirklichkeit leider wenig ehrenhafte Honour Berkeley, die ein bisschen so aussah wie der frühere Premierminister Ramsay McDonald, beherrschte auch Jahre nach ihrem Dahinscheiden noch immer den winzigen Pub.

Cora, Sukies Patentante, hatte ihr gern die Geschichte erzählt, wie die junge und leichtlebige Honour einst Bagley-cum-Russet verlassen hatte, um in London ihr Glück zu machen. Dort hatte sie in diversen Nobelhotels als Zimmermädchen gearbeitet und war schließlich mit gründlich ruiniertem Ruf, ohne Ehering, aber mit hoch erhobenem Kopf und den kleinen Jungen im Schlepptau ins Dorf zurückgekehrt. Es wurde gemunkelt, einer ihrer feinen Freunde habe das *Barmy Cow* für sie gekauft, wahrscheinlich, damit sie London verließ und um sie – und auch sich selbst – vor einem weiteren Skandal zu bewahren. Zum Andenken an ihre Eroberungen hatte Honour jeden ihrer Sprösslinge nach dem Hotel benannt, in dem er gezeugt worden war.

Sukie ließ den Blick über die unordentlich vollgestopften Regale wandern. Es sah nicht so aus, als sei irgendetwas auch nur im Entferntesten Trinkbare im Angebot. Das *Barmy Cow* war – sofern man das so nennen konnte – spezialisiert auf echtes Ale für echte Trinker. Was Frauen gerne tranken, interessierte hier nicht sonderlich. Es schien, dachte Sukie, während sie blinzelnd die vergilbten Flaschenetiketten musterte, nur die Wahl zu geben zwischen Kirschlikör oder einem Getränk namens Pony.

»Was darf's denn sein, meine Liebe? Etwas Damenhaftes, nehme ich an? Ein hübsches junges Ding wie Sie kann ich mir mit einem Pintglas in der Hand gar nicht recht vorstellen.« Savoy beugte sich aus der Aufstellung der Berkeley Boys vor. »Ich weiß was, Claridge hat gestern in der Küche ein paar Fläschchen Piccolo entdeckt. Von Weihnachten sind noch einige Kirschen übrig, und irgendwo haben wir auch Zahnstocher. Damen trinken doch immer gern einen Piccolo, nicht wahr?«

Sukie grinste ihn an. Bis Mitte des letzten Jahrhunderts vielleicht. Ach, warum eigentlich nicht? »Okay. Danke. Zweimal bitte.« Nun, immerhin war es geteiltes Leid.

Auf ein kommandierendes Fingerschnippen Savoys hin setzten sich Dorchester und Hilton jäh in Bewegung.

Während Flaschen und Gläser abgestaubt und Kirschen aufgespießt wurden, betrachtete Sukie sich in dem mit Fliegendreck gesprenkelten Spiegel hinter der Bar. Liebe Güte – sie sah ja völlig abgerissen aus: Ihre Igelfrisur hing in klumpigen Strähnen, ihr Make-up hatte sich während des Cancan-Tanzens in nichts aufgelöst, und in der warmen Steppjacke, die Cora früher immer bei der Gartenarbeit getragen hatte, sah sie aus wie eine Obdachlose. Zum Glück war im *Barmy Cow* niemand, den sie auch nur im Geringsten hätte beeindrucken wollen. Genau genommen sah sie im Vergleich zu den übrigen Gästen ja fast schon herausgeputzt aus.

Dorchester und Hilton knallten zwei üppig mit farblosen Kirschen bestückte Piccolos vor ihr auf den Tresen und bereiteten damit aller unangebrachten Eitelkeit ein Ende.

»Es gibt keinen festgesetzten Preis dafür«, sagte Dorchester lächelnd. »Was schätzen Sie?«

Sukie sah zweifelnd auf die Gläser herab. »Ein Pfund?«

»Für jeden?«

»Also eigentlich … ach, na gut.«

Nachdem das Geschäftliche geklärt war, drängte sich Sukie zu Chelsea durch.

»Frag bloß nicht.« Sie schob eines der Gläser über den wackligen, klebrigen Tisch. »Es gab nur das da oder warmes Bier.«

Chelsea nippte probehalber und schnitt eine Grimasse. Sie nahm einen Schluck und grinste. »Schmeckt ja grauenhaft.«

»Hm.« Sukie bewegte eine Kostprobe im Mund und verzog das Gesicht. »Ich frag mich, warum da so Stückchen drin sind?«

»Bei mir nicht. Oh, schau mal – dein Cocktailspieß hat sich aufgelöst, und alle Kirschen sind runtergerutscht – warum wirst du so rot?«

Sukie bekam auf einmal keine Luft mehr und begann voller Panik zu würgen. »Ich glaub, mir steckt eine Kirsche im Hals …«

»Kein Wunder.« Chelsea ließ ihre über den Tisch hopsen. »Die sind ja so hart wie Schrotkugeln … Sukie? Alles in Ordnung?«

Sukie schüttelte den Kopf und taumelte nach Atem ringend zur Tür.

Chelsea kippte den Rest ihres Piccolos in einem Zug hinunter und sauste hinterher auf den bitterkalten Parkplatz, am Ärmel der grässlichen Steppjacke zerrend, bis Sukie, immer noch keuchend und hustend, unter dem beleuchteten Wirtshausschild des *Barmy Cow* stehen blieb. Chelsea sah sie erschrocken an.

»Okay, Sukie … Ich werd jetzt versuchen, sie rauszuholen. Bleib so, ich stell mich hinter dich und drück auf dein Brustbein – oder vielleicht die Luftröhre? Ich hab diesen Heimlich-Handgriff im Erste-Hilfe-Kurs gelernt – halt dich fest, und ich presse und stoße und presse und stoße …«

»Sag nichts!« Eine vornehm klingende Stimme drang durch das Heulen des Windes. »Lass mich raten – ob das wohl ein neues Paarungsritual der Prolo-Lesben sein soll …?«

Als die Kirsche mit Brechreiz auf den Parkplatz flog, riss Sukie sich von Chelsea los und sah, dass ein langer, niedriger silberner Wagen vor dem Pub angehalten hatte. Sie stöhnte auf. In makellosem Kostüm und mit glänzendem Haar lachte Milla ihr vom Fahrersitz her zu.

»Bei ihr saß eine Kirsche fest«, fauchte Chelsea.

»Ich will gar nicht wissen, wo oder warum – mich kann nichts mehr überraschen«, kicherte Milla und betätigte den elektrischen Fensterheber. »Ach, Sukie, wir verbringen den Abend in Reading, und ich komme wahrscheinlich erst spät nach Hause, wenn überhaupt. Bis dann. Viel Spaß!«

Wir? Zu spät erkannte Sukie, dass Milla in Begleitung war. Auf dem Beifahrersitz saß Derry Kavanagh, sein aschblondes Haar leuchtete über einem dunklen Oberteil. Er sah hinreißend aus. Er sah sie an. Und lachte.

4. Kapitel

»Valerie Pridmore musste gestern Abend ins Haus getragen werden!«, ertönte Marvin Bensons Stimme aus dem Esszimmer des Bungalows. »Es war schon fast Mitternacht. Und ihr ungehobelter Ehemann hat dazu noch gelacht. Gelacht – ich bitte dich! Man muss sich ja schämen, mit solchen Leuten Tür an Tür zu wohnen. Sie drücken das ganze Niveau dieser Siedlung. Die Frau ist praktisch Alkoholikerin. Jocelyn! Hörst du mir überhaupt zu? Hast du gehört, was ich gesagt habe?«

In der Küche starrte Joss Benson aus dem Fenster in den grauen und leblosen Märzgarten hinaus. Was für ein kläglich enttäuschender Monat der März doch war: zu spät für nennenswerte und anhaltende Schneefälle, die den öden Anblick in ein Winterwunderland hätten verwandeln können, und zu früh für sinnenfrohe Tage voll herrlichem Sonnenschein und Vogelgesang und bunter Blumenpracht.

Wie wunderbar wäre es doch, so nach Hause getragen zu werden, lachend und sturzbesoffen.

Ach, die glückliche Valerie Pridmore.

»Jocelyn!«

Joss riss sich aus ihren Träumereien über ausgelassenes trunkenes Gelächter. Sie hatte sich weitaus Wichtigerem zu widmen. Dazu gehörten Marvins Frühstück, sein Aufbruch zur Arbeit, und weil es Mittwochvormittag war, hatte sie dann die Schlafzimmer zu putzen, die Fußböden zu polieren, den Weg zu fegen und den Müll in die Wertstofftonnen zu sortieren – und dann war da natürlich noch ihre eigene Arbeit.

Im Grunde genommen war es keine richtige Arbeit und eigentlich auch nicht wirklich ihre eigene, aber –

»Jocelyn!« Marvins Stimme klang eine Nuance höher und eindeutig gereizt. »Es ist sieben Uhr dreiundvierzig!«

»Und um sieben Uhr fünfundvierzig muss mein Frühstück auf dem Tisch stehen, damit ich den Zug um acht Uhr fünfundvierzig bekomme«, sprach Joss lautlos mit, während sie das Tablett hochnahm. »Ich komm schon, Marv.«

Sie betrat rückwärts das Esszimmer und lächelte. Marvin verabscheute diese Abkürzung zutiefst.

»Ich hab dir doch gesagt, du sollst mich nicht Marv nennen. Und hast du gehört, was ich über Valerie Pridmore erzählt habe?« Marvin rückte das gekochte Ei, Toast, Kaffeekanne, Butter und Marmelade in genau die Anordnung, in der er seit dreißig Jahren sein Frühstück einnahm. »Der Toast ist angebrannt.«

Joss zuckte die Schultern. »Ist er nicht. Nur ein bisschen dunkler als sonst. Und ja, ich habe gehört, was du über Val gesagt hast. Hast du den Pridmores gestern Abend wieder hinterherspioniert?«

»Ich spioniere nicht, Jocelyn. Ich beobachte lediglich. Und der Toast ist eindeutig angebrannt.«

Marvin verbrachte schrecklich viel Zeit damit, hinter den Gardinen zu stehen und das Kommen und Gehen in der Bungalowsiedlung *The Close* zu beobachten. Insbesondere, wenn er nachts noch mal zum Pinkeln rausmusste. Er sagte immer, es gehöre zu seiner Aufgabe als Koordinator der Nachbarschaftswache, über die Vorgänge in Bagley-cum-Russet auf dem Laufenden zu sein.

Joss aber wusste, dass er es tat, weil er neugierig und engstirnig und spießig und ein Spaßverderber war.

Sie setzte sich ihm gegenüber, wie immer, aß nichts, goss sich eine Tasse Kaffee ein und versuchte, sich ihren Ärger nicht anmerken zu lassen. Sie hätte sich an Marvins Frühstücksritual inzwischen doch wirklich schon gewöhnt haben müssen: wie er die Butter bis in alle Ecken des Toasts kratzte, bis sie gleichmäßig verteilt war, wie er Messer und Löffel zurechtrückte, nicht vorhandene Falten auf dem Tischtuch glättete und mit dem Kopf nickte, wenn er den ersten Schluck Kaffee trank.

Das Frühstück pflegte schweigend zu verlaufen – abgesehen von Marvins Kau- und Schluckgeräuschen natürlich. Es war die einzige Zeit des Tages, zu der Marvin keine Vorträge hielt. Joss begrüßte die Stille, wenngleich sie etwas Radiogedudel ganz schön gefunden hätte – oder vielleicht sogar ein bisschen Frühstücksfernsehen, wie bei den Pridmores.

Ach – wie wunderbar wäre es doch, wie Valerie Pridmore zu sein – laut, unordentlich, immer gut gelaunt planlos in den Tag zu leben, ohne zu wissen, was im nächsten Moment geschehen würde. Und leidenschaftlich verliebt – noch immer – in ihren großen, gammeligen, gutmütigen Ehemann.

»So, ich bin weg«, sagte Marvin schließlich, wie immer, während er, wie immer, seine feuchten Lippen mit der Serviette abtupfte. »Sieh zu, dass du diese Protokolle bis heute Abend fertig hast, ja?«

Joss nickte, wie immer, und wandte sich wieder ihrer Kaffeetasse zu. Das Getue mit dem Abschiedskuss hatten sie schon vor langer Zeit aufgegeben. Nur noch fünf Minuten. Fünf Minuten, in denen Marvin seine Aktentasche holte und seinen Mantel und seine Autoschlüssel und wie immer in seinem cremefarbenen Wagen losfuhr, um sich am Bahnhof von Reading den Spätpendlern anzuschließen.

Dies gehörte zu den Vergünstigungen, pflegte Marvin zu sagen, wenn man von der Pike auf innerhalb ein und derselben Firma die Karriereleiter erklomm. Er gehörte zu den gut bezahlten höheren Tieren. Durch jahrelanges Engagement und Loyalität gegenüber der Firma hatte er sich diese Stellung und den Respekt seiner Kollegen verdient. Und so musste er erst um zehn Uhr an seinem Schreibtisch in der City sein.

Joss hatte die Mühsale von Marvins Kletterpartie auf besagter Leiter während der vergangenen dreißig Jahre ertragen und unterstützt, vom Laufburschen in der Poststelle im Tiefgeschoss bis zu irgendeiner hohen Position in der Abteilung *Human Resources* in einem Glaskasten im fünfzehnten Stock. Früher hatte man das Personalabteilung genannt, und Joss konnte sich nicht helfen, aber sie fand, dass *Human Resources* irgendwie nach Sklavenausbeutung klang. Auch lag in ihren Augen eine grausame Ironie darin, dass ein so gefühlloser Mensch wie Marvin für die persönlichen Probleme und Sorgen empfindsamer Mitarbeiter zuständig sein sollte.

Die Haustür fiel ins Schloss. Der cremefarbene Wagen sprang an und rollte aus der Einfahrt.

Joss atmete aus.

Die Hausarbeit war, von unbekümmerter fröhlicher Musik aus dem Radio untermalt, schnell erledigt. Überflüssig zu erwähnen, dass Marvin keine Radiomusik mochte. Wenn er überhaupt mal das Radio anschaltete, so nur für die gediegeneren Sendungen auf Kanal vier. Dann debattierte Marvin gerne laut mit den Moderatoren.

Als Joss vom Sortieren des Mülls in die Wertstofftonnen im Garten bibbernd wieder ins Haus kam, fiel ihr Blick auf ihr Spiegelbild im Fenster. Liebe Güte!

Ihr kurzes blondes Haar war völlig zerzaust, ihr ungeschminktes Gesicht sah blass und teigig aus, und in dem cremefarbenen Baumwollensemble aus Hose und Pullover sah sie aus wie eine dünne, bleiche, farblose Wurst.

Wie eine Bratwurst im Kühlschrank, dachte Joss niedergeschlagen. Farblos, bleich, unterkühlt, uninteressant …

Immerhin passte ihre Erscheinung zur Einrichtung des Bungalows. Zurzeit war Marvin ein IKEA-Junkie. Sein Geschmack orientierte sich an aktuellen Einrichtungsmagazinen, und er bevorzugte klare Linien und helle Möbel ohne Schnickschnack. Schon zu Beginn ihrer Ehe hatte Marvin den damals populären dunklen und farbenfrohen Einrichtungsstil abgelehnt und den Bungalow ganz und gar cremeweiß gestrichen. Joss in ihren jungen Jahren war einfach glücklich gewesen, ein eigenes Zuhause und einen Mann mit Ambitionen und einem Auto und einem Job in London zu haben. Sie hatte ein wenig geseufzt, weil sie sich insgeheim eigentlich ein orange- und goldfarbenes Wohnzimmer, ein himbeerrosa Bad und ein sinnliches Schlafzimmer in Purpur und Türkis gewünscht hätte, hatte sich dann aber mit der Nüchternheit abgefunden.

Schwerer Fehler, dachte sie nun, während sie mit dem Allzweckmopp über die Böden aus farblosem Allzwecklaminat wischte. Sie hätte sich von Anfang an mehr durchsetzen müssen. Das Nachgeben war ihr zur Gewohnheit geworden – wie auch das Fortdauern der Ehe mit Marvin und alles andere …

Nun waren nur noch die Schlafzimmer zu machen. Eigentlich nur ihr gemeinsames Schlafzimmer – die beiden anderen wurden nicht benutzt. Nicht mehr. Besuch bekamen sie nie, und die Kinder waren schon lange ausgeflogen und übernachteten nicht mehr zu Hause. Was in gewisser Weise ein Segen war. Joss seufzte erneut. Es war sicher herzlos und unnatürlich, die eigenen Kinder nicht sonderlich zu mögen, dachte sie, während sie die cremefarbenen Bettbezüge auf ihrem und Marvins Bett zurechtzog, ein Doppelbett mit getrennten Laken und Decken, ein Doppelbett, in dem sie beide Seite an Seite schliefen und doch Lichtjahre voneinander entfernt –

aber andererseits mochten die Kinder sie scheinbar auch nicht so besonders.

Vielleicht urteilte sie zu hart. Sie zeigten Zuneigung auf distanzierte Art und vergaßen niemals einen Geburtstag oder Weihnachten, aber sie führten eben ein sehr geschäftiges Leben mit ihren geschäftigen, aufstrebenden Partnern. Vielleicht, wenn sie selbst Kinder hätten … Joss schüttelte den Kopf. Sie bezweifelte, dass einer ihrer Sprösslinge seine Karriere aufs Spiel setzen würde, um Nachwuchs großzuziehen.

Ossie und Tilly waren immer wie kleine Marvins gewesen – wahrscheinlich, weil er der starke, dominante Elternteil war, sie hingegen die Figur im Hintergrund, die Liebe und Umarmungen und Ermutigungen an einen Sohn und eine Tochter verschwendet hatte, die von klein auf gar keine Verwendung dafür zu haben schienen.

Zu spät, es lässt sich nicht mehr ändern, dachte Joss, warf noch einen letzten Blick auf das nüchterne Schlafzimmer und schloss die Tür. Viel zu spät.

»Juhu!« Ein fröhlicher Ruf aus der Küche unterbrach ihre Melancholie. »Joss?«

»Hier bin ich!« Joss eilte durch den frisch glänzenden Flur in die Küche und freute sich über Valeries ausgelassenen Willkommensgruß. »Komme schon – warum bist du nicht bei der Arbeit? Oh …«

»Hab mir beim Tanzen das Bein verstaucht«, erklärte Valerie unbekümmert. »Gestern Abend. Da dacht ich mir, vielleicht magst du auf ein Tässchen und ein Schwätzchen zu mir rüberkommen?«

»Aber gern!« Joss warf die Putzutensilien in den Küchenschrank. »Soll ich Kekse mitbringen?«

»Nur wenn du diese edlen Teile von *Marks and Sparks* dahast«, kicherte Valerie über die Schulter hinweg und hopste zur

Hintertür. »Die sind immer eine willkommene Abwechslung zu unseren Supermarktdingern.«

Das war Joss' einziges großes Laster, ein Geheimnis, von dem Marvin nichts wusste: unerlaubte Kaffee- und Plauderstündchen mit Valerie Pridmore im Bungalow nebenan. Auf diese Weise war im Lauf der Jahre zwischen zwei Frauen, die außer ihrem Alter und der räumlichen Nähe ihrer Häuser eigentlich gar nichts gemeinsam hatten, eine tiefe Freundschaft entstanden.

Später saßen sie in Valeries vollgestopfter, warmer und schlampig gestrichener Küche und hatten zwischen Teetassen und Kekskrümeln die Ellbogen auf dem Tisch.

Joss wusste nun alles über den katastrophalen Sturz beim Cancan-Tanzen und die darauf folgende Einkehr im *Barmy Cow* und die erstaunliche Wirkung mehrerer Gläser Gin in Verbindung mit der Hand voll Schmerztabletten, die andere Tänzerinnen Valerie verabreicht hatten. Joss wünschte, sie könnte ähnlich wilde Geschichten erzählen, aber wie üblich gab es aus ihrem Leben nichts Interessantes zu berichten.

»Ich muss so bald wie möglich wieder zur Arbeit«, sagte Valerie und strich sich das wuschelige dunkle Haar aus dem Gesicht. »Den ganzen Tag zu Hause – das ertrag ich nicht. Ich versteh nicht, wie du das aushältst.«

»Du kannst mir glauben, ich hab schon oft daran gedacht, wieder zu arbeiten – aber Marvin will nichts davon wissen. Er sagt, ich hätte mehr als genug zu tun. Und wahrscheinlich bin ich inzwischen sowieso unvermittelbar. Vor unserer Heirat war ich Stenotypistin.«

»Ach du liebe Zeit!« Valerie prustete Stückchen von *Marks and Spencers* Edel-Keksen über den Tisch. »Diesen Beruf gibt's ja gar nicht mehr! Heutzutage läuft das doch alles mit Computern und so Zeugs. Du musst eine Umschulung machen. Am Winterbrook College gibt's Wiedereingliederungskurse.«

»Ja, ich hab mir das Programm angesehen – aber ich fand es ziemlich einschüchternd – selbst wenn Marvin es erlauben würde.«

»Du müsstest dich mal reden hören!« Valerie beugte sich vor. »Schließlich leben wir im einundzwanzigsten Jahrhundert! Es spielt überhaupt keine Rolle, ob dein Marv einverstanden ist oder nicht. Hier geht's doch verdammt noch mal um *dein* Leben!«

»Ach ja, ich weiß ... Ich will ihn ja gar nicht als steinzeitliches Ungeheuer hinstellen, immerhin wissen wir, wo wir stehen. Er geht zur Arbeit, ich bleib zu Hause und mach es uns schön. Wir vertragen uns halbwegs und haben es einfach und bequem und –«

»Stinklangweilig?«

»Tja ...« Joss lächelte. »Stimmt.«

»Dann unternimm was dagegen!«

»Zu spät. Ich habe überhaupt kein Selbstvertrauen. An einem Arbeitsplatz wäre ich wie gelähmt vor Angst. Als die Kinder noch klein waren, wollte ich zu Hause bleiben, und jetzt bin ich daran gewöhnt.« Joss häufte Kekskrümel zu einer kleinen Pyramide auf. »Das ist mein Leben. Als die Kinder noch klein waren, war ich für sie da, und als sie zur Schule gingen, wollte Marvin, dass ich nicht arbeite, sondern Hausfrau bleibe.«

»Tja, bei seinem Gehalt bestand wohl auch keine finanzielle Notwendigkeit. Mein Alter wurde während unserer Ehe immer wieder geheuert und gefeuert, der Gute. Einer von uns musste sich schließlich abplagen und die Brötchen verdienen. Durch die Arbeit in der Schule konnte ich wenigstens immer für die Kinder da sein.«

Joss nickte. Valerie hatte fünf Kinder, alle waren verheiratet, alle wohnten in der Nähe, alle hatten selbst mindestens zwei Kinder, und alle kamen stets mit Freudenrufen und überschwänglichen Küssen und Umarmungen nach Hause.

Wenn die Pridmores mal wieder scharenweise Besuch hatten, machte Marvin immer die Fenster zu und lästerte ohne Ende. Joss hingegen beneidete sie glühend.

Außerdem hatte sie ja eine Art Arbeit: Schreibarbeiten – jeden Mittwochnachmittag tippte sie Marvins Protokolle der Nachbarschaftswache mit drei Durchschlägen auf ihrer uralten Reiseschreibmaschine, und an zwei Vormittagen in der Woche stellte sie die Artikel für den *Bagley Bugle* des kommenden Monats zusammen.

Der *Bagley Bugle* war das Nachrichtenblatt des Dorfes und Marvin der Redakteur – nicht dass er je viel redigiert hätte. Wenn Joss die Beiträge durchgesehen, die allzu aufwieglerischen aussortiert, die Anzeigen Korrektur gelesen und freitags die Schecks eingelöst hatte – sie fand, Marvin verlangte ganz schön viel für die Annoncen –, nahm Marvin den ganzen Kladderadatsch mit nach London, wo seine Sekretärin Anneka mit Hilfe von Scanner, Computer, Laserdrucker, Hefter und allem möglichen Hightech-Equipment allmonatlich die sechshundertzweiundsiebzig Exemplare des *Bagley Bugle* herstellte.

Vielleicht würde sie Marvin vorschlagen, auch für sie zu Hause einen Computer anzuschaffen. Dann müsste Anneka sich nicht mehr darum kümmern, und Joss hätte Gelegenheit, sich einzuarbeiten, nur für den Fall, dass sie vielleicht doch irgendwann einmal den Mut aufbrächte, sich um eine Stelle zu bewerben.

»Die kleine Sukie macht mir eine Beinmassage, damit ich wieder auf die Füße komme«, unterbrach Valeries Stimme diesen aufkeimenden Medien-Miniplan. »Du weißt schon, aus unserer Cancan-Truppe. Sie wohnt in Coras Cottage am anderen Ende von Bagley und arbeitet für Jennifer Blessing.«

»Wie?« Joss, gedanklich noch ganz in einer Tipp-Ex-freien Welt der Bildschirme, zog fragend die Augenbrauen hoch.

»Sukie? Ach ja. Ein hübsches, dunkelhaariges Mädchen, sieht ein bisschen irisch aus, nicht wahr? Das Cottage hat doch dieser merkwürdigen älteren Dame gehört, die sich mit Vögeln und Tieren unterhalten hat … Hieß sie Cora? Ja, sicher, das hatte ich ganz vergessen.« Joss lächelte. »Wir haben mehrere Werbefaltblätter über diese Hausbesuche bekommen – ich fand, das mit der Massage klang sehr verlockend –, aber Marvin hat sie natürlich in den Papierkorb geworfen und gesagt, das sei alles Humbug.«

»Natürlich.« Valerie schenkte Tee nach. »Ich sag dir was, wenn ich mit Sukie einen Termin ausmache, während Marvin bei der Arbeit ist, dann kannst du doch rüberkommen und hier eine Entspannungsmassage kriegen – zwei Termine in einem, verstehst du? Braucht er ja gar nichts von zu wissen. Und Sukie freut sich bestimmt über Kundschaft, wo sie gerade dabei ist, diesen neuen Geschäftszweig für Jennifer Blessing aufzubauen.«

Joss grinste. Warum nicht? Es schadete ja keinem. Sie würde es vom Haushaltsgeld abzweigen, indem sie die beschrifteten Vorratsbehälter im Küchenschrank mit billigen *Big-Sava*-Produkten bestückte. Auf diese Art finanzierte sie schon seit Jahren ihre kleinen Extras. Was Marvin nicht wusste, brauchte ihn auch nicht aufzuregen. Und eine Entspannungsmassage wäre noch so ein herrlich sündiger geheimer Luxus …

»Okay.« Joss nickte und nahm sich geistesabwesend den letzten Keks. »Gib mir einfach Bescheid, wann – oh, sieht aus, als bekämst du noch mehr Besuch.«

Valerie spähte aus dem Fenster. »Mist, wo wir gerade alle Kekse aufgegessen haben – ach, macht nichts. Ist nur Topsy. Hat wohl mein Fahrrad zurückgebracht. Die isst sowieso nie was.«

Noch immer dick in graue und braune Sachen eingemummelt, streckte Topsy ihr runzeliges Gesicht zur Hintertür herein. »Ich hab dein Fahrrad ans Geländer gelehnt, Valerie. Hallo, Joss – liebe Güte, was macht ihr denn da? Sitzt hier rum und stopft euch mit Zucker und Kohlenhydraten voll – tödliche Kombination! Wenn das keine Arterienembolie gibt, fress ich 'nen Besen. Ihr braucht Warfarin, damit euer Blut bei all dem Cholesterin überhaupt noch fließen kann – wahrscheinlich auch einen Herz-Bypass, wenn nicht sogar ein Angiogramm.«

»Danke, Topsy«, sagte Val grinsend. »Du verstehst es doch immer wieder, einen aufzumuntern. Und vielen Dank auch für das Fahrrad. Allerdings weiß nur der Himmel, wann ich damit wieder fahren kann.«

Topsy schnaubte. »Und ich weiß nicht, wie wir dich in der Cancan-Formation ersetzen sollen. Letztes Jahr hat es Ewigkeiten gedauert, bis wir Sukie gekriegt haben.« Sie richtete ihre braunen Knopfaugen auf Joss. »Sie haben wohl nicht zufällig Lust auf ein bisschen Juchzen und Hüpfen zur Musik von Offenbach?«

Joss schüttelte rasch den Kopf. »Zwei linke Füße, leider. In der Schule hab ich nicht mal den langsamen Walzer richtig hingekriegt. Außerdem bin ich viel zu alt.«

»Quatsch mit Soße!« Topsy zurrte das Kopftuch unter ihrem runzeligen Kinn fest. »Sie sind genauso alt wie Valerie und die meisten anderen meiner Mädels, und so was wie zu alt gibt's gar nicht, sag ich immer. Alles nur eine Frage der Einstellung. Tja, dann werd ich wohl eine Anzeige aufgeben müssen, um einen halbwegs brauchbaren Ersatz zu finden. Muss aber jemand mit rascher Auffassungsgabe sein – wir haben die Formationen ja schon eingeübt und –«

»Gib doch bei Joss' Mann Marv eine Anzeige im *Bugle* auf«, warf Valerie ein. »Der kommt in Bagley-cum-Russet in jeden Haushalt. So findest du vielleicht wen.«

»Gute Idee – du überraschst mich immer wieder, Valerie Pridmore. Irgendwo hast du ja doch ein Gehirn!« Topsy nickte Joss zu. »Können Sie mir denn zu einem guten Preis eine Anzeige entwerfen, und zwar möglichst bald?«

»Ich weiß etwas noch Besseres«, antwortete Joss schnell, von plötzlicher Begeisterung erfasst. »Ich werde einen Artikel über die Cancan-Truppe schreiben – und erwähnen, dass Sie junges Blut brauchen. Nun, nicht wirklich Blut, aber ...«

Wahrscheinlich weil sie von Blut gesprochen hatte, schenkte ihr Topsy ein Lächeln, eine seltene Ehre. Dabei zerknitterte ihr Gesicht von der Stirn bis zum Kinn, dass es aussah wie frisch durch den Wolf gedrehtes Hackfleisch. »Ah, das gefällt mir! Ein Zeitungsartikel ... hmmm. Auf die Art sparen wir auch die Kosten für eine Anzeige, nicht wahr? Schlaues Köpfchen!«

Joss strahlte zurück. Das würde Marvin gar nicht gefallen. Marvin mochte es grundsätzlich nicht, wenn sie Beiträge für den *Bugle* schrieb. Dabei wusste er gar nicht, welche von ihr stammten. Er glaubte schon lange, er habe diesem Unsinn ein Ende bereitet. Sie war jedoch recht einfallsreich geworden, was das Erfinden von Künstlernamen betraf. Auch hier galt: Was er nicht wusste, brauchte ihn nicht aufzuregen.

»Wenn Sukie uns massieren kommt, kann ich sie ja über diese ganze Cancan-Angelegenheit interviewen. Wie ein richtiger Reporter, der lauter Insidertratsch in Erfahrung bringt«, fuhr Joss fröhlich fort und sah sich schon als berühmte Journalistin.

»Wunderbar!« Topsy klatschte in die Hände. »Oh! Da fällt mir was ein! Ich muss auch zu Sukie und mit ihr über diese Hausmassagen sprechen. Ich sollte sie doch über einige Hintergründe aufklären, ehe sie loslegt. Ich glaube, sie weiß gar nicht, worauf sie sich da einlässt. Steht zu befürchten. Dieses Dorf hat eine bewegte volkskundliche Geschichte, von der sie wissen sollte, bevor sie anfängt, die Leute mit Gott-weiß-was einzureiben. Könnte ziemlich ins Auge gehen, wenn sie nicht aufpasst. Denkt nur, wie es Mitzi Blessing ergangen ist, als sie anfing, ihre *Hubble-Bubble*-Rezepte zusammenzubrauen. Grenzt an ein Wunder, dass niemand ums Leben kam. Also, es gibt viel zu tun! Bleibt ruhig sitzen – ich finde schon hinaus.«

Sie sahen Topsys magere, dick eingemummelte Gestalt davongehen und schauten sich an.

»Völlig durchgeknallt«, sagte Valerie liebevoll, »aber recht fit für ihr Alter.«

»Was meinst du, wie alt sie ist?«

»Fünfundachtzig oder so – ich frag mich, was sie mit Sukie so dringend besprechen will?«

Joss zuckte die Schultern. »Keine Ahnung. Hat wahrscheinlich irgendwas mit Magie und Hexerei und Flower-Power zu tun. Topsy und Cora hatten es doch immer ganz wichtig mit Heilkräutern und den Naturkräften.«

»Ja, stimmt!« Valerie räkelte sich behaglich in ihrem Stuhl. »Waren zwei richtige alte Hexen. Doch man soll über diese Dinge nicht spotten. Da kann Topsy sagen, was sie will, Mitzi Blessing hatte mächtig Erfolg mit ihrer Kräuterküche und den alten Rezepten.«

»Aber Mitzi Blessing ist eine von uns«, entgegnete Joss, »und ganz richtig im Kopf. Was man von Topsy nun wirklich nicht behaupten kann. Wie ist es, hast du irgendwas Dringendes zu tun, oder kochst du uns frischen Tee, während ich den Blaubeer-Käsekuchen hole, den Marvin heute Abend eigentlich zum Nachtisch hätte kriegen sollen?«

»Oh, du Schlimme!« Glucksend zog Valerie sich hoch und hüpfte zum Wasserkessel. »Was kannst du für ein Biest sein, Jocelyn Benson! Pass bloß auf, sonst wirst du insgeheim noch eine richtige kleine Teufelin.«

5. Kapitel

Schnell! Komm her und schau dir das an, bevor wir aufmachen müssen!« Jennifer Blessing winkte Sukie zu einer freien Kabine. »Die wurden gerade geliefert. Sind sie nicht unglaublich schön?«

An einem grauen, nassen, kalten Samstagmorgen um halb neun konnte Sukie sich nicht vorstellen, dass irgendwas *unglaublich* schön sein könnte – außer vielleicht einer weiteren Stunde im Bett. Sie war wirklich kein Morgenmensch, vor allem nicht samstags, wenn der Rest der Welt ausschlafen durfte. Und in der einschläfernden, warmen, sinnlich duftenden Umgebung des Salons bekam sie nur noch schlechtere Laune. Verschlafen blinzelnd sah sie pfirsichfarbene Lederköfferchen vor Jennifer auf dem Massagetisch stehen.

Augenblicklich war ihre Lethargie wie weggeblasen, und es kribbelte sie in den Fingern, die Sachen anzufassen.

Reihen hübscher kleiner, geschliffener Glasfläschchen mit herrlich bunten »Edelstein«verschlüssen lagen in Falten cremefarbenen Seidenfutters gebettet und funkelten wie glitzernde Juwelen. Selbst die schlichteren, apricotfarbenen Kunststoffbehälter mit Basisölen und verschiedenen synthetischen Essenzen sahen in solch glanzvoller Umgebung herrlich aus. In dieser Zusammenstellung wirkten die ätherischen Öle, Essenzen ihres Berufs, ausgesprochen schön und farbenfroh und unbeschreiblich weiblich.

In goldener Kursivschrift auf kleinen schwarzen Etiketten hatten die vertrauten Namen – Wacholder, Eukalyptus, Bergamotte, Lavendel, Salbei, Geranie – eine ganz neue, geheimnisvolle magische Ausstrahlung.

»Oh, Jennifer – die sind ja einfach –«, sie suchte nach einem hinreichend überschwänglichen Wort, »einfach traumhaft. Wunderbar. Herrlich. Sieh dir das an … das ist ein wirklich umfangreiches Set, für jeden Zweck etwas, und sie sehen so zauberhaft aus und – ja – fast zu schön, um sie zu benutzen. Vielen, vielen Dank!«

»Gern geschehen, obwohl ich natürlich genauso viel davon habe wie du. Wahrscheinlich noch mehr, da ich ja einen Teil des Gewinns einstreiche«, sagte Jennifer in ihrer gewohnt unverblümten Art. »Aber ich finde auch, die Hersteller haben sich diesmal echt ins Zeug gelegt. Schau, sie haben sogar *Beauty's Blessings* in Goldlettern auf die Koffer gedruckt. Sehr professionell. Ich wusste, du würdest begeistert sein.«

»Bin ich auch. Jetzt kann ich es kaum noch erwarten, ab Montagmorgen damit zu arbeiten. Ich hab mir überlegt, dass ich ja im Hinterzimmer von *Pixies Laughter* auch einen Massagetisch aufstellen könnte. Eigentlich ist das unser Esszimmer, aber wir benutzen es nie, und vielleicht wäre es manchen Leuten angenehmer, wenn ich nicht mein ganzes Zeug in ihrem Wohnzimmer ausbreite. Was meinst du?«

»Keine schlechte Idee – und wenn du die Massagen generell außerhalb des Salons durchführst, hätte ich endlich Platz, um diese Bräunungsdusche einbauen zu lassen, die ich schon so lange gern hätte. Ich klär das mit den Behörden, von wegen Inspektion und Lizenzerteilung für dein Cottage. Aber da du eine qualifizierte Fachkraft bist, dürfte das gar kein Problem sein. Und dann nehmen wir das in die nächste Werbekampagne mit auf – verflixt! Ist das mein Telefon?«

»Nein, meines.« Sukie grabbelte in der Tasche ihres Overalls nach ihrem Handy. »Entschuldige, Jennifer – ach, eine SMS von Topsy. Sie will sich wegen irgendwas unheimlich Wichtigem mit mir in Verbindung setzen. Aber wir verpassen uns dauernd.«

»Geht es ums Tanzen?« Jennifers glänzende Lippen zogen eine Schnute.

»Glaub ich nicht. Wohl eher um die Aromatherapie. Sie meint, sie müsse unbedingt mit mir sprechen, bevor ich mit den Massagen anfange – sonst würde es mir noch leidtun.«

»Na so was – klingt ja eigenartig. Aber vielleicht will sie auch bloß eine Massage zum Sonderpreis.« Jennifer lächelte. »In dem Fall solltest du meines Erachtens ablehnen, freundlich natürlich, und ihr stattdessen eine Gerberei empfehlen – ihre Haut sieht aus wie Leder. Nein, entschuldige, das war fies von mir – aber sie ist schon eine schräge alte Schrulle, findest du nicht?«

»Ziemlich. Aber immer noch eine erstklassige Tänzerin. In ihrer Blütezeit muss sie eine echte Ginger Rogers gewesen sein. Und insgeheim natürlich eine verhinderte Krankenschwester.«

»Ich weiß schon!« Jennifer lachte. »Sie hat ja diesen Medizinspleen! Als mein Lance sich im *Faery Glen* mal an einer Essiggurke verschluckt hatte, wollte sie ihm eine Mund-zu-Mund-Beatmung geben. Hat ihm den Kopf zurückgerissen, die Krawatte aufgemacht und die Finger in den Hals gesteckt, bevor man Hamlet-Handgriff hätte sagen können.«

Sukie kicherte wegen der Wortverwechslung, beherrschte sich aber gleich wieder. Jennifer stammte aus Essex. Manchmal gab es da Probleme mit der sprachlichen Verständigung. Und die Erinnerung daran, wie sie selbst nähere Bekanntschaft mit dem Heimlich-Handgriff gemacht hatte, stand ihr noch deutlich vor Augen – das war überhaupt nicht zum Lachen gewesen.

Sie ließ das Kichern in ein Hüsteln übergehen. »So was! Und was hast du gemacht?«

»Sie von ihm weggezerrt, damit sie ihn nicht erwürgt. Wie eine Klette hing sie an ihm dran. Ich musste sie beinah gewaltsam losreißen.«

Sukie schauderte, als sie sich das bildlich vorstellte. Zum Glück begann ihr Telefon wieder zu zwitschern, bevor sie irgendetwas dazu sagen musste.

»Wieder Topsy? Ganz schön hartnäckig, muss schon sagen.« Jennifer trug eine weitere Schicht Lipgloss auf ihre Hochglanz-Lippen auf. »Geht das nur mir so, oder findest du es nicht auch irgendwie seltsam, wenn alte Leute Handys haben und SMS schreiben?«

Sukie nickte. Irgendwie schon. Aber Topsy kannte sich offenbar recht gut aus und verwendete immer die richtigen Abkürzungen. Vielleicht hatte sie eins der Kapuzenkinder aus der Bath Road dazu gebracht, ihr Nachhilfe zu geben.

»Sie schreibt, sie warte vor *Pixies Laughter* auf mich, wenn ich heute Mittag nach Hause komme.« Mit zusammengekniffenen Augen entzifferte Sukie den Text. »Und betont noch mal, ich dürfe auf keinen Fall anfangen, bevor ich mit ihr gesprochen habe.«

»Arme Alte. Sicher beglückt sie dich mit Perlen der Weisheit von anno 1920. Ist schon traurig, wenn man geistig nachlässt, sich an die Vergangenheit klammert und jede Veränderung bedrohlich findet. Topsy meint bestimmt, Massage sei etwas Unanständiges und du hättest vor, Bagley-cum-Russet in eine provinzielle Reeperbahn zu verwandeln. Wahrscheinlich passiert in ihrem Leben so wenig, dass sie jede Kleinigkeit zur Staatsaffäre aufbauscht.« Jennifer kicherte so heftig, wie ihr kosmetisches Kinn-Lifting es zuließ. »Gut, sobald du dein Stelldichein mit James Bonds Großmutter arrangiert hast, sollten wir mal in die Gänge kommen, um Berkshires Bevölkerung zu verschönern.«

Immer noch kichernd zischte Jennifer ab, um den Salon für den stets sehr betriebsamen Samstagvormittag zu öffnen.

Nachdem sie das Treffen mit Topsy bestätigt hatte, lächelte Sukie die Köfferchen und deren Inhalt ein letztes Mal schwärmerisch an und ließ die Schlösser zuschnappen. Die Massageöle hatten ihre Stimmung deutlich verbessert – und das war auch dringend nötig gewesen. Seit Dienstagabend hatte ihr Stimmungsbarometer unter einem massiven Tiefdruckgebiet gelitten.

Natürlich war es todpeinlich gewesen, dass Milla und Derry sie mit offenem Mund und Chelsea auf dem Rücken vor dem *Barmy Cow* hatten herumhopsen sehen, aber das entsprach eben Murphys Gesetz. Nein, das Schlimmste war, dass Derry, der für sie insgeheim zum himmlischen Traummann geworden war, sie deswegen ausgelacht hatte.

Ein Gesicht wie ein Engel, aber ein Herz aus Stein – außen hui, innen pfui, befand Sukie. Milla und er verdienten einander. Eindeutig.

Und sie hatte ihm nicht mal aus dem Weg gehen können. Milla war am Mittwochmorgen nach Hause gekommen, zum Glück allein, hatte übers ganze Gesicht gestrahlt und im Badezimmer laut gesungen, was ganz eindeutig auf eine Nacht heißer Leidenschaft schließen ließ. Seitdem war sie jeden Abend mit Derry verabredet gewesen.

Es war so unfair.

Und immer, wenn Derry Milla in *Pixies Laughter* abholen kam, sah er einfach umwerfend aus – Sukie fragte sich, ob er sich von einem fest angestellten Stylisten beraten ließ, welche Kleidungsstücke am besten zu diesen herrlichen stufig geschnittenen blonden Haaren und den dunkelblauen Augen passten. Sobald Milla sie auch nur den Bruchteil einer Sekunde miteinander allein ließ, hatte er sie immer gleich angelächelt und freundlich begrüßt – sich aber nicht dafür entschuldigt, sie wegen ihres Missgeschicks ausgelacht zu haben.

Na ja … Zum Glück würde es heute ganz schön hektisch zugehen, sodass sie keine Zeit hätte, sich über die Ungezogenheiten schöner Männer ohne Manieren zu ärgern: Bis zum Mittag gab es jede Menge Arbeit, dann kam das geheimnisvolle Treffen mit Topsy und anschließend das zweifelhafte Vergnügen, sich mit Chelsea für die vermutlich grässliche Party heute Abend als Fee zu verkleiden.

Sie überprüfte ihre äußere Erscheinung in einem der pfirsichfarben beleuchteten Spiegel und setzte sich selbstironisch in Pose. »Ach, Sukie Ambrose, was bist du doch für ein beneidenswert glückliches Mädchen. Für so einen tollen gesellschaftlichen Terminkalender, wie du ihn hast, wäre eine wie Paris Hilton bestimmt zu schlimmen Schandtaten bereit!«

Dann zog sie ihren eng anliegenden Overall zurecht, überzeugte sich, dass ihre Stachelfrisur schön abstand und ihre Augen gut mit schwarzem Kajal umrandet waren, und war bereit, sich gemeinsam mit Jennifer ins Getümmel zu stürzen, um die Samstagvormittagskundschaft von *Beauty's Blessings* abzufertigen.

Zur Mittagszeit war es draußen immer noch grau und kalt und nieselte. Mit den pfirsichfarbenen Lederkoffern im Kofferraum ihres unscheinbaren Kombis sauste Sukie von Hazy Hassocks nach Bagley-cum-Russet.

Topsy wartete am Gartentor, in ihrem langen grauen Regenmantel und dem rehbraunen Kopftuch war sie vor dem düsteren Hintergrund kaum zu erkennen. Von Millas silbernem Schlitten oder Derrys chronisch verdrecktem Jeep war nichts zu sehen, was hoffentlich hieß, dass sie nicht da waren.

»Tut mir leid, ich bin etwas spät dran«, entschuldigte sich Sukie und hievte die Koffer aus dem Auto. »Alle Welt wollte noch schnell eine Nagelverlängerung oder eine Gesichtsbehandlung für den Samstagabend. Nein danke – ich kann das gut selbst tragen – geh schon mal rein, es ist ja ziemlich kalt, und du wartest bestimmt schon seit Ewigkeiten …«

»Papperlapapp«, entgegnete Topsy scharf. »Und hör auf, mich wie eine alte Dame zu behandeln. Alt werden«, sie tippte sich ans Kopftuch, »passiert nur hier oben, meine Kleine. Und hier oben bin ich in der Blüte meiner Jahre.«

»Ja, sicher, entschuldige – geh bitte ins Wohnzimmer durch.« Reumütig deutete Sukie mit dem Kopf in die Richtung. Während sie die Koffer auf den Tisch in der Diele stapelte, hoffte sie inständig, dass das Wohnzimmer halbwegs aufgeräumt war und dass Milla und Derry ihre Autos nicht irgendwo hatten stehen lassen und sich gerade in erotischen Verrenkungen auf dem Sofa ergingen. »Möchtest du eine Tasse Tee?«

»Nein danke.« Topsy sah sich im Zimmer um, in dem von Milla und Derry zum Glück nichts zu sehen war, trippelte leichtfüßig um die dicken, nicht zusammenpassenden Polstersessel herum und stellte sich vor den schwarzen Kaminrost, hinter dem nun, anstelle eines echten Feuers, die künstlichen Scheite eines Gasbrenners zu sehen waren. »Du hast ja vieles so gelassen, wie es bei Cora war.«

»Ich wollte das Cottage nicht verändern. Ich mochte es so. Es war immer mein Zuhause. Auch nach dem Einbau der Zentralheizung habe ich alles wieder an den alten Platz gestellt, weil es bei Cora immer so war und … aber du bist sicher nicht gekommen, um mit mir über Cora zu sprechen, oder?«

»O doch. Aber keine Sorge, ich will dich nicht mit Gefühlsduseleien belästigen, und weil wir beide viel beschäftigte Frauen sind, will ich auch nicht lange um den heißen Brei herumreden.

Ich hätte auch bei den Proben mit dir darüber sprechen können, aber es ist ein heikles Thema, und dort gibt es viel zu viele lauschende Ohren.«

Jetzt war Sukie aber gespannt. Wollte Topsy ihr ein vermeintlich düsteres Geheimnis über Cora anvertrauen? War ihre verrückte Patentante in Topsys blühender Fantasie vielleicht eine Doppelagentin des Kalten Krieges oder ein Transvestit oder eine heimliche Drogendealerin gewesen?

»Du willst mir etwas über Cora erzählen? Aber ich weiß doch alles über sie.«

»Wahrscheinlich nicht ganz.« Topsy öffnete ihr Kopftuch. Ihr Haar war zu einem Knoten gebunden und lag dicht am Kopf an. So sah sie noch mehr wie eine Schildkröte aus. »Cora und ich waren von Kindesbeinen an befreundet. Wir haben vieles zusammen erlebt. Sachen, von denen junge Leute wie du wahrscheinlich keine Ahnung haben. Als Valerie Pridmore erzählt hat, dass du diese Flower-Power-Massagen professionell aufziehen willst, wusste ich, dass ich dich einweihen muss.«

Sukie biss sich auf die Unterlippe. Wenn Topsy sich nicht gerade über die neuesten lebensrettenden Operationstechniken aus einer ihrer Krankenhausserien ausließ, dachte sie sich abergläubische Märchen über Bagley-cum-Russet aus. Sukie machte sich darauf gefasst, gleich zu hören, Cora sei eine zauberkräftige Hexe gewesen und habe ihre freie Zeit mit Levitation und Flügen zum Mond verbracht. Sie seufzte.

»Da brauchst du gar nicht zu seufzen, meine Kleine. Ich hab Ohren wie ein Luchs, dass du es nur weißt. Komm doch mal her …« Topsy ging zum Fenster hinüber, ihr Rücken war unter dem Regenmantel gerade wie ein Gewehrstock. »Was siehst du da draußen?«

Sukie spähte mit ihr durch die kleinen Bleiglasscheiben in den Garten hinter dem Haus. »Sieht aus wie tropfendes, feuchtes, verheddertes Unkraut und Gestrüpp. Steht auf meiner Pflichtenliste für den Sommer, aber –«

»Kein Unkraut«, unterbrach Topsy, »Rohstoffe.«

»Wie bitte?«

»Rohstoffe. Rohstoffe für dein Handwerk. Coras Garten ist und war immer schon eine wahre Schatzkammer der Naturkräfte.«

Sukie lachte, aber freundlich. »Topsy – geht es wirklich nur darum? Um Coras Garten? Um all diese komischen alten Pflanzen auf meinem ehemaligen Abenteuerspielplatz? Ich gebe ja zu, dass ich sie sträflich vernachlässigt habe, aber wenn es erst ein wenig wärmer geworden ist, werde ich die frühere Pracht wiederherstellen.«

»Diese Pflanzen«, sagte Topsy streng, »wachsen hier nicht zufällig. Glaub bloß nicht in dem üblichen jugendlichen Hochmut, du wärst die Erste, die in diesem Cottage mit Tinkturen und Ölen arbeitet, junge Dame.«

»Was? Willst du sagen, Cora …? Nein, da täuschst du dich. Ich habe Cora doch zeitlebens gekannt. Sie hat nie auch nur einen Lavendelzweig in den Wäscheschrank gehängt.«

»Und was glaubst du wohl, warum nicht, wenn ihr Garten doch voll davon war?«

»Das weiß ich wirklich nicht. Aber ich weiß, dass ich einen ganzen Koffer voll synthetischer Öle und Essenzen habe, da brauche ich sicher nicht da draußen durch Unkraut und Gestrüpp zu stapfen, um passende Kräuter für meine Massagen zu finden. Das ist sicher ein sehr interessantes Thema, Topsy, aber versuch bitte nicht, Cora in irgendwelchen eingebildeten Quatsch mit angewandter Magie hineinzuziehen.«

»Quatsch?« Topsys Knopfaugen funkelten. »Quatsch? Du kannst doch nicht dein ganzes Leben hier verbracht haben, ohne zu wissen, dass sich in Bagley-cum-Russet und den umliegenden Dörfern schon so manches Rätselhafte und Unerklärliche ereignet hat. Du weißt sehr wohl, dass Mitzi Blessing keineswegs zufällig in Hazy Hassocks über die Hexenküchen-Rezepte für ihr *Hubble Bubble* gestolpert ist und dass diese Sternenzeremonien in Fiddlesticks Ergebnisse bewirken, die sich durch alle Schulweisheit nicht erklären lassen!«

Sukie schüttelte den Kopf. »Beim Kochen mit Heilkräutern können leichtgläubige Leute ja durchaus auf die Idee kommen, dass Magie mit im Spiel sei, wenn sie das so sehen wollen. Und die Bewohner von Fiddlesticks spinnen sowieso alle, dieser Sternenkram ist doch nichts anderes als ein Aufhänger, um Partys zu feiern. Aber in Bagley geht es nicht so zu.«

»O doch.« Topsy drehte sich vom Fenster weg. »Und zwar schon immer. Vielleicht sind diese Kräfte zu deinen Lebzeiten unangetastet geblieben, aber früher, als Cora und ich noch jung waren, und auch schon lange, lange Zeit davor, gab es in Bagley-cum-Russet mehr Magie als in Hazy Hassocks und Fiddlesticks zusammen. Und das Cottage *Pixies Laughter* war das Zentrum des Geschehens. Cora kannte die Wirkung ihrer Gartenkräuter nur allzu gut. Sie hätte sich niemals ihrer Pflanzen bedient, solange du in der Nähe warst, ganz gewiss nicht. In der Tat hat sie nach all den Schwierigkeiten ganz die Finger davon gelassen. Das war der Grund, warum sie nie auch nur einen Zweig Rosmarin für ihren Lammbraten im Garten gepflückt hat.«

»Schwierigkeiten? Was denn für Schwierigkeiten?«

»Mein Mund ist versiegelt.« Topsy kniff bekräftigend die Lippen zusammen, sodass ihr Mund aussah wie ein runzeliger grauer Reißverschluss. Dann öffnete sie ihn wieder. »Ich sage nur so viel: Honour Berkeley war nicht die einzige Frau in Bagley, der es später leidtat, so viel Zeit in diesem Garten verbracht zu haben. Nein, sobald ich erfahren habe, dass du die Absicht hast, hier mit Düften, Ölen, Cremes und Salben herumzumachen, musste ich dich warnen, was du damit auslösen könntest.«

Sukie verkniff sich mit aller Kraft das Lachen. Topsy war eindeutig übergeschnappt. Das klang alles viel zu sehr nach »Harry Potter trifft Bibi Blocksberg«, um wahr zu sein.

»Nein.« Sukie machte ein ernstes Gesicht. »Tut mir leid. Das nehm ich dir einfach nicht ab. Ich will ja nicht unhöflich sein, aber – wenn man ihren Söhnen und den Klatschgeschichten glauben kann, war Honour Berkeley eine ganze Generation älter als Cora und du und außerdem ein echtes Flittchen, also was hattet ihr schon groß mit ihr zu tun? Und was in aller Welt soll das Cottage mit den *Schwierigkeiten* von Honour Berkeley – oder sonst wem – zu tun gehabt haben? So einen Unfug hab ich im ganzen Leben noch nicht gehört. Wirklich, Topsy, du – na ja, wir wissen ja alle von deinen unerfüllten Träumen, dem Tanzen oder dem medizinischen Beruf – vielleicht …«

Sie hielt inne und sah Topsy an. Topsy starrte herausfordernd zurück.

Sukie zuckte die Schultern, sie wollte Topsys Gefühle nicht verletzen. »Schau mal, das ganze Dorf weiß, dass du eine blühende Fantasie hast. Bestimmt ist es da manchmal nicht ganz leicht, Einbildung und Wirklichkeit auseinanderzuhalten. Ich finde es nicht weiter schlimm, wenn du dir Geschichten ausdenkst. Aber bitte halt Cora da raus. Cora war …«

»Cora war eine Kupplerin.«

6. Kapitel

Sukie prustete vor Lachen. »Eine Kupplerin? Ich bitte dich! Komm, Topsy, jetzt mach aber mal halblang. Ich hab ja im Laufe meines Lebens schon allerhand Unsinn gehört, aber –«

»Das ist überhaupt kein Unsinn«, sagte Topsy ganz ruhig. »Cora war die Beste auf diesem Gebiet.«

Genau genommen wusste Sukie gar nicht so genau, was eine Kupplerin eigentlich tat. Sie erinnerte sich zwar vage an diesen alten Film *Hello, Dolly!* mit Barbra Streisand, aber *so eine* war Cora ja wohl sicher nicht gewesen?

Sie merkte, dass Topsy sie immer noch aufmerksam beobachtete, und ihr wurde klar, dass sie sehr freundlich und behutsam versuchen musste, sie von dieser neuen Schnapsidee abzubringen – bevor diese ebenso ausuferte wie ihr Medizinspleen oder der Ehrgeiz, das ganze Dorf zum Revuetanzen zu bringen.

In demselben Tonfall, den sie in *Beauty's Blessings* immer anschlug, wenn die Gesichtsbehandlung bei einer Kundin nicht ganz die erwünschte Wirkung zeigte, sagte sie lächelnd zu Topsy: »Hör mal, es ist ziemlich kühl hier. Setzen wir uns doch ans Feuer und besprechen alles ganz in Ruhe – möchtest du nicht vielleicht doch eine Tasse Tee?«

»Behandle mich bloß nicht wie eine schwachsinnige Omi«, fauchte Topsy und kniff die Augen zusammen. »Ich hab sehr wohl noch alle Tassen im Schrank! Ich will nur dein Bestes! Und außerdem – hast du dich nie gefragt, warum dieses Cottage *Pixies Laughter* heißt?«

»Nein, warum sollte ich?« Sukie ging rasch zum Kamin hinüber. »Wahrscheinlich, weil es schon seit zweihundert Jahren so heißt. Der Name ist wohl ein Vorläufer von ›Waldesruh‹ oder so. Ich habe mir nie Gedanken darüber gemacht – ich weiß aber noch, dass meine Eltern, als sie es erbten, den Namen in *Rose Cottage* ändern wollten, weil sie *Pixies Laughter* zu abgedreht fanden. Zum Glück kamen sie nicht mehr dazu – und ich lasse den Namen bestimmt nicht ändern –, aber was hat das jetzt wieder damit zu tun, dass Cora eine Kupplerin gewesen sein soll? Du bringst mich ganz durcheinander.«

Topsy wandte sich vom Fenster ab. »Das Cottage heißt *Pixies Laughter*, weil man hier früher wirklich die Waldgeister lachen hörte. Den heimischen Sagen zufolge war an dieser Stelle vor Hunderten von Jahren, bevor die Gemeinden von Bagley oder Russet überhaupt existierten, geschweige denn zu einem Dorf vereint worden waren, eine verborgene Lichtung, ein verwunschener Ort voller zauberkräftiger Pflanzen, ein Ort, an dem sich unerlaubt Liebende heimlich trafen und es den Bienen und Schmetterlingen gleichtaten und wo in der Nachtluft das Lachen der Waldgeister erklang …«

Sukie versuchte tapfer, ihr Kichern zu verbergen, indem sie sich bückte und das Gasfeuer anzündete. »Ach, natürlich! Ich Dummchen! Darauf hätte ich auch selbst kommen können. Das ganze Haus ist ja vollgestopft mit Geistern und Elfen. Manchmal kommt man kaum ins Badezimmer, weil es darin von Kobolden nur so wimmelt!«

Topsy schüttelte den Kopf über so viel Leichtfertigkeit. »Das ist kein Witz, Sukie. Hier haben sich Dinge ereignet, für die sich nie eine Erklärung fand. Cora konnte das Lachen der Waldgeister hören. Dadurch wurde sie sich ihrer Gabe bewusst und merkte, dass sie mit der magischen Welt in Verbindung stand. Hast du sie noch nie gehört? Die lachenden Waldgeister?«

»Nein!« Sukie runzelte die Stirn. Konnte man so jemanden wie Topsy denn überhaupt noch frei herumlaufen lassen? »Natürlich nicht. Ich glaube nicht an Feen …«

»Ich bin froh, dass du sie noch nicht gehört hast. Das bedeutet wahrscheinlich, dass du nicht über die Gabe verfügst.«

Sukie war nicht sicher, ob sie erleichtert oder enttäuscht sein sollte. Aber sie wollte auf keinen Fall Topsys Gefühle verletzen. Dieser Humbug war ihr offenbar sehr wichtig. Und für sie genauso real wie ihr Medizinspleen und ihre verhinderten Tanzträume. »Tja, man kann eben nicht alles haben. Dann werde ich wohl damit leben müssen, nicht mit dem Kleinen Volk in Verbindung zu stehen. Aber glaubst du denn allen Ernstes, dass Cora mich ohne jede Vorwarnung hier hätte wohnen lassen, wenn es hier nicht geheuer wäre – wenn es in *Pixies Laughter* spuken würde oder so?«

Topsy stand noch immer am Fenster. »Erstens spukt es hier nicht. Und zweitens hat Cora dir das Cottage nicht vermacht. Sie hat es deinen Eltern hinterlassen – die, entschuldige bitte, wenn ich das sage – die fantasielosesten, unsensibelsten, langweiligsten Leute sind, denen ich je begegnet bin. Es bestand keine Gefahr, dass sie mit der Magie in Berührung kommen oder sich auch nur im Mindesten für das Cottage und dessen Vergangenheit interessieren würden. Ich bin sicher, dass Cora es ihnen vermacht hat, weil sie annahm, dass sie es verkaufen und du niemals hier wohnen würdest und dich nie mit der Vergangenheit des Hauses beschäftigen müsstest.«

»Aber meine Eltern müssen doch gewusst haben, dass mit dem Haus alles in Ordnung ist und dass Cora keine – keine Kupplerin war …« Sukie tat sich noch immer schwer mit diesem Wort und sank in ihren weichen Lieblingssessel. »Sie haben sie zu meiner Patentante gemacht, verflixt noch mal. Das hätten sie doch nicht getan, wenn sie geglaubt hätten, sie sei eine Hexe.«

»Cora war keine verdammte Hexe! Sie war die Tante deiner Mutter. Eine Tante, muss ich sagen, die von deiner Mutter schändlich ignoriert wurde, weil sie es ablehnte, mit dem Strom zu schwimmen. Dass man sie bat, deine Taufpatin zu werden, war nur ein Lippenbekenntnis in Sachen Familienbande. Deine Eltern wussten sicher nichts von ihrer Tätigkeit als Ehestifterin. Ich glaube, dass sie überhaupt nicht sonderlich viel von Cora wussten und sich auch nicht sonderlich viel aus ihr machten.«

Sukie nickte. Das stimmte wahrscheinlich. Cora und ihre Eltern waren immer Lichtjahre voneinander entfernt gewesen. Dennoch war es ihr unangenehm, dass Topsy dies aussprach.

Sie wünschte wirklich, sie könnte ihre Eltern in Schutz nehmen – oder würde zumindest den Wunsch dazu verspüren.

Schließlich doch von der Wärme angelockt, durchquerte Topsy den Raum, streckte die runzligen braunen Hände zum Feuer und betrachtete die züngelnden blauen, roten und gelben Flammen. »Alles, wofür sich deine Mutter ihr Lebtag interessiert hat, waren ihr sozialer Aufstieg und die aktuellsten Statussymbole. Liebe Güte, ich habe niemals eine selbstsüchtigere Person gekannt als deine Mutter, schon als kleines Mädchen war sie so. Sie hätte diesen schrecklich aufgeblasenen Spießer Marvin Benson heiraten sollen.« Topsy starrte noch einen Augenblick ins Feuer, dann lächelte sie Sukie an. »Ach, hab ich dir eigentlich erzählt, dass ich seine Frau Jocelyn gefragt habe, ob sie nicht bei der Cancan-Truppe mitmachen möchte? Sie hat zwar Nein gesagt, aber sie will für den *Bagley Bugle* mit dir ein Interview über unsere Truppe machen. Ist das nicht toll?«

»Ich pfeif auf die Bensons und die Cancan-Truppe und den verdammten *Bagley Bugle*«, versetzte Sukie zornig. »Versuch jetzt nicht, den Rückwärtsgang einzulegen, Topsy. Nun hast du angefangen, mir diesen Unsinn über Cora zu erzählen – also mach ruhig weiter. Komm schon. Du hast gesagt, Cora habe *Pixies Laughter* meiner Mutter und meinem Vater hinterlassen, weil sie wusste, dass sie mit Samstagabend-Satanismus nichts am Hut haben und weder einen sechsten Sinn für heilige Altäre im Gartenschuppen besitzen, noch im Plumpsklo einen Tauchstuhl für Hexen erkennen würden. Hab ich das richtig verstanden?«

»Spotte nicht, Sukie, Liebes. Bitte mach dich nicht lustig darüber. Hier geht es nicht um Teufelsanbetung oder schwarze Magie oder Hexerei. Ich weiß, dass Cora sich im Grunde gewünscht hat, dass du in diesem Cottage wohnst, weil sie das Haus liebte und weil sie *dich* sehr liebte – wir haben oft darüber gesprochen –, aber sie wusste, es könnte gefährlich sein. Sie hatte immer das Gefühl, du wärst ein bisschen medial veranlagt.«

»Medial? Was soll das denn heißen? Ich bin keine Hellseherin und auch kein verdammter Kobold! Das hier ist die Wirklichkeit! Ich bin Aromatherapeutin und arbeite mit synthetischen Ölen und Düften. Ich werde sicher nicht im Morgengrauen in den Garten gehen und büschelweise Nesseln ausrupfen, wenn ich all diese wundervollen kleinen Flaschen mit – äh, was hab ich eben gesagt?«

»Nesseln. Morgengrauen. Bitte, da siehst du es ja. Du hast ganz automatisch die zum Kräutersammeln magisch bedeutsamste Tageszeit und Nesseln in einem Atemzug genannt. Nesseln gehören zu den wirksamsten Bestandteilen jedes Liebestranks.«

»Quatsch! Ich habe vom Morgengrauen nur gesprochen, weil das in Märchen immer vorkommt, und Nesseln habe ich erwähnt, weil das für mich die langweiligsten Pflanzen der Welt sind, sie wachsen einfach überall, und der Garten ist voll davon und – *wie* war das? *Liebestränke?* Was für *Liebestränke*?«

Topsy wandte sich vom Gasfeuer ab und hockte sich Sukie gegenüber auf die Kante des Polstersessels. »Du hast mir wohl nicht ganz zugehört? Cora hat Liebestränke gebraut. Sagte ich das nicht schon?«

»Du hast gesagt, sie sei eine Kupplerin gewesen. Selbst wenn ich das glauben würde, was aber nicht der Fall ist, hätte ich angenommen, du sprichst von einer Art Partnervermittlung zu Zeiten, als es noch keine Computer gab. Du weißt schon, Treffen mit den Freundinnen, herausfinden, auf welche Typen sie stehen, dem einen oder anderen etwas ins Ohr flüstern ... so ungefähr. Aber du willst wohl sagen, sie hätte Mixturen aus Pflanzen zusammengebraut – zum Beispiel aus Löwenzahn und Kletten – und den Leuten dieses Zeug eingeflößt?«

Topsy seufzte. »Die Tränke waren der Hauptbestandteil ihrer Arbeit, ja, aber Cora hat ebenso mit Tinkturen und Ölen gearbeitet – deshalb musste ich dir davon erzählen, nur für den Fall –«

»Dass ich plötzlich den Drang verspüre, im Garten herumzuspringen, Unkraut auszureißen, zu kochen, zu zerstampfen, in Flaschen zu füllen und dann ahnungslose Leutchen damit einzureiben? Aber sicher doch – sehr wahrscheinlich, wo ich ja alle benötigten Düfte und Essenzen des einundzwanzigsten Jahrhunderts hier in diesen Köfferchen habe: Öle und Essenzen, die meinen Kunden helfen und ihr Leben bereichern werden – anstatt sie zu vergiften!«

Topsy sagte gar nichts. Hockte nur auf der Kante des großen, dicken Polstersessels und machte ein trauriges Gesicht.

Sukie seufzte. Das konnte sie nun wirklich nicht brauchen. Es gab genug albernen Kram, mit dem sie sich tagein, tagaus beschäftigen musste. Durch das gegenüberliegende Fenster betrachtete sie den sich verdunkelnden stahlgrauen Himmel und die schnell dahinziehenden pechschwarzen Wolken, dann sah sie wieder zu Topsy. »Gut, wenn sie also eine so unheimlich tolle Kupplerin war – wie kommt es dann, dass sie selbst nie geheiratet hat? Und was ist mit dir? Hat dir der selige Mr Turvey einen Heiratsantrag gemacht, nachdem du ihm eines von Coras Fläschchen über den Kopf gezogen hast, mit einer Beschwörung wie: *O Liebe so rein, Algernon Turvey sei mein!* – oder ähnlichem Blödsinn?«

Topsy zuckte zusammen. »Du bist reichlich taktlos, meine Liebe. Aber da du schon fragst, ja, ich habe mich Coras besonderer Fähigkeiten bedient – aber nicht auf so drastische Weise, wie du eben geschildert hast. Ich war nicht in Algernon Turvey verliebt, aber er in mich. Er war zwar nicht die Liebe meines Lebens, aber ich habe Cora gebeten, ihn zu meinem Ehemann zu machen …« Topsy lächelte, in Gedanken offenbar weit entfernt. »Schau mal, ich kann ja verstehen, dass du zornig und durcheinander bist. Ich wünschte, ich hätte dir nichts von alldem erzählen müssen – aber ich habe Cora versprochen, immer ein Auge auf dich zu haben und, wenn Gefahr bestünde, dass du etwas über den Blumenzauber herausfindest –«

»Was nie der Fall gewesen wäre, wenn du es mir nicht erzählt hättest!«

»Vielleicht doch. Bei deiner Berufswahl und dem Entschluss, von zu Hause aus zu arbeiten … Das Risiko war mir zu groß, und ich hätte es mir nie verziehen. Nun, fürs Erste habe ich wohl genug gesagt. Sei einfach vorsichtig, Sukie, das reicht.«

»Nein, das reicht nicht. Erzähl mir alles. Sämtliche Einzelheiten.« Sukie lehnte sich im Sessel zurück. »Ich glaube noch immer kein Wort davon, aber du kannst jetzt nicht einfach aufhören. Also los, erzähl weiter. Bitte, Topsy, ich verspreche dir, ich werde mich nicht mehr darüber lustig machen.«

Topsy starrte gedankenverloren ins Feuer. »Da gibt es nicht viel zu erzählen. Cora und ich waren Freundinnen wie du und Chelsea – genauso ausgelassen und albern. Du kannst es dir sicher kaum vorstellen, aber ich war nicht immer eine alte Frau, und so sehr ändern die Zeiten sich nicht. Als Cora und ich und all die anderen Dorfmädchen in deinem Alter waren, und jünger, und wie du im Aufruhr der Gefühle, und uns nach Liebe sehnten, da waren sämtliche jungen Männer im Krieg. Alle miteinander. Nun, fast alle. Einige waren nicht tauglich oder Pazifisten oder übten geschützte Berufe aus – aber der Großteil der Jungs in unserem Alter, Jungs, nach denen wir genauso geschmachtet haben, wie ihr es heute tut, war auf einmal weg. Fort. Um zu kämpfen und wahrscheinlich dabei zu sterben. Weg, wer weiß wohin und für wer weiß wie lange … Stell dir mal vor, wie es dir ginge, wenn so etwas heute geschähe.«

Sukie sah in die züngelnden Flammen des Gasfeuers. Wie das wäre? Einfach fürchterlich … Zu schrecklich, sich auszumalen, dass junge Männer wie Lewis Flanagan und Derry Kavanagh und all die anderen tollen Jungs plötzlich aus dem Dorf herausgerissen würden, um zu kämpfen und womöglich zu sterben …

»Willst du damit sagen, dass Cora, nachdem alle Jungs in den Krieg gezogen waren, für die Mädchen, die ihre erste Wahl nicht kriegen konnten, irgendeinen Kräutertrank zusammengebraut hat, damit sie sich in einen von denen verliebten, die noch zu haben waren? Alte Männer oder Invaliden? Nach dem Motto: In der Not frisst der Teufel Fliegen? Das ist ja widerlich …«

»Darüber kannst du jetzt natürlich leicht die Nase rümpfen, aber so war es keineswegs, Sukie. Manche der Mädchen, die in einem der Dörfer allein zurückgeblieben waren, einsam, verängstigt, gelangweilt – wie auch immer –, sehnten sich nach

Liebe. Und es gab andere junge Männer oder ausländische Soldaten, die hier in der Gegend stationiert waren und ebenfalls schrecklich einsam waren und heimwehkrank und weit entfernt von denen, die sie liebten. Meine Güte, du weißt doch, wie so etwas läuft. Cora hat ihnen Tränke gemischt, weil sie diese Gabe besaß. Sie tat es, um den Liebeskranken und Einsamen zu helfen. Nur vorübergehend natürlich, aber aus manchen Beziehungen wurde mehr. Was sollte daran verkehrt sein? Der Krieg dauerte viele Jahre lang. Die zu Hause gebliebenen Frauen hätten sich sonst anderswo umsehen müssen, und wenn sie ihr Glück bei Fremden fanden ...

Für die ungebundenen Mädchen war das ja alles gut und schön, aber als unsere Jungs aus dem Krieg nach Hause kamen, bestanden einige recht ernsthafte Liebesbeziehungen. Verstehst du? Verheiratete und verlobte Frauen, Hals über Kopf in fremde Männer verliebt! Natürlich nicht alles durch Coras Zutun, aber nun kamen scharenweise verzweifelte Frauen, die sich anfangs ihrer Elixiere bedient hatten, und flehten sie um Hilfe an, damit sie sich wieder in ihre Männer verliebten – Männer, die fünf oder sechs Jahre lang fort gewesen und danach praktisch Fremde waren. In einigen Fällen wurde es ganz schön unerquicklich. Cora hat sich für manche unpassenden Verbindungen und zerrütteten Ehen verantwortlich gefühlt und es sich nie verziehen ... so etwas hatte sie nicht beabsichtigt. Das habe ich vorhin mit Schwierigkeiten gemeint – und deshalb hat sie mit der Kuppelei Schluss gemacht.«

Selbst wenn es wirklich so gewesen wäre, was Sukie noch immer bezweifelte, so waren das doch uralte Geschichten. Vielleicht, möglicherweise, hatte Cora so was wie bewusstseinsverändernde Kräuter entdeckt ... und vielleicht, möglicherweise, hatte es genügend einsame und leichtgläubige Frauen im Dorf gegeben, die an deren Wirksamkeit glaubten. Aber das war damals gewesen, hier und jetzt hatte es keine Bedeutung mehr. Wie bei so vielen ihrer Erzählungen hatte Topsy mal wieder aus einer Mücke einen Elefanten gemacht.

»Okay, selbst wenn ich dir diesen Teil der Geschichte abkaufe, erklärt das aber noch lange nicht, warum es Cora nicht gelungen ist, sich mit ihren Liebestränken auch zu eigenem Glück zu verhelfen, und warum du an Non Turvey hängen geblieben bist, wenn du ihn gar nicht geliebt hast.«

Topsy schien sich in den Kragen ihres Regenmantels verkriechen zu wollen wie eine Schildkröte in ihren Panzer. Ganz leise sagte sie: »Cora und ich waren in zwei Jungen aus dem Dorf verliebt ... haben sie sehr geliebt. Als sich abzeichnete, dass ein Krieg unvermeidbar war, wurden sie alle von patriotischem Eifer erfasst und meldeten sich freiwillig. Sie meinten, wenn sie bis zur Einberufung warteten, würden sie nur als Kanonenfutter verheizt, so aber könnten sie sich ihre Kampfeinsätze noch aussuchen ...«

Sukie starrte wieder in die Flammen. Schon komisch, sich vorzustellen, dass Topsy und Cora mal junge Mädchen gewesen waren, wie Chelsea und sie ... Den Zweiten Weltkrieg hatten sie in der Schule durchgenommen. Sukie wusste Bescheid. Aber jetzt brachte sie zum ersten Mal wirkliche Menschen damit in Verbindung, wirkliche Mädchen, die in wirkliche Jungs verliebt gewesen waren ...

»Und was wurde aus ihnen? Aus den jungen Männern, die ihr geliebt habt?«

»Coras Freund wurde in einem Lancaster-Bomber in Stücke gerissen und meiner starb in der Weißen Wüste ...«

Sukie schluckte. Sie wusste nicht genau, wo die Weiße Wüste lag, aber das war auch egal. Sie konnte Topsy nicht in die Augen sehen.

»Cora hatte nie wieder Augen für einen anderen. Es hat ihr

für immer das Herz gebrochen.« Topsy sprach noch immer ganz leise. »Und ich? Vielleicht hätte ich es nicht tun sollen, aber ich wollte nicht mein Leben lang Miss Jean Millett bleiben.«

Jean Millett? Sukie zog erstaunt die Augenbrauen hoch, öffnete den Mund, machte ihn dann aber wieder zu. Natürlich, der Spitzname Topsy hatte sich ja geradezu aufgedrängt, nachdem sie Algernon Turvey geheiratet hatte, denn sie war ja wirklich ganz schön verrückt, *topsy-turvy* eben. So ähnlich war es bei ihrer Erdkundelehrerin gewesen, im einen Schuljahr hieß sie noch Miss Black, dann heiratete sie während der Ferien einen Mr Crawley, und weil bei diesem Namen jeder an »kriechen« denkt, nannte man sie von da an in der ganzen Schule nur noch »die Schnecke«.

Topsy zupfte mit mageren, schrumpeligen Fingern an den Falten ihres Regenmantels. »Non Turvey war Landarbeiter. Er musste nicht in den Krieg. Er hatte Plattfüße und obendrein einen Herzfehler. Er war da, und er war ein Mann, und er war jung, und er mochte mich. Das klingt für dich wahrscheinlich merkwürdig, aber ich wollte unbedingt heiraten, und da habe ich Cora gebeten, mir einen Trank zu mischen …«

»Und, hat es geklappt?«

»Ja. Wir haben geheiratet und waren recht glücklich, bis der Herzfehler seinem Leben ein Ende gesetzt hat. Ich habe nie aufgehört, meinen ersten Freund zu lieben. Und ich habe Non Turvey sicher nie so geliebt wie er mich, aber Cora hat mir immer wieder was zur Auffrischung gegeben, und so sind wir mehr als dreißig Jahre lang recht gut miteinander ausgekommen. Ich bereue es nicht. Es war auf jeden Fall besser, als allein zu bleiben.«

Sukie sagte nichts. Einen Moment lang versetzte sie sich in Cora und Topsy und die anderen Mädchen von damals. Und sie konnte verstehen, dass sie – ohne die Freiheiten und Zerstreuungen des Lebens im einundzwanzigsten Jahrhundert – verzweifelt nach jedem Strohhalm gegriffen hatten. Aber dennoch …

Topsy beugte sich in dem großen Polstersessel vor. »Sukie, ich wollte dich nur warnen, dass hier so manches geschehen kann. Die sanfte Zauberkraft der Pflanzen wird schon seit Tausenden von Jahren angewandt – und das gilt ganz besonders für Pflanzen, die an Orten der Kraft wie *Pixies Laughter* wachsen. Cora wusste, sich der Naturmagie zu bedienen – nein, lach nicht. Ich hab ihr gesagt, sie solle dich wissen lassen, was hier vor sich geht, aber sie meinte, das sei nicht nötig. Da du dir in den Kopf gesetzt hattest, Kosmetikerin zu werden, und dieser Ort nie dein Zuhause sein würde, kämst du auch nie in Versuchung, den Garten zu benutzen … Wahrscheinlich meinte sie, du würdest mit dem Gesicht voller Make-up irgendwo in einer Drogerie hinter der Kasse stehen. Sie ahnte ganz sicher nicht, dass du eines Tages mit Blütenessenzen und Massagen zu tun hättest und noch dazu hier wohnen würdest.«

Das war ja wohl alles viel zu abwegig, um wahr zu sein. Aber wenn doch? Was, wenn Cora wirklich eine besondere Gabe gehabt hatte? Wenn der verwilderte Garten von *Pixies Laughter* wirklich ein Hort zauberkräftiger Pflanzen war? Sukie hörte den Märzwind um das Cottage brausen, der das Gasfeuer zum Singen brachte.

»Hat Cora das alles denn aufgeschrieben? All ihre Tränke, meine ich? Hatte sie ein altes Rezeptbuch wie das, mit dem Mitzi Blessing ihre Kräuterküche begründet hat?«

»Nein.«

Sukie starrte Topsy an. Dieses Nein war zu schnell gekommen. Viel zu schnell.

»Das glaub ich dir nicht. Sie hatte eben doch eines, nicht wahr? Es muss ja noch irgendwo sein. Hier im Cottage?«

»Nein«, sagte Topsy wieder. »Es gab kein Buch. Sie hat nichts aufgeschrieben.«

»Du weißt, dass es eines gab!« Sukie rappelte sich aus den Untiefen der dicken Polster empor. »Topsy, du weißt es! Bestimmt hast du gehofft, es sei auf dem Müll gelandet, als meine Eltern nach Coras Tod den Papierkram aussortiert haben – aber du kannst nicht sicher sein. Hier gibt es überall noch jede Menge von Coras Sachen – also könnte es durchaus irgendwo sein, nicht wahr?«

Topsy stand mit einer anmutigen Bewegung auf, glättete ihren Regenmantel und steuerte auf den Flur zu. »Es gibt kein Buch. Keine Papiere. Keine Rezepte. Cora hatte alles im Kopf. Ihr Wissen starb mit ihr. Es tut mir leid, wenn dich das alles aufgewühlt hat – aber ich bereue nicht, es dir erzählt zu haben. Nun weißt du Bescheid. Wie du mit diesem Wissen umgehst, ist deine Sache. Und jetzt entschuldige mich bitte, ich muss wirklich gehen. Ich mache es mir am frühen Samstagabend gerne vor dem Fernseher gemütlich, damit ich *Casualty* nicht verpasse …«

Durchs Fenster sah Sukie Topsy den Gartenweg entlanggehen und im grauen, dunkler werdenden Märzabend verschwinden.

Auf einmal war es im Cottage eigenartig still. Einsam. Trotz des munter flackernden Gasfeuers fröstelte Sukie. Sie wünschte, Milla wäre zu Hause. Sie wünschte, Chelsea würde auftauchen und das Haus mit Gekicher und klatschsüchtigem Geschwätz erfüllen, während sie sich für die Junggesellinnenparty zurechtmachten. Sie wünschte, das leise Seufzen des Windes und das Rauschen des Regens nicht hören zu müssen. Und vor allem wünschte sie, es klänge nicht ganz so wie ein leises, fernes, silberhelles Lachen.

7. Kapitel

Der Samstagabend lief im Bungalow der Bensons nach einem ebenso festen Schema ab wie die restliche Woche. Der ganze Tag war mit nahezu militärischer Präzision durchorganisiert: Morgens wusch Marvin den Wagen oder spielte neun Löcher Golf, während Joss in Hazy Hassocks einkaufen ging – Lebensmittel, nichts anderes –, Mittagessen gab es Punkt eins, irgendetwas Leichtes auf Toast, am Nachmittag döste Marvin vor einer Sportsendung im Fernsehen, und Joss arbeitete im Garten, wenn das Wetter schön war, oder las, wenn nicht.

Und dann, am Abend ... Nun, der Samstagabend war am allerschlimmsten.

Joss saß am Frisiertisch und betrachtete wehmütig ihr Spiegelbild, wie immer in der Hoffnung, eine glühend sinnliche, begehrenswerte Frau zu sehen. Dann fragte sie sich, warum niemand sie davor gewarnt hatte, dass sie infolge des Schwurs »bis dass der Tod uns scheide« an Samstagen von ganzem Herzen wünschte, es wäre hoffentlich bald so weit.

Marvin und sie »unternahmen« am Samstagabend immer etwas. Das gehörte ebenso zum festen Schema wie alles andere an diesem Tag und war noch viel unerfreulicher. Wenn sie ausgingen, dann nicht etwa zum Tanzen oder ins Konzert oder Theater oder Kino; das alles hätte Joss große Freude gemacht. Vor allem das Tanzen. Sie fragte sich, warum sie Topsy erzählt hatte, sie könne nicht tanzen – wohl infolge jahrelanger

Selbstverleugnung. Marvin verabscheute Tanzen, und so schien ihr die Behauptung, sie könne es nicht, das Einfachste zu sein. Inzwischen konnte sie es wahrscheinlich wirklich nicht mehr. Wer rastet, der rostet, hieß es ja.

Nein, sie gingen am Samstagabend nicht zum Tanzen, sondern zum Essen. Meistens zu Esseneinladungen bei Marvins Kameraden vom Rotary-Club oder vom Kricketteam oder in den Golfclub in Winterbrook oder in Restaurants, die in der Wochenendbeilage seiner Zeitung empfohlen worden waren und winzig kleine, dekorativ angerichtete Mahlzeiten servierten, die aber weder Joss' Erwartungen noch ihrem offenbar unmodern guten Appetit entsprachen.

Langsam befestigte sie ihre Perlen-Ohrstecker: blasser, unauffälliger Schmuck, passend zu ihrem blassen, unauffälligen Gesicht und dem cremefarbenen Seidenpullover. So farblos … Sie fragte sich oft, was Marvin wohl dazu sagen würde, wenn sie mit üppigem Make-up und in einem extravaganten Kleid in Feuerrot und Orange hüftenschwingend die Treppe hinabgetanzt käme? Was würde Marvin wohl dazu sagen, wenn sie ihm vorschlüge, etwas Spontanes und Gewagtes zu tun? Was würde Marvin wohl dazu sagen, wenn sie ihm erklärte, dass der Samstagabend für sie das Grässlichste an der ganzen Woche war?

Manchmal blieben sie auch zu Hause und luden zu einer Dinnerparty in ihren Bungalow ein. Das war am allerschlimmsten. Wenn Leute gekommen wären, die sie kannte und mit denen sie sich wohl fühlte, hätte sie es ja schön gefunden, aber Marvin hatte Joss' Freunde, die sie in *The Close* besuchen kamen, im Lauf der Jahre erfolgreich vergrault, und schließlich waren selbst die hartnäckigeren fortgeblieben.

Also kamen Marvins Bekannte. Joss verabscheute das gehässige, überhebliche Geschwätz dieser Leute, die sie kaum kannte und mit denen sie nichts gemeinsam hatte. Auch fühlte sie sich immer unter Druck gesetzt, die neuesten Designermahlzeiten zu servieren, um den Ansprüchen von Marvins Kameraden und deren wohlerzogenen Ehefrauen mit den Piepsstimmen zu genügen.

Joss kochte am liebsten gute, einfache Hausmannskost – sie war eben in jeder Hinsicht ein schlichtes Gemüt – und hätte gerne herzhafte Eintöpfe und Pasteten und Aufläufe und Puddings auf den Tisch gebracht. Aber Marvin wollte davon nichts wissen. Nein, sie musste sich mit überkandidelten Kochbüchern abplagen und marinierte Kinkerlitzchen auf Spießchen komponieren und dabei stets berücksichtigen, ob nun Pomeranzen oder Heidelbeeren gerade kulinarisch *en vogue* waren.

Immerhin stand so etwas heute Abend nicht auf dem Programm, obwohl es wie immer ein Geheimnis blieb, wohin sie gingen. Marvin entschied das.

Als sie aufstand und sich den gediegenen mausgrauen Rock glatt strich, wünschte Joss, sie könnte mit Valerie Pridmore und deren Mann einen ausgelassenen Abend im *Barmy Cow* verbringen, trinken, Darts spielen und lachen.

Marvin setzte natürlich nie einen Fuß ins *Barmy Cow*, und es war ja auch wirklich eine Spelunke – aber eine Spelunke voller Leute, die mit ihrem Los zufrieden waren, sich an dem freuten, was sie hatten, und das Hier und Heute nicht durch Wenn-doch-nur-Gedanken verdarben. Leute, die lachten und sangen und sich eine verdammt gute Zeit machen konnten. Leute wie Valerie Pridmore und deren Mann, die immer noch miteinander schliefen …

Sogar die Berkeley Boys fand Joss amüsant. Marvin, der die viktorianischen Moralvorstellungen seiner Vorfahren nie wirklich abgelegt hatte, rümpfte die Nase, wenn von ihnen die Rede war, und nannte sie die Berkeley-Bastarde. Marvin fand zwar, die Verwendung von Schimpfworten zeuge von niederer sozialer Herkunft, glaubte jedoch, er könnte das Wort Bastard in seiner korrekten Bedeutung verwenden, ohne dass der Himmel einstürzte.

»Jocelyn!« Marvins Stimme tönte durch den Bungalow. »Bist du so weit? Es ist gleich sieben!«

Joss zog ihren cremefarbenen Regenmantel aus dem Schrank – es war immer noch grau und kalt und nass draußen – und schlüpfte in ihre vernünftigen flachen Pumps, die sie samstags immer trug, denn sie fuhr den Wagen, damit Marvin etwas trinken konnte. Dann ging sie mit dem vertrauten Gefühl, zur eigenen Hinrichtung zu schreiten, durch den Flur ins Wohnzimmer.

»Fertig. Mit wem essen wir heute Abend?«

Marvin hatte sich zum Ausgehen wie immer fein gemacht und musterte sie kritisch. »Dieser Rock wirkt reichlich eng. Du könntest ruhig ein paar Pfund abnehmen – ach, wir treffen uns mit Simon und Sonja. Die magst du doch, nicht wahr?«

Joss, die immer fand, Simon und Sonja wären ihr sehr viel sympathischer, wenn sie mal etwas Interessantes täten – wie etwa spontan in einer Stichflamme zu verpuffen –, antwortete nicht.

»Der alte Simon ist angefressen, weil ich ihn letzte Woche im Golf haushoch geschlagen habe«, feixte Marvin und rückte seine Kricket-Club-Krawatte zurecht. »Sonja meinte, ich schulde ihr ein anständiges Essen, weil er seitdem ziemlich ungenießbar gewesen sei.«

Dann müsste mir eigentlich jemand anständiges Essen für ungefähr dreißig Jahre schulden, dachte Joss und nahm die Autoschlüssel vom Haken neben der Haustür. »Und wo essen wir heute?«

Bitte, bitte nicht wieder in irgend so einem minimalistischen

Nouvelle-Cuisine-Lokal, wo sie nie wusste, was sich da eigentlich auf ihrem Teller befand.

Marvin schob sich hinter ihr durch die Tür und schauderte in der unvermittelten feuchten Kälte. »Ganz schön frisch heute Abend! Ach, ein Typ im Zug hat mir neulich Morgen erzählt, man hätte ihm in einem kleinen Landgasthof das beste Essen aller Zeiten serviert. Versteh gar nicht, warum wir noch nicht dort waren.«

Joss schon. Kleine Landgasthöfe waren, nach Marvins Auffassung, voll mit unbändigen Halbstarken, Proleten, Asozialen und Kretins.

»Heute musst du nicht weit fahren«, sagte Marvin so gönnerhaft, als würde er ihr den Mond in Seide verpackt überreichen. »Es geht nach Fiddlesticks, ins *Weasel and Bucket.*«

»Was zum Teufel machst du da unten in dem Schrank?«, schrie Chelsea Sukies Hinterteil an. »Und warum bist du noch immer im Bademantel? Hast du noch nicht geduscht? Es ist schon fast sieben Uhr!«

»Au!« Bei Chelseas plötzlichem Auftauchen schreckte Sukie hoch und stieß sich den Kopf an der über ihr offen stehenden Schublade. »Autsch, das tut weh! Lach nicht! Wie bist du überhaupt reingekommen?«

»Die Haustür war nicht abgeschlossen. Also habe ich mir erlaubt einzutreten. Warum machst du ausgerechnet jetzt deinen Frühjahrsputz?«

»Ich mach keinen Frühjahrsputz ... ich, äh, ich such nur was. Natürlich habe ich längst geduscht und – au Backe!«

Blinzelnd sah Sukie nun Chelsea zum ersten Mal richtig an. »Als was in aller Welt hast du dich denn verkleidet?«

»Ich bin eine Fee.« Chelsea, das bemalte Gesicht voll silbernem Glitzer, machte eine Pirouette und schwenkte einen rosa und silbern blinkenden Zauberstab über dem Kopf. »Hübsch, was?«

Sukie blinzelte noch heftiger. Das knappe knallrosa Tutu reichte kaum über Chelseas knappen pinkfarbenen Slip; der weiße Satinbody sah einem Dessous aus dem Sexshop verdächtig ähnlich; die pinkfarbenen Netzstrümpfe und Ballettschuhe waren – na ja – schrill; aber was dem Ganzen die Krone aufsetzte, war das plüschige, blinkende knallrosa Zuckerwattekrönchen, das hoch oben auf Chelseas buntem Haarschopf thronte.

»Bist du etwa in diesem Aufzug durchs ganze Dorf gelaufen?« Sukie kicherte. »Hoffentlich nicht.«

»Nee, ist doch viel zu kalt. Mein Vater hat mich hergebracht. Er kommt in einer Viertelstunde wieder und fährt uns nach Fiddlesticks. Für den Rückweg müssen wir uns allerdings ein Taxi nehmen. Äh, der Traumtyp ist wohl nicht zufällig gerade da, oder?«

»Wer?«

»Derry Kavanagh natürlich.« Chelsea zog die Augenbrauen hoch, wobei ihr Krönchen schwankte und blinkte. »Ich würd gern mal meinen funkelnden Zauberstab auf ihn richten.«

»Bedaure.« Sukie grinste. »Zu schade aber auch. Nein, er ist nicht da. Und Milla ebenso wenig, sodass er auch nicht vorbeikommen wird, um sie abzuholen. Du wirst deine Feenverführungskünste heute Abend für einen anderen aufheben müssen.«

»So ein Mist«, sagte Chelsea gut gelaunt. »Da nur Frauen zur Party eingeladen sind, ist dann ja alles umsonst. Aber wir könnten natürlich auch noch eine Weile hier rumhängen und abwarten, ob sich Derry nicht vielleicht doch noch blicken lässt …«

Nein, könnten wir nicht, dachte Sukie. Derry Kavanagh hatte sie einmal ausgelacht – und sie würde ihm gewiss keine Gelegenheit geben, es ein zweites Mal zu tun. »Ach, ich glaube nicht, dass Milla ihn so bald wieder hierherbringen wird. Wahrscheinlich hat sie sich mit ihm in irgendein Fünf-Sterne-Boudoir zurückgezogen.«

»Die Glückliche.« Chelsea seufzte. »Tja, wenn das so ist, solltest du wohl besser in die Puschen kommen, bevor mein Vater hier ist. Deins ist in der Tragetasche da.«

»Mein was?«

»Dein Kostüm. Das Feenzeug.«

»Ich verkleide mich nicht.«

»Aber wohl wirst du das. Wir verkleiden uns alle. Fern hat es sich so gewünscht, und weil es ihre Jungesellinnenparty ist, musst du mitmachen. Jetzt geh schon, gib dir einen Ruck und zieh dich an – ich such inzwischen in dem Schrank hier, was auch immer du nicht finden kannst.«

Nein. Sukie schüttelte den Kopf. Auf keinen Fall würde sie sich verkleiden – und auf gar keinen Fall würde sie Chelsea erzählen, dass sie sich während der letzten Stunden damit verrückt gemacht hatte, über Topsys zeitlich ungelegene Enthüllungen nachzudenken und *Pixies Laughter* nach Coras angeblich nicht vorhandenen Liebestrank-Rezepten zu durchstöbern.

»Ich zieh einfach Jeans und mein pinkfarbenes T-Shirt an und trag ein bisschen Glitzer auf.«

»Das geht nicht! Alle verkleiden sich. Und du ziehst das hier an!« Chelsea warf Sukie eine Tüte zu. »Ist genau wie meines. Ronald hat sie uns extra gemacht.«

»Meinst du Ronald aus Bagley-cum-Russet? Den Couturier der Stars?«

»Nein, Ronald aus Hazy Hassocks«, seufzte Chelsea. »Du kennst doch Ronnie? Der Typ aus Mitzi Blessings Babyboomer-Kreis, den Topsy überredet hat, unsere Cancan-Kostüme zu schneidern. So Sachen fürs Showbusiness hat er voll drauf, er liebt Glitzer und Pailletten. Du kannst mir das Geld dafür später geben.«

Sukie spähte in die Einkaufstüte. »Und das ist genauso wie deines?«

»Ganz genau«, antwortete Chelsea stolz. »Wir werden aussehen wie Zwillinge.«

»Ich werde aussehen wie eine fette Schlampe. Und da meine Beine zu dieser Jahreszeit so bleich sind wie rohe Würstchen, machen sich die rosa Netzstrümpfe sicher ganz besonders toll.«

»Na aber!« Chelsea warf sich mit hoch erhobenem Zauberstab in Pose. »Was sagt Topsy immer über Netzstrümpfe? ›Immer schön ein Paar getönte Strümpfe oder Strumpfhosen drunter, Mädels, dann wirken Netzstrümpfe Wunder an jedem Bein!‹«

Sukie kicherte wieder. »Ja, da mag sie schon recht haben – aber in dem restlichen Zeug lass ich mich trotzdem nicht in der Öffentlichkeit blicken.«

»Aber natürlich wirst du das, verflixt noch mal!« Chelsea schob Sukie auf die gewundene Treppe zu. »Los, zieh dich an – und du hast doch hoffentlich an Ferns Geschenk gedacht?«

»Ja, die Fläschchen stehen auf dem Tisch in der Diele – pack sie doch inzwischen schon mal ein, und tu sie zu deinen Sachen, dann vergess ich sie nachher nicht.« Sie beäugte noch einmal das Feenkostüm. »Aber ich weiß wirklich nicht …«

»Mensch, Sukie, das ist doch auch nicht freizügiger als die Cancan-Kostüme, und die bestehen nur aus Miedern und Strapsen und Strümpfen und Unterröcken und so was. Damit hast du doch auch kein Problem.«

»Das ist etwas anderes.«

Das war es wirklich, dachte Sukie, während sie mit der Einkaufstüte die Treppe hinaufging. Bislang hatten sie nur vor Publikum in Altersheimen oder bei Schulfesten Cancan getanzt. Sie fand Ronnies Interpretation des Moulin-Rouge-Kostüms prächtig und aufregend und, tja, angemessen. Sukie hatte es nie irgendwie als aufreizend empfunden. Im Vergleich dazu war dieses liederliche Feenzeug hier – sie schüttelte die Plastiktüte –, ja, geradezu feuergefährlich.

Immerhin, dachte sie, als sie die Dose mit Glitzerspray zur Hand nahm, war das *Weasel and Bucket* heute Abend, wie Chelsea betont hatte, eine männerfreie Zone. Nur Ferns Feen wären da. Bestimmt würde es niemand auch nur im Mindesten interessieren, wenn ihre weiblichen Rundungen aus einem Kostüm hervorquollen, das von der Größe her besser in die Weihnachtsaufführung einer Grundschule gepasst hätte.

Das *Weasel and Bucket* war etwas ganz anderes als das *Barmy Cow*, dachte Joss und betrachtete erfreut die auf Hochglanz polierten Oberflächen, das blinkende Messing, die urigen, niedrigen dunklen Deckenbalken und das knisternde Kaminfeuer. Ein echter Landgasthof. Gemütlich, einladend, warm – und für einen Samstagabend erstaunlich leer.

»Ach, das ist aber nett.« Joss wandte sich erfreut zu Marvin. »Warum waren wir hier noch nie?«

»Du weißt, was ich von den örtlichen Pubs halte.« Marvin strebte bereits ans hintere Ende des langen Tresens. »Wenngleich der hier recht annehmbar zu sein scheint – aber das Dorf ist mit Vorsicht zu genießen. Dir ist sicher bekannt, was hier vor sich geht?«

Joss wusste es. In Fiddlesticks glaubte man an die Macht der Sterne. Es gab regelmäßig die wildesten Open-Air-Partys, weil die Dorfbewohner überzeugt waren, der Mond und die Sterne würden über ihr Schicksal walten. Nun, wahrscheinlich glaubten sie heutzutage nicht mehr so fest daran, aber die Partys feierten sie immer noch.

Joss fand das herrlich. Marvin natürlich nicht.

»Sieh an, Simon und Sonja sind uns zuvorgekommen – und haben sich natürlich gleich den Tisch am Kamin geschnappt.« Marvin rieb sich die Hände. Eine unangenehme Angewohnheit. Joss war oft in Versuchung, in seine Handcreme Sekundenkleber zu mischen. »Am besten, du holst schon mal die Getränke.«

Joss sah dem sich entfernenden Rücken im Tweedjackett nach. Getränke für alle? Was in aller Welt tranken Simon und Sonja denn? Wusste sie das noch? Interessierte es sie? Kümmerte es sie?

»Äh, ein großes Glas trockenen Weißwein, bitte«, sagte sie lächelnd zu der älteren Frau hinter der Theke. »Und bitte eine große Schorle für mich. Und noch mal das Gleiche von dem, was die anderen ...« Joss deutete zu Sonja und Simon am Kamintisch. »... hatten. Danke.«

»Sie haben dasselbe bestellt wie Sie«, erklärte die Frau. »Nur dass sie weder bitte noch danke gesagt haben.«

Joss lächelte teilnahmsvoll. Das taten sie nie. »Es ist so ruhig hier heute Abend.«

Die Frau schenkte den Wein ein. »Ruhe vor dem Sturm. Heute ist ein Jungesellinnenabend angesagt. Wir sind nur an diesem Abend zur Aushilfe hier, weil der Wirt und seine Freundin heiraten werden. Er ist mit seinen Kumpels nach Blackpool gefahren, und sie gibt ihre Party hier – rosa Feen ist wohl das Motto. Ein reizendes Mädchen, die junge Fern, aber etwas Feenhaftes hat sie nun wirklich nicht an sich. Hier wird bald die Hölle los sein, glauben Sie mir.«

Joss lächelte verzückt. Das würde nicht nur Marvin zur Weißglut treiben, sondern für sie den Samstagabend auch unheimlich aufpeppen.

»Wenn es nachher so voll wird, nehme ich vielleicht besser gleich zwei ganze Flaschen Wein und Soda mit.«

»Gute Idee. Ich hole Ihnen einen großen Kübel«, lachte die Bedienung. »Natürlich nicht, um daraus zu trinken. Nur um Ihren Chardonnay kühl zu stellen.«

Joss lachte mit. Dann verdrängte sie die köstliche Vorstellung, wie Marvin aus einem Eimer schlürfte, nahm den Wein und den Eiskübel, stellte die Gläser auf ein Tablett und bezahlte.

»Sehr schön. Vielen Dank. Übrigens wollten wir heute Abend hier auch etwas essen. Hat das andere Ehepaar schon um die Speisekarte gebeten?«

»Nein, aber das hätte auch nichts gebracht. Timmy Pluckrose hat normalerweise eine weit gefächerte Speisenauswahl, aber wie ich schon sagte, sind wir nur als Wochenendaushilfen hier. Ich koche nur ein paar Hauptgerichte. Wenn Sie essen wollen, sollten Sie lieber bald bestellen, wegen der Party. Es gibt Steak and Kidney Pie oder einen Eintopf mit Kräuterklößen – wahlweise mit Rindfleisch oder mit Gemüse. Als einzigen Nachtisch gibt's Spotted Dick, also Rosinenpudding mit Vanillesoße.«

Joss hätte am liebsten vor Freude einen Luftsprung gemacht. Das wurde ja immer besser!

»Ganz hervorragend. Ich sage nur eben den anderen Bescheid und komme gleich wieder.«

Behutsam trug Joss das voll beladene Tablett zum Tisch am Kamin. Marvin blickte nicht einmal auf.

Simon und Sonja, sportlich schlank und topmodisch gekleidet, lächelten flüchtig in ihre Richtung, für die Getränke bedankten sie sich nicht. Sie waren offenbar zu sehr mit Marvin ins Gespräch über die Highlights der überaus reichhaltigen Speisekarte vertieft, die auf Tafeln an den buckligen Wänden des Pubs ausgehängt war.

»Ähem«, Joss setzte sich, »es ist zwecklos, sich von dort etwas aussuchen zu wollen. Der Wirt ist nicht –«

Die anderen unterbrachen ihr Gespräch für einen Moment, sahen sie an, als sei sie ein störendes Insekt, und sprachen dann weiter.

»Marv …«

»Ts, ts, ts«, machte Sonja. »Marv? *Marv?* Das klingt ja wie der Name eines alten Soulsängers! Liebe Güte, Simon würde sofort die Scheidung einreichen, wenn ich ihn Si nennen würde.«

Wenn es doch nur so einfach wäre, dachte Joss boshaft.

»Jocelyn weiß, dass ich es nicht ausstehen kann, Marv genannt zu werden«, knurrte Marvin. »Sie muss es vergessen haben.«

Joss holte tief Luft und ignorierte Marvins finstere Miene. Er hatte wieder dieses puterrote Gesicht mit den leicht pulsierenden Halsschlagadern. »Die Dame hinter der Theke erklärte mir eben, dass heute Abend nur eine begrenzte Speisekarte zur Auswahl steht …«, und sie sagte das Angebot auf.

»Das ist ja wieder typisch! Kantinenfraß!« Marvin rümpfte die Nase. »Also ich weiß ja nicht, wie ihr beide das seht, aber ich würde vorschlagen, wir gehen woandershin.«

Sonja und Simon sahen einander nachdenklich an. Joss war ziemlich sicher, dass sie alle miteinander umbringen würde, wenn sie jetzt in irgendeine pseudorustikale Edelklitsche umsiedeln wollten.

»Ich weiß nicht – vielleicht wäre es ja ganz amüsant, so im nostalgischen Sinne«, meinte Simon mit gekünstelter Heiterkeit. »Ist schon Jahre her, dass ich zuletzt eine richtige Steak-and-Kidney-Pie gegessen habe. Die gute Sonja nimmt diesen Firlefanz mit der fettarmen Ernährung ziemlich genau.«

Sonja zuckte zusammen und machte ein Gesicht, als sei sie gerade dabei, die Mengen gesättigter Fettsäuren und Cholesterine in Blätterteig zusammenzuzählen, von der statistischen Wahrscheinlichkeit eines Herzinfarkts durch Trans-Fettsäuren in Klößen mal ganz abgesehen.

»Ganz, wie du meinst, Simon«, sagte sie mit zusammengekniffenen Lippen. »Aber glaub nicht, dass ich Mitleid habe, wenn du danach vor lauter Verdauungsbeschwerden die halbe Nacht nicht schlafen kannst.«

Marvin, immer noch puterrot, nickte zögernd. »Wahrscheinlich ungenießbar – wer isst denn heutzutage noch solches Zeug? Blätterteig, um Himmels willen! Aber bitte, wenn ihr das Risiko eingehen wollt …«

Sie blieben! Jaaaa! Joss war im ersten Augenblick vor Begeisterung ganz überwältigt. Dann, nachdem sie einen Schluck Schorle getrunken hatte, erhob sie sich. »Also? Steak and Kidney Pie für alle? Und vier Spotted Dicks? Sehr schön – ich gebe gleich die Bestellung auf.«

»Immer mit der Ruhe. Warum diese Hast?« Marvin runzelte die Stirn. »Du gibst heute Abend ja ganz schön den Ton an, altes Mädchen.«

»Ich bin am Verhungern«, sagte Joss vergnügt. Ihr war klar, dass das Essen auf dem Tisch stehen musste, bevor die Party losging. Marvin war viel zu knickerig, um eine Mahlzeit stehen zu lassen, für die er bezahlt hatte, aber wenn er von dem bevorstehenden Polterabend Wind bekäme, würde er das *Weasel and Bucket* wie ein geölter Blitz verlassen, das wusste sie genau.

Als sie zur Bar zurückeilte, dachte sie sich, dass sie ihm vielleicht sogar verzeihen könnte, sie »altes Mädchen« genannt zu haben. Mit anzusehen, wie er nachher einen halben Herzanfall bekam, würde das mehr als wettmachen.

Das Essen kam erstaunlich schnell und bestand aus riesigen, gehäuften Platten und mehreren Terrinen mit frischem

Gemüse, das aussah, als käme es nicht aus dem Supermarkt, sondern sei wirklich in einem Garten gewachsen. Als Joss sich Karotten und Broccoli auftat, bemerkte sie, dass Simon bereits seine Blätterteigkruste in sich hineinschlang wie ein Mann, der schon lange nach einer Dosis Kohlenhydrate gelechzt hatte.

»Sagt mal, was ist denn da drüben los?«, meldete sich Sonja mit vollem Mund zu Wort. »Was machen diese älteren Damen da?«

Joss wandte den Blick nicht von ihrem Teller. Als sie das Essen bestellt hatte, waren ihr die glänzenden Spruchbänder und zahlreichen rosa Luftballons und glitzernden Lametta-Luftschlangen hinter der Theke schon aufgefallen.

Alle anderen starrten in den vorderen Raum des Pubs, wo eine Schar nicht mehr ganz junger Frauen auf Stühlen und kleinen Leitern herumkletterte, um die Dekoration aufzuhängen.

»Ach, Simon, sieh mal! Das sind doch Gwyneth Wilkins und diese riesengroße Frau, mit der sie befreundet ist.« Sonja hatte den Mund immer noch ziemlich voll mit verbotenen Genüssen und sprach etwas undeutlich. »Ida Nochwas? Aber ja! Die kennen wir von unserem ›Schlank durch Salsa‹-Kurs in Winterbrook. Recht fit für ihr Alter, aber ziemlich merkwürdige alte Damen, die beiden. Sie tanzen in hautengen Samtoveralls und Turnschuhen.«

»Und da sind diese Motion-Frauen – die Leichenbestatter! Gott sei Dank haben sie ihren sonderbaren Bruder nicht dabei. Und die streitsüchtige alte Mona Jupp aus dem Laden hier im Dorf«, fügte Simon hinzu und nahm sich bei der Gelegenheit noch etwas Brot, um die Soße damit aufzutunken. »Was haben die denn vor? Und warum sind sie alle so aufgetakelt und ganz in Rosa?«

Joss riskierte einen Blick und hätte vor Lachen beinahe losgeprustet. Die Gewänder dieser älteren Partygäste bestanden aus verschiedenen Variationen von bodenlangem rosa Tüll, Federboas und glitzerndem rosa Kopfputz.

Sie sahen aus wie Mitglieder einer außerirdischen Tanzgruppe.

»Was in aller Welt geht hier vor?«, fragte Marvin.

Joss bemerkte belustigt, dass ihm lila Broccoli zwischen den Zähnen hing.

»Sieht aus, als solle das eine Party werden.« Sonja, die offenbar völlig vergessen hatte, dass sie Steak and Kidney Pie eigentlich grundsätzlich nicht aß, hatte ihren Teller leer geputzt und spähte quer durch den Pub. »Was steht auf den Spruchbändern? Fröhlicher Polterabend? Herzlichen Glückwunsch Fern und Timmy? Ach du liebe Güte, ich glaube, wir sind hier in eine Riesenfete hineingerasselt.«

»Wenn das so ist, gehen wir natürlich«, schnaubte Marvin. »Mit irgendwelchen Dorffesten wollen wir schließlich nichts zu tun haben, nicht wahr?«

»Aber wir hatten unseren Nachtisch doch noch gar nicht«, klagte Simon.

»Die Bedienung bringt ihn gerade, außerdem hast du ihn schon bezahlt, genauso wie die ganzen Getränke hier«, fügte Joss hinzu und bedankte sich im Namen aller, als vier riesige dampfende Schüsseln auf den Tisch gestellt wurden. »Äh, fängt die Party bald an?«

»O ja. Fern ist gerade in ihrem Kostüm heruntergekommen, der Countdown läuft also«, erklärte die Frau strahlend. »Darum dachte ich mir, ich servier den Pudding besser jetzt gleich. Hier wird man sich nämlich bald kaum noch rühren können. Ach, da geht es schon los!«

Wie zu Beginn des Schlussverkaufs bei Harrods flog die Tür zum *Weasel and Bucket* auf, und eine Flutwelle rosa glitzernder

Frauen strömte herein. Im Nu war der Pub voller Zauberstäbe und Flügel. Der Lärm war unbeschreiblich.

Ohrenbetäubend laut erklang »Going to the Chapel« von den Dixie Cups aus der Musikbox, die offenbar nur Titel von vor 1985 enthielt, und Fern – dem hautengen und äußerst freizügigen, rosa Brautkleid voller L-Plaketten wie für Führerscheinneulinge nach zu urteilen, die künftige Braut – kam von weiterem wilden Gejohle begleitet auf Stöckelschuhen hinter der Bar hervorgetanzt.

»Ja, Wahnsinn«, entfuhr es Simon aus einem Mund voller Rosinenpudding mit Vanillesoße. »Seht euch diese Titten an!«

8. Kapitel

Als sie sich hinter Chelsea ins *Weasel and Bucket* gedrängt hatte, fühlte sich Sukie gleich besser. Im Pub wogte ein Meer rosaroter Feen jeden Alters, alle in ähnlich gewagten Kostümen. Auf der Fahrt im Wagen von Chelseas Vater hatte sie schon befürchtet, Chelsea könnte das mit der Verkleidung vielleicht irgendwie falsch verstanden haben.

Sukies Feenkostüm saß ja ganz schön knapp, aber manche andere wirkten vergleichsweise direkt unanständig. Auch hätte sie sich keine Sorgen machen müssen, weil sie Fern nicht sonderlich gut kannte; heute Abend war offenbar jedes weibliche Wesen aus den umliegenden Dörfern eingeladen. Es war also alles bestens.

»Heyo!«, kreischte Fern von der Theke herüber. »Ich bin die Zuckerstückchen-Fee!«

Mit üppig zur Schau gestellten Rundungen und einem schicken kleinen Schleier auf den Locken hüpfte sie herbei, während das Lied »I'm Getting Married in the Morning« von Chas and Dave erklang.

Alles glitzerte und flimmerte, als sie sich zur Begrüßung umarmten und küssten. Und es funkelte nicht minder bei den Küssen und Umarmungen und Dankeschöns, als Chelsea die Tasche mit den Geschenken überreichte.

»Toll, dass ihr gekommen seid, ihr zwei!«, schrie Fern. »Ihr könnt trinken, was ihr wollt. Es stehen Flaschen auf den Tischen, und wenn sie leer sind, könnt ihr euch an der Bar jederzeit Nachschub holen. Ich glaube, es steht auch Knabberzeug herum, das den Alkohol aufsaugt, und drüben vor den Klos ist die Tanzfläche. Später wird rosa Champagner serviert. Ihr beide seht ja bezaubernd aus! Bestimmt kennt ihr alle anderen – mischt euch einfach unter die Leute, und sucht euch einen freien Tisch – falls ihr noch einen findet!«

»Danke!«, brüllte Sukie zurück. »Und herzlichen Glückwunsch! Wann findet die Hochzeit statt?«

»Ende April! Auf den Malediven! Nur Timmy und ich! Die Partys feiern wir vorher und nachher, so haben wir die Hochzeit und die Flitterwochen ganz für uns!«

»Wir liefern eine Showeinlage bei der Nachher-Party!«, schrie Chelsea. »Wir tanzen Cancan, erinnerst du dich?«

Sukie nickte. Fern umarmte sie noch einmal, dann stob sie, eine schimmernde bunte Staubwolke hinterlassend, davon, um die nächsten Gäste zu begrüßen.

»Schau, da sind Phoebe und Clemmie!« Chelsea zupfte an Sukies Flügeln. »Sie winken! Bestimmt halten sie uns ein Plätzchen frei!«

Phoebe und Clemmie waren frühere Schulkameradinnen und deuteten mit blinkenden Zauberstäben an, dass an ihrem Tisch noch Platz war. Sukie merkte, wie ihr Stimmungsbarometer in die Höhe schnellte – es gab doch nichts Besseres als einen Weiberabend, um alle Weltuntergangsstimmung hinter sich zu lassen. Sie hielt ihr blinkendes Krönchen fest und winkte mit ihrem Zauberstab zurück. Es sah aus wie ein silbernes Leuchtsignal.

Alle durcheinanderredend, quetschten sie sich um den Tisch, schenkten Wein aus, bewunderten mit Begeisterungsrufen gegenseitig ihre Kostüme und tauschten die neuesten Klatschgeschichten aus. Sukie trank einen Schluck Chardonnay und merkte, wie sich ihre innere Anspannung auf wundersame Weise verflüchtigte.

Die Niedergeschlagenheit und der Zorn nach Topsys Enthüllungen verblassten zusehends. Und was auch immer Cora in *Pixies Laughter* zusammengebraut hatte oder nicht und welche Beweggründe sie dafür gehabt haben mochte, legte man am besten unter der Rubrik »Geschichten von gestern« ab. Obwohl sie angesichts all der Frauen, die sich hier so prächtig amüsierten, doch ein wenig Mitleid mit jenen anderen Frauen bekam, die Generationen zuvor unter weitaus weniger glücklichen Umständen im *Weasel and Bucket* gesessen haben mussten.

Sie hatte mit dem Gedanken gespielt, Chelsea von Topsy und Cora zu erzählen, sich dann aber dagegen entschieden. Chelsea war nett, hatte aber wenig Fantasie und lebte fröhlich im Hier und Jetzt. Sie könnte sicher nicht nachempfinden, wie die Frauen aus Coras und Topsys Generation gelitten hatten, und wäre wohl kaum in der Lage, sie sich als junge Mädchen vorzustellen, die leidenschaftlich verliebt waren und um die jungen Männer trauerten, die nie wieder nach Hause kommen würden.

Nein, besser, sie dachte gar nicht weiter darüber nach und suchte nicht länger nach den Rezepten für die Liebestränke. Vielleicht gab es sie, wahrscheinlich aber nicht. Das alles gehörte der Vergangenheit an. Und so sollte es auch bleiben.

»… aber was er an ihr findet, ist mir wirklich ein Rätsel …«

»… sie ist so eine schreckliche Zimtzicke …«

»Ihr Vater hat eine Porsche-Niederlassung.«

»Sag bloß …«

Sukie entspannte sich und klinkte sich unbeschwert wieder in den aktuellen Weibertratsch ein.

Plötzlich packte Chelsea sie am Arm. »Mensch! Seht euch die an! Sind eben gekommen … Schaut mal! Wer ist das?«

Folgsam betrachtete Sukie die Neuankömmlinge: vier fantastisch gut aussehende Mädchen, alle groß, schlank, attraktiv und verführerisch wie Fotomodelle, die ultrakurzen Röckchen ihrer Feengewänder ließen lange, sonnengebräunte Beine sehen, und in ihren diamantenbesetzten Krönchen spiegelte sich seidig glänzendes Haar.

»Liebe Güte! Wer ist das denn?«

»Freundinnen von Amber«, zischte Clemmie, »von weit aus dem Norden. Sie sind extra für diese Party hierher zu Besuch gekommen. Gestern Abend waren sie auch schon da, äh, Emma und Jemma, Kelly und Bex, glaube ich, und sie sind wirklich unheimlich nett. Wie Amber. Schön und nett. Einfach unfair. Zu dumm aber auch, denn eigentlich möchte man sie doch am liebsten dafür hassen, dass sie so sexy sind, oder?«

Sukie grinste. Als sie Amber zum ersten Mal begegnet war, hatte sie fest vorgehabt, sie zu verabscheuen, aber es hatte nicht geklappt. Es war unmöglich, Amber nicht zu mögen. Außerdem hatten Amber und sie vieles gemeinsam, da sie ja beide für eine Mrs Blessing arbeiteten: Amber als Mitzis Assistentin bei *Hubble Bubble* und Sukie bei Jennifer. Durch die Rivalität zwischen der früheren und der jetzigen Gattin von Lance Blessing waren Sukie und Amber zu engen Verbündeten geworden.

Clemmie füllte die Gläser nach. »Wenn man vom Teufel spricht … Da kommt Amber ja schon. Sieht sie nicht toll aus in diesem winzigen rosa Feenkleid? Und so glücklich.«

Allerdings, das musste Sukie zugeben. Und das sollte sie auch. Seit sechs Monaten lebte sie nun mit Lewis Flanagan zusammen. Das reichte bestimmt, um auf das Gesicht jeder Frau ein Lächeln zu zaubern.

»Hattest du nicht vor ihrer Zeit auch mal was mit Lewis, Sukie?«, fragte Phoebe.

»Ach, das war nur für einen Abend«, sagte Chelsea. »Die gute arme Sukie, gegen so eine Konkurrenz hatte sie einfach keine Chance, nicht wahr?«

Sukie schüttelte gutmütig den Kopf. »Die beiden waren füreinander bestimmt. Ich finde schon noch den Richtigen. Lewis war es jedenfalls nicht, das war echt ein Reinfall. Ach, hallo ...«

Amber und ihre Freundinnen waren an ihren Tisch gekommen. Man machte sich bekannt, bewunderte juchzend die Kostüme und spekulierte, was Timmy mit seinen Freunden in Blackpool wohl so anstellte.

»Ist Jem auch mit nach Blackpool?«, fragte Sukie.

»Na klar«, lachte Amber. »Ein Wochenende mit Achterbahn und Casino würde er sich doch nicht entgehen lassen – obwohl er es blöd fand, dass die Jungs sich nicht auch verkleiden. Du weißt ja, wie gern er sich herausputzt.«

Sukie lachte. Jem war Lewis' bester Freund und sehr speziell: ein nicht mehr ganz junger Mann mit Kinderlähmung, eine schillernde Persönlichkeit mit Sinn für schwarzen Humor. Lewis wohnte als sein individueller Betreuer mit ihm zusammen. Sukie hatte es immer kaum fassen können, dass Lewis, der wie ein Rockstar aussah, in Wirklichkeit Sozialarbeiter war. Aber Jem und er waren unzertrennlich. Es sprach sehr für Amber, dass sie sich in diesen Rahmen so unkompliziert eingefügt hatte.

»Und«, Amber rückte etwas näher, »in Mona Jupps Gerüchteküche habe ich gehört, dass der Chef von unserem Jem in deinem Cottage ein und aus geht. Du Glückliche. Er ist echt hinreißend, findest du nicht?«

»Wie?« Sukie war erleichtert, dass Chelsea, Clemmie und Phoebe mit Ambers Freundinnen in ein Gespräch über in Manchester gesichtete Promis vertieft waren und nicht hinhörten. »Ich glaube, da hast du irgendwas falsch verstanden. Ich hatte schon seit Ewigkeiten kein Rendezvous mehr. Und wer zum Geier ist überhaupt Jems Chef?«

»Derry Kavanagh«, seufzte Amber. »Natürlich sieht er nicht ganz so toll aus wie Lewis, für mich zumindest, aber er kommt ganz schön nah ran.«

»Derry Kavanagh …« Sukie schüttelte den Kopf. »Ja, ein toller Typ, aber leider bin ich nicht diejenige, mit der er ausgeht. Er ist Millas Freund, vielleicht kennst du sie? Sie wohnt bei mir. Ich wusste gar nicht, dass Jem bei ihm arbeitet.«

»Jem arbeitet an einigen Tagen in der Woche als Praktikant in der Tischlerei in Winterbrook. Derry gehört der Betrieb.«

Aha, dachte Sukie. Das erklärte so manches. Derry war also Zimmermann, einer dieser herrlich durchtrainierten jungen Männer, die man im Sommer mit nacktem Oberkörper auf Baustellen sah, muskulös und sonnengebräunt. Deshalb hatte er einen so tollen Körper – aber warum in aller Welt ließ sich Milla mit einem Handwerker ein?

»Er vollbringt wahre Wunder mit Holz – ich meine Derry. Er macht Tischlerarbeiten nach Maß, entwirft und fertigt sagenhafte Einzelstücke wie Möbel oder Wendeltreppen und die erstaunlichsten, klug durchdachten Sachen – für stinkreiche Leute natürlich.«

Sukie nickte. Nun verstand sie es schon besser. Derry war kein einfacher Handwerker. Er war anscheinend nicht nur ein Meister seines Fachs, sondern außerdem Eigentümer eines exklusiven Unternehmens – so etwas gefiel Milla natürlich.

»Ich seh wirklich nicht viel von ihm«, sagte sie, fest entschlossen zu verschweigen, dass sie erst vor Kurzem fast alles von ihm gesehen hatte und sich noch genau an jeden unwiderstehlichen Quadratzentimeter seines Körpers erinnerte. »Milla nimmt ihn ziemlich in Beschlag. Wahrscheinlich hält es sowieso nicht lange. Sie haben sich zwar erst letzte Woche kennen gelernt, aber Milla wirft Männer weg wie andere Leute Kaugummis.«

»Aber doch nicht Derry!«, erwiderte Amber mit weit aufgerissenen Augen. »Es sei denn, sie wäre nicht ganz bei Verstand. Vielleicht erweist sich Derry ja auch als der Richtige für sie, und uns steht schon bald die nächste Hochzeit ins Haus?«

Das wollte Sukie nun aber wirklich nicht hoffen.

»Amber! Siehst du aber toll aus! Ist das nicht die beste Party aller Zeiten?« Fern, bekanntlich Ambers beste Freundin in Fiddlesticks, stürzte sich unvermittelt auf sie, und die beiden umarmten sich jubelnd in einem wirren Durcheinander aus Krönchen und Flügeln. »Komm mit rüber zum Tanzen, gleich spielen sie ›Crying in the Chapel‹!«

»Bis später«, kicherte Amber, als Fern sie von dem Tisch wegzerrte. »Und vergiss nicht, Derry schöne Grüße von mir auszurichten, wenn du ihn nächstes Mal siehst.«

Gegenüber am Kamintisch herrschte schneidendes Schweigen. Als Simon so unbeherrscht herausgeplatzt war, hatte Sonja ihm mit dem Löffel heftig auf die Finger geschlagen. Dabei war Marvin mit einer Ladung Pudding bekleckert worden. Joss, die sich an diesem Samstagabend so prächtig amüsierte wie schon seit Ewigkeiten nicht mehr, hatte ihm nicht geholfen, die Batzen abzukratzen.

Die Bedienung hatte recht gehabt. Im Pub war die Hölle los. Es war fantastisch. Frauen aller Altersgruppen tobten in den verrücktesten Variationen von Feenkostümen herum. Man hörte laute Musik und ausgelassenes Gelächter.

»Sieht aus, als säßen wir erst mal hier fest«, rief Joss fröhlich in die Runde. »Durch diese Menschenmassen kommen wir bestimmt nicht raus. Es ist ja fast wie bei einer Bühnenshow, findet ihr nicht? Und alles gratis! Soll ich euch nachschenken?«

Noch immer sagte niemand ein Wort. Marvin zog eine Gewittermiene. Sonja schaute einfach nur fromm und prüde drein. Simon machte Stielaugen bei so viel nackter weiblicher Haut. Joss fasste das allgemeine Schweigen als Zustimmung auf und füllte vergnügt die Gläser. Sie freute sich schon darauf, das alles Valerie zu erzählen.

Zurückgelehnt in ihrem Stuhl, die Knie vom Kaminfeuer angenehm gewärmt, wippte Joss für die anderen unsichtbar unter dem Tisch mit den Füßen und betrachtete die wogende Menge. Trotz der Verkleidung und der rosa glitzernden Kostüme glaubte sie, die meisten Partygäste zu kennen. Wie gern hätte sie an diesem bunten, lärmenden Treiben teilgenommen! Wenn sie doch nur aufstehen und mitmachen könnte, durch den Raum tänzeln, das Glas über dem Kopf haltend, und ausgelassen kichern, wenn sich ihre Flügel in einem fremden Krönchen verfingen.

Aber, dachte sie zufrieden, einfach nur zuzusehen, war immer noch unendlich viel besser als die sonst übliche Samstagabend-Langeweile. Nur gut, dass Marvin das *Weasel and Bucket* ausgesucht hatte und sie folglich hinterher nicht für das Fiasko verantwortlich machen konnte.

Die Leute zu beobachten, war sehr vergnüglich. Die älteren Damen aus Fiddlesticks machten den *Hokey-Cokey*, und Fern tanzte mit einer ihrer Freundinnen auf dem Tresen der Bar – und war das nicht Sukie, inmitten dieser lachenden Runde am Tisch bei der Tür?

So ein hübsches Mädchen, dachte Joss immer bei ihrem Anblick: Mit dieser tollen kurvenreichen Figur und dem irisch anmutenden Gesicht mit blauen Augen zum dunklen Haar wirkte sie wahrscheinlich gerade deshalb so anziehend, weil sie sich ihrer Schönheit gar nicht bewusst zu sein schien. Und clever war sie auch, mit ihrer Aromatherapie. Ob Valerie den illegalen

Massagetermin mit ihr wohl schon vereinbart hatte? Joss freute sich sehr darauf, sich im Geheimen verwöhnen zu lassen. Wenn es doch nur einen Weg gäbe, mit Sukie kurz ein paar Worte zu wechseln, um sich zu vergewissern, dass Valerie und sie schon gebucht waren …

»Entschuldigt bitte.« Sie beugte sich zu Marvin, der wütend ins Feuer starrte. »Ich muss mal eben aufs Klo. War wohl zu viel Soda in meiner Schorle.«

Marvins Miene verfinsterte sich noch mehr, und er schüttelte missbilligend den Kopf. Er brüstete sich gern damit, dass er es nie nötig hatte, öffentliche Toiletten zu benutzen, und fand es äußerst tadelnswert, dass Joss jedes Mal nach dem Schild »Damen« suchen musste, wo auch immer sie hingingen.

Sonja hob die dünnen Augenbrauen. »In deinem Alter musst du Blasenkontrolle trainieren, Jocelyn, sonst wirst du später von Inkontinenz-Einlagen abhängig. Ich persönlich mache jeden Tag meine Beckenboden-Übungen.«

Joss fiel darauf keine passende Antwort ein, sie schob den Stuhl zurück, stand auf und tauchte, ohne Marvin noch einmal anzusehen, in das Feengewimmel im Nebenraum ein.

Es war, als würde sie von einer blinkenden Wolke sinnlicher Düfte umhüllt. Joss kam es vor, als könne sie allein schon von der berauschenden Mischung aus Chanel-, Jean-Paul-Gaultier- und J-Lo-Parfüm high werden.

Nachdem sie sich mit vielmaligem »Verzeihung!« und »Darf ich?« den Weg zum Waschraum gebahnt und sich dort in der Warteschlange eine Weile die herrlich anzüglichen Klatschgeschichten angehört hatte, schlüpfte sie wieder ins Gedränge hinaus.

Mit Hilfe der Ellbogen schob sie sich durch Unmengen von Tüll und Gaze und durchsichtigen Gewändern, bis sie Sukies Tisch erreichte.

Clemmie Coddle vom Postladen und kleinen Supermarkt in Bagley-cum-Russet führte das Wort.

»... und dann sagte er, der andere wär gelb, und den wollte er nächstes Mal mitbringen!«

Alle platzten los vor Lachen. Joss stimmte ein, obwohl sie keine Ahnung hatte, worum es ging.

Sukie wischte sich die Wimperntusche aus den Augen und sah auf. »Ach, hallo ... äh, Mrs Benson?«

»Jocelyn, Joss, bitte ... entschuldigen Sie die Störung, Sie wollen jetzt sicher nicht über die Arbeit sprechen, aber ich fragte mich nur eben, ob Valerie – Mrs Pridmore – mit Ihnen schon den Termin für eine Massage bei ihr zu Hause ausgemacht hat?«

»Valerie? Ach, vom Cancan! Ja, hat sie, ich glaube, wir haben uns für Freitagnachmittag verabredet, so um zwei Uhr, aber ich wollte sie sowieso noch mal anrufen, weil ich nun auch in meinem Haus einen Raum für Massagen einrichte, vielleicht wäre es Ihnen dort ja angenehmer?«

»O ja, auf jeden Fall«, antwortete Joss rasch. Es war ihr sehr viel lieber, wenn die Massage so weit wie möglich von *The Close* entfernt stattfand. »Ich werde es ihr ausrichten. Am Freitag also, wie schön, vielen Dank.«

Bei der Planung dieser Heimlichkeiten fühlte sie sich wunderbar verrucht. In der Hoffnung, dass Marvin von ihrem Umweg nichts gemerkt hatte, wollte sie gerade umkehren, da schlang sich plötzlich ein Arm um ihre Taille, und sie wurde erneut zu den Toiletten hinübergezerrt.

»Komm mit!«, schrie ihr eine große Frau in einem Kostüm, das aussah wie ein leuchtfarbenes Nachthemd, ins Ohr. »Fern schenkt jetzt die rosa Brause aus! Und wir tanzen alle! Na, Kleine, du hast dir mit deiner Verkleidung ja nicht sonderlich viel Mühe gegeben.«

»Ich gehör gar nicht zu der Party!« Joss versuchte, sich zu entwinden. »Ich wollte nur …«

Aber die Menschenmenge um sie herum trug sie einfach davon, und sie sah, dass auch Sukie und einige andere bekannte Gesichter kichernd zu der winzigen Tanzfläche gedrängt wurden.

Ach, was soll's, dachte Joss, jetzt kommt es sowieso schon nicht mehr darauf an, lehnte den Champagner aber ab, weil sie fahren musste und trotz allem noch ein gewisses Verantwortungsgefühl besaß.

Und mit überschäumender Begeisterung hüpfte sie ausgelassen zu Dave Edmunds Behauptung »I Knew The Bride When She Used To Rock 'n' Roll«, Elton Johns Aufforderung »Kiss The Bride« und auch noch zu einem frechen Lied von Chuck Berry über eine Teenagerhochzeit. Ringsum von rosa Feen eingequetscht, tanzte sie immer weiter.

Es war einfach herrlich.

Doch wenn es am schönsten ist, soll man bekanntlich gehen. Fern und Amber, schwindelig vom Herumwirbeln, sanken in einem Knäuel zu Boden. Mehrere andere Feen hatten ihre Flügel verloren und waren leicht grün im Gesicht. Joss, immer noch lachend und ziemlich außer Atem, bahnte sich keuchend einen Weg aus dem Gewühl.

Der Tisch am Kamin war leer.

»Jocelyn!«, blaffte Marvin aus der dunklen Kaminecke. »Ich habe deinen Mantel geholt! Wir gehen!«

»Sind Sonja und Simon schon fort?« Joss nahm ihren Mantel und vermied es, Marvin anzusehen. Sie wusste genau, er hatte jetzt wieder dieses puterrote Gesicht mit der verdrießlichen Unterlippe und den pulsierenden Schläfenadern. »Ich hab sie wohl verpasst.«

»Sie haben die Flucht ergriffen, sobald sich eine Lücke in

diesem – diesem debilen Pöbel auftat. Ich war ebenfalls zum Aufbruch bereit. Seit Ewigkeiten warte ich schon auf dich. Wo zum Teufel warst du denn so lange?«

»Vor der Damentoilette war eine Warteschlange.« Das stimmte schließlich. »Wie auch immer, jetzt bin ich ja da, sollen wir gehen?« Als sie sich den Weg zum Ausgang des *Weasel and Bucket* bahnten, lächelte sie Marvin beglückt an: »Das war wirklich ein wunderbarer Abend.«

Marvin schauderte. »Bist du von Sinnen, Weib? Es war die Hölle auf Erden!«

Sukie taumelte, noch immer ganz berauscht vom wilden Tanzen, zu ihrem Tisch und ließ sich auf den Stuhl plumpsen. Wow! Was für ein toller Abend! Vor allem, wenn man bedachte, dass sie eigentlich gar keine Lust gehabt hatte! Sie grinste zu Chelsea, Phoebe und Clemmie hinüber, zu denen sich inzwischen auch Ambers Freundinnen gesellt hatten. Sie sahen, wie auch Sukie, alle reichlich zerzaust und entblättert aus. An ihrem Tisch sah man wahrscheinlich mehr nackte Haut als in jedem Striptease-lokal.

Entspannt und glücklich rückte Sukie den Stuhl vom Tisch ab und fläzte sich unschicklich in das süße Nichts ihres knappen Röckchens.

Da flog die Tür auf und ein erfrischender Windstoß wehte kalte feuchte Luft über die Massen erhitzter Leiber.

»Ach du lieber Himmel!« Milla, eine elegante Erscheinung im kleinen Schwarzen, das ganz eindeutig nicht aus einem Billig-Kaufhaus stammte, sah sich erstaunt um. »Was ist denn hier los?«

Sukie versuchte, unter den Tisch zu rutschen.

»Ich hab dich schon gesehen, Sukie!«, kicherte Milla. »Du hast mir gar nicht erzählt, dass du heute hierhergehst. Gehörst du zum Showprogramm? Ich wusste ja, dass du Cancan tanzt, aber diese Aufmachung passt wohl eher zum Stangentanz in einem Herrenlokal.«

»Ha, ha, ha«, entgegnete Sukie. Noch immer leicht angesäuselt, versuchte sie, oben den Body über den hervorquellenden Busen und unten das Tutu über den Slip zu ziehen. »Was willst du überhaupt hier? Zum Polterabend kommst du reichlich spät.«

»Ein Polterabend sollte das sein? Was du nicht sagst. Faszinierend.« Amüsiert betrachtete Milla die Szenerie. »Muss schon sagen, hat nicht viel gemeinsam mit den Polterabenden, die ich bislang erlebt habe.«

Tja, wie denn auch?, dachte Sukie. Wir sind hier ja schließlich nicht in Barcelona oder Rom.

Milla warf das Haar zurück. »Eigentlich sind wir auf dem Weg zu einem Club in der Stadt. Ich dachte, wir schauen hier kurz auf einen ruhigen Drink rein, um ein bisschen unter uns zu sein, aber das war wohl nicht so eine gute Idee. Ich denke, wir werden uns woanders ein etwas abgeschiedeneres Plätzchen suchen.«

Wir, dachte Sukie. Vor diesem *Wir* hatte sie sich gefürchtet.

Und wie aufs Stichwort erschien nun auch Derry hinter Milla in der Tür. »Ich hab den Jeep an der Straße abgestellt, weil auf dem Parkplatz nichts mehr frei war. Ach, hallo …«

»Hallo«, antwortete Sukie knapp, immer noch gekränkt, weil er sie ausgelacht hatte. Und sollte er jetzt auch nur ansatzweise kichern, würde sie ihn erst recht verabscheuen.

Er lachte nicht. Jedenfalls nicht richtig. Seine Mundwinkel zeigten nicht mal den Ansatz eines Grinsens. Seine Augen allerdings schon. Und wie!

»Wir bleiben nicht hier.« Milla hatte sich bereits umgewandt und versuchte, Derry aus der Tür zu schieben.

Zu spät. Ambers Freundinnen hatten ihn erspäht und johlten

und pfiffen, was das Zeug hielt. Chelsea warf sich unheimlich in Pose und schwenkte begeistert ihren Zauberstab in seine Richtung. Clemmie und Phoebe taten es ihr nach.

Derry grinste und freute sich. Sukies Magen schlug Purzelbäume. Mein Gott, so ein charmantes Lächeln …

»Ganz ruhig, Süßer«, sagte Milla und machte auf den hochhackigen Designerabsätzen kehrt. »Wir gehen woanders etwas trinken. In einem Lokal, wo du nicht gleich mit Haut und Haaren verschlungen wirst.«

»Schade«, meinte Derry vergnügt. Dann sah er Sukie an, und jetzt zuckten seine Mundwinkel doch noch leicht. »Bis dann. Wir sehen uns ja bestimmt bald wieder?«

»Bestimmt. Schönen Abend noch.«

Schwein!, dachte Sukie, als die Tür hinter den beiden zufiel. Jetzt wälzte er sich wahrscheinlich von Lachkrämpfen geschüttelt da draußen auf dem überfüllten Parkplatz. Warum? Warum ertappte er sie immer in den allerpeinlichsten Situationen?

»Komm, Sukie!«, schrie ihr Chelsea ins Ohr. »Der Traumtyp ist fort, und ich hab gerade das Gegengift ausgeschenkt. Ertränk deine Sorgen mit uns! Was du brauchst, ist so was hier.«

Sukie sah zahlreiche kleine Schnapsgläser auf dem Tisch stehen, alle randvoll mit einer knallbunten Flüssigkeit. Von Wodka bekam sie immer einen schrecklichen Kater. Ach, zum Teufel …

Gemeinsam erhoben sie das erste Glas und begannen den Countdown.

»Eins, zwei, drei«, lachte Phoebe. »Jetzt!«

Sukie schluckte und verzog das Gesicht. Ganz schön stark!

»Kneifen gilt nicht!«, prustete Clemmie. »Weiter geht's! Eins, zwei, drei …«

Als die Gläser leer waren, hatte Sukie ganz schön einen sitzen. Die anderen kreischten grundlos vor Lachen.

Fern schwankte leicht schielend aus der Menge auf sie zu und warf Sukie die Arme um den Hals. »Vielen, vielen Dank für das tolle Geschenk, Sukie! Ich weiß gar nicht, was ich sagen soll – das ist das Schönste, was ich je gekriegt hab!«

Tatsächlich? Sukie fragte sich, wie viel Fern wohl schon getrunken hatte. Gut, die Sonnencreme und die Feuchtigkeitslotion von *Beauty's Blessings* waren sicher erstklassig, aber so etwas Besonderes nun auch wieder nicht.

»Freut mich, dass es dir gefällt. Ich dachte, das kannst du in den Flitterwochen gut brauchen.«

»O ja«, gluckste Fern anzüglich und torkelte davon. »Glaub mir, Timmy und ich werden ausgiebig Gebrauch davon machen ...«

Sukie blinzelte zu Chelsea hinüber. »Fern muss ja schon ziemlich hinüber sein, dass sie über ein paar Hautpflegemittel so aus dem Häuschen ist.«

»Mensch«, lallte Chelsea, »und du bist wohl noch viel betrunkener als sie, wenn du nicht mehr weißt, was du ihr geschenkt hast. Während du dich umgezogen hast, hab ich diese kleinen Fläschchen in meine Tasche gepackt, weißt du nicht mehr?«

»Was für kleine Fläschchen? Ich hab ihr doch Hautcreme gekauft. Wovon redest du eigentlich?«

»Hautcreme? Nee – du hast ihr kleine Fläschchen mit exotischem Massageöl geschenkt. Ziemlich viele. Schönes Geschenk, Sukie – kein Wunder, dass sie so begeistert war. Das wird ihrem Liebesleben mit Timmy die rechte Würze geben.«

Ach du Schande!

»Chelsea! Du hast doch nicht etwa die Fläschchen aus meinem Aromatherapie-Koffer genommen? Sag bitte, dass das nicht wahr ist!«

»Tja, doch. Pack das Geschenk ein, hast du gesagt. Auf dem

Tisch in der Diele, hast du gesagt. Und das hab ich gemacht – all die Fläschchen mit, äh, Geranie und Jasmin und Lavendel und Rose … Auweia!«

Auweia, in der Tat. Chelsea hatte gerade das ganze exklusive und wahnsinnig teure Aromatherapie-Set weggegeben.

»Du kannst sie wohl kaum zurückverlangen«, jammerte Chelsea. »Schließlich war es ein Geschenk, und sie hat sich so sehr darüber gefreut. Bitte entschuldige, Sukie. Hoffentlich reißt du mir jetzt nicht den Kopf ab?«

»Ich nicht«, sagte Sukie und dachte an Jennifer Blessings alttestamentarischen Zorn, »aber jemand, den ich kenne …«

9. Kapitel

Am nächsten Morgen traf von Chelsea per SMS eine Reihe zunehmend inständiger Bitten um Vergebung ein, doch Sukie, die sich mit dem soundsovielten Becher schwarzen Kaffees in Händen und einem fürchterlichen Kater in Coras Lieblingssessel vor das Feuer gekuschelt hatte, war unversöhnlich gestimmt.

Die pfirsichfarbenen Lederköfferchen waren verheerend ausgeplündert. Zum Glück hatte Chelsea weder die Basisöle noch die leeren Ersatzfläschchen mit den Edelsteinstopfen herausgenommen, aber auch so war der Großteil ihrer Öle und Essenzen, ihres Handwerkszeugs, weg.

Sukie konnte nur hoffen, dass Fern und Timmy während ihrer Flitterwochen auf den Malediven auch wirklich ausgiebig Gebrauch davon machten.

Aber was in aller Welt sollte sie jetzt tun? Schließlich handelte es sich nicht um gewöhnliche Massageöle, sondern um ganz spezielle, hochwertige Mischungen. Sie konnte nicht einfach mal eben in den nächsten Drogeriemarkt springen, um sich Ersatz zu beschaffen. Auch sie selbst besaß keinen eisernen Vorrat an Essenzen, und Nachschub aus Jennifers Salon zu entwenden, kam erst recht nicht in Frage. Erstens würde Jennifer garantiert Wind davon kriegen, bevor sie überhaupt anfing, irgendetwas abzufüllen, und zweitens umfasste der Bestand in *Beauty's Blessings* nur den Grundstock und war bei

Weitem nicht umfangreich genug, um die zahlreichen eigens zusammengestellten Essenzen zu ersetzen, die so teuer waren, dass es einem die Tränen in die Augen trieb.

So ein verdammter Mist aber auch.

Ein trüber grauer Sonntagmorgen im März wie dieser war vermutlich genau der richtige Zeitpunkt für einen Selbstmord, dachte Sukie. Beim Gedanken an Jennifer Blessings flammenden Zorn über den Verlust einer wahrscheinlich mehrere hundert Pfund teuren Ausrüstung, noch ehe sie mit den mobilen Massagen überhaupt angefangen hatte, fand Sukie diesen Ausweg durchaus verlockend.

»Ist noch heißes Wasser da, Sukie?« Milla platzte ins Wohnzimmer, ihren zitronengelben Seidenschal gerade in formvollendete Schlingen legend – ärgerlich, dass manche Leute immer genau wussten, was man mit Schals machen musste. »Ich bin spät dran und kann nicht warten, bis der Kessel kocht, aber ich brauche dringend eine Dosis Koffein. Süße, du siehst ja ganz schön mitgenommen aus. Na ja, nachdem ich dich gestern Abend in Aktion gesehen habe, überrascht mich das nicht.«

Sukie war bequem gekleidet – sie trug ihre gammeligste Jeans und ein uraltes ausgeleiertes Sweatshirt, das vom Waschen ganz weich geworden war – und funkelte Milla gereizt an, die natürlich wieder wie aus dem Ei gepellt aussah, in Designerjeans und einer rehbraunen Lederjacke und, nicht zu vergessen, dem formvollendet geschlungenen Schal.

»Du könntest ruhig selbst in die Küche wandern, um nach dem Kessel zu sehen«, grummelte Sukie und rappelte sich aus den Tiefen des Sessels hoch. »Du magst daran gewöhnt sein, dass alle immer gleich springen, wenn du pfeifst, aber …«

Doch sie wollte sowieso in die Küche. Es war leichter, sich dort beim Kaffeekochen zu verstecken, als Derry gegenübertreten zu müssen, der jeden Augenblick die gewundene Treppe herunterkommen konnte, hinreißend verstrubbelt und mit sexuell befriedigtem Lächeln.

»Da.« Sie drückte Milla den Becher in die Hand. »Für Derry hab ich keinen gemacht. Er kann sich selbst Kaffee kochen, wenn er aufsteht. Ich bin hier schließlich nicht das Dienstmädchen.«

»Na, du hast wohl wirklich einen schlimmen Kater«, lächelte Milla. »Für Derry Kaffee zu machen, hätte sich sowieso nicht gelohnt. Er ist gar nicht hier.«

Obwohl sie sich scheußlich fühlte, hellte sich Sukies Miene ein wenig auf, als sie zu Coras Sessel zurückschlurfte. »Ach so? Hattet ihr Streit?«

»Derry und ich streiten grundsätzlich nicht.« Milla zupfte vor dem Flurspiegel an ihrer sowieso schon makellos sitzenden Frisur herum. »Nein, der Club war eher eine Enttäuschung, und wir haben den Abend früh beendet. Außerdem werde ich heute zum Sonntagsessen im Schoß der Familie erwartet, da musste ich zeitig ins Bett, und zwar allein.« Sie hockte sich auf die Sessellehne. »Du weißt doch, dass meine Eltern immer mit Adleraugen nach Anzeichen eines ausschweifenden Lebenswandels Ausschau halten.«

Sukies kurzfristig aufgeheiterte Stimmung verdüsterte sich wieder. Milla stellte Derry ihren Eltern vor! Jetzt schon? Dann musste es etwas Ernstes sein.

»Und, was werden sie sagen? Ich meine, Derry ist ja sehr attraktiv, aber eigentlich ist er doch nicht so ganz dein Typ, oder?«

»Seit meine Verlobung geplatzt ist, gibt es für mich keinen bestimmten Typ mehr, das weißt du doch.« Milla nippte an ihrem Kaffee. »Und warum sollte Derry nicht der Richtige sein? Gut, er ist kein Broker oder Börsenfachmann und auch kein feiner Pinkel aus der Großstadt, wie du schon so scharfsinnig bemerkt hast, aber sieh dir doch zum Beispiel uns beide an,

Sukie. Wir sind wie Tag und Nacht – und kommen trotzdem glänzend miteinander aus, findest du nicht?«

Sukie nickte. So war es.

»Als du nach einer Untermieterin gesucht hast, hätten doch alle erwartet, du würdest *Pixies Laughter* mit Chelsea teilen. Ihr seid ja schon seit der ersten Klasse befreundet. Das wäre das Naheliegendste gewesen.«

Sukie schauderte. »Chelsea hätte sich die Miete gar nicht leisten können, die ich verlangen muss, um das Haus zu halten. Im Supermarkt verdient sie nur den Mindestlohn. Und auch wenn wir zeitlebens beste Freundinnen waren, so hätten wir uns doch wahrscheinlich schon vor Ablauf des ersten Monats gegenseitig die Köpfe eingeschlagen.«

Aber es stimmte. Die Leute in Bagley-cum-Russet konnten einfach nicht verstehen, warum Sukie die Großstadtpflanze Milla als Untermieterin aufgenommen hatte, und nicht Chelsea. Sukie hatte dazu keine Erklärung abgegeben. Sie wusste, dass ihre Anzeige in der Rubrik »Zu vermieten« genau das gewesen war, was Milla auf ihrer Flucht vor dem Stadtleben gesucht hatte – nachdem ihre langjährige Verlobung mit einem Mann, der unerklärlicherweise Bo-Bo genannt wurde, plötzlich und schmerzhaft in die Brüche gegangen war.

Bo-Bo, so viel sickerte durch, war ein überaus erfolgreicher Geschäftsmann der obersten Liga, und dem viel geküssten und beweinten Foto in Millas Zimmer nach zu urteilen, sah er aus wie der junge Bryan Ferry, ein Mann von Welt, atemberaubend dunkel und gefährlich. Und dieser Mann von Welt hatte wenige Wochen vor der Jahrhunderthochzeit plötzlich kalte Füße bekommen und sich aus dem Staub gemacht. Milla hatte es das Herz gebrochen.

Nach Bo-Bo hatte sich Milla in eine Reihe verrückter, kurzlebiger sexueller Abenteuer mit feinen Schnöseln gestürzt, in dem vergeblichen Versuch, über den Schmerz hinwegzukommen. Dann war sie Derry begegnet …

»Und wenn wir beide als Wohngemeinschaft so gut miteinander auskommen, warum sollte es mit Derry nicht auch gehen?« Milla stand auf. »Okay, jetzt muss ich aber sausen. Meine Mutter hat wahrscheinlich die Nachbarn zum Aperitif eingeladen, und sie hasst es, wenn man zu spät kommt. Danke für den Kaffee, Sukie. Kann sein, dass ich bei meinen Eltern übernachte, mach dir also keine Sorgen, wenn ich nicht nach Hause komme. Bis dann …«

Nachdem die Haustür zugefallen war, starrte Sukie wieder in die Gasflammen. An einem verregneten Sonntag allein zu Haus. Na toll …

»Reiß dich zusammen!«, sagte sie halblaut zu sich selbst. »Dir bleiben nicht mal mehr vierundzwanzig Stunden, um aus dem Massageöl-Schlamassel wieder herauszukommen. Vor Selbstmitleid triefend hier herumzusitzen, bringt dich nicht weiter.«

Also, welche Möglichkeiten gab es?

Nun, sie könnte Jennifer die Wahrheit sagen. Nein, Jennifer würde wahrscheinlich einen Tobsuchtsanfall bekommen und sie hinauswerfen und dann stattdessen eine Praktikantin von der Berufsschule nehmen, die für einen Hungerlohn arbeitete und niemals zuließe, dass ihre Freundinnen die Essenzen verschenkten.

Sie könnte vielleicht auch mogeln, indem sie ein paar Tropfen der synthetischen Duftöle aus ihrem Badezimmer in die Ersatzfläschchen träufelte und den Rest mit Wasser auffüllte. Nein, kam überhaupt nicht in Frage – sie war viel zu stolz auf ihre Fachkenntnisse als Aromatherapeutin und ihren guten Ruf als Masseurin.

Oder sie könnte ihr Sparkonto plündern, nach Reading fahren, ein exklusives Geschäft für professionelle Aromatherapie suchen, das sonntags geöffnet hatte, und ihren Bestand wieder auffüllen. Nein, auf gar keinen Fall – selbst wenn es dort solch ein Geschäft gäbe und es an einem Sonntag geöffnet hätte, ihr Sparkonto war jetzt schon absolutes Sperrgebiet.

»Ach Cora«, Sukie rappelte sich hoch, zuckte zusammen, als der Kopfschmerz wieder zu pochen begann, und tapste zum Fenster. »Wenn du doch hier wärst, um mir einen Rat zu geben, so wie früher. Was soll ich denn jetzt nur machen?«

Als sie so mit glasigem Blick in den regennassen Garten auf all die niedergedrückten, verhedderten und tropfenden Kräuter hinausstarrte, bahnte sich durch das Dröhnen in ihrem Kopf ein Gedanke den Weg in ihr Bewusstsein. Dunkel erinnerte sie sich. An etwas, worüber sie gelacht hatte.

Topsy hatte gesagt …

»… Coras Garten war schon immer eine wahre Schatzkammer der Naturkräfte … all die Rohstoffe für dein Handwerk … Cora kannte die Wirkung ihrer Gartenkräuter …«

Sukie biss sich auf die Lippen. Und was wäre, wenn? Was wäre, wenn Topsy die Wahrheit gesagt hätte – wenn Cora wirklich aus ihren Gartenkräutern Tränke gebraut hatte? Was, wenn *Pixies Laughter* ihr tatsächlich lieferte, was sie bräuchte? Dann könnte sie alles ersetzen und würde dabei auch noch Geld sparen. Eine geniale Lösung.

Dann seufzte sie. Tja, vielleicht wuchsen da draußen in dem verwilderten, durchweichten Garten ja genau die richtigen Blumen und Kräuter, aber wie sollte sie daraus die benötigten Essenzen herstellen? Dieses Thema war in ihrem Kurs in Newcastle nicht zur Sprache gekommen. Sie hatten nicht einmal die Aufzucht von Pflanzen behandelt.

Ach, verdammter Mist! Wenn ihr nur jemand irgendwelche Hinweise geben könnte, wonach sie suchen und was sie anschließend damit machen müsste!

Wenn sie wenigstens wüsste, wo Coras Kräuter-Rezeptbuch zu finden war! Eigentlich glaubte sie ja gar nicht, dass es wirklich existierte. Aber an diesem langen, verregneten, einsamen Sonntag hatte sie außer Suchen ja eigentlich sonst nicht viel zu tun.

Zwei Stunden später herrschte im ganzen Cottage das Chaos. Sukie hatte Schachteln, Koffer, Schubladen und Schränke ausgeräumt. Und als ihr einfiel, was Doll und Lulu Blessing ihr über Mitzis Entdeckung des Kräuterkochbuchs erzählt hatten, hatte sie sich sogar auf den Speicher gewagt.

Dort hatte sie Hunderte alter Fotografien gefunden und dicke Tränen geweint angesichts von Bildern einer sehr viel jüngeren Cora in den Armen eines gut aussehenden jungen Mannes, vermutlich desjenigen, der im Krieg gestorben war; außerdem war sie auf alte Adressbücher, merkwürdige Einkaufslisten sowie Vorlagen für Strick- und Stickmuster gestoßen – aber auf rein gar nichts, das irgendwie aussah wie eine Anleitung: »So mache ich im Handumdrehen aus Unkraut Essenzen, um Sukies Haut zu retten«.

Sie saß gerade inmitten eines Papierhaufens auf dem Wohnzimmerfußboden, als es an der Haustür klopfte.

Das war bestimmt Chelsea, die einem Sonntag mit ihrer riesengroßen und ständig lärmenden Familie entkommen wollte. Sukie wusste nicht recht, ob sie wirklich den restlichen Sonntag mit Chelsea verbringen wollte, aber allein sein wollte sie auch nicht. Mit einem Seufzer wischte sie sich notdürftig den Staub und die Spinnweben aus dem Gesicht und von den Kleidern und tapste zur Tür.

Dort wurde sie von einem riesengroßen Blumenstrauß begrüßt.

»Hallo!« Derry Kavanagh grinste hinter den Blumen hervor.

Sukie stöhnte. Das passte ja wieder wie die Faust aufs Auge.

Sie sah bestimmt aus wie die letzte verlotterte, verdreckte und zerzauste Landstreicherin. Bestimmt klebten von gestern Abend noch Mascara-Klümpchen in ihren Wimpern, und außerdem hatte sie wahrscheinlich geronnenes Eigelb auf dem Pulli. Gleich würde er sie wieder auslachen.

»Hübsche Blumen, aber Milla ist nicht da«, sagte sie an dem Strauß vorbei. »Sie ist schon lange weg. Hattet ihr euch hier treffen wollen?«

»Nein.« Derry schüttelte den Kopf. »Ich weiß, dass sie ihre Eltern besucht. Ich war nicht eingeladen. Die Blumen sind für dich.«

»Für mich? Warum?«

»Als verspätetes Dankeschön, dass ich in deinem Bett schlafen durfte – und du mich nicht rausgeworfen hast, obwohl du sicher todmüde warst. Das war sehr großzügig von dir – und ich hätte mich eigentlich schon viel früher bedanken sollen … Ach, unterbreche ich dich gerade beim Frühjahrsputz?«

Sukie schüttelte den Kopf. Sie konnte sich nicht erinnern, wann ihr ein Mann zum letzten Mal Blumen geschenkt hatte. Auch hatte Derry sie noch gar nicht ausgelacht. »Ach so, tja, danke. So schöne Blumen. Äh, möchtest du nicht hereinkommen, auf eine Tasse Kaffee vielleicht?«

Derry Kavanagh würde bestimmt dankend ablehnen.

»Ja, gerne – wenn ich dich auch wirklich nicht störe.« Derry trat in die Diele und warf einen Blick ins Wohnzimmer. »Lieber Himmel! Ist bei dir eingebrochen worden?«

»Nein.« Sukie lächelte. »Ich, äh, habe nur etwas gesucht. Soll ich die Blumen nehmen?«

Der Strauß war riesig und stammte weder von der Tankstelle noch aus dem Supermarkt. Erneut lächelte sie ihm durch die Fülle pastellfarbener Blüten hindurch zu. »Die sind wunderschön – aber das wäre nicht nötig gewesen.«

»O doch. Ich hätte das gleich tun und mich schon viel früher bedanken sollen – aber ich habe dich ja immer nur für Sekundenbruchteile zu Gesicht bekommen. Wenn Milla gestern Abend bereit gewesen wäre, in dem Pub zu bleiben, hätte ich mit dir sprechen können. Wäre nett gewesen, es sah aus, als hättet ihr jede Menge Spaß.«

»Hatten wir auch. War aber nur für Mädchen. Außerdem war es nur gut, dass Milla woandershin wollte. Du wärst sonst wahrscheinlich in Stücke gerissen worden.«

»Man soll ja die Hoffnung nie aufgeben. Ihr saht alle ganz schön, äh, märchenhaft aus.«

»Wahrscheinlich sahen wir ganz schrecklich aus, aber wir haben uns glänzend amüsiert.« Sukie überspielte ihre Verlegenheit, indem sie die herrlichen Frühlingsdüfte schnupperte. »Die sind wirklich herrlich. Vielen, vielen Dank. Setz dich doch, ich stell nur eben die Blumen ins Wasser. Wirf den Kram da einfach auf den Fußboden …«

Still vor sich hin lächelnd gelang es Sukie, ein passendes Behältnis für die Blumen zu finden, Kaffee zu machen, ihr Haar in Form zu zupfen und sich den schlimmsten Schmutz aus dem Gesicht zu waschen – und zwar innerhalb so kurzer Zeit, dass Milla es währenddessen nicht einmal geschafft hätte, Lipgloss aufzutragen.

Als sie mit dem Kaffee ins Wohnzimmer zurückkam, gönnte sie sich einen Moment ungetrübten Wohlgefallens und betrachtete Derry, der es sich in ausgebleichten Jeans und dunkelblauem Pullover in Coras Lieblingssessel bequem gemacht hatte. Sein hellblondes Haar weckte augenblicklich den Wunsch hineinzufassen, und als er so in die Flammen schaute, wirkte sein Profil wie das Werk eines Bildhauers.

Sie seufzte leise. Er war wirklich hinreißend. Aber natürlich unerreichbar und nicht im Entferntesten an ihr interessiert.

Ach ja …

»Kaffee ist fertig. Ich schaffe nur eben etwas Platz … äh, falls man hier irgendwo noch ein bisschen Platz freimachen kann.«

»Danke.« Derry nahm den Becher entgegen. »Wonach suchst du denn eigentlich?«

Sukie hockte sich auf die Kante des gegenüberstehenden Sessels. Sollte sie es ihm erzählen? Nein, natürlich nicht. Er hatte sie schon einmal ausgelacht – wahrscheinlich würde er sich nur kringeln, wenn sie ihm die Wahrheit sagte. Und außerdem, hielt sie sich vor Augen, auch wenn sie unheimlich auf ihn stand, war er ihr nicht wirklich sympathisch. Weil er sie ausgelacht hatte.

»Nichts Besonderes.«

»Wirklich?« Derry zog die Augenbrauen hoch.

Liebe Güte, er war aber wirklich ein Traum von einem Mann, dachte Sukie und sah ihm schwärmerisch in die ach so blauen Augen. »Nein, nichts – na ja, eigentlich doch – etwas Lebenswichtiges.«

Und sie erzählte es ihm. Alles. Aber wenn er lachte, würde sie ihm den Hals umdrehen.

Er lachte nicht. Nur an den lustigen Stellen, wo es auch angebracht war. Und als sie ihm von Cora und Topsy erzählte und den jungen Männern, die sie geliebt und verloren hatten, wurde er ganz still, wandte sich ab und schaute ins Feuer. Damit konnte Derry Kavanagh so einige Pluspunkte verbuchen.

»So«, beendete sie ihren Bericht, »das war's. Ich suche nach etwas, das es wahrscheinlich nicht gibt, um etwas zu machen, das wahrscheinlich nicht gelingt.«

»Eine echte Herausforderung. Beihilfe erwünscht?«

»Nein! Ich meine – nein, danke – ich meine, du hast doch an deinem freien Sonntag bestimmt Besseres zu tun.«

»Ich lebe allein. Milla weilt im heimischen Nobelvorort.

Meine Kumpels spielen alle ›Vater-Mutter-Kind‹. Und heute kommt auch kein Fußballspiel im Fernsehen.«

»Nun, wenn du es so siehst …«

Sie grinsten einander zu.

»Also, womit fangen wir an?« Derry trank seinen Kaffee aus. »Sollen wir erst die, äh, Rezepte suchen? Oder erst die Pflanzen?«

»Das ist die Frage«, seufzte Sukie. »Erst die Henne oder erst das Ei?«

»Wie wär's, wenn wir zunächst mal diese Sachen hier wegräumen? Platz schaffen und methodisch vorgehen?«

Sukie, die selten methodisch vorging, war beeindruckt. Ein Mann, der aufräumen konnte! Natürlich, bei seiner Arbeit musste er wohl methodisch vorgehen, und da er allein lebte, hatte er auch niemanden, der hinter ihm herputzte.

Sie nickte. »Okay. Wir schichten den Kram erst mal zu Stapeln auf.«

Nach einer halben Stunde, noch etwas Kaffee und einem ungesunden, aber den Kater kurierenden Mittagessen in Form von Chips und einem ganzen Päckchen Schokoladenkekse sah das Wohnzimmer schon nicht mehr gar so sehr nach Katastrophengebiet aus.

»Was ist damit?« Derry hielt ein Bündel verblichener Stoffstücke hoch. »Gehört das dir? Auf welchen Haufen kommt das?«

Sukie spähte vom Schrank aus zu ihm hinüber. »Nein, das gehört in Coras Handarbeitskorb. Der große Weidenkorb hinter dem Sofa. Es sind Coras Gobelins. Heute sagt man wohl eher Stickbilder dazu. Damit hat sie sich immer die Zeit vertrieben, während sie im Radio die Serie *The Archers* angehört hat. Ich hab sie aufgehoben, weil sie für mich immer untrennbar zu ihr gehörten.«

»Wirklich kunstvolle Arbeiten.« Derry schüttelte das erste

Stoffstück aus. »Ach ja, meine Oma hatte auch so was. Kleine bestickte Bildchen mit Sprichwörtern: ›Da, wo mein Herz ist, bin ich zu Hause‹ und so. Sie hat sie dann eingerahmt wie Bilder.« Behutsam entfaltete er noch einige andere. »Deine Tante Cora war sehr geschickt – sieh dir all die winzigen Blumen an … wirklich kleine Meisterwerke – und überall stehen Gedichte darunter.«

Sukie nickte. »Als Kind habe ich diese Stickbilder sehr geliebt und oft damit gespielt. Ich habe Geschichten dazu erfunden und meine Puppen damit bekleidet …«

Sie hielt inne und wandte den Kopf ab. Auf einmal hatte sie einen dicken Kloß im Hals und merkte, wie ihr die Tränen kamen.

»Sukie? Ist alles in Ordnung?«

»Aber ja – leg sie doch einfach in den Handarbeitskorb.«

Derry schwieg. Sukie wischte sich die Tränen aus den Augen, bevor sie nasse Wangen bekam, und hoffte inständig, er würde sie nicht auslachen. Dann holte sie tief Luft und sah zu ihm hinüber. Er lächelte. Verdammt noch mal.

»Sukie …?«

»Ich sagte doch, alles in Ordnung.«

»Ja, aber schau doch mal her. Hast du schon mal die Gedichte auf diesen Gobelins gelesen?«

»Als ich klein war, konnte ich sie auswendig. Sie waren wie Kinderreime für mich. Da gab es eines über Rosen und Geißblatt. Ein anderes handelte von Kräutern, Basilikum und Koriander, ich hab mir immer vorgestellt, das wären die Namen von Leuten – und dann war da noch ein Vers über Himmelschlüssel und Gänseblümchen … und – ach du Scheiße!«

»Treffender hätte ich es auch nicht ausdrücken können«, sagte Derry grinsend. »Erster Teil der Aufgabe gelöst: Wir haben Coras Rezepte gefunden.«

10. Kapitel

»Du hältst mich bestimmt für völlig durchgeknallt.« Sukie hatte sich in einen wenig vorteilhaften Regenmantel gemummelt und blinzelte Derry durch den strömenden Regen an. »Du hältst das alles sicher für Quatsch, stimmt's? Gib's zu, du willst mich nur aufheitern.«

In schiefergrauer Düsternis heulte der Wind durch den Garten von *Pixies Laughter* und peitschte den beiden nasse Brombeerranken und Nesseln und große Sauerampferblätter gegen die Beine.

Derry schaffte es, selbst in Coras altem Gartenmantel noch attraktiv auszusehen, und grinste Sukie durch einen Schleier aus Regentropfen an. »Nein, ich halte dich nicht für durchgeknallt. In dem Fall würde ich nicht versuchen, dich aufzuheitern, sondern zusehen, dass ich hier wegkomme, um an einem warmen und trockenen Plätzchen ein Bier zu trinken. Nein, ehrlich, ich finde es spannend. Für neue Ideen bin ich immer aufgeschlossen. Ich würde einen Gedanken nie von vorneherein abtun, nur weil er ein bisschen, na ja, sonderbar erscheint. Aber sehr viel sonderbarer kann es jetzt ja kaum noch werden. Also, wonach suchen wir denn?«

Sie hatten die Gedichte von Coras Stickbildern abgeschrieben, obwohl Sukie, nachdem sie ihr wieder eingefallen waren, wahrscheinlich alle auswendig konnte. Für sie waren es immer nur Coras Gedichte gewesen. Nie wäre ihr daran irgendetwas merkwürdig vorgekommen, nie hatte sie auch nur darüber nachgedacht, was diese vertrauten und oft gesprochenen Worte zu bedeuten hatten. Und nie im Leben hätte sie ihr Kinderspielzeug, das immer griffbereit in Coras Handarbeitskorb lag, mit den unauffindbaren Rezepten in Verbindung gebracht.

»Brauchen wir Myrte?« Derry hockte vor einem besonders unansehnlichen Haufen Gestrüpp. »Falls ja, dann könnte das wohl welche sein.«

»Wirklich? Hervorragend. Ja, ja, von Myrte ist in einem der Verse die Rede.« Sukie blickte auf die feuchten Seiten in ihrer Hand. »Hat etwas mit Brautkränzen zu tun, in Verbindung mit Rosmarin. Ich weiß noch, dass ich das Gedicht damals zunächst nicht verstanden habe, weil ich dachte, Myrte und Rosmarie wären die Brautjungfern bei einer Hochzeit ...« In glückliche Kindheitstage zurückversetzt, brach sie ab, als sie sich an Coras liebes Lächeln und ihre sanfte Stimme erinnerte. Sie schluckte. »Ja, aber als ich Cora danach fragte, wies sie mich darauf hin, dass sich in dem Gedicht Myrte auf Gefährte reimt und folglich Myrte die Braut sei.«

»Myrte und Gefährte? Lieber Himmel! Das war ja nicht gerade ein Gedicht von Wordsworth.« Derry lachte. »Na schön, hier haben wir also die gute Myrte und die Brautjungfer Rosmarie ist sicher auch nicht weit. Wen brauchen wir denn sonst noch? Eine ganze Hochzeitsgesellschaft?«

»Machst du dich etwa über mich lustig?« Rasch sah sie zu ihm hinüber. »Wenn das so ist ...«

»Nein, wirklich nicht.« Er schüttelte sich ein paar Regentropfen aus den nun dunkel gesträhnten Haaren. »Meine Oma hat mir auch allerhand Kinderreime und Gedichte beigebracht. Die meisten könnte ich wahrscheinlich heute noch aufsagen. Schau nicht so, keine Sorge, ich tu es ja nicht. Also, was brauchen wir sonst noch?«

»Tja, in beliebiger Reihenfolge: Veilchen, Wildrose, Weißdorn, Nesseln, Wegrauke, Borretsch, Himmelschlüssel, Tausendschön, Thymian, Basilikum, ach, es sind so viele.« Sie seufzte. »Selbst wenn all diese Pflanzen in dieser Wildnis hier wirklich wachsen sollten, woran erkennen wir sie bloß?«

»Nun, ich bin zwar kein Gartenprofi, aber meine Oma war eine begeisterte Hobbygärtnerin und hat mir über Wildblumen und Kräuter so einiges beigebracht. Es gab auch immer ein kleines Biotop in ihrem Garten, lange bevor das in Mode kam. Die meisten Pflanzen, die dort wuchsen, kannte ich.«

Sukie sah ihn erstaunt an. Ein Mann mit vielen Talenten, der offenbar seine Oma ebenso geliebt hatte wie sie Cora. Wirklich schade, dass er eine feste Beziehung mit Milla hatte. So ein Pech aber auch, das war ja mal wieder typisch. »Ach so? Gut, gibt es irgendetwas davon bereits jetzt im März?«

»Schon möglich. Einiges wahrscheinlich schon. Ich vermute, dass Cora für jede Jahreszeit verschiedene Gedichte geschrieben und verschiedene Tränke gebraut hat, je nachdem, was hier draußen gerade zur Verfügung stand. Im Moment müssen wir uns am späten Winter und zeitigen Frühjahr orientieren. Wenn diese Annahme stimmt, kannst du in ein paar Monaten aus dem Vollen schöpfen. Schau mal, hier, das ist eindeutig Wegrauke. Unter diesem Haufen da«, Derry hievte eine umgedrehte Schubkarre und mehrere Steinbrocken hoch, die im Schlamm hässlich schmatzten, »das könnte Borretsch sein. Und das hier«, er hockte sich mitten in das nasse, kalte Gestrüpp, »sind eindeutig Veilchen.«

Sukie strahlte ihn mit grenzenloser Bewunderung an. Und voller Verlangen. Was für ein Mann!

»Steh nicht untätig rum, Frau.« Er grinste sie an. »Hol die Schaufel, und fang an zu graben.«

Eine glitschige Stunde später, nachdem sie sich den Schlamm von den Händen gespült und die Haare geföhnt hatten, sichteten sie in der Küche von *Pixies Laughter* ihre Ernte. Die Pflanzenbüschel wurden gewaschen, und dann sortierte Derry sie passend zu Coras Versen in verschiedene Haufen.

»Die nächste Frage«, sagte Derry und strich sich das noch leicht feuchte Haar aus dem Gesicht, »ist, wie wir aus diesen Rohstoffen jetzt herstellen, was du brauchst.«

Sukie machte zur Stärkung gerade neuen Kaffee und legte die Stirn in Falten. »Bei meinem ersten Kurs über Aromatherapie haben wir die geschichtliche Entwicklung kurz gestreift. Aber da habe ich leider nicht sonderlich gut aufgepasst. Es schien nicht so wichtig zu sein. Von daher ist meine Methode vielleicht nicht ganz korrekt, aber fest steht, dass wir die Essenzen destillieren und in Flaschen füllen müssen, das geht so ähnlich wie Kochen. Äh, in dir steckt wohl nicht zufällig auch noch ein geheimer Jamie Oliver?«

»Nein, ich koche immer nur Piks-und-Ping in der Mikrowelle.«

»Ich auch.« Sukie seufzte. »Also, wir brauchen etwas zum Zerkleinern. Dann etwas zum Mischen und ein passendes Gefäß. Etwas zum Abgießen und etwas zum Einfüllen in die kleinen Flaschen …«

»Das dürfte ja nicht so schwierig sein.« Derry lehnte sich an den Küchentisch. »Gibt es in diesen Schränken vielleicht etwas Brauchbares? Coras Haushaltsgeräte? Meine Oma hat in ihren Küchenschränken noch alle möglichen uralten Sachen, die aussehen, als stammten sie aus einem Operationssaal. Schöne alte Sammlerstücke. Hast du Coras Sachen noch?«

Sukie nickte. Guter Gedanke. Auch Cora hatte in dem Schrank unter der Spüle Emailschüsseln und Geschirr aus Steingut und verbeulte Löffel und jede Menge anderen seltsamen Krimskrams gehortet. Die Sachen müssten eigentlich noch da sein, sofern ihre Eltern nicht in der Anfangsphase ihrer Erbschaft alles ausgemistet hatten.

Sie kniete sich hin und spähte in die muffig riechende Dunkelheit, dann streckte sie ihre Hand in den Hohlraum. Ja! Ihre Finger ertasteten Email und Steingut. Hervorragend! Lärmend kramte sie Unmengen von Küchenutensilien aus dem späten neunzehnten und frühen zwanzigsten Jahrhundert hervor, bei deren Anblick so manchem Antiquitätenhändler das Wasser im Munde zusammengelaufen wäre.

»Ich schätze, die Damen aus der Generation deiner Cora und meiner Oma haben sich alle nach dem gleichen Ratgeber für die perfekte Hausfrau gerichtet.« Derry kniete sich neben sie auf die unebenen Steinfliesen und sichtete die Beute. »Wunderbar, hier haben wir Mörser und Stößel … und eine große Rührschüssel … und jede Menge kleine Trichter … und was ist das hier für komisches Zeug? Das kenne ich nicht.«

Sukie krabbelte rückwärts aus den Tiefen des Schranks. Derry war ihr sehr, sehr nahe.

»Äh …« Sie rückte ein wenig von ihm ab und hoffte, dass ihm nicht auffiel, wie sie errötete. »Keine Ahnung, sieht aus wie Stoff … ach ja, ich weiß! Das ist Gaze! Cora hat sie verwendet, um ihr Ingwerbier und solche Sachen abzuseihen – bestens! Ich glaube, jetzt haben wir alles, was wir brauchen. Also – auf ans Werk!«

Sie standen gleichzeitig auf und wären beinahe zusammengestoßen, wichen aber beide im letzten Augenblick zurück. Sukie seufzte. Wie schade.

Nachdem sie den Tisch und die Arbeitsplatte freigeräumt hatten, teilten sie die Aufgaben zu und werkelten wie am Fließband.

»Meinst du, wir müssen dabei irgendwelche Beschwörungsformeln aufsagen oder so was?« Derry zermanschte gerade eine große Hand voll Basilikum und Koriander im Mörser. »Topsy Turvey hat doch gesagt, Coras Tinkturen und Tränke hätten Zauberkräfte gehabt.«

Sukie, die gerade ein Büschel blasser Veilchen auf kleine Tierchen untersuchte, hielt inne. »Ja, schon, aber hatten wir uns nicht darauf geeinigt, dass das alles Humbug ist?«

»So? Den Eindruck hast du mir eigentlich nicht vermittelt und ich selbst wäre mir da auch nicht so sicher. Wie ich schon sagte, ich halte vieles für möglich, bis man mich vom Gegenteil überzeugt. Aber vielleicht lassen wir das vorerst einfach mal dahingestellt. Gib mir doch mal den Stößel.«

»Hier bitte – und keine Zaubersprüche«, antwortete Sukie bestimmt und wandte nur mit Mühe den Blick ab, als er mit dem Stößel zu Werke ging und unter seinem dünnen Pullover das erregende Spiel seiner Muskeln deutlich zu sehen war. »Was auch immer Cora mit ihren Tränken bewirkt hat oder nicht, braucht uns jetzt nicht zu kümmern. Diese Aktion hier dient einzig und allein dazu, die Flaschen aufzufüllen, um meine Haut und mein Geld und meine ganze Karriere zu retten. Oh, das riecht aber gut …«

Als sie mit dem Zerkleinern und Filtern und Mischen und Abfüllen fertig waren, wehten in der Tat die herrlichsten Düfte durch das Cottage. Eine berauschend sinnliche Mischung aus Kräutern und Blumen und dem frischen Geruch von Regenwasser hing in der Luft.

Tatsächlich, dachte Sukie träumerisch, wenn sie die Augen schloss, sah sie lauter winzige bunte Sternchen und Blumen und Schmetterlinge durch die Küche schweben …

»Ich glaube, wir brauchen gar keine Magie«, grinste Derry, der es sich auf einem der bunt zusammengewürfelten Küchenstühle bequem gemacht hatte. »Ich bin schon vom Einatmen der Dürfte so high, als würde ich fliegen. Und das da« – er nickte zu Jennifer Blessings kleinen Flaschen mit den Edelsteinstopfen hinüber, die nun wieder bis zum Rand gefüllt und ordentlich etikettiert in Reihen auf dem Tisch standen – »sieht doch wirklich professionell aus.«

Sukie, müde, zerzaust, aber triumphierend, grinste zurück. »Stimmt, das finde ich auch. Vielen, vielen Dank! Ohne dich hätte ich das niemals geschafft. Garantiert nicht.«

»War mir ein Vergnügen. Das hat sehr viel mehr Spaß gemacht, als meine Buchhaltung auf den neuesten Stand zu bringen oder darauf zu warten, dass einer meiner Freunde vom sonntäglichen Familienglück genug hat und sich auf einen Sprung in den Pub davonstiehlt.« Derry räkelte sich und sah dabei unerträglich verführerisch aus. »Sollen wir jetzt aufräumen?«

»Ach, wir packen einfach das ganze Durcheinander in die Mülltonne und die Schüsseln in die Spülmaschine …« Sukie zwang sich, den Blick von seinem Körper abzuwenden. »Und über alles Übrige wische ich schnell mit dem Lappen drüber. Das ist in fünf Minuten erledigt.«

»Und die anderen Räume?«

»Darum kümmere ich mich später – bevor Milla zurückkommt. Im ganzen Haus ist sowieso ein Frühjahrsputz fällig – und ich muss das Esszimmer ausräumen, weil ich dort einen Massagetisch aufstellen will, um ab kommender Woche von hier aus arbeiten zu können.«

»Damit?« Derry zeigte auf die Früchte ihrer Arbeit.

»Ja. Warum?«

»Weil ich glaube, du hast da noch etwas vergessen.«

Sukie dachte im Stillen gerade darüber nach, ob sie wohl zu weit ginge, wenn sie Derry zu einem gemeinsamen Piks-und-Ping-Abendessen einlüde, und blinzelte ihn unter ihren Stirnfransen hervor an. »Was denn? Wir sind doch fertig. Was fehlt denn noch?«

»Mit den Flaschen ist alles in Ordnung, aber woher willst du wissen, ob die Essenzen auch wirken? Wir brauchen ein Versuchskaninchen.«

Sukie bemühte sich mit aller Kraft, die lüsternen Gedanken zu verdrängen, in denen sie Derry auf den Küchentisch drückte und seinen wundervollen sonnengebräunten, muskulösen Körper mit einer der neuen Lotionen massierte. Sie versuchte, ein schlaues und aufmerksames Gesicht zu machen, doch im nächsten Moment überlagerte leider eine noch viel tückischere, köstlichere Fantasie die erste, in der er sie mit seinen schönen, feingliedrigen und kräftigen Händen massierte.

Sukie riss sich zusammen, so gut sie konnte, um diesen Bildern Einhalt zu gebieten, merkte aber, dass sie kläglich scheiterte.

»Versuchskaninchen?« Ihre Stimme war auf einmal ganz piepsig, sie hüstelte und setzte dann neu an. »Ähem, du willst doch nicht etwa vorschlagen, dass wir uns in einem Probelauf gegenseitig massieren?«

»Aber nein!« Derry lachte.

Mist. So endeten zwei Tagträume auf einen Schlag. Und er hatte gelacht … mal wieder.

Derry reckte sich. »Ich meine nur, es wäre vielleicht eine ganz gute Idee, jemanden zu suchen, den du gut kennst, der eine Massage brauchen kann und dich – oder Jennifer Blessing – nicht gleich verklagt, falls irgendetwas schiefläuft.«

»Hm, dachtest du an Milla?«

»Auf keinen Fall! Ich weiß ja nicht sonderlich viel über Milla, aber ich nehme doch an, sie besucht diskrete kleine Schönheitssalons in London, wo sie ein Vermögen dafür ausgibt, dass irgendeine Camilla oder Sophie ihr alle Anzeichen von Managerstress hinwegzaubert. Und ich habe so das Gefühl, sie könnte ziemlich ungnädig reagieren, wenn sie mit irgendwelchen Gartenkräutern falsch behandelt würde. Insbesondere von dir, äh, uns.«

Da hatte er allerdings recht. Aber wer kam dann in Frage? Nun, natürlich wäre Chelsea eine ideale Kandidatin, aber Sukie wollte Chelsea ganz bestimmt nicht in den restlichen Nachmittag und das Piks-und-Ping-Abendessen mit einbeziehen.

Dann war da noch Valerie Pridmore, die ja bereits eine Massage gebucht hatte – aber Valerie Pridmore war eine schreckliche Tratschtante, und wenn sie auch nur ansatzweise auf den Gedanken käme, dass dieser Probelauf irgendwie nicht ganz koscher war, dann wüsste im Handumdrehen das ganze Dorf Bescheid.

»Topsy!«

Topsy wäre genau richtig, sie war doch ganz fanatisch bei allem, was mit Medizin zu tun hatte! Aber Topsy durfte auf gar keinen Fall erfahren, dass das verwendete Massageöl mit Pflanzen aus Coras Garten hergestellt worden war.

»Topsy Turvey?« Derry machte ein verblüfftes Gesicht. »Bist du sicher?«

»Absolut. Ich mische nur eben eine dieser neuen Essenzen mit meinem Basisöl, und dann können wir –« Sukie brach ab. Vielleicht setzte sie da zu viel voraus. »Ähem, entschuldige. Wahrscheinlich hast du jetzt wirklich genug und willst nach Hause gehen.«

»Ich will nirgendwohin. Ich bin ganz schön neugierig, was passiert. Aber Topsy? Wird sie sich nicht wundern, warum wir an einem Sonntagnachmittag plötzlich mit Massageölen in ihr Wohnzimmer platzen?«

Behutsam füllte Sukie Mandelöl in eine der kleinen Flaschen. »Sie sitzt jetzt nicht in ihrem Wohnzimmer. Sie sitzt im Pub.

Dort ist sie jeden Sonntagnachmittag – Singles wie uns, unabhängig vom Alter, ist jede x-beliebige Gesellschaft manchmal lieber, als allein zu sein.«

»Du willst also an einem Sonntagnachmittag mitten in einem vollen Pub eine arme ahnungslose alte Dame massieren?«

»Genau. So ungefähr. Interessiert?«

»Das darf ich auf gar keinen Fall verpassen!«

11. Kapitel

Im grautrüben Licht eines kalten Spätnachmittags sah das windschiefe, grob verputzte und angerostete Äußere des *Barmy Cow* noch unansehnlicher aus als sonst.

Sukie kletterte unbeholfen aus Derrys gammeligem Jeep. Nachdem sie sich beide einig gewesen waren, dass Laufen nicht in Frage kam, weil sie nicht schon wieder nass werden wollten, hatte sie zwar angeboten, die kurze Strecke selbst zu fahren, aber Derry hatte nichts davon wissen wollen. Darüber freute sie sich, denn es bedeutete, hoffentlich, dass er sie anschließend auch wieder nach Hause brächte und immer noch Hoffnung auf ein gemeinsames Piks-und-Ping bestand.

Als sie den rußverschmierten, heruntergekommenen, baufälligen Pub sah, kamen ihr schwere Bedenken. »Willst du auch wirklich mitkommen? Warst du schon mal da drin?«

Derry schüttelte den Kopf. »Nein, aber neulich Abend, als ich dich hier draußen sah, fand ich, es wirkte, äh, sehr viel interessanter als Millas bevorzugte Weinstube in Winterbrook.«

»Ach ja«, entgegnete Sukie schnippisch. »Natürlich. Neulich Abend. Als du mich ausgelacht hast.«

»Hab ich nicht!« Derry unterdrückte ein Grinsen.

»Hast du doch«, sagte Sukie verstimmt. »Du hast in Millas schickem Schlitten gesessen und mich ausgelacht.«

»Gelacht ja, aber nicht ausgelacht. Überhaupt nicht ausgelacht. Um Himmels willen, war das dein Eindruck?«

»Eindruck? Nein, Tatsache!«

Sukie stapfte auf die schäbige Tür des *Barmy Cow* zu. »Ich weiß doch, was ich gesehen habe – und du hast gelacht! Leugnen ist zwecklos! Und außerdem ist es viel zu kalt, um hier draußen herumzustehen und sich zu streiten.«

Derry trat ihr in den Weg. »Ich leugne gar nichts, und ich streite mich auch nicht. Liebe Güte, du bist ja manchmal ganz schön schwierig. Willst du die Wahrheit wissen? Ich habe gesehen, wie deine Freundin und du hier herumgehüpft seid wie spielende Kinder, und ich fand, du sahst aus wie ein unbeschwertes, fröhliches Mädchen, das sich glänzend amüsiert. Ich habe *mit* dir gelacht, weil es so wirkte, als hättest du richtig Spaß. Ich wusste nicht, dass du mich gesehen hast, und schon gar nicht, dass du gekränkt warst. Habt ihr denn nicht herumgejuxt? War das kein Spiel?«

»Ich hatte eine steinalte Cocktailkirsche im Hals stecken und Chelsea hat sie mir rausgeholt.«

Derry lachte. »Oh … tut mir leid … nein, echt … bitte entschuldige, aber wie konntest du eine ganze Kirsche verschlucken? Nein, schon gut. Vielleicht hätte ich nicht lachen sollen. Ach, was soll's, es sah eben einfach lustig aus.«

»Mistkerl!« Sukie schüttelte den Kopf und versuchte, ihr Lächeln zu verbergen. »Aber sei gewarnt: Trink hier nichts, wo ein Cocktailspieß drin ist, okay?«

»Hattest du den Cocktailspieß *auch noch* verschluckt?«

»Vergiss es.« Sukie grinste und schlüpfte in den Pub.

Er hatte sie also gar nicht ausgelacht. Er war gar nicht der miese, niederträchtige Schuft, für den sie ihn gehalten hatte. Er war also doch kein so übler Kerl. Eigentlich … O nein, meine Liebe. Denk an Milla!

Sie holte tief Luft. »Ich hoffe, du bist auf dieses Erlebnis seelisch vorbereitet …«

Leider war es kaum möglich, auf einen Sonntag im *Barmy Cow* seelisch vorbereitet zu sein.

Düster, feuchtwarm, von grauer Kaminasche verräuchert und merkwürdig nach Brillantine und Moder riechend, war der Pub voll mit verdrießlichen Gästen, die vor trüben Getränken hockten.

Die Berkeley Boys standen wie immer in Reih und Glied hinter der Theke. Ihr Sonntagsgewand bestand aus nicht mehr ganz weißen Herrenhemden mit ungebügeltem Kragen und zweifelhaften Flecken, schlaff herabhängenden Pünktchenkrawatten und schlammfarbenen Strickwesten, an denen ein Großteil der Knöpfe fehlte. Kein schöner Anblick.

»Sukie!« Valerie Pridmore, im Kreis ihrer großen Familie, winkte Sukie von der Ecke mit der Dartsscheibe aus begeistert zu. »Huhu!«

Sukie winkte zurück. Derry ebenfalls. Val blies ihm einen Kuss zu.

»Kennst du Val?«, fragte Sukie, als sie an den Tresen traten.

»Nein. Hab sie noch nie im Leben gesehen. Wollte nur nett sein.« Derry sah sich mit reichlich ungläubigem Blick im Pub um. »Also – das ist ja – hm – interessant ... Und –«, da fiel sein Blick zum ersten Mal auf die alten Knaben, »– au Backe!«

Sukie unterdrückte das Kichern und strahlte Dorchester Berkeley an. »Hallo, fesch seht ihr heute aus. Wir hätten gern ein Pint und ein Halbes vom Bier des Tages.«

Derry sah beeindruckt aus. »Das klang ja ganz nach Dame von Welt. Woher wusstest du, dass ich gern Bier trinke?«

»Wie? Ach, hier hat man gar keine andere Wahl. Und Empfehlung des Tages ist jeweils das Bier, das im Fass noch nicht ranzig geworden ist. Von Flaschenbier oder Brauerei-Erzeugnissen nach neunzehnhundertfünfundfünfzig haben die hier noch nie was gehört.« Auf der Suche nach Topsy spähte Sukie durch den düsteren Dunst und musterte die herumhockende Kundschaft. »Da ist sie ja. Dort drüben. Sie hat uns noch nicht bemerkt.«

Savoy und Hilton drängten sich um den Zapfhahn, um jeder ein Glas einzuschenken, und lächelten Derry verzückt an. Es war ihm hoch anzurechnen, dass er tapfer zurücklächelte.

»Haben Sie hier noch nie gesehen.« Claridge beugte sich über den Tresen. »Sind Sie Sukies Verlobter?«

»Nein, ist er nicht«, sagte Sukie rasch und schob das Geld über die Theke, bevor Derry bezahlen konnte. »Nur ein guter Freund.«

»Ach ja?« Derry hob sein Glas. »Wie schön. Danke, Sukie. Und das hier«, er grinste zu Hilton hinüber, »sieht aus wie ein prima Bier.«

»Ist es auch, junger Mann«, keuchte Hilton beglückt. »Eine vollendete Mischung aus Hopfen, Malz und Quellwasser. Wie schön, wenn junge Leute noch wahre Werte zu schätzen wissen.«

»Heuchler«, zischte Sukie ihm zu, während sie zu einem leeren Tisch gingen. »Das Zeug sieht aus wie Schlammbrühe. Und bestimmt schmeckt es, als wär es nicht von dieser Welt.«

»Himmlisch?«

»Lass dich überraschen.«

Wenn es einem gelang, über die Schmuddeligkeit hinwegzusehen, war das *Barmy Cow* gar nicht so scheußlich, dachte Sukie. Offenbar zumindest nicht für die zahlreichen einsamen Bewohner von Bagley, die hier Zuflucht suchten. Topsy saß mit einigen anderen älteren Leuten bei einem lebhaften Kartenspiel zusammen. Sie hatte die beiden immer noch nicht gesehen, und Sukie beschloss, sie noch eine Weile in seliger Unwissenheit zu lassen.

Es musste schrecklich sein, wurde Sukie auf einmal bewusst, wenn man so alt war und alle Leute, die man gekannt und geliebt hatte, schon tot waren, sodass man sich mit der Gesellschaft derjenigen begnügen musste, die noch übrig waren.

»Alles in Ordnung?« Derry beugte sich zu ihr hinüber.

»Ja, ja, alles bestens, danke. Ich dachte nur gerade übers Altwerden und Alleinsein nach.«

»Auch eine nette Sonntagsbeschäftigung!« Derry nippte an seinem Bier und schluckte tapfer. »Uh, was das Bier betrifft, hattest du recht. Ist ziemlich gewöhnungsbedürftig. Also, wolltest du schnurstracks zu Topsy hinübergehen und sie bitten, sich hier von dir massieren zu lassen, oder was? Wir haben noch gar keinen Schlachtplan entwickelt.«

»Ist auch nicht nötig.« Sukie beobachtete, wie die winzige Schaumkrone auf ihrem Bier zu kleinen Fettaugen zusammenschrumpfte. »Topsy steht auf alles, was mit Medizin zu tun hat, du wirst schon sehen. Sie sieht richtig vergnügt aus.«

Derry nickte. »Ist sie wohl auch. Ging dir das vorhin durch den Kopf? Dass Topsy alt und allein ist?«

»Ja … und dass wir uns unsterblich fühlen, solange wir jung sind. Ich meine, für uns sind das einfach nur alte Leute, so als wären sie schon immer alte Leute gewesen. Wir können uns kaum vorstellen, dass wir auch mal so alt werden – aber das werden wir.«

»Ja, das werden wir. Doch im Herzen werden wir jung bleiben, so wie sie. Mit dem einzigen Unterschied, dass wir dann aus den Erfahrungen und Erinnerungen eines ganzen Lebens schöpfen können – so wie sie. Und es gibt auch im Alter immer noch vieles, worauf man sich freuen kann. Sicher andere Dinge als jetzt, aber das Leben hat immer noch einen Inhalt, auch wenn man sehr alt ist.« Derry schwenkte das Bier in seinem Glas. Es bildete Schlieren an den Seitenwänden. »Coras Sachen zu finden, hat dich sehr bewegt, nicht wahr?«

»Kann man so sagen. Mir ist dabei klar geworden, wie vieles

ich von ihr gar nicht wusste und dass es jetzt zu spät ist, um sie zu fragen. Und dass sie noch ein ganz eigenes Leben hatte und mehr war als einfach nur Cora und alt und der Mensch, den ich auf der ganzen Welt am meisten liebte.«

Derry strich sich das Haar aus der Stirn. »Du bist ganz anders, als ich eigentlich dachte. Überhaupt nicht so wie Milla. Ich hatte angenommen …«

Doch was auch immer Derry angenommen hatte – sei es im Guten oder im Schlechten –, Sukie sollte es nicht erfahren, denn ausgerechnet diesen Augenblick hatte sich Valerie Pridmore ausgesucht, um neugierig an ihren Tisch zu humpeln.

»Tut mir leid, wenn ich störe«, gluckste sie mit rauchiger Stimme, sah aber nicht die Spur verlegen aus, sondern musterte Derry mit lüsternen Blicken. »Ich wollte nur noch mal nachfragen, ob es bei Freitag bleibt. Joss und ich, zur Massage in *Pixies Laughter*? Ich werde am Dienstag ja nicht zur Probe kommen und sehe dich vorher vielleicht gar nicht mehr …«

Sukie seufzte. »Ja, das geht alles in Ordnung. Ich habe gestern Abend schon mit Joss darüber gesprochen. Sie hat im *Weasel and Bucket* mit uns getanzt. Sie war echt klasse – vielleicht sollten wir sie doch überreden, deinen Platz in unserer Truppe zu übernehmen.«

»Ihr Alter würde das nicht erlauben«, lachte Val. »Topsy hat sie auch schon gefragt, das weißt du doch, und da hat sie behauptet, sie könne nicht tanzen.«

»Kann sie aber«, erwiderte Sukie. »Und zwar richtig gut. Außerdem hat doch heutzutage kein Mann seiner Frau mehr etwas zu verbieten, oder? Ich rede am Freitag noch mal mit ihr. Vielleicht ändert sie ja ihre Meinung.«

»Versuchen kannst du es.« Val zog die Augenbrauen hoch. »Aber es ist reine Zeitverschwendung. Ihr Marvin ist ein echtes Arschloch. Sie darf nichts tun, was er nicht gut findet. Und nie im Leben würde er es gut finden, wenn seine Jocelyn kreischend die Beine hochwirft und dabei ihr Unterhöschen sehen lässt. Wie dem auch sei, ihr Süßen, ich will euch nicht länger stören und lass euch jetzt mal wieder hübsch allein miteinander. Wir sehen uns dann am Freitag für mein Eiapopeia.« Bevor sie ging, raunte sie Derry noch anzüglich ins Ohr: »Na, Jungchen, wenn die schicke Katze aus dem Haus ist ... Kann's dir nicht verübeln. Unsere Sukie hat magische Hände.«

Aua! Sukie hätte am liebsten den Kopf auf die schmierige Tischplatte gelegt und laut geschrien.

»Also, wenn ich mir nicht ziemlich sicher wäre, dass wir uns an einem Sonntag im März des einundzwanzigsten Jahrhunderts in Bagley-cum-Russet befinden«, sagte Derry grinsend, »dann müsste ich annehmen, ich wäre in irgendeinem Paralleluniversum gelandet. Ich habe kein einziges Wort von diesem Gespräch verstanden.«

»Das ist auch gut so!«, erwiderte Sukie knapp. »Ach, schau! Topsy hat gerade ihr Kartenspiel beendet. Sollen wir?«

»Nun, das war der Zweck dieser Übung, aber –«, Derry grinste immer noch, »– klär mich wenigstens über ein paar Punkte auf: Proben? Truppe? Tanzen? Bist du oder gehst du ...?«

»Tanzen? Ja, aber nicht als Animierdame in Nightclubs, bevor du anfängst, in diese Richtung zu denken. Wir, Valerie und ich und Chelsea und ein paar andere, sind die Cancan-Truppe von Bagley-cum-Russet.« Sie funkelte ihn gefährlich an. »Und wenn du jetzt auch nur ansatzweise kicherst, leer ich dieses Bierglas über deinem Kopf aus.«

»Gott behüte«, sagte Derry mit unbewegter Miene. »Das würde mir wahrscheinlich die Haut vom Gesicht ätzen. Aber – ich bin beeindruckt. Heißt das, ihr werft die Beine hoch und macht Spagat und all das, wie Nicole Kidman in *Moulin Rouge*?«

»Auf diesem Niveau wohl kaum, und vor allem haben wir

mehr an, aber wir geben uns Mühe – und grins nicht so anzüglich!«

»Ich grinse niemals anzüglich.«

»Dann ist es ja gut. Bist du bereit?«

»Dass wir uns auf eine alte Dame stürzen, um sie zu massieren – womit überhaupt? Welches Öl hast du eigentlich genommen?«

»Veilchen … das schien mir das sanfteste Mittel zu sein und dürfte wohl kaum Probleme geben.«

»Gut, dann bin ich bereit, über eine ahnungslose Seele herzufallen und sie zum Versuchskaninchen zu machen, im schrägsten Pub, den ich je gesehen habe. War schon immer meine Lieblingsbeschäftigung an verregneten Sonntagen.«

»Sarkasmus verboten!« Sukie nahm ihre Tasche, ließ das Bier stehen und steuerte auf Topsy zu. »Ebenso wenig ist es gestattet, zu lachen oder zusammenzuzucken oder irgendjemandem zu verraten, was wir hier wirklich vorhaben. Okay?«

»Okay!« Derry lachte trotzdem. »Geh du voran.«

Nachdem sie Derry vorgestellt hatte, hoffte Sukie, ihre schauspielerischen Fähigkeiten würden ausreichen, Topsy nicht merken zu lassen, dass Coras Rezepte entgegen ihrer Behauptung nicht nur existierten, sondern auch entdeckt und wiederbelebt worden waren.

Topsy strahlte sie an, und ebenso das halbe Dutzend älterer Kartenspieler, die von Blackjack wohl erst mal genug hatten und sich in der Hoffnung auf weitere Unterhaltung in ihren Stühlen zurücklehnten.

»Wie schön, dich zu sehen, meine Liebe!« Topsy lächelte. »Ich hoffe, du bist mir nicht böse.«

»Aber nein, natürlich nicht. Äh, bist du rechtzeitig nach Hause gekommen, um *Casualty* zu sehen?«

»Ja, danke der Nachfrage. Es war eine ganz tolle Folge. Jemand war auf einem spitzen Zaun aufgespießt, und im Licht einer Taschenlampe wurde auf der Straße eine Notoperation ausgeführt. Dazu musste die Zaunspitze abgetrennt werden, ohne lebenswichtige Organe zu verletzen. Ich hätte den Luftröhrenschnitt allerdings nicht so früh eingesetzt, und dieser nachlässige Umgang mit intravenösen Flüssigkeiten …«

»Hm, faszinierend … ach, äh, dieses medizinische Thema erinnert mich an etwas – du betonst doch beim Aufwärmen vor dem Cancan immer, dass wir auf unsere Beinmuskeln achten müssen, damit sie uns nicht im Stich lassen, und dass deine so stark sind wie Motorkolben. Aber hast du nicht gesagt, du hättest manchmal so ein Reißen in den Fingern und –«

»Komm bitte zum Punkt, meine Liebe. Wir wollen noch ein paar Runden Whist spielen, bevor der Laden zumacht oder der Tod an die Tür klopft, je nachdem, was zuerst passiert.«

»Entschuldige – also, du weißt ja, dass ich diese Woche mit den Hausmassagen anfange, und da hab ich mich gefragt, ob du nicht vielleicht interessiert wärst, dich mir als eine Art Testperson zur Verfügung zu stellen. Ich will nur sichergehen, dass ich auch alles richtig mache.«

Topsy legte den schmalen grauen Kopf schief. »Du machst doch schon seit Jahren Massagen. Was musst du denn da noch üben?«

Sukie stöhnte innerlich. Mist aber auch, dass Topsys Verstand so scharf war wie eine Rasierklinge.

»Na ja, diese neuen Öle, die Jennifer Blessing mir besorgt hat, sind ja doch etwas ganz anderes und, äh …«

Liebe Güte! Selbst in ihren eigenen Ohren klang das mehr als dürftig.

Topsy tätschelte Sukies Hand. »Also, wenn es um Medizinisches geht, bist du bei mir genau richtig. Alles klar. Soll ich in den nächsten Tagen mal zu dir kommen?«

»Nicht nötig!«, rief Sukie munter und kramte in ihrer Tasche. »Ich habe zufällig gerade eins der neuen Massageöle dabei! Wenn du so nett wärst, mal eben deine Hände auf den Tisch zu legen, dann könnte ich …«

Es gab noch eine kurze Verzögerung, weil die Mitglieder der Kartenrunde erst noch auf Taschentücher spuckten, den Dreck von der Tischfläche rubbelten und sie abschließend mit den Ärmeln polierten.

Sukie entkorkte die Flasche und wagte es nicht, Derry dabei anzusehen.

Das Aroma der Veilchen war wirklich herrlich: Der betörende, gartenfrische Geruch des Öls durchdrang mehr und mehr den Mief im *Barmy Cow*. Das Entströmen des Dufts war fast körperlich wahrnehmbar – wie der Geist aus Aladins Wunderlampe –, so köstlich wogte er und verdichtete sich und umhüllte alles. Es war, als verwandle sich die verräucherte und muffige Spelunke auf einmal in eine Sommerwiese im Sonnenschein mit Schmetterlingen und leuchtend bunten Blumen und Vogelgezwitscher.

Topsy schnupperte. »Das riecht sehr – oh … ich weiß nicht – irgendwie vertraut … lieblicher Duft, meine Kleine. Wirklich raffiniert, diese synthetischen Parfüms – man könnte meinen, man wäre draußen in einem Garten – als wäre man wieder jung. Synthetisch, hast du gesagt? Hmmm – für mich riecht das sehr natürlich …«

»Finde ich auch«, sagte Sukie rasch. »Schon erstaunlich, was im Labor heutzutage alles möglich ist, nicht wahr? Also …«

Sukie wärmte ihre Hände und verteilte das Öl in geübten gleitenden Bewegungen auf Topsys mageren, knotigen Händen und Fingern. Sanft zum Herzen hin streichend, massierte sie rhythmisch die Gelenke und Druckpunkte und spürte die Energien fließen.

Eine ansehnliche Menschenmenge, einschließlich Valerie Pridmore und deren ganzer Familie, hatte sich versammelt und sah gespannt zu. Sogar die Berkeley Boys waren hinter dem Tresen hervorgekommen und beugten sich in einer Reihe über den Tisch.

»Wir haben auch schlimme Schmerzen, kleine Sukie«, brummelte Claridge. »Vor allem in den Füßen. Kommt vom ständigen Stehen hinter dem Tresen. Wenn das hier bei Topsy hilft, könnten wir alle ja vielleicht auch mal zu einer kleinen Behandlung kommen?«

»Ja, sicher«, antwortete Sukie tapfer und versuchte, sich den abstoßenden Zustand der versammelten Berkeley-Füße lieber nicht allzu bildhaft vorzustellen. »Ich lass euch meine Karte da.«

»Das ist herrlich, Sukie.« Topsy lächelte schläfrig. »Wirklich wunderbar. Ich erlebe gerade einen pränarkotischen Schwebezustand, und meine Hände fühlen sich an wie amputiert.«

Puh – dachte Sukie. Das war wirklich ein hohes Lob. Sah also ganz gut aus …

Topsy seufzte leise. »Diese Öle von Mrs Blessing sind toll. Das musst du ihr sagen. Oooh, mein Herz flattert wie ein Defibrillator.«

Lieber Gott, bitte lass sie keinen Herzanfall kriegen, dachte Sukie und überlegte, ob sie lieber aufhören sollte. »Topsy? Fühlst du dich gut?«

»Bestens, meine Liebe. Ich spüre richtig, wie sich die Verspannungen und Knoten lösen. Meine Finger entfalten sich neu wie knospende Blüten. Das ist noch besser, als Steroide einzuwerfen. Was ist da drin?«

»Veilchen.«

Topsy riss den Kopf hoch. Mit ihren Knopfaugen funkelte sie Sukie an. »Veilchen?«

»Ja«, Sukie massierte weiter und bemühte sich verzweifelt zu improvisieren. »Es gibt jetzt einen neuen Ansatz zur Aromatherapie mit Wildblumen.«

»Veilchen?« Topsy bedachte Sukie mit einem prüfenden Blick. »Du kennst doch die Geschichten über Veilchen, oder?«

Sukie schüttelte den Kopf und vollführte noch immer streichende und kreisende Bewegungen. Die kannte sie nicht – aber sie hatte das ungute Gefühl, das würde sich gleich ändern. Was sie allerdings kannte, war Coras im Kreuzstich gesticktes Gedicht, das ihr gerade ungebeten in den Sinn kam.

Ooooo neeeiiiin …

Von blauen Veilchen am Wegesrand
wird Klage der Einsamkeit rasch gebannt.
Gebrochene Herzen heilen wunderbar,
und neue Liebe ist schon nah.

Ach du liebe Güte …

Topsy sah sie scharf an. »Der Sage nach erschuf Zeus diese Blumen, um seine Braut zu verführen. Die Veilchen galten nicht nur bei den Griechen als Blumen der Liebe – und zwar zu Recht. Man verwendet sie auch für Liebestränke.«

»Ach, tatsächlich?«

»Ja, tatsächlich.«

»Aber das gilt bestimmt nur für die echten Blumen?«, fragte Sukie und ihr wurde ganz bange. »Und nicht für synthetische Duftöle?«

»Ja, sicher, aber die richtigen Pflanzen sind sehr wirksam. Mit echten Veilchen sollte man nicht herumpfuschen. Oh …«

Auf einmal schien Topsy alles Interesse an Veilchen im Allgemeinen und Besonderen verloren zu haben. Träumerisch blickte sie über Sukies Schulter hinweg.

Sukie wandte den Kopf. »Oh, Verzeihung, Dorchester, wollten Sie diesen Tisch abräumen? Einen kleinen Moment noch, wir sind gleich fertig.«

Dorchester Berkeley war ganz nah herangekommen. Er lächelte Sukie blöde an – anders konnte man es wirklich nicht nennen. »Nein, nein, meine Liebe. Ich dachte nur gerade, ob ich vielleicht Topsys Hand berühren dürfte? Sie sieht aus wie aus Seide.«

Er streckte die knotigen braunen Finger aus und streichelte behutsam Topsys Hand.

Sukie hielt die Luft an, sie war felsenfest überzeugt, dass Topsy gleich aufkreischen und ihm eine schallende Ohrfeige verpassen würde.

Topsy jedoch lächelte liebenswürdig und ließ es geschehen, dass Dorchesters Finger sich mit den ihren verschränkten.

»Jetzt müssten nur noch«, flüsterte Derry, »die Geigen erklingen und die Engelein singen.«

Sukie schluckte. »Schnell, nimm die Sachen, und nichts wie weg hier. Äh, Topsy, wenn du nichts dagegen hast, dann gehe ich jetzt. Vielen Dank, dass du …«

»Nein, ich danke *dir*!« Topsys Blick weilte immer noch schwärmerisch auf Dorchester. »Ich fühle mich großartig. Einfach wunderbar. So glücklich bin ich nicht mehr gewesen, seit mein Eddie neunzehnhundertneununddreißig aus Bagley fortging …«

12. Kapitel

Ohne Zweifel war diese Woche eine der schönsten seit Langem gewesen, dachte Joss, als sie am Freitag, zur Radiomusik singend, die restliche Bügelwäsche erledigte.

Eine so wunderbare Woche hatte sie nicht mehr erlebt, seit sie mit Marvin lange genug verheiratet war, um zu erkennen, dass sie miteinander niemals »glücklich bis ans Ende ihrer Tage« sein würden, und seit sie sich schließlich damit abgefunden hatte, dass die Kinder, die sie empfangen, ausgetragen, zur Welt gebracht und genährt hatte, in keiner Weise so waren, wie sie es sich gewünscht und erhofft hatte.

Seit diesem sagenhaften Samstagabend im *Weasel and Bucket* hatte Marvin schlechte Laune und kaum ein Wort gesprochen. In der folgenden Nacht war er immer wieder aufgestanden und hatte Verdauungspastillen eingeworfen und vor sich hin gestöhnt. Joss war klar, dass die Verdauungsprobleme mit Marvins Ärger zusammenhingen, und nicht mit dem köstlichen Essen im *Weasel and Bucket*, und so kuschelte sie sich unter ihre Bettdecke und lächelte vor sich hin. Als Marvins explosive Darmbeschwerden zu einer Lautstärke anschwollen, mit der er einer Trompetencombo hätte Konkurrenz machen können, schloss Joss Augen und Ohren und ließ in Gedanken noch einmal den vergangenen Abend mit Tanz und Gelächter und unbeschwerter, ausgelassener Fröhlichkeit Revue passieren.

Am Sonntag hatte dann Simon angerufen und danach hatte

sich Marvin knurrend noch tiefer in den Schmollwinkel zurückgezogen. Offenbar hatten Simon und Sonja nun getrennte Schlafzimmer; Sonja hatte Simon verboten, je wieder mit Marvin zusammen Golf zu spielen; die beiden kündigten die Teilnahme an der kulinarischen Samstagabendrunde und machten Marvin heftige Vorwürfe, dass er solch ein abstoßend *ordinäres* Lokal ausgewählt hatte.

Marvin hatte daraufhin in einem Wutausbruch den *Sunday Telegraph* quer durch die Küche geschleudert und sich anschließend im Badezimmer eingesperrt.

Seine miesepetrige Übellaunigkeit hielt die ganze Woche über an, und so hatte Joss jede Menge Zeit, in aller Ruhe ihren eigenen Interessen nachzugehen. Natürlich verlief sonst alles wie immer, nur eben weitgehend schweigend, und Joss fand es ausgesprochen angenehm, ausnahmsweise mal von Marvins Genörgel und seinen Zurechtweisungen verschont zu bleiben, weil sie für den Reinfall ja nun wirklich nicht verantwortlich zu machen war.

Die Hausarbeit war im Handumdrehen erledigt, und Marvin war so wortkarg, dass er sich nicht einmal über verbrannten Toast oder zu hart gekochte Eier oder das von ihr zubereitete Abendessen beschwerte. Joss tippte die Protokolle der Nachbarschaftswache so beschwingt wie selten und hatte außerdem die Gelegenheit ergriffen, unter dem Künstlernamen Maggie Mettle für den *Bagley Bugle* einen Artikel zu schreiben, in dem sie vorschlug, das Volksfest *Russet Revels* an dem arbeitsfreien Montag im August wieder aufleben zu lassen. Marvin hatte den Artikel, ohne einen Blick darauf zu werfen, mit den übrigen Unterlagen eingepackt, damit seine Sekretärin Anneka die nächste Ausgabe druckte und band.

Nicht dass Joss die Wiederbelebung der *Russet Revels* am Herzen gelegen hätte, es machte ihr einfach nur Spaß, diese anonymen kleinen Beiträge zu verfassen, um den inhaltlich sonst eher langweiligen *Bugle* ein bisschen aufzupeppen. Und sie freute sich schon sehr darauf, noch heute die junge Sukie Ambrose über die Cancan-Truppe zu interviewen und zudem einen Hinweis auf ihre Aromatherapie und die Hausbesuche einzuflechten. Für diesen Beitrag würde sie ein exotisches, französisch klingendes Pseudonym wählen – vielleicht etwas Überkandideltes wie Fi-Fi Lamour oder so ähnlich? Sie kicherte vor sich hin.

Und noch viel mehr, dachte sie vergnügt, während sie Marvins weiße Hemden auf die Bügel hängte, seine Unterhosen und Socken faltete – Marvin bestand grundsätzlich darauf, dass seine Unterwäsche gebügelt wurde – und in die entsprechenden Schubladen räumte, freute sie sich auf die Massage. Der heutige Termin war ein weiteres köstlich prickelndes Geheimnis, das ihr diese Woche versüßte.

Valerie hatte ihr bei einem ihrer unerlaubten morgendlichen Kaffeeklatschstündchen erzählt, dass Sukie am letzten Sonntag Topsy Turvey im *Barmy Cow* massiert hatte und dass das ganz *wundervoll* gewesen sei. Außerdem hatte Valerie behauptet, dass zwischen Topsy und dem ebenfalls schon älteren Dorchester Berkeley etwas sehr Merkwürdiges und Wundersames vorgegangen sei, aber Joss nahm an, dass Val wohl eher zu viel von den im *Barmy Cow* ausgeschenkten zweifelhaften Getränken genossen hatte.

Also – Joss sah sich in dem makellos aufgeräumten und sterilen Bungalow um – alles erledigt. Nun brauchte sie nur noch den Autoschlüssel zu nehmen, denn aufgrund von Valeries Cancan-Verletzung konnten sie nicht zu Fuß durchs Dorf laufen, und schon konnte es losgehen.

»Bist du bereit?« Schnaufend ließ Valerie sich auf dem Beifahrersitz nieder. »Und gewillt, alle Hüllen fallen zu lassen?«

»Voll und ganz!«, antwortete Joss fröhlich, und dann fuhren sie aus der säuberlich gepflegten Siedlung *The Close* in das Gewirr der von Bäumen gesäumten Dorfstraßen hinaus. »Ich kann mich gar nicht mehr erinnern, wann ich das letzte Mal ›eine Stunde für mich‹ hatte, wie das in den Zeitschriften immer heißt.«

»Du armes Schwein«, sagte Valerie liebevoll. »Es ist auch ein richtig schöner Tag dafür, findest du nicht?«

Joss nickte. Allerdings. Das Wetter passte genau zu ihrer Stimmung. In dieser Woche waren Düsternis und Regen und scharfer Wind auf einmal gewichen und der Frühling hatte in Bagley-cum-Russet Einzug gehalten.

Heute schien die Sonne von einem glasklaren Himmel, trocknete den aufgeweichten Boden und hüllte das Dorf in einen warmen, milchigen, erdigen Dunst. Wie von Zauberhand waren aus der unwirtlichen grauen und aufgeweichten Erde zahlreiche Blumen zum Vorschein gekommen, und überall entfalteten sich winzige grüne Triebe.

Der Frühling bringt neues Leben, dachte Joss vergnügt, als sie sich der Kreuzung von Bagley-cum-Russet näherten und bei dem keltischen Kreuz anhielten, er bringt neue Erfahrungen und neue Gelegenheiten. Der Frühling beflügelte ihren Optimismus jedes Jahr aufs Neue, und sie fand immer, dass die Heiden ganz recht daran getan hatten, den Beginn eines neuen Jahres im Frühling zu feiern. Es machte Sinn.

Valerie drehte sich unterwegs immer wieder auf ihrem Sitz um und winkte den Bewohnern von Bagley majestätisch zu. »Ich freu mich sehr auf die Massage – nicht nur, um wieder auf die Beine zu kommen, es gibt auch jede Menge interessanter Klatschgeschichten. Topsy und Dorchester sollen sich am Sonntag ja direkt aufgeführt haben wie Charles und Camilla, und außerdem war die kleine Sukie zusammen mit Derry Kavanagh unterwegs. Kennst du Derry? Er hat die Tischlerei in Winterbrook und ist unglaublich sexy.«

»Hm, ja …« Joss nickte und versuchte sich zu erinnern, was Val ihr beim morgendlichen Kaffeeklatsch über Derry Kavanagh erzählt hatte. »Ach ja, hast du nicht gesagt, er ist mit Sukies Untermieterin zusammen?«

»Stimmt genau!«, antwortete Val triumphierend und grüßte mit königlicher Würde die Ansammlung schwatzender Dorfbewohner, die vor *Coddles* in der Sonne herumstanden. »Wenn er mit dieser piekfeinen Milla geht, was hat er dann mit Sukie im Pub zu suchen? Das möchte ich doch gern wissen.«

Joss verlangsamte die Fahrt, um sich in der engen Straße, die zu *Pixies Laughter* führte, besser konzentrieren zu können. Ihr war es herzlich egal, warum man Derry und Sukie zusammen gesehen hatte, aber es machte einfach Spaß, sich auf derlei unbekümmertes Geschwätz einzulassen.

»Pass auf!«, schrie Valerie plötzlich und packte Joss am Arm. »Der fährt ja wie irre!«

Joss stieg mit aller Kraft auf die Bremse, der andere Wagen raste mit Vollgas auf sie zu, scherte erst im letzten Moment aus und verfehlte sie nur um Haaresbreite.

»So ein Idiot!« Joss hatte wildes Herzklopfen, ihr Mund war trocken, und Adrenalin jagte die Botschaft »Kampf oder Flucht!« durch ihren Körper. »Der muss gerade von der Hassocks Road gekommen sein und hatte mindestens hundert Sachen drauf! Alles in Ordnung, Val?«

Valerie nickte, lockerte ihren Sicherheitsgurt und spähte über die Schulter nach hinten. »Ja, aber … hast du den Fahrer gesehen? Ich hätte schwören können, das war dein Marvin.«

»Nein, das ist völlig unmöglich.« Joss fuhr vorsichtig weiter, sie war nach dem Beinahe-Zusammenstoß immer noch ganz zittrig. »Der ist in London, bei der Arbeit. Es gibt ja viele solcher Autos, wie er eins hat, und außerdem würde Marvin nie im Leben ein Tempolimit überschreiten. Ach, jetzt hab ich diese Massage aber wirklich dringend nötig – mein Herz klopft wie verrückt. Ist dir auch nichts passiert?«

»Nein, nein, alles bestens, Liebes. Aber« – Valerie lehnte sich zurück und runzelte die Stirn – »weißt du, ich glaube trotzdem, das war Marv.«

»Sicher nicht.« Allein der Gedanke nötigte Joss ein verzerrtes Lächeln ab. »Glaub mir, Marvin tut nie etwas, das von seinem Charakter und seinen Gewohnheiten abweicht. Freitags kommt er nie um diese Zeit nach Hause. Er ist meilenweit weg, zum Glück. So, da wären wir …«

Sukie bereitete sich auf ihre allererste Hausmassage vor und sah sich voller Stolz in ihrem Wohnzimmer um. Mit brennenden Rosenduftkerzen, dem Regal mit aufgereihten Fläschchen voller Essenzen, Basisölen und Kupferschalen zum Mischen sowie all ihren eingerahmten Aromatherapie- und Massage-Zertifikaten an den Wänden sah es rundum aus wie in einem exklusiven privaten Schönheitssalon. Coras grün-goldene Velourstapete und die flaschengrünen Samtvorhänge hatte sie gründlich ausgebürstet, sie verliehen dem Raum eine behagliche, luxuriöse Note, und der Massagetisch von *Beauty's Blessings* passte perfekt dazu.

Jennifer hatte sich diese Woche von ihrer allerbesten Seite gezeigt, sie nicht nur mit dem Tisch, sondern auch mit Stapeln flauschiger Handtücher und dazu passenden Bademänteln versorgt und hatte Berge versetzt, um Sukie rechtzeitig alle behördlichen Genehmigungen und den nötigen Versicherungspapierkram zu beschaffen, damit sie von zu Hause aus arbeiten konnte.

Natürlich hatte sich Jennifer auch darüber gefreut, dass Sukie seit Montag mit den mobilen Massagen unheimlich viel zu tun hatte. Sie hatten rasch zu einer Routine gefunden, indem Sukie jeden Morgen in Hazy Hassocks im Salon ihren Terminplan abholte und zwischendrin regelmäßig zurückkam, um Jennifer bei Nagelverlängerungen und Gesichtsbehandlungen zur Hand zu gehen.

»Wir brauchen wirklich Unterstützung von der Berufsschule«, hatte Jennifer aufgeregt gesagt, während sie die Reste der Gesichtsmaske aus den tiefen Gletscherspalten einer älteren Sonnenanbeterin aus Fritton Magna pulte. »Es kommen jede Menge Buchungen für deine mobilen Massagen. Ich sehe schon, dass du bald mehr außerhalb des Salons arbeiten wirst als hier drinnen, und allein schaffe ich nicht alles. Ich kann ja schlecht zwei Firmen auf einmal managen. Aber denk nur an all das schöne Geld, das dadurch reinfließt, Sukie.«

Und Sukie hatte gelächelt und genickt und ihrem Glücksstern gedankt, dass Jennifer dank Coras Stickbildern und dem Garten von *Pixies Laughter* und natürlich dank Derry Kavanaghs Hilfe nie vom Verlust der Essenzen zu erfahren brauchte, und dann hatte sie sich wieder dem Wohlergehen und der Schönheit ihrer Kundschaft gewidmet.

Tag für Tag mit den Massagen beschäftigt zu sein und allabendlich damit, das Esszimmer zu entrümpeln, hatte noch andere Vorteile: Es hielt Sukie davon ab, allzu viel über gewisse Themen nachdenken zu müssen, über Themen wie Topsy und Dorchester oder über Coras Rezepte oder über Liebestränke.

Und vor allem wollte sie nicht über Derry nachdenken.

Das erhoffte Piks-und-Ping war ins Wasser gefallen. Sie waren aus dem *Barmy Cow* nach *Pixies Laughter* zurückgekommen, vor Lachen glucksend wie die Kinder, und hatten sich noch immer über Dorchesters und Topsys unbegreifliches verliebtes Getue nach der Massage gewundert. Und während beide noch vermieden hatten, darüber nachzudenken, was das bedeuten könnte – da hatte plötzlich Millas Wagen vor der Tür gestanden, und sie selbst war vor Wut ganz außer sich um das Cottage herumgetigert.

»Meine verfluchte Mutter!«, hatte Milla ihnen entgegengeschrien. »Meine verfluchte Mutter hat einen Mann zum Essen eingeladen! Einen Mann, der ein passender Ehegatte für mich sein soll! Ein Mann, der nicht nur dreihundert Jahre alt ist und schon vier Ehefrauen verschlissen hat, sondern außerdem noch nicht einmal mehr eigene Haare oder eigene Zähne hat! Aber er ist ein Baron, und da spielt alles andere für meine verfluchte Mutter natürlich überhaupt keine Rolle! Und sie war so was von gar nicht subtil! Sie hätte sogar der kupplerischen Mrs Bennet aus *Stolz und Vorurteil* noch ein paar Kniffe verraten können!«

Sukie hatte versucht, das Lachen zu unterdrücken, und war in die Küche geeilt, um Kaffee zu machen. Sie hatte es Derry überlassen, die aufgebrachte Milla zu beschwichtigen. Dann galt es, einigen unangenehmen Fragen auszuweichen, zum Beispiel, was das Durcheinander im Haus solle und woher der Blumenstrauß käme und warum Derry und Sukie zusammen unterwegs gewesen seien.

Glücklicherweise kreisten Millas Gedanken viel zu sehr um den Versuch ihrer verfluchten Mutter, einen Ersatz für Bo-Bo ins Leben ihrer Tochter zu schleusen, als dass sie über irgendetwas anderes lange nachgedacht hätte.

Derry hatte sich nach dem Kaffee bald verabschiedet, hatte Milla geküsst und Sukie zugegrinst, und da sie beruflich so dermaßen eingespannt war, hatte sie ihn seitdem nicht wiedergesehen.

Ach ja … Sukie zwang sich, ins Hier und Jetzt zurückzukehren, und warf einen letzten Blick aus dem Esszimmerfenster, bevor sie die Samtvorhänge zuzog, um für ungestörte Privatsphäre und ein behagliches und entspannendes Ambiente zu sorgen. Sie legte die Hände aufs Fensterbrett und nahm das Bild in sich auf. Wenn die Sonne schien, war der Garten wie verwandelt. Die Natur war wirklich eine Zauberin. All das öde, tropfende, gespenstische Gestrüpp war auf geheimnisvolle Weise getrocknet, hatte sich entwirrt und zu übermütig dahingeworfenen Stauden mit glänzenden Blättern und unzähligen kleinen Blüten geformt und sah nun wieder wie ein richtiger Cottage-Garten aus.

Wenn sie mit der Aromatherapie auf Basis selbst gepflückter Pflanzen weitermachen wollte, würde sie Derry bitten müssen, die sprießenden Knospen für sie zu identifizieren. Damit sie auch bestimmt keine Fehler machte, natürlich. Schließlich wäre es für ihr Gewerbe absolut tödlich, wenn sie die falschen Pflanzen sammelte und ihre Klienten nach der Behandlung alle galoppierende Nesselsucht bekämen. Das war doch auch ein wirklich triftiger Grund, mit ihm in Verbindung zu bleiben.

»Mach dir doch nichts vor«, sagte sie zu sich selbst und schloss die Vorhänge. »Du willst doch nur den letzten Sonntag wiederholen. Aber das geht nicht, und das darfst du nicht, denn er gehört zu Milla und hat nicht das geringste Interesse an dir, okay?«

Ohne auf eine Antwort zu warten – weil sie schon wusste, wie die ausfallen würde –, tapste sie aus dem Zimmer, um ihre ersten zahlenden Gäste willkommen zu heißen.

Val und Joss erzählten beide gleichzeitig aufgeregt von dem Beinahe-Zusammenstoß mit dem irren Autofahrer, bewunderten mit vielem »Oh!« und »Ah!« die Inneneinrichtung von *Pixies Laughter* und vor allem das neu gestaltete Esszimmer.

»Hier drüben könnt ihr euch ausziehen«, sagte Sukie und wies auf einen kleinen, mit dunkelgrünen Vorhängen abgetrennten Bereich, »und euch in diese Handtücher hüllen – ich hoffe, sie sind warm genug –, und dann könnt ihr euch aussuchen, wie wir weiter vorgehen. Wollt ihr einzeln, jede für sich, massiert werden? Oder zusammen, jede im Beisein der anderen?« Sie hatte sich entschlossen, auch Joss gegenüber auf das förmliche Sie zu verzichten, um die Atmosphäre entspannter zu gestalten, und das schien dieser nur recht zu sein.

»Zusammen!«, riefen Joss und Val im Chor und begannen, bereits kichernd, sich auszuziehen.

Als Val sich mit dem Gesicht nach unten auf den Tisch gelegt und Joss es sich im Bademantel in einem Sessel bequem gemacht hatte, schaltete Sukie auf ihr professionelles Programm um. Auf diesem Gebiet war sie wirklich gut, das wusste sie. Und es machte ihr Spaß. Wenn sie arbeitete, war alles andere unwichtig. Sogar Derry Kavanagh. Jedenfalls so ziemlich.

»Wenn es dir recht ist, mache ich erst dein Bein, Val, und danach dann die Ganzkörpermassage. Zieh einfach das Handtuch ein wenig hoch. Genau so. Danke. Also, von den Zehen bis zum Knie, nicht wahr?«

»Ja, bitte. Und besonders am Knöchel. Der Doktor hat es sich angesehen und gemeint, es ist nur eine Muskelzerrung, aber es tut immer noch tierisch weh, wenn ich auftrete.«

»Jetzt wird es bald besser …« Sukie entkorkte eines der kleinen Schmuckfläschchen und träufelte mit der Pipette behutsam sechs Tropfen in die Basis aus Mandelöl. Sie hatte die selbst gemachte Mischung aus Rosmarin und Lavendel gewählt, weil diesen beiden Pflanzen hervorragende Heilkräfte zugeschrieben wurden.

»Oh, das riecht aber gut, Sukie.« Valerie war schon ganz aufgeregt vor Vorfreude. »Als ob auf einmal der Garten ins Haus gekommen wäre!«

»Wunderbar«, murmelte Joss schläfrig und sog von ihrem

Sessel aus tief den Duft ein. »Als wären die Blumen so greifbar nahe, dass man nur die Hand auszustrecken bräuchte … Ach, daran könnte ich mich gewöhnen …«

Sukie musste zugeben, dass der aus der Flasche entströmende Duft sehr viel stärker war als bei allen synthetischen Essenzen, mit denen sie je zu tun gehabt hatte. Das war ihr die ganze Woche über auch schon bei den Hausbesuchen aufgefallen. Kaum waren die Flaschen entkorkt, hatten all ihre Klientinnen den Eindruck gehabt, als sei die Natur zu ihnen ins Zimmer gekommen. Und auch Sukie erlebte, dass die Düfte die Umgebung wie von Zauberhand in den Hintergrund treten ließen und stattdessen nahezu greifbare Bilder von herrlichen Gärten mit Kieswegen, verborgenen Lauben, üppig blühenden Rosenkaskaden, warmem Sonnenschein, Schmetterlingen und Vogelgezwitscher heraufbeschworen.

Nachdem sie sich erfolgreich eingeredet hatte, dass die Sache mit Topsy und Dorchester reiner Zufall war und sonst gar nichts, hatte Sukie es vorgezogen, nicht weiter darüber nachzugrübeln, ob Coras Rezepte als Liebeszauber wirkten und ob ihre Massagen möglicherweise in ganz Berkshire die seltsamsten Paare zusammenbringen könnten. Sie war einfach nur froh, nun einen ganzen Garten voller Rohstoffe für ihre Arbeit zu haben und dass ihre natürlichen Zutaten allen Laborerzeugnissen eindeutig haushoch überlegen waren.

»Oooooh – das ist ja göttlich!«, stöhnte Val genießerisch, als Sukie sie sanft knetete und streichelte und ihre Finger kreisen ließ. »Ich spür richtig, wie die Verspannungen sich auflösen – zum ersten Mal seit Jahren haben meine Muskeln keine Knoten mehr. Der Schmerz schmilzt wie Schnee in der Sonne. Du hast wirklich ein tolles Talent, meine Süße, muss schon sagen.«

Joss, die aufmerksam zugeschaut hatte, sah Sukie an. »Ist es dir recht, wenn ich über das Cancan-Tanzen und deine Massagen einen Artikel für den *Bagley Bugle* schreibe? Topsy sucht ja nach einem Ersatz für Val, und ich fand, es sei eine gute Idee, die beiden Themen miteinander zu verbinden – wär auch eine nette Abwechslung zu dem langweiligen Zeug, das sonst immer so drinsteht.«

»Ja, meistens geht es doch um Themen wie: ›Was fange ich mit übrig gebliebener Zitronencreme an?‹, oder: ›Wie baue ich mit Samen und Schoten die Hängenden Gärten von Babylon nach?‹« Sukie konzentrierte sich auf Valeries Gelenke und Sehnen. »Es wäre mir ein Vergnügen. Soll es ein richtiges Interview werden oder wie?«

»Ich habe ein gutes Gedächtnis.« Joss lächelte. »Wenn du einfach drauflos erzählst, kann ich mir das meiste bestimmt merken, und nach den speziellen Massageölen und so kann ich ja später noch fragen. Ich zeige dir den Entwurf, bevor Marvin alles mitnimmt, um es drucken zu lassen, dann kannst du überprüfen, ob auch alles stimmt.«

»Klingt gut.« Sukie nickte. »Aber ich verstehe noch immer nicht, warum du nicht selbst beim Cancan mitmachst. Du hast wirklich toll getanzt am letzten Samstag, und offenbar hast du doch große Freude daran.«

»Ach, aber ich könnte nicht …« Joss seufzte. »Nein, versuch gar nicht erst, mich zu überreden – bestimmt melden sich jede Menge Bewerberinnen, wenn der Artikel erst erschienen ist.«

»Wo wir schon davon sprechen«, sagte Valerie und öffnete ein Auge, »als du am Dienstag bei der Probe warst, hat Topsy da noch irgendetwas zu dir gesagt, wegen dem Du-weißt-schon im Pub mit dem alten Dorchester?«

Sukie spürte, wie ihr die Röte ins Gesicht schoss, und konzentrierte sich schnell auf die lang gezogenen, streichenden Bewegungen an Vals geschwollenem Fußgelenk. Sie hatte kurz mit

Topsy gesprochen, als sie gemeinsam aus dem Gemeindesaal gegangen waren, aber davon würde sie Valerie ganz bestimmt nichts erzählen, und auch sonst niemandem.

»Warte mal, Sukie!« Topsy hatte sie im Vorraum kalt erwischt. »Bevor du dich aus dem Staub machst, habe ich noch ein Wörtchen mit dir zu reden, wegen meiner Massage am letzten Sonntag. Es war wohl reiner Zufall, dass du Veilchenöl verwendet hast, oder?«

»Äh, ja.« Sukie hatte genickt. »Es ist ein leichtes Blütenöl, wirkt wohltuend für die Haut und entspannend für Muskeln und Gelenke –«

»Papperlapapp! Komm mir doch nicht mit solchen Wersprüchen. Mag ja alles sein, aber ich wette, dass Veilchen bei der Aromatherapie sonst eher nicht verwendet werden.« Topsy hatte sie im Dunkeln mit ihren Knopfaugen angefunkelt. »Sie sind ja mehr ein *Natur*heilmittel.«

»Nun ja, vielleicht …«

»Nix da vielleicht. Vergiss nicht: Ich weiß Bescheid. Die Mitspieler aus meiner Kartenrunde, alle im Herbst ihres Lebens, waren sehr beeindruckt von deiner Vorführung und meiner wiedergewonnenen Beweglichkeit, und jetzt wollen sie wissen, ob du an einem der nächsten Sonntage mal vorbeikommen kannst, um die anderen auch zu behandeln, damit ihnen das Mischen und Austeilen leichter von der Hand geht.«

»Aber gerne doch«, hatte Sukie geantwortet, erleichtert, dass das Gespräch nur darauf hinauslaufen sollte, und wollte schon zum Wagen gehen. »Jederzeit.«

»Nicht so eilig, junge Dame!« Topsy hatte sie mit den jetzt wieder geschmeidigen Fingern am Handgelenk festgehalten. »Ich werde den anderen sagen, dass du ins *Barmy Cow* kommst und dich ihrer annimmst – aber keine Veilchen mehr! Auch nicht synthetische. Verstanden?«

»Ja, wie du willst. Aber das Veilchenöl hat doch gut gewirkt. Ich meine, für deine Hände und Finger.«

»Oh, es hat in der Tat ganz hervorragend gewirkt, meine Kleine.« Topsy hatte sie losgelassen und ihr Kopftuch unter dem runzeligen Kinn festgezurrt. »Das weißt du ganz genau.«

Und Sukie hatte gesagt, gut, und bitte schön, und hatte sich verabschiedet und war gegangen.

Jetzt merkte sie, dass Valerie immer noch auf irgendeine Antwort wartete.

Sie zuckte die Schultern. »Nein, eigentlich nicht. Äh, Topsy meinte, die Massage habe gut gewirkt und ihre Finger seien wieder ganz beweglich und ich solle regelmäßig kommen, um die Kartenspieler zu behandeln. Chelsea hatte von den Gerüchten natürlich schon Wind bekommen und versucht, Topsy mit Dorchester aufzuziehen. Aber Topsy meinte nur, sie sei mit all den Berkeley Boys schon seit Ewigkeiten gut befreundet. Dann hat sie das Thema gewechselt und von einer neuen Methode der Bypass-Operation erzählt, die in der Serie *Holby* vorgekommen war.«

»Hmmm«, Val gluckste. »Der Pub war letzten Sonntag ja ein richtiger Sündenpfuhl – Topsy und Dorchester, du und Derry …«

»So!«, sagte Sukie. »Das war's! Jetzt wickle ich noch ein mit Rosmarin und Lavendel besprengtes warmes Handtuch um dein Fußgelenk, und du ziehst bitte den Bademantel an, damit dir nicht kalt wird, dann ist Joss an der Reihe.«

Während die beiden die Plätze tauschten, träufelte Sukie die entspannenden Essenzen von Kamille und Winterjasmin in das Basisöl. Joss sah interessiert zu und stellte ihr allerlei Fragen, sowohl über Aromatherapie als auch über Cancan.

»Ach, ist das herrlich.« Joss riss sich vom Enthüllungsjournalismus los und seufzte wohlig, als Sukies Finger ihre verspannten Schultermuskeln kneteten und um ihre steife Wirbelsäule kreisten. »Mir ist, als würden alle meine Ängste davongeschwemmt. Und ich habe nicht einmal Schuldgefühle bei diesem Genuss. Auch wenn das vielleicht völlig verrückt klingt, aber ich kann richtig vor mir sehen, wie kleine Jasminblüten aus der Tapete purzeln und der Fußboden sich in einen Teppich aus Kamille verwandelt hat. Der Duft ist einfach wunderbar. Ich werde einen sensationellen Artikel über dich schreiben, damit alle Welt erfährt, wie großartig du bist.«

Sukie lächelte beglückt und sandte Cora einen stillen Dank.

Eine halbe Stunde später entspannten sich Joss und Val, beide restlos begeistert, schläfrig in ihren warmen Bademänteln, tranken Tee und plauderten gemütlich. Sukie wusch sich die Hände und sprang kurz nach oben in ihr Schlafzimmer.

Dann kam sie mit einem ganzen Arm voll Satin und Tüll zurück und grinste Joss an. »Hier bitte! Ich dachte, das möchtest du vielleicht mal sehen. Mein Cancan-Kostüm. Ich weiß ja nicht, ob du so was schon mal aus der Nähe betrachtet hast. Könnte für den Artikel hilfreich sein, um ein bisschen mehr Farbe hineinzubringen, wie man so sagt.«

Joss schaute nur und sagte gar nichts.

»Entschuldige.« Sukie runzelte die Stirn. »Stimmt was nicht?«

Joss schüttelte nur den Kopf, streichelte zärtlich das schwarzrote Mieder aus Satin und das Rüschenröckchen und fuhr mit den Fingern begehrlich über die ellenlangen Stoffbahnen der Spitzenunterröcke in leuchtendem Rosa, Rot, Orange und Purpur.

»Das ist das Allerschönste, was ich je gesehen habe … Unglaublich … diese Farben! Wie, wie ein vom Himmel gefallener Regenbogen. Ach, ich hätte mir immer gewünscht, mal so etwas Prachtvolles und Verführerisches zu tragen …«

»Du könntest ja mein Kostüm nehmen«, gluckste Val aus den Tiefen ihres Bademantels, »wenn du bei der Truppe mitmachst. Wenn der gute Ronnie an den Nähten ein paar Meter einsäumt, wird es dir sicher passen.«

»Bitte nicht!«, bat Joss gequält. »Ich *kann nicht*, Val. Es geht einfach nicht, das weißt du doch! Aber –«, sie sah Sukie an, »– vielen, vielen Dank, dass du es mir gezeigt hast. Das war für mich die Krönung des Tages. Wahrscheinlich träume ich heute Nacht davon …«

Valerie und Sukie wechselten ungläubige Blicke.

Erst gut zwanzig Minuten später, nachdem Valerie und die überglückliche Joss gegangen waren und als Sukie gerade die Massageutensilien aufräumte und die Fläschchen mit den Essenzen wieder ins Regal stellte, fiel es ihr plötzlich siedend heiß ein.

Rosmarin und Lavendel!

Sukie brauchte auf Coras gesticktem Reim gar nicht erst nachzusehen …

Lavendel und Rosmarin die Sonne bescheint,
doch nimm dich in Acht, wenn beide vereint.
Jeder Duft für sich ist harmlos und mild,
vermischt man sie aber, entflammt Leidenschaft wild.

Ach du liebe Güte! Und damit hatte sie Val eingerieben! Na ja, Valerie und ihr großer, gammeliger Gatte benahmen sich ja sowieso immer wie die Turteltäubchen, vielleicht würde es gar nicht auffallen.

Und verflixt – ihr Blick fiel auf das zweite Schmuckfläschchen, dessen Inhalt sie bei Joss angewendet hatte.

Kamille und Jasmin …

Wer seinen Schatz verloren, dem gib Kamille,
getrennten Liebenden reich Jasmin in Fülle.
Vermischst du die Düfte, wird der Zauber erwachen,
und gebrochene Herzen ganz heil wieder machen.

Autsch! Sukie zuckte zusammen. Joss hatte ja wohl hoffentlich kein gebrochenes Herz, und nach dem, was Val ihr erzählt hatte, dürfte der grässliche Marvin ja wohl auch kaum für irgendwen ein verlorener Schatz sein. Hoffentlich zeigte auch dieser Spruch keine Wirkung. Ach, bestimmt nicht. Die Gedichte passten ja gar nicht auf Val oder Joss. Und überhaupt war das doch alles nur Hokuspokus. Oder?

»Also, ich weiß ja nicht, wie es dir so geht«, sagte Val, als sie in *The Close* einbogen, »aber ich fühl mich irgendwie eigenartig.«

»Ich mich auch.« Joss räkelte sich unter ihrem Sicherheitsgurt. »Aber wunderbar, fast als würde ich schweben oder als wär ich ein wenig beschwipst.«

»Genau!« Val kicherte. »Als hätt ich ein bisschen zu viel getrunken und wär so richtig in Stimmung für eine Runde Knutschen und Fummeln, du weißt schon.«

»Ja«, sagte Joss, die es zwar nicht wusste, sich aber vorstellen konnte.

»Hoffentlich ist mein Alter zu Hause, dann fordere ich ihn zu einem kleinen Nachmittagsvergnügen auf.«

»Ach ja«, meinte Joss sehnsüchtig. »Das wäre schön. Ich meine – natürlich nicht für mich mit deinem Mann.«

»Auch nicht für mich mit deinem!«, prustete Valerie. »Den würd ich ja nicht mal mit der Kneifzange anfassen!«

»Früher war Marvin anders …«, erwiderte Joss wehmütig. Sie konnte die ungewohnten Gefühle in ihrem Inneren noch nicht so recht einordnen. Die Massage war wie eine Offenbarung gewesen. Zum ersten Mal seit Jahren fühlte sich ihr Körper jung und geschmeidig an; all ihre Verspannungen waren weggeschmolzen. Sie war wie verzaubert, so etwas hatte sie noch nie erlebt. Und sie fühlte sich – nun ja, so richtig in Stimmung? Sie seufzte. »Als wir noch jung waren und uns gerade kennen gelernt hatten, war Marvin ein flotter Typ.«

»Ein flotter Typ?«, prustete Val, als sie vor dem Bungalow der Pridmores zum Stehen kamen. »Kann ich mir nicht vorstellen. Und wer will schon einen flotten Typ? Erotische Ausstrahlung muss ein Mann haben! Oooh – ich fühl mich ganz schön draufgängerisch, falls du mir folgen kannst.« Sie krabbelte aus dem Wagen, und ihr Bein trug die nicht unerhebliche Last nun mit Leichtigkeit. »Danke, Joss, bis bald beim Kaffee! Und jetzt will ich mal zusehen, dass ich meinen Knuddelbär in die Finger kriege!«

Valerie sauste ins Haus, und Joss lachte vor sich hin, als sie in ihre eigene Einfahrt zurücksetzte. Sie fühlte sich auch »ganz schön draufgängerisch«. So hatte sie nicht mehr empfunden seit – ach, wer weiß wie vielen Jahren – wenn überhaupt jemals. Möglicherweise, dachte sie, hatte sie noch *nie* wirklich so empfunden wie jetzt.

Es dauerte einen Moment, bis sie realisierte, dass da noch ein Wagen in der Einfahrt stand. Ein cremefarbener Wagen. Marvins Wagen. Aber warum in aller Welt sollte Marvin an einem Freitagnachmittag schon so früh zu Hause sein?

Joss hatte noch immer die Stirn gerunzelt, als sie die Haustür aufschloss. Hatte Valerie vielleicht doch recht gehabt und Marvin hatte den Wagen gefahren, der fast mit ihnen zusammengestoßen wäre? Nein, sicher nicht … Obwohl, grinste sie vor sich hin, falls doch, wären die Pridmores vielleicht nicht die Einzigen, die sich ein kleines Nachmittagsvergnügen gönnten …?

Aus unerfindlichen Gründen war sie so richtig übermütig und schlich sich leise ins Wohnzimmer. Marvin stand mit dem Rücken zu ihr am Fenster. Einen Moment lang erinnerte sich Joss daran, wie es vor langer Zeit einmal, in einem anderen Leben, gewesen war, als Marvin und sie sich gerade kennen gelernt hatten.

Er war ihr erster und ihr einziger Freund gewesen, und gelegentlich hatte sie bei seinen Küssen ein leichtes Schaudern verspürt und es für Lust gehalten, wie auch das wilde Verlangen nach mehr, wenn er sie in den Armen hielt.

Ach, wie schön wäre das jetzt …

Auf Zehenspitzen ging sie zu ihm und schlang von hinten die Arme um seinen Leib.

»Was soll denn das, zum Teufel noch mal?« Marvin fuhr herum und schüttelte sie ab. »Bist du von Sinnen, Weib?«

Joss, immer noch von diesem unbekannten, aufregenden Gefühl beseelt, lächelte ihn an. »Entschuldige, ich wollte dich nicht erschrecken. Wie nett, dass du so früh schon zu Hause bist.«

»Nett? Was soll denn daran verdammt noch mal nett sein?«, brüllte Marvin. »Bist du verdammt noch mal völlig übergeschnappt?«

Als sie merkte, dass ihr erotischer Annäherungsversuch ganz eindeutig nicht willkommen war, wich sie vor seinem Zorn erschrocken zurück. »Marvin, mein Lieber, was hast du denn nur?«

»Was ich habe? Ich will dir sagen, was ich verdammt noch mal habe! Ich bin verdammt noch mal gefeuert worden, das habe ich, verdammt noch mal!«

13. Kapitel

Ich pfeif auf den April in Paris, dachte Sukie, als sie an einem Dienstagmorgen vergnügt über die waldigen Landstraßen kurvte; es gibt gar nichts Schöneres als den Frühling in Bagley-cum-Russet.

Die weiß gekalkten Wände der hübschen Cottages leuchteten im Sonnenschein, die Gärten quollen fast über vor lauter Narzissen und Krokussen, und die Straßenränder waren gesäumt mit Primeln, Schöllkraut und frühen Gänseblümchen. Es war schon komisch, dachte sie sich, dass sie jetzt viel mehr auf Blumen achtete, sie genau betrachtete, manche erkannte und über andere rätselte. Wirklich seltsam, wie vieles sich für sie seit der Entdeckung von Coras Rezepten verändert hatte.

Am keltischen Kreuz hielt sie einen Moment an und blinzelte in die Sonne, dann bog Sukie in die Hassocks Road ein, und als im Radio ein Hit aus den Siebzigern gespielt wurde, sang sie laut mit. Ihre Stimmung, ihr Energiepegel und ihr Optimismus waren mit den helleren Abenden und wärmeren Tagen deutlich in die Höhe geklettert. Der März war in einen milden April übergegangen, und überall um sie her erwachte neues Leben aus der Ödnis des Winters, die Knospen sprossen, und Liebe lag in der Luft.

Hah!, dachte Sukie, das Letztere stimmte aber nicht, zumindest nicht, was sie persönlich betraf. Vielleicht stimmte es ja, und dies war die Jahreszeit, in der die Fantasie so manchen

Jüngling auf Liebe sinnen ließ – oder wie auch immer dieses Zitat gelautet hatte, über das Chelsea und sie damals im Literaturunterricht so gekichert hatten –, aber es sah nicht so aus, als ob sie im Mittelpunkt der romantischen Fantasien irgendeines Mannes stünde, sei er nun ein Jüngling oder schon reifer.

Allerdings gab es ja auch nur einen Mann, bei dem sie sich wirklich wünschte, im Mittelpunkt seiner ausschweifenden Frühlings-Tagträume zu stehen.

Zu dumm aber auch!

Vielleicht sollte sie sich lieber auf ihre Arbeit konzentrieren, um die wohlriechende Karriereleiter der Aromatherapie zu erklimmen, und wenn sie sich nach vielen Jahren zur Ruhe setzen würde, könnte sie ja immer noch Rosen züchten und Hühner und jede Menge Katzen halten. Ja, Sukie nickte, als sie die Hauptstraße von Hazy Hassocks erreichte und sich durch den Engpass bei der Bücherei und Mitzis *Hubble Bubble* schlängelte, am besten, sie konzentrierte sich auf ihre Arbeit.

Beruflich hatte sie während der letzten zehn Tage seit der Massage von Valerie Pridmore und Jocelyn Benson unglaublich viel zu tun gehabt, und auch für die kommenden Wochen waren schon zahlreiche Termine gebucht. Wenn das so weiterginge, wäre sie eines Tages vielleicht sogar in der Lage, sich von Jennifer abzuseilen und sich selbstständig zu machen. Sie lächelte vor sich hin. Hmm, das war doch ein Thema, über das es sich nachzudenken lohnte …

Immer noch lächelnd, parkte sie hinter der Zahnarztpraxis und sauste in den Kosmetiksalon, fest entschlossen, sich mit Leib und Seele in die Arbeit zu stürzen und das Bruttosozialprodukt zu steigern, damit sie viel zu erschöpft und erledigt wäre, um sich unerwiderten Schwärmereien für Derry Kavanagh hinzugeben.

»Sukie! Süße!« Aus einer pfirsichfarbenen Kabine tauchte Jennifer mit einer altbacken gekleideten Frau auf, die entweder gerade eine Lippenaufspritzung hinter sich hatte oder am Vorabend in eine Rauferei verwickelt gewesen war. »Ich bin begeistert! Du hast jede Menge zu tun! Es liegen massenhaft Buchungen vor, fast alle für Massagen in *Pixies Laughter*. Geht das in Ordnung?«

»Wunderbar, danke, Jennifer – du warst mir eine große Hilfe. Das weiß ich wirklich zu schätzen.«

»Keine Ursache.« Jennifer zog Schmollmündchens Karte durch das Lesegerät und lächelte ihr liebenswürdig nach, als sie den Salon durch die pfirsichfarben bespannte Eingangstür verließ. »Hoffnungsloser Fall. Hat im Schrank ihres Gatten eine Aufblaspuppe entdeckt. Der will sie jetzt Konkurrenz machen. Tja – und jetzt zum Geschäftlichen. Wie steht es mit deinem Vorrat an Ölen und Essenzen? Muss ich diese Woche noch Nachschub bestellen?«

»Äh, nein.« Sukie wich Jennifers Blick lieber aus. »Ich finde, sie sind sehr ergiebig. Wahrscheinlich reichen sie eine halbe Ewigkeit lang.«

»Prima!« Jennifer strahlte. »Denn das Zeug war wahnsinnig teuer. Aber da du dem Betrieb jetzt so hohe Einnahmen verschaffst, brauchst du wirklich nicht damit zu geizen.«

»Das mach ich schon nicht.« Sukie lächelte, kramte in ihrer Tasche und zog eine Mappe hervor. »Bevor ich es vergesse, hier sind die Schecks und das Bargeld meiner Hausklienten von letzter Woche, samt Rechnungen und Quittungen.«

»Danke. Ach, wie schön.« Jennifers Augen leuchteten, als ihre Finger die Papiere durchblätterten und sie im Geiste den Gewinn überschlug. »Stell dir vor, Lance, der dumme Junge, hat gemeint, du solltest einen größeren Anteil von den Massageeinnahmen bekommen, nachdem die Nachfrage ja alle Erwartungen übersteigt. Ich hab ihm gesagt, das wolltest du wahrscheinlich gar nicht, aber –«

»O doch, durchaus. Vielen Dank!«, warf Sukie ein. »Milde Gaben werden stets dankbar angenommen. Ich hol mir dann mal eben den Terminplan für diese Woche. Huch, was ist denn da drin los?«

»Ach«, Jennifer schien sich von dem finanziellen Schlag schon wieder einigermaßen erholt zu haben. »Ich habe unsere neuen Mädchen mit einer einfachen kleinen Beinenthaarung beauftragt. Du hast sie noch gar nicht kennen gelernt, oder?«

Hatte sie nicht. Sie hatte zwar schon gehört, dass Jennifer bei ihren Abstechern zur Berufsschule in Winterbrook ein paar Mädchen aufgetan hatte, die sich als Aushilfen für *Beauty's Blessings* eignen könnten, ihr war jedoch neu, dass diese tatsächlich schon angefangen hatten.

»Gestern war ihr erster Tag, eine Art Einführung, um den Salon kennen zu lernen und sich zurechtzufinden, so in der Art«, flüsterte Jennifer und bewegte sich auf die Kabine zu. »Natürlich durften sie noch niemanden anfassen, aber es sind nette Mädchen. Wurden mir von ihren Lehrern empfohlen. Wissbegierig und engagiert. Leider heißen sie beide Kylie«, sie zog den Vorhang zurück, »aber sie sind wirklich gut im – o mein Gott!«

Sukie spähte Jennifer über die Schulter und kicherte.

Die beiden Kylies hatten offenbar eine der wichtigsten Grundregeln beim Wachsen missachtet: Die Körper des Wachsenden und des Gewachsten dürfen sich niemals zu nahe kommen, solange das Wachs auf Letzterem noch klebrig ist.

Beide Kylies hingen mit ihren Overalls an den strammen Waden eines Hockeyspielers aus Winterbrook.

Zwecks rascher Schadensbegrenzung umfasste Jennifer die größere Kylie an der Taille, zog sie behutsam etwas zur Seite und bedeutete Sukie, mit der Kleineren genauso zu verfahren, während sie dem bedauernswerten Opfer gleichzeitig fachkundige und beruhigende Kommentare zuraunte.

»Nimm einen Spatel«, zischte Jennifer Sukie zu. »Zieh den Overall deiner Kylie straff und fahr mit dem Spatel darunter und – ähm, entschuldige, Beryl – nein, nein, alles in Ordnung. Zu viert? Äh, ja, für unsere bevorzugten Kunden kommt schon mal das komplette Team zum Einsatz … gut, und jetzt wegziehen!«

Sukie musste sich immer noch mit aller Kraft das Lachen verkneifen und fuhr mit dem Spatel zwischen den Overall ihrer Kylie und Beryls Wade. Zum Glück war das Wachs noch weich, und Beryls Haut wirkte mehr oder weniger unversehrt.

»Sag jetzt bloß nichts«, zischte Sukie der dünnen Kylie ins reichlich beringte Ohr. »Glaub mir, was auch immer du jetzt sagst, macht die Sache nur noch schlimmer. Lächle einfach, und tu so, als wäre das alles ganz normal. Und jetzt mach dich bereit.«

Kylie machte sich bereit, und Sukie zog, und Beryl zuckte zusammen.

Nach weiteren heiklen Manövern und einem unschönen schmatzenden Geräusch waren Beryls Wade und die kleinere Kylie voneinander getrennt.

Jennifer hatte mit der größeren Kylie etwas mehr Mühe und begann, hörbar zu keuchen. Als sie so mit der Zunge im Mundwinkel zog und zerrte, schnaufte sie fast wie ein Sumo-Ringer.

»Ja! Geschafft!«

Jennifer und die größere Kylie flogen nach hinten.

Beide Kylies wimmerten leise und verschwanden hinter dem Vorhang.

»Na bitte!«, sagte Jennifer fröhlich. »Eine erstklassige Enthaarung, Beryl. Kein Follikel stehen geblieben. Jetzt überlasse ich dich Sukie, unserer erfahrenen Fachkraft, und sie wird dich mit vitaminhaltigem Körperbalsam und Feuchtigkeitslotion fertig machen – was? Ach, nein, entschuldige, Beryl. Nein! Fertig machen ist hier natürlich im rein fachlichen Sinne gemeint …«

Sukie kaute auf der Innenseite ihrer Wangen herum, um nicht höchst unfachlich loszukichern, griff sich die Tiegel mit dem parfümierten Balsam und der Feuchtigkeitscreme und machte sich ans Werk.

Als Beryl den Salon verlassen hatte – sehr zu Jennifers Verdruss hatte Sukie ihm beigepflichtet, dass diese Beinenthaarung nicht in Rechnung gestellt werden sollte, und ihn durch einen Gutschein für eine kostenlose Gesichtsbehandlung noch weiter besänftigt –, hatte Jennifer die zwei Kylies bereits gründlich zusammengestaucht.

Beide hatten ihre wachsverschmierten pfirsichfarbenen Overalls inzwischen ausgezogen und hockten völlig verängstigt mit identischen gesichtsstraffend festgezurrten Pferdeschwänzen, nabelfreien T-Shirts und Cargohosen in einer Ecke.

»Halb so wild«, sagte Sukie freundlich. »Während der Ausbildung macht jede so ihre Fehler – und diesen Fehler macht ihr bestimmt kein zweites Mal. Jennifer ist eine sehr nette Chefin, echt. Tolle Tattoos habt ihr da, äh, sind die aber groß!«

Die beiden Kylies nickten. Orientalisch aussehende Hieroglyphen in verwaschenem Jeansblau rankten sich – vermutlich vom unteren Rücken her – züngelnd um ihre vorquellenden Bäuche.

»Tatty Spry in Steeple Fritton hat sie gemacht«, verriet die kleinere Kylie stolz. »Sie ist echt toll. Ist irgendwas Ausländisches und bedeutet Glück und Gesundheit und Frohsinn.«

Und es bedeutet auch, dachte Sukie, dass in etwa fünfzig Jahren eine ganze Generation von Ruheständlern am Rentenschalter Schlange stehen und mit ihren Gehhilfen herumschlurfen wird, bei denen unter der Rheumaunterwäsche lauter Hautfalten mit runzeligen, unkenntlich gewordenen Tätowierungen herumschlabbern.

»Hm, sehr hübsch.« Sie lächelte den beiden zu. »Meine Freundin Chelsea hat sich ihre Tattoos ebenfalls bei Tatty Spry machen lassen. Sie wollte mich auch dazu überreden, aber ich bin zu zimperlich. So, jetzt muss ich abzischen. Macht einfach genau, was Jennifer sagt, und fragt, wenn ihr irgendwas nicht wisst, dann wird alles gut gehen. Ganz bestimmt.«

Die Kylies lächelten unsicher und bedankten sich. Sukie fühlte sich auf einmal ziemlich erwachsen.

Jennifer hatte sie von der Empfangstheke aus beobachtet und strahlte sie an. »Du bist wirklich süß, Sukie. So nett. Und geduldig. Ich kann ja nicht so mit Kindern, wie du weißt. Bin kein mütterlicher Typ. Aber du wirst eines Tages eine wunderbare Mutter werden.«

»O bitte!« Sukie zog eine Grimasse. »Lass mich erst mal den Mann fürs Leben finden und die große Liebe erleben. Und dann eine tolle Hochzeit und ein paar Jahre normales Leben.«

»Tja, dann solltest du dich wohl lieber ein bisschen beeilen«, meinte Jennifer. »Schließlich hast du nicht mehr so viele günstige Jahre zum Kinderkriegen vor dir, und du hast ja nicht einmal einen Freund, oder?«

Jetzt kam sich Sukie nicht nur erwachsen, sondern auch ausgesprochen alt vor. Hatte Valerie Pridmore nicht genau dasselbe zu ihr gesagt?

»Ich stehe in der Blüte meiner Jugend und bin als Single sehr zufrieden – ich habe bestimmt nicht vor, mir ein Schild mit der Aufschrift ›Mann gesucht!‹ auf die Stirn zu kleben!« Grummelnd verkniff sie sich die Bemerkung, dass sie ebenso wenig vorhatte, sich auf das Niveau von Jennifers Männerbeschaffungsmethode herabzulassen und einer anderen den Mann zu klauen – eine solche Bemerkung wäre karrieretechnisch kein geschickter Schachzug. »Wie dem auch sei, gib mir doch bitte die Liste mit den restlichen Terminen für diese Woche, ich muss los.«

Jennifer druckte zwei dicht beschriebene Seiten aus. Sukie war klar, dass Jennifer ihr die Liste mit den Massageterminen ebenso gut per E-Mail schicken könnte, aber ihr war auch klar, dass Jennifer immer gern die Kontrolle behielt und sozusagen die manikürten Fingernägel weiterhin im Spiel haben wollte. Eines schönen Tages in näherer Zukunft, dachte Sukie, würde sie sicher einmal bei Jennifer vorfühlen, ob sie sich nicht auch selbstständig machen könnte – jetzt war es jedoch noch zu früh dafür.

»Danke.« Sie überflog die Listen. »Wir haben mehrere Wiederholungskunden, wie schön – und einige, die auf Empfehlung von Freunden gebucht haben.« Sie steckte die Papiere in ihre Tasche. »Läuft doch wirklich gut, oder?«

»Sehr gut«, flüsterte Jennifer von jenseits des Tresens, wo sie einige Pediküren zu machen hatte. »Ach, jetzt fällt mir wieder ein, was ich dir unbedingt sagen wollte! Du kennst das ja, dass uns die Klienten während der Behandlungen alles Mögliche erzählen und sich uns anvertrauen, weil wir irgendwie anonym für sie sind. Nun, es ist etwas merkwürdig, aber einige Leute, die um einen zweiten Massagetermin gebeten haben, haben da so komische Bemerkungen gemacht.«

»Ach ja? Wie bei einer Comedy-Show?«

»Nein.« Jennifer machte ein genervtes Gesicht. Sie nahm alles wörtlich und hatte nicht viel Sinn für Humor. »Ich hatte es dir eigentlich vorhin schon erzählen wollen, aber dann hatten wir das Kylie-Problem, und da ist es mir ganz entfallen … Jedenfalls haben die Leute gesagt, sie hätten sich nach den Massagen in *Pixies Laughter* irgendwie so – na ja – aufgekratzt gefühlt.«

Sukie hielt die Luft an.

Jennifer lächelte. »Waren alle ganz begeistert. Einige ließen durchblicken, dass die Massagen ihr Liebesleben mächtig angekurbelt hätten. Mehr noch, manche meinten, sie seien hinterher direkt versucht gewesen, wildfremden Menschen *unsittliche Angebote* zu machen!«

»Du machst Scherze?«, fragte Sukie hoffnungsvoll. »Oder nicht?«

»Nein, gar nicht. Manche haben berichtet, dass sie sich so voller Sex-Appeal fühlten wie Teenager! Und die miesepetrige alte Mrs Dowding, die immer meckert, wir würden uns bei der Pediküre nicht genügend um ihre Hühneraugen kümmern, meinte, sie hätte nach der Massage direkt Lust gehabt, den Versicherungsvertreter zu vernaschen.«

»Im Ernst?« Sukie begann, wieder auf der Innenseite ihrer Wangen herumzukauen. »Das hat sie gesagt?«

»Nun, nicht in diesen Worten, aber darauf lief es hinaus. Meinst du, die neuen Essenzen, die ich dir bestellt habe, enthalten womöglich so eine Art Aphrodisiakum?«

»Nein, bestimmt nicht«, antwortete Sukie wahrheitsgemäß und konzentrierte ihren Blick mit aller Kraft auf den Fußboden des Salons. »Ganz sicher nicht. Auf keinen Fall. Deine neuen Essenzen waren, äh, sind so rein wie frisch gefallener Schnee. Wahrscheinlich liegt das, äh, bloß an der entspannenden Wirkung der Massagen und der sinnlichen Atmosphäre im Cottage, dass sie danach, äh, sozusagen ihren Körper wieder mehr spüren.«

»Kann sein …« Jennifer überlegte einen Moment, dann nickte sie. »Ja, wahrscheinlich hast du recht. Gut – denn ich möchte auf keinen Fall, dass wir irgendwie einen anrüchigen Ruf bekommen, falls du verstehst, was ich meine, selbst wenn es Kunden anlockt. Aber wenn das bloß von der entspannenden Atmosphäre kommt, ist ja alles bestens.«

»Hat sich denn jemand darüber beschwert, dass er sich so, äh, aufgekratzt fühlte?«

»Aber nein, ganz im Gegenteil. Alle klangen hocherfreut. Also, was auch immer du tust, mach weiter so. Zufriedene Kunden empfehlen uns ihren Freunden, und auf diese Weise kommt noch mehr Geld rein.«

Sukie nickte. War das wirklich in Ordnung? Wäre es Jennifer denn gleichgültig, wenn sie die ganze Umgegend in Sodom und Gomorrha verwandelte, solange nur der Rubel rollte? Ja, so wie sie Jennifer kannte, wahrscheinlich schon.

»Also dann«, Jennifer wandte sich wieder der Pediküre zu. »Jetzt aber flott. Du hast heute schon in einer Stunde deinen ersten Termin.«

Sukie winkte den Kylies zum Abschied, eilte aus dem Salon und sprang in ihren Wagen.

Au Backe! Wen hatte sie im Lauf der vergangenen Woche in *Pixies Laughter* massiert? Mehrere ältere Damen aus Hazy Hassocks, einschließlich der griesgrämigen Mrs Dowding samt ihrer Hühneraugen, ein paar aus Fiddlesticks und zwei oder drei aus Winterbrook – alle zum ermäßigten Seniorentarif. Von denen war doch keine unter siebzig gewesen! Wie sollte denn eine dieser Damen die stimulierende Wirkung ihrer Essenzen verspürt haben? Falls aber doch, hätte Sukie von entsprechenden Gerüchten wohl kaum etwas mitbekommen, denn die Kundinnen waren alle nicht aus Bagley-cum-Russet gewesen.

Sie ließ den Wagen an. Dabei war sie so vorsichtig gewesen und hatte bei allen eine ganz schlichte Kräutermischung verwendet – ein Öl, das die Muskeln entspannte und die Lebensgeister stärkte –, Basilikum und Koriander mit ein paar Tropfen Dill. Eine Auswahl aus der Fülle von Kräutern, die sie mit

Derrys Hilfe büschelweise in Coras verwildertem Küchengarten geerntet hatte.

Wie ging gleich noch mal Coras Kräutervers, in dem Basilikum vorkam? Sukie runzelte die Stirn und versuchte, sich an die im Kreuzstich verewigten Worte zu erinnern.

»Oooh – neeiin!« Als die Ampel an der Kreuzung in Winterbrook auf Rot schaltete, fiel ihr das Gedicht wieder ein. Sie trat auf die Bremse und trommelte auf das Lenkrad. Aus einem Kleinbus neben ihr gaffte ein Jugendlicher mit verkehrt herum aufgesetzter Baseballkappe zu ihr hinüber. Sie beachtete ihn nicht. »Zum Teufel noch mal!«

Basilikum und Koriander
passen sehr gut zueinander.
Gefahr droht jedoch, kommt Dill dazu:
Treueste selbst küssen Fremde im Nu.

»Verdammt!«, stöhnte Sukie, brauste los, sobald die Ampel auf Grün schaltete, und ließ den weißen Kleinbus hinter sich. »Verflixt und zugenäht!«

Am Abend desselben Tages, im kühlen, schummrigen und muffig riechenden Gemeindesaal von Hazy Hassocks bei der Cancan-Probe, war Topsy alles andere als zufrieden.

»Also Mädels!«, schimpfte sie. »Das war ja wirklich grauenhaft! Da habe ich in *Emergency Room* schon Notfallpatienten gesehen, in denen mehr Leben steckte als in euch müden Gestalten!«

»Gönn uns eine Pause«, stöhnte Chelsea, die auf der Bühne saß und sich die Knöchel rieb. »Wir tanzen immer noch dieselben Figuren, aber mit einer Person weniger. Das verwirrt uns.«

»Verwirrt?« Unter dem Kopftuch begannen Topsys kleine Augen zu funkeln. »Verwirrt? Werdet ihr schon senil oder was? So schwierig kann das doch nicht sein!«

Betty, Roo und Trace, die übrigen Tänzerinnen, steckten die Köpfe zusammen und raunten rebellisch.

»Dass ihr jetzt zu fünft seid und nicht mehr zu sechst, ist doch nur bei den Standardfiguren ein bisschen kniffelig! Ihr seid doch wohl intelligent genug, um das auf die Reihe zu kriegen! Die Zwischenschritte und Reihen und Kreise dürften gar kein Problem darstellen! Und außerdem ist das noch lange kein Grund, hier herumzutrampeln wie Nilpferde! Es ist ja direkt ein Wunder, dass die Bühne noch nicht eingekracht ist.« Topsy schüttelte den Kopf. »Es spielt keine Rolle, wie viele ihr seid! Das hat doch nichts mit eurem Tempo und eurer Geschmeidigkeit zu tun, verflixt noch mal!«

Sukie war immer noch außer Puste und saß keuchend mit Chelsea am Bühnenrand.

»Ihr seid eine Schande!« Trotz ihres langen Regenmantels vollführte Topsy aus dem Stand einen makellosen hohen Beinwurf. »Seht ihr! Ich bin alt genug, um eure Mutter zu sein – für manche sogar die Großmutter –, und mach euch trotzdem allen noch was vor! Und was ist überhaupt mit der Ersatztänzerin? Oder kommt Valerie Pridmore bald zurück?«

»Val geht wieder zur Arbeit«, sagte Sukie und klopfte sich den Staub von den Leggings, »aber sie wird so bald nicht wieder mitmachen können. Sie meint, ihr Bein ist so weit okay, dass sie stehen und kurze Strecken zu Fuß gehen kann, aber tanzen kann sie damit nicht.«

»Konnte sie doch noch nie«, fauchte Topsy. »Haben wir schon eine Anzeige aufgegeben – oder muss ich mich darum auch noch kümmern?«

Sukie seufzte und erklärte die Sache mit Joss Benson und

ihrem Artikel über die Aromatherapie und das Cancan-Tanzen, der Ende der Woche im *Bagley Bugle* erscheinen sollte und in dem auch stehen würde, dass die Truppe eine neue Tänzerin suchte.

»Hmmm«, Topsy schürzte die schmalen Lippen. »Das klappt also. Nun, wollen wir hoffen, dass eine Frau mit Schwung dieses Käseblatt liest und sich bald bei uns meldet. Da die meisten Ausgaben des *Bugle* wohl eher ungelesen in der Tonne landen, mach ich mir aber keine allzu großen Hoffnungen. So!«, sie klatschte in die Hände. »Und jetzt noch einmal!«

Alles stöhnte, aber jede rappelte sich wieder auf.

Sukie hatte den ganzen Tag über älteren Leuten den Rücken, die Beine und Schultern massiert und die vorige Kräutermischung durch eine neue mit Wacholder und Salbei ersetzt, die sicher harmlos war, denn dazu gab es nur ein Gedicht übers Glücklichsein im Alter. Als sie Chelsea auf die Beine half, rümpfte diese die Nase.

»Himmel! Du riechst wie eine alte Frau! Du weißt schon, wenn man in der Apotheke hinter alten Leuten steht, riechen die oft so komisch nach Desinfektionsmittel. Warum eigentlich? Wo schmieren sie sich das hin? Hast du was desinfiziert?«

»Nein«, grinste Sukie. »Das ist eins meiner neuen Öle. Der Geruch ist hartnäckig.«

»Das kann man wohl sagen.« Chelsea hielt sich die Nase zu. »Kein Wunder, dass Derry Kavanagh im Äther verschwunden ist. Selbst wenn er nicht in Milla verknallt wäre, würde er einen weiten Bogen um dich machen, wenn du so müffelst. Mit dem Duft wirkst du alles andere als anziehend. Haben wir deshalb die ganze Woche über von ihm nichts gehört und gesehen? Oder hat Milla ihn mit Haut und Haaren verschlungen?«

»Derry hat anscheinend einen dringenden Auftrag von einem seiner besten Kunden«, antwortete Sukie, und während sie versuchten, sich halbwegs ordentlich aufzustellen, gab sie bemüht gleichgültig Millas Bericht wieder. »Von Theaterleuten mit einem Gutshaus in der Nähe von Winterbrook. Derry hat dort schon die Küche und das Wohnzimmer ausgebaut; dieses Ehepaar gibt für echte Handwerkskunst ein Vermögen aus und will keinen anderen als ihn. Er war dort rund um die Uhr und hat eine Wendeltreppe gebaut, die ins Obergeschoss führt.«

»Klingt glaubhaft«, kicherte Chelsea und zog ihr T-Shirt glatt. »Oh, Topsy schmeißt schon die Stereoanlage an und zählt uns aus ... Fängt dieser Teil mit einem Sprung an oder mit einem Schritt?«

»... und zwei und drei und ...« Topsy hielt inne und machte ein wütendes Gesicht: »Halt! Klingelt da etwa ein Handy?«

Sukie ächzte und trat aus der Formation. »Entschuldige, Topsy. Das ist meines. Ich muss drangehen – die Mailbox ist ausgeschaltet, und es könnte was Berufliches sein.« Sie wühlte am Bühnenrand in ihrer Tasche. »Hallo?«

»Sukie!«, schrie Milla ihr gut gelaunt ins Ohr. »Wo bist du?«

»In Hazy Hassocks, im Gemeindesaal. Bei der Cancan-Probe. Milla, ich kann jetzt nicht reden ...«

»Ich ruf nicht an, um zu plaudern, Sukie. Sieh dir das Handy an! Du hast das Falsche eingepackt. Du hast meines mitgenommen. Deines ist hier, und ich hab den ganzen Abend über seltsame Nachrichten entgegengenommen, deren Inhalt ich nicht verstanden habe, und zwar von Leuten, die meinten, hier sei ein Massagesalon. Und jetzt brauch ich mein eigenes Handy, denn ich will ausgehen und komm heute Nacht nicht nach Hause, sondern geh morgen direkt zur Arbeit und –«

»Sukie!«, brüllte Topsy. »Leg das verdammte Ding weg! Sofort!«

»O Mist.« Milla klang geschockt. »Ich hab's schon gehört. Sie ist stinksauer, stimmt's? Okay, Sukie, ich mach mich jetzt auf den Weg und spring kurz bei euch rein, damit wir tauschen können.«

»Ist gut. Bis gleich.« Sukie schaltete das Handy aus und sah Topsy zerknirscht an. »Tut mir leid. Ich hab aus Versehen Millas Handy eingesteckt, wir haben beide das gleiche. Sie braucht ihres jetzt und –«

»Interessiert mich nicht!«, keifte Topsy. »Und jetzt, meine Damen, werden wir im Geiste wieder zu Revuetänzerinnen! Lauscht der Musik ... seid ganz Ohr ... lasst euch von der Melodie durchdringen, entflammen, begeistern. Lasst euch entführen ins schöne Paris ... Und eins und zwei und – los!«

Der Cancan von Jacques Offenbach dröhnte durch den Gemeindesaal, und sie versuchten es erneut. Die Tänzerinnen aus Bagley-cum-Russet juchzten und hakten sich ein und hüpften und schwenkten die Beine.

»Schon besser, Mädels!«, schrie Topsy und warf vor lauter Begeisterung aus dem Stand Rock und Beine hoch. »Viel besser so! Gleich noch einmal, und los!«

Und sie legten noch einmal los.

Sukie liebte diese Musik und die Schrittfolgen und den sinnlichen Zauber des Tanzes und stürzte sich mit neu erwachtem Elan hinein. Wirklich schade, dachte sie halb benommen, als sie sich bei Chelsea einhakte und wild herumwirbelte, sie am rechten Handgelenk packte und die Beine bis zu den Ohren hochschwang, dass Joss Benson nicht mitmachen konnte. Arme Frau. Es würde ihr riesigen Spaß machen. Und sie war ja offensichtlich von dem Kostüm und der Vorstellung, sich exotisch zu verkleiden, total begeistert gewesen, ganz abgesehen davon, dass sie wirklich toll tanzen konnte. Sie wäre die ideale Besetzung.

Die Truppe teilte sich, juchzte und schwenkte die Beine.

Chelsea und Sukie tanzten zu den gegenüberliegenden Seiten der Bühne, schürzten unsichtbare Rüschenröcke und schlugen diagonal aufeinander zu ein schwungvolles Rad. Bestens, dachte Sukie leicht benommen, klappt ja wirklich prima. In die Reihe zurück – noch ein Satz hohe Beinwürfe – dann noch mal springen und juchzen und Spagat und aus …

»Super!«, rief Topsy, als Orpheus' Verführungsszene ausklang. »Super! Ganz wie die Mädels im Moulin Rouge!«

»Finde ich auch.« Derry Kavanagh tauchte grinsend aus dem dunklen Hintergrund des Saales auf, herrlich schimmerte sein strohblondes Haar über der weichen alten Lederjacke. »Tja, tut mir leid, wenn ich störe, aber ich soll hier ein Handy abholen.«

Topsy strahlte ihn an. »Ja, ja, natürlich. Wir sind fertig für heute. Hat es Ihnen gefallen?«

Derry hob die Augenbrauen. »Das kann man wohl sagen. Äh, Sukie, hat Milla angerufen?«

Sukie torkelte zum seitlichen Bühnenrand, sie schwitzte, war völlig außer Puste und wäre am liebsten im Erdboden versunken. Die blöde Chelsea lachte auch noch! Alle anderen, Topsy inbegriffen, verschlangen Derry mit lüsternen Blicken.

Sie kramte Millas Handy aus der Tasche und hielt es ihm hin. »Sie hat gesagt, sie käme es holen. Dich hab ich nicht erwartet.«

»Nein, aber ich glaube, sie hatte Angst, zwangsverpflichtet zu werden, sobald sie auch nur einen Fuß in diesen Saal setzt.« Um Derrys wunderschöne Augen bildeten sich Lachfältchen. »Das war ja echt, äh, beeindruckend.«

O Gott! Sukie seufzte tief. Nun hatte er sie in ihren wirklich schrecklich unvorteilhaften Trainingsklamotten wie einen Babyelefanten herumhopsen sehen, und noch dazu roch sie mit den Rückständen des Massageöls mittlerweile wahrscheinlich wie nach einer Mischung aus Desinfektionsmittel und billigem Fusel.

»Schön, dass es dir gefallen hat«, sagte sie knapp und hielt ihm noch immer Millas Handy hin. »Äh, wie lange hast du schon zugeschaut?«

Als sie Derry das Telefon gab, streiften seine Finger kurz die ihren, und es war, als würden elektrische Funken überspringen. Er entfernte sich. »Lange genug, um zu wissen, dass du mit den Füßen bis zu den Ohren kommst, formvollendet Rad schlagen kannst und mit deinen Beinen Sachen machst, von denen ein Mann nur träumen kann, ach ja, und aus dem Sprung einen Spagat hinbekommst.«

Mist, Mist, Mist.

»Viel zu lange also.« Sukie versuchte, ihre Verlegenheit scherzhaft zu überspielen. »Hoffentlich bekommst du keine Albträume davon. Äh, danke für das Handy. Äh, wie läuft's mit der Wendeltreppe?«

»Bestens, danke. Milla kommt heute mit, um die Fortschritte zu sehen und meine Kunden kennen zu lernen. Du weißt ja, wie sie auf Promis steht, und seien sie noch so unbedeutend. Wie geht's mit der Aromatherapie? Sind die neuen Öle gut?«

»Ja, ganz fantastisch. Ich bin rund um die Uhr beschäftigt, genauso wie du.«

Einen Moment lang sahen sie einander an.

»Tja, ich sollte Milla und meine Kunden wohl besser nicht warten lassen«, sagte Derry sanft. »War schön, dich wieder mal zu sehen. Irgendwie begegnen wir uns wohl nie unter normalen Umständen, wie?«

»Was ist schon normal?«, fragte Sukie, und ihr war schmerzhaft bewusst, dass ihre Wimperntusche verschmiert war, ihr Gesicht vor Schweiß glänzte und ihre Haare wüst in alle Richtungen abstanden.

»Du jedenfalls nicht.« Derry grinste sie an. »Zum Glück! Bis dann …«

»Ooooh!«, seufzte Chelsea, als Derry verschwunden war. »Der ist ja *himmlisch* … Sukie? Sukie? Ogottogott! Wie schaust du denn aus? Du bist total verknallt, stimmt's? Es steht dir ins Gesicht geschrieben. Ach Süße – das can-can ja nur mit Tränen enden.«

14. Kapitel

Joss!«, rief Valerie Pridmore erfreut. »Hallo, Fremde! Wie gut, dass ich dich erwische. Ich hab mir schon richtig Sorgen gemacht, Kleines. Wir haben uns ja schon – wie lange? – bestimmt seit Wochen nicht mehr gesehen. Was ist denn los, um Himmels willen? Gehst du mir aus dem Weg? Wir sind doch nicht verkracht oder so?«

Joss, die im hinteren Garten versuchte, das frühmorgendliche Sortieren der Wertstoffabfälle, so gut es ging, in die Länge zu ziehen, schaute über den Zaun zu Val und antwortete mit gedämpfter Stimme: »Ach Val – ich wollte schon längst mal rüberkommen und fragen, wie es mit deinem Bein geht und wie die Dinge sonst so stehen, aber –«, sie warf einen sorgenvollen Blick über die Schulter in Richtung Bungalow, »Marvin ist jeden Tag rund um die Uhr hier. Es ist sehr schwierig.«

»Ist er krank?«, lachte Valerie. »Hoffentlich was Ernstes? Ich hab schon gemerkt, dass sein Auto in der Einfahrt steht, hab gedacht, er hat vielleicht Urlaub. Mit meinem Bein ist alles bestens, dank Sukie. Zum Cancan-Tanzen reicht es noch nicht wieder, aber ich kann in der Arbeit stundenlang stehen, ohne dass mir was wehtut.«

»Wie schön. Es freut mich, dass es dir wieder besser geht.«

»Mich auch, aber was ist denn mit dir los? Du siehst fürchterlich aus, wenn ich das mal so sagen darf. Geht's dir nicht gut?«

»Nein.« Joss schüttelte den Kopf und hatte das Gefühl, sie

müsste gleich weinen. »Und ich glaub nicht, dass es mir je wieder gut gehen wird.«

»Jocelyn!«, dröhnte Marvins Stimme aus dem Inneren des Bungalows. »Was machst du da draußen? Du brauchst ja ewig mit dem Müll!«

Valerie gluckste. »Er hat mich wohl gesehen, der Gute. Schau mal, Liebes, ich weiß ja, dass du nicht rüberkommen kannst, wenn er dich hinter Schloss und Riegel hält. Aber er wird dich doch sicher nicht davon abhalten, mal ein paar Schritte zu *Coddles* zu gehen? Um einen Brief aufzugeben oder Zucker zu kaufen oder so was. Wollen wir uns in zehn Minuten dort treffen?«

»Okay.« Joss nickte. »In zehn Minuten. Danke.«

Kraftlos trottete sie in den Bungalow zurück.

Gut möglich, dass ich im Gefängnis lande, dachte Joss, wenn ich noch einen weiteren Tag rund um die Uhr mit Marvin im Haus verbringen muss. Schlimmer als sein schwelender Zorn war sein selbstmitleidiges Gejammer über die furchtbare Ungerechtigkeit. Es schien Ewigkeiten zurückzuliegen, dass sie wie neugeboren von der Massage nach Hause gekommen war, voller Elan und mit diesem prickelnden Gefühl im Körper. War das wirklich erst zwei Wochen her? Es hätten auch zwei Jahre sein können.

»Was machst du eigentlich?« Marvin blickte aus dem Sessel vor dem Fernseher auf. »Es ist schon fast zehn Uhr, und du hast noch nicht mal das Frühstück abgeräumt.«

»Das könntest du doch auch machen.«

»Was?« Marvin knirschte mit den Zähnen. »Frauenarbeit? Wohl kaum. Das ist unter meiner Würde. Warum ziehst du andere Schuhe an? Du gehst doch nicht etwa fort?«

»Nur mal eben zu *Coddles*. Wir haben keinen, äh, Tee mehr.«

»Ich mag deren Tee nicht. Billiger Mist.«

»Sie haben auch Markenprodukte.«

»Die wir uns nicht leisten können.« Marvin löste erneut den Blick vom Fernseher. »Du denkst auch immer nur ans Geldausgeben, was? Bist du zu blöd, um zu kapieren, dass wir jetzt jeden Penny umdrehen müssen?«

Ohne ihn zu beachten, richtete Joss vor dem Spiegel ihr Haar und stöhnte innerlich. Valerie hatte recht, sie sah wirklich fürchterlich aus: ausgelaugt, eingefallen, niedergeschlagen, alt. Sie griff nach ihrer Handtasche. »Dauert nicht lange. Willst du sonst noch was?«

»Nichts, was wir uns leisten könnten«, fauchte Marvin und trommelte mit den Fingern auf die Armlehne des Sessels. »Und vergiss nicht, dass du kein Taschengeld mehr bekommst, kauf dir also keinen albernen Firlefanz wie Haarshampoo oder Schaumbäder. Stattdessen kannst du auch Spülmittel verwenden.«

Joss holte tief Luft und stieß einen lautlosen Schrei aus.

Marvin setzte das nervtötende Fingertrommeln fort. »Bleib nicht zu lange weg – und bring mir die Quittung für den Tee. Ich will nicht, dass du zu viel Geld ausgibst. Und nimm nicht das Auto.«

»Hatte ich auch nicht vor. Bis später.«

Marvin grunzte, den Blick bereits wieder auf eine Sendung über Küstenerosion in irgendeinem Dritte-Welt-Land gerichtet.

Joss trat hinaus in *The Close* und war ganz geblendet von dem strahlenden Sonnenschein, der aber weder ihren Körper wärmte, noch ihre Stimmung hob. Sie hatte chronische Kopfschmerzen, und die Angst lag ihr wie ein Stein im Magen. Ach, womit hatte sie das nur verdient? Sollte sie in einem früheren Leben wirklich so etwas Schlimmes getan haben? Immerhin wäre es eine große Erleichterung, sich bei Valerie auszuweinen. Noch nie hatte sie eine Freundin so dringend gebraucht wie jetzt.

Jeder Schritt fort von dem Bungalow, durch die von Hecken gesäumten und süß duftenden Straßen auf *Coddles* zu, war wie ein herrlicher Schritt in die Freiheit. Joss war wie auf Autopilot gestellt. Wenn sie doch einfach immer nur so weitergehen könnte …

Val wartete vor *Coddles* und saß auf der Bank in der Sonne. »Ich hab uns süße Teilchen gekauft«, sagte sie und grinste zu Joss empor. »Du hast so ausgesehen, als könntest du eine Dosis Zucker brauchen. Na komm, Süße, ist doch nur ein Stück Kuchen … wein doch nicht …«

Joss wischte sich schniefend die Tränen ab, bedankte sich, quetschte sich neben Val auf die Bank und seufzte schließlich.

»Erzähl's mir, wenn du magst«, sagte Val entgegenkommend, »oder lass es, wenn du nicht drüber reden willst.«

Joss saß eine Weile schweigend da, aß ihr süßes Teilchen, ohne wirklich etwas zu schmecken, und hatte nur den flüchtigen Gedanken, dass Marvin einen purpurroten Wutanfall bekäme, wenn er wüsste, dass sie in der Öffentlichkeit aß. Sie beobachtete, wie die Bewohner von Bagley im Laden ein und aus gingen, und es kam ihr vor, als sähe sie einen Film. Es war alles ganz unwirklich. Doch in der Sonne wurde ihr allmählich wärmer, und die Farben – das leuchtend helle Grün der Blütenknospen, die aus den Linden über ihnen ans Licht strebten, das Lila und Gelb und Rot der Frühlingsblumen in den Bottichen vor dem Laden – all dies durchdrang allmählich den graubraunen Nebel ihrer Gedanken.

»Marvin ist seinen Job los.« Joss wischte sich die Zuckerkrümel vom Mund und sah Val schließlich an. »Er nimmt es sehr schwer.«

»Ach, Süße.« Valerie tätschelte Joss die Hand. »So ein Mist. Ich weiß, wie das ist – mein Alter wird geheuert und gefeuert wie ein Jo-Jo. Aber ich dachte, dein Marv sei irgend so ein hohes Tier und so gut wie unantastbar? Er findet sicher bald eine andere Stelle. So alt ist er ja noch nicht … Also, was war los?«

Joss hob das Gesicht der Sonne entgegen und atmete tief ein. »Willst du das wirklich hören?«

»Was ich will, ist unwichtig.« Val rutschte ihren dicken Hintern auf der Bank etwas bequemer zurecht. »Aber ich finde, du solltest darüber reden, Liebes. Ich bin ganz Ohr. Muss erst in einer guten Stunde bei der Arbeit sein. Also, lass hören.«

»Tja.« Joss seufzte. »Es war an dem Tag, als wir bei der Massage waren. Du hattest recht gehabt – es war wirklich Marvin, der uns da fast gerammt hätte. Und als ich nach Hause kam …«

Nun begann Joss, die ganze traurige Geschichte zu erzählen. Nur ihren halbherzigen Versuch, Marvin zu verführen, ließ sie aus. Davon zu berichten, hätte sie als zu beschämend und erniedrigend empfunden. Dabei erlebte sie in Gedanken alles noch einmal, wie bei einer Horrorversion von *Und täglich grüßt das Murmeltier*.

Trotz Marvins erstem Ausbruch, man habe ihn gefeuert, sah die Wirklichkeit ein wenig anders aus.

»Ich bin überflüssig! Werde nicht länger gebraucht! Beschissen nutzlos! Der Laden ist verkauft worden!«, hatte er gewütet. »Die ganze Firma, alle Abteilungen, alle Filialen! Verkauft. Eine echte Nacht-und-Nebel-Aktion. Es hat ja schon lange Gerüchte über ausländische Interessenten und mögliche Fremdinvestoren gegeben, aber es hieß, es würde nur Geld investiert, um nach Übersee zu expandieren – und nicht so etwas, verdammt noch mal!«

Es war durchgesickert, dass ein asiatisches Konglomerat für die Übernahme verantwortlich war. Daraufhin schwor Marvin, nie wieder Curryessen zu gehen. Joss war insgeheim erleichtert, dass die neuen Firmeninhaber nicht aus Skandinavien stammten: Sonst hätte Marvin wahrscheinlich das gesamte IKEA-Mobiliar aus dem Bungalow geworfen und auf der Straße in Brand gesetzt.

»Aber«, hatte Joss gefragt, um Verständnis der Hintergründe bemüht, »hast du denn nicht irgendetwas geahnt?«

»Wenn ich irgendeine verdammte Ahnung gehabt hätte«, hatte Marvin geknurrt, »dann hätte ich doch verdammt noch mal etwas unternommen. Was glaubst denn du? Alles, was ich heute Morgen zu hören bekam, war: ›Ihre Stelle wird im Rahmen der Umstrukturierung abgebaut, danke für die vielen Jahre harter Arbeit, aber jetzt brauchen wir Sie nicht mehr, räumen Sie Ihren verdammten Schreibtisch leer, und dann können Sie sich verdammt noch mal verpissen!‹«

Joss hatte bestürzt die Hände zusammengeschlagen und war ans Fenster getreten. Sie hätte Marvin gern getröstet oder etwas Hilfreiches und Aufmunterndes gesagt, aber sie kannte nur noch den einen Gedanken, nämlich dass er jetzt zu Hause bliebe, und zwar immer. So wie an diesen grässlichen Samstagen und Sonntagen drohte es jetzt, an sieben Tagen in der Woche zu werden.

»Gut, aber wenn du den Schock erst mal halbwegs überwunden hast«, hatte sie versucht, ihm Mut zu machen, »kannst du dich doch nach etwas anderem umsehen. Man wird sich um dich reißen. Und du bekommst sicher eine dicke Abfindung, sodass wir uns keine Sorgen machen müssen.«

Marvin hatte auf das weißlippige Gesicht mit den pulsierenden Schläfenadern geschaltet. »Bist du von Sinnen, Weib? Hör mir mal zu! Ich hab mein ganzes verdammtes Leben lang von Jugend an für ein und dieselbe Firma gearbeitet. Da gelte ich doch als verdammtes Fossil! Ich bin nur noch zehn Jahre vom

Ruhestand entfernt – und dank der allgemeinen Misswirtschaft in diesem Land erhalte ich keinerlei Frührente! Die Abfindungen gehen genau nach Tarif! Das sind Peanuts! Mickrige Peanuts! Wir stehen am Existenzminimum, Jocelyn! Am Rand der Armut!«

Joss hatte sich gedacht, das könne aber nicht ganz stimmen. Der Bungalow war schließlich abgezahlt. Doch ihr war durchaus klar, dass sie ohne Marvins mehr als großzügiges Gehalt den Gürtel um einiges enger würden schnallen müssen.

»Und was wird aus deinen Kollegen?« Sie hatte sich vom Fenster abgewandt. »Hat die Firma irgendwelche Vorschläge unterbreitet? Wiedereingliederungsmaßnahmen? Unterstützung bei der Stellensuche? Umbesetzungen?«

Marvins Gesicht war nun magentafarben mit glänzenden Wangen. »Was weißt du denn schon vom Geschäftsleben, Jocelyn, spar dir diese albernen Kommentare! Die Firma schert sich einen verdammten Dreck um uns! Die Firma hat alle Stellen gestrichen, die diese neuen Mistkerle für überflüssig halten. Die Firma hat mich in dem Moment vergessen, als ich zu dieser verdammten Drehtür hinausgegangen bin.«

Joss hatte sich wieder zum Fenster gewandt und versucht, zwischen den Zeilen zu lesen. Es hatte also keinen totalen Kahlschlag gegeben. Nicht alle Mitarbeiter waren »überflüssig«. Nur Marvin und vermutlich einige andere, die schon von Jugend an dort waren und glaubten, die Firma müsse sie bis ans Lebensende ernähren; Marvin und seinesgleichen, die täglich im Büro erschienen, aber dort wahrscheinlich nicht sonderlich viel und produktiv arbeiteten; die aufgrund ihrer jahrelangen Anstellung wahrscheinlich mehr kosteten, als sie einbrachten; die durch aufgeweckte junge Leute ersetzt werden konnten, die bereit waren, für ein Basisgehalt anzufangen, um sich dann innerhalb der Firma allmählich emporzuarbeiten.

So war das eben im Geschäftsleben.

»Ich weiß, das ist ein schwerer Schlag für dich«, hatte Joss gesagt und versucht, keine Panik aufkommen zu lassen, »aber du könntest es auch als Chance für einen Neuanfang sehen. Du hast noch viele Jahre vor dir, in denen du deine, äh, Fachkenntnisse in einer anderen Firma einbringen kannst. Vielleicht nicht in London, aber es gibt ja auch massenhaft Firmen in Reading und anderen Orten hier in der Gegend, die dir sicher mit Freuden einen Job geben.«

»Ich will aber keinen anderen verdammten Job!«, hatte Marvin gebrüllt. »Ich hatte eine verdammte Karriere! Die einzige verdammte Karriere, die ich je wollte und brauchte! Ich will nicht irgendwo anders arbeiten. Nein, das ist mein Ende! Mein Untergang!«

Und dann war es noch schlimmer geworden.

Marvin hatte Tilly und Ossie angerufen, am Telefon herumgetobt und gewütet und seine alte Firma und die neuen Inhaber in jedem Satz übel beschimpft. Daraufhin waren die Kinder aufgetaucht – zum ersten Mal seit Jahren, wie es ihr vorkam –, mit ihren hochnäsigen, ehrgeizigen Partnern. Alle hatten Joss wie ein Dienstmädchen behandelt und sich mit Marvin im Esszimmer verschanzt, während sie servierte und abräumte.

Joss hatte im Türrahmen gestanden und ihren Gatten betrachtet, für den sie beim besten Willen kein Mitleid aufbringen konnte, sowie ihren Sohn und ihre Tochter, die sie so gut wie gar nicht zur Kenntnis nahmen, und sich gefragt, ob sie schon jemals so verzweifelt gewesen war.

Dann hatten sich Tilly und Ossie mit ihren Partnern wieder verabschiedet, Joss mit vagen Versprechungen, »bald mal wieder vorbeizukommen«, geistesabwesend flüchtig auf die Wange geküsst, und da sie nicht in der Lage gewesen waren, in einer ihrer eigenen Firmen auch nur eine annähernd passende Stelle für Marvin vorzuschlagen, war er daraufhin noch tiefer in dumpfes Brüten verfallen.

Joss holte tief Luft und kehrte in die Gegenwart vor *Coddles* zurück, mitten ins Dorfleben an einem herrlichen Frühlingsmorgen. Ach, am liebsten wäre sie nie wieder nach Hause gegangen.

»… so stehen die Dinge.« Joss sah Valerie an. »Ende der traurigen Geschichte.«

Valeries fleischige Hand schloss sich um die ihre. »Du Ärmste. Geht er denn gar nicht aus dem Haus? Zum Golfspielen? Um sich mit seinen Freunden zu treffen?«

»Er sagt, Golf könne er sich nicht mehr leisten.« Joss schüttelte den Kopf. »Und von seinen so genannten Freunden hat noch keiner angerufen. Denen ist es egal, Val. Ich bezweifle, dass sie ihn überhaupt mochten. Wahrscheinlich denken sie sich bloß: ›Herr, lass diesen Kelch an mir vorübergehen‹, und sind froh, dass sie selbst noch Arbeit haben.«

»Und wie ist es mit dem Geld?«, fragte Val. »Ich will meine Nase ja nicht in fremder Leute Angelegenheiten stecken, aber wenn mein Alter gerade mal wieder keine Arbeit hatte, war mein Einkommen überlebenswichtig. Seid ihr wirklich pleite? Ich hab zwar nicht viel, aber wenn du knapp bei Kasse bist … Verflixt, wein doch nicht wieder.«

Joss drückte Vals weiche Hand. »Du bist eine wunderbare Freundin. Danke … das ist wirklich lieb von dir, aber es würde mir im Traum nicht einfallen, mir Geld zu leihen.«

»Wieso leihen? Ich spreche von einem Geschenk. Für dich, Süße. Nicht für ihn.«

»Ach Val, danke. Du bist lieb, aber wir sind keineswegs pleite. Wir haben Ersparnisse, einige Versicherungen und Zinserträge – aber wenn Marvin keine andere Stelle findet, werden wir uns deutlich einschränken müssen, bis wir das Rentenalter erreicht haben, so viel steht fest.«

»Tja, wenn er seinen blöden, egozentrischen, faulen Arsch nicht hochkriegt, um sich was Neues zu suchen, dann könntest du ja auch arbeiten, oder? Dann kämst du aus dem verdammten Bungalow raus und würdest noch dazu ein bisschen Unabhängigkeit gewinnen.«

»Ich kann doch nichts!« Joss schüttelte den Kopf. »Darüber haben wir doch schon gesprochen. Ich kann nur Schreibmaschine und Steno, und das wird heutzutage ja nirgends mehr gebraucht.«

»Ich finde, es muss ja gar nichts Großartiges sein. Du könntest jede Menge machen. In einem Laden arbeiten, einem Pub, einem Café oder putzen ...«

»Marvin ließe mich keine niederen Tätigkeiten –«

»Also hör sich einer das an!«, rief Valerie streng. »Erstens hat das mit Marvin doch überhaupt nichts zu tun, und zweitens sehe ich nichts ›Niederes‹ an Jobs, die keine jahrelange Fachausbildung erfordern. Du brauchst doch schließlich ein regelmäßiges Einkommen! Ein bisschen eigenes Geld, nicht wahr?«

»Ja, schon, aber Val, ich kann nicht einfach so arbeiten gehen! Ich wüsste gar nicht, wie ich das anfangen sollte. Mir fehlt jegliches Selbstvertrauen. Ich war doch jahrzehntelang nur Hausfrau ...«

»So wie viele andere Frauen auch, und die finden trotzdem ohne Probleme kleine Jobs.«

Joss zeichnete mit der Schuhspitze ein Muster in den Kies. Die unzähligen kleinen Bruchstücke funkelten in der Sonne wie ein Meer von Edelsteinen. »Lach mich bitte nicht aus, aber eigentlich hatte ich daran gedacht, mich als freie Journalistin zu versuchen.«

Valerie schüttelte den Kopf. »Was? Aufgrund der paar Beiträge für den *Bagley Bugle*? Schau mal, ich will bestimmt nicht deine Hoffnungen durchkreuzen, Süße, und ich weiß nicht viel über die Medienwelt, aber ich kann mir nicht vorstellen, dass die Tageszeitungen vor deiner Tür Schlange stehen, nur weil du ein paar Artikel für ein lokales Anzeigenblatt geschrieben hast.«

Mit dem *Bagley Bugle* war jetzt natürlich ebenfalls Schluss – zumindest mit Marvins Herausgeberschaft. Joss hatte den nachträglich ziemlich albern erscheinenden Vorschlag gemacht, Marvin habe doch jetzt viel mehr Zeit, sich mit dem *Bugle* und der Nachbarschaftswache zu beschäftigen. Daraufhin hatte er die Akten und Ordner und Prospekte quer durchs Esszimmer geschleudert und geknurrt, dass irgendein anderer gutmütiger Trottel diese verdammten, undankbaren Aufgaben übernehmen solle. Joss nahm an, dass dieser Ausbruch hauptsächlich damit zusammenhing, dass seine Sekretärin Anneka nun nicht mehr zur Verfügung stand, um den *Bugle* zu scannen, zu drucken und zu binden.

»Ich habe den Text über Sukies Aromatherapie und die Cancan-Tänzerinnen an den *Winterbrook Advertiser* geschickt.«

»Tatsächlich?«, fragte Valerie bewundernd. »Ganz schön gewagt. Ich dachte, er wär für den *Bugle*?«

Joss erklärte ihr den Niedergang des *Bugle*. »Da hab ich mir gedacht, vielleicht wäre ja der *Advertiser* an dem Artikel interessiert und vielleicht könnte ich auch andere kleine Beiträge dafür schreiben. Das wäre immerhin ein Anfang …«

Val nickte. »Wenn du meinst. Ist ja aber nicht gerade die *Daily Mail*. Also ich an deiner Stelle würde bei *Big Sava* nach einem Job fragen. Haben die Leute vom *Advertiser* denn schon geantwortet?«

»Noch nicht.«

Val tätschelte ihre Hand. »Mach dir nichts draus. Vielleicht rufen sie an, wenn du wieder zu Hause bist, und bieten dir eine regelmäßige Rubrik an oder wie das heißt – aber bau lieber nicht zu sehr darauf. Für die Zwischenzeit könnte ich dir doch mal ein Bewerbungsformular von *Big Sava* mitbringen, wenn ich das nächste Mal nach Hazy Hassocks fahre.«

Joss lächelte und stand auf. »Das wäre vielleicht gar keine schlechte Idee, falls ich doch nicht über Nacht zur Topjournalistin werde. Ja, bitte mach das. Ich meine, Regale einräumen kann wahrscheinlich sogar ich – auch wenn ich nie im Leben mit diesen Computerregistrierkassen zurechtkäme.«

»Ach, Süße!« Valerie rappelte sich schnaufend hoch. »Wenn so eine Schusseltrine wie die kleine Chelsea damit klarkommt, schaffst du das ja wohl mit verbundenen Augen. Weißt du was, bis sich die Lage wieder halbwegs eingerenkt hat, treffen wir uns am besten hier zu unserem Plauderstündchen. Morgen um zehn, okay?«

»Ja, prima.« Joss lächelte. »Danke, Val.«

Gemeinsam gingen sie durch das Dorf, doch als sie *The Close* erreichten, ging Joss voraus. Sie kam sich dabei feige vor, aber sie wollte es auf keinen Fall riskieren, Marvin noch mehr auf die Palme zu bringen.

Er wandte den Blick nicht vom Fernseher. Nach der Küstenerosion des Dritte-Welt-Landes kam nun etwas über die Entwicklung von Düsentriebwerken. Es war ziemlich laut.

»Da war ein Anruf für dich«, sagte er. »Und wo ist die Quittung?«

Mist, dachte Joss, sie gäbe eine lausige Geheimagentin ab. »Ach, äh, ich hab doch keinen Tee gekauft. Es gab nur diese teure Sorte mit losen Blättern. Wir müssen eben … Wer hat denn angerufen?«

»Keine Ahnung«, gähnte Marvin. »Ich bin doch nicht dein Sekretär, Jocelyn. Ich habe gesagt, du bist nicht da, und dann aufgehängt.«

Na, vielen Dank auch, dachte Joss und schlüpfte in ihre Pantoffeln. Im Esszimmer standen die Frühstücksreste noch unberührt da. Sie seufzte, griff sich ein Tablett und wappnete sich für einen weiteren Tag voller Langeweile.

Als sie gerade die Eierschalen in die Mülltonne schabte, klingelte das Telefon. Marvin bewegte sich nicht.

»Hallo?«, fragte sie zaghaft. Wahrscheinlich wollte wieder jemand etwas verkaufen. Sie bekamen nicht viele persönliche Anrufe. »Ja, hier ist Jocelyn Benson … ach, hallo … ja, äh, der Artikel hat Ihnen gefallen? Wie schön! Sie drucken ihn? Diese Woche noch? Die Ausgabe erscheint morgen? Fantastisch! Was? Ach ja – die Honorarrechnung … Ja, ich habe sie beigelegt, weil – was? Wie meinen Sie das, Sie *bezahlen* nichts? Soll das heißen, Sie erwarten, dass die Leute umsonst für Sie schreiben? Was? Namensnennung in der Verfasserzeile? Ach, tatsächlich? Tja, aber mit einer Namensnennung kann man leider keine Rechnungen bezahlen. Ja, natürlich freue ich mich, dass Ihnen der Artikel so gut gefallen hat, dass Sie ihn drucken, aber – nein, ich glaube nicht, dass ich Ihnen unentgeltlich noch weitere Beiträge schicke. Ja, tut mir auch leid …«

Seufzend legte sie den Hörer auf und spürte, wie sich ein Abgrund der Verzweiflung in ihr auftat. Das war dann wohl das Ende ihres kurzen Gastspiels als Journalistin. Sah so aus, als sei *Big Sava* ihre einzige Rettung.

»Jocelyn!«, rief Marvin. »Hast du schon meinen Kaffee gemacht?«

Andererseits, dachte Joss, als sie auf dem Weg zum Wasserkessel erbost gegen die Esszimmertür trat, kam ihr ein Zehn-Stunden-Tag an der Supermarktkasse allmählich immer verlockender vor.

»Komme gleich, Marvin«, murmelte sie vor sich hin. »Kaffee mit Zyankali ist schon unterwegs …«

15. Kapitel

Am nächsten Morgen hatte sich im Wohnzimmer von *Pixies Laughter* schon eine beachtliche Schlange gebildet – dabei war es noch nicht einmal acht Uhr.

»Zum Teufel noch mal«, grummelte Milla, die sich mit einer Zigarette im Mund gerade in der Küche einen Kaffee machte, »da draußen geht's ja zu wie beim Doktor im Wartezimmer. Senile Senioren glotzen mich an.«

»Du könntest dir ja auch was überziehen.« Sukie grinste. »Diese alten Knaben haben wahrscheinlich seit den Zeiten von Jayne Mansfield nicht mehr so viel nackte Haut auf einmal gesehen.«

Milla gähnte und strich sich die blonden Haare aus den Augen. Sie rutschten gleich wieder zurück. Reine Seide, genau wie bei Derry, dachte Sukie. Die beiden waren wirklich ein ganz besonders schönes Paar. Zu dumm aber auch.

»Wer?«

»Jayne Mansfield – ein Filmstar aus alten Zeiten, bildschön, vollbusig, tolle Beine. Für Männer aus der Generation unserer Väter und Großväter war sie ein begehrtes Pin-up-Girl. Cora war von ihren Filmen ganz begeistert und hat mich immer mitgenommen, wenn einer davon in Winterbrook im Kino lief.« Sukie füllte Mandel- und Aprikosenöl aus den Behältern in kleinere Plastikflaschen um, die im Esszimmer-Massagesalon leichter zu handhaben waren. »Tut mir leid, wenn ich dir in die Quere komme. Als ich die Termine für den frühen Morgen vereinbart habe, bin ich davon ausgegangen, du wärst um diese Zeit in der Arbeit oder bei Derry.«

»Ich arbeite in Gleitzeit, geh heute erst nachmittags ins Büro, und Derry ist vom Endspurt mit seiner Wendeltreppe so in Anspruch genommen, dass momentan nicht viel mit ihm anzufangen ist.« Milla griff sich ihren Kaffeebecher. »Habe ich im Badezimmer meine Ruhe? Oder warten dort auch noch achtzehn Leute?«

Sukie lachte. »Nein. Nur die Versammlung hier draußen, Topsys Kartenrunde. Ich konnte sie nicht alle in ihrer Stammkneipe, dem *Barmy Cow*, behandeln, also hab ich mit ihnen ausgemacht, dass sie gemeinsam *en gros* heute Morgen hierherkommen. Sie wollen jeweils nur eine Hand-und-Finger-Massage, es wird also nicht lange dauern.«

»Kein Problem.« Milla schnupperte an dem Öl. »Ooh, das riecht aber gut ... Weißt du, darum beneide ich dich – wie auch um vieles andere. Du bist so verwurzelt in diesem Dorf und hast ein erfülltes Leben mit deiner Arbeit und der Aromatherapie und deinen Freunden, ganz zu schweigen vom Cancan-Tanzen.«

Sukie lächelte. »Ist schon in Ordnung, wie das Leben so spielt, schätze ich. Könnte weitaus schlimmer sein.« In der Tat. Wenn sie da zum Beispiel an Jocelyn Benson dachte ... »Äh, hat Derry übrigens wegen neulich Abend eigentlich noch was gesagt? Ich meine, übers Tanzen? Er sah ein bisschen geschockt aus ...«

Hoffentlich, betete Sukie im Stillen, hatte ihn nur der Anblick geschockt, wie Frauen verschiedenen Umfangs kreischend akrobatische Verrenkungen machten, und er war nicht starr vor Entsetzen, weil er wie Chelsea begriffen hatte, dass sie wie ein Schulmädchen bis über beide Ohren in ihn verknallt war – was ihr ins Gesicht geschrieben stand.

»Geschockt? Das kann man wohl sagen! Er konnte sich gar nicht wieder einkriegen! Ich weiß ja nicht, was er sich unter Cancan-Tanzen eigentlich vorgestellt hat – aber ihr habt ihm eindeutig die Augen geöffnet. Mensch, Sukie, ich habe ja gar nicht gewusst, dass du Spagat kannst. Alle Achtung!«

Sukie atmete erleichtert aus. »Ach, das ist gar nicht so schwer, wenn man den Dreh erst mal raushat. Mit entsprechender Vorbereitung und ein bisschen Übung kann das jeder hinbekommen. Ich hab allerdings in der Schule schon Gymnastik gemacht, das erleichtert die Sache. Und – äh – war das alles, was er dazu gesagt hat?«

»Nein, glaub mir, das Gespräch kreiste nur noch um dieses Thema, bis wir zu seinen Kunden kamen – und die waren eine ziemliche Enttäuschung, kann ich dir sagen. Kamen sich selbst ja soooo wichtig vor. Echte Schauspiel-Darsteller, wissen Sie, meine Liebe.« Milla kicherte. »Na jedenfalls, dort angekommen, mussten wir den restlichen Abend langweilige Gespräche über Holzhandwerk und Repertoiretheater führen – aber auf dem Heimweg hat er mehrmals vorgeschlagen, ich solle es doch auch mal ausprobieren – nicht nur Spagat, Gott bewahre, sondern das Cancan-Tanzen.«

Sukie dankte ihrem Glücksstern, dass Derry die verräterischen Zeichen offenbar nicht zu deuten gewusst hatte. Puh! Sie sah Milla schon vor sich, wie sie in dem aufreizenden Mieder herumtänzelte und ihre langen schlanken Beine schwang – zum Teufel mit ihr. »Na, dann komm doch mal vorbei. Wir suchen noch immer einen Ersatz für Valerie – du siehst in dem Kostüm bestimmt klasse aus, und du wohnst schon eine ganze Weile hier, ohne dich am Dorfleben wirklich beteiligt zu haben. Du sagst doch immer, du bräuchtest ein neues Hobby.«

Milla schüttelte den Kopf. »Kommt gar nicht in Frage! Da habe ich andere Vorstellungen von Vergnügen! Und auch, wenn es mir momentan zupasskommt, das Mädel vom Dorf zu spielen, bin ich im Herzen doch eine Großstadtpflanze und werde es immer bleiben. Meine Hobbys bestehen eher aus so was wie Schuhe oder Handtaschen zu kaufen und in europäischen Metropolen zum Essen zu gehen – aber nicht darin, in irgendeinem zugigen Gemeindesaal herumzutoben und sich von einer steinalten Irren ausbuhen zu lassen, die sich vermutlich für die heimliche Tochter von Anna Pavlova und Christiaan Barnard hält.«

»Tja, ich verstehe, so gesehen erscheint es natürlich nicht sonderlich verlockend.« Ein wenig schuldbewusst, weil ihr ein großer Stein vom Herzen fiel, konzentrierte sich Sukie darauf, die ölige Arbeitsplatte sauber zu wischen. »Ich hab hier eine ziemliche Sauerei angerichtet – hoffentlich wolltest du noch nicht so bald frühstücken. Aber wenn ich mit den Kartenspielern fertig bin, hab ich um elf einen Termin bei einer meiner Stammkundinnen in Winterbrook, dann hast du hier deine Ruhe.«

»Alles kein Problem!« Milla umschloss den Kaffeebecher mit den Händen. »Lass dir nur Zeit. Es ist dein Haus, deine Arbeit. Es steht mir nicht zu, hier herumzumeckern. Was ist? Schau mich doch nicht so an. Ich kann durchaus auch nett sein, wenn mir danach ist. Ich bin nicht immer nur die Prinzessin auf der Erbse, weißt du.«

»Ich weiß.« Sukie grinste und korkte die Fläschchen fest zu. »Du bist schwer in Ordnung. Findet Derry ja offenbar auch.«

Milla lächelte. »Hmmm. Wir verstehen uns gut. Er ist so ein netter, geradliniger Typ. Gut aussehend, humorvoll, anständig, ehrlich. Und ein erstaunlich guter Liebhaber. Aber –«

»Aber?« Sukie unterbrach ihre Überlegungen, welche Essenz sie bei Topsys Kartenspielern ungefährdet anwenden könnte, ohne eine Rentnerorgie zu entfachen. »Gibt es ein ›Aber‹ nach diesem Loblied auf seine Vollkommenheit?«

»Ach, kein großes Aber … aber ein Aber schon …«

Sukie hielt den Atem an. »Milla, du denkst doch nicht etwa daran, mit ihm Schluss zu machen?«

»Himmel, nein! Ich bin doch nicht blöd!«

Sukie hoffte, sie hatte nur innerlich und nicht laut aufgestöhnt. »Wo ist denn dann das Problem? Stört es dich, dass er kein Geschäftsmann ist, der ein siebenstelliges Kontoguthaben mit Scheckbuch bei einer Schweizer Bank und eine eigene Insel im Indischen Ozean hat?«

Milla hockte auf der Tischkante und nippte an ihrem Kaffee. »Nein, natürlich nicht. Solche Oberflächlichkeiten hab ich hoffentlich hinter mir, und abgesehen von all den vorhin aufgezählten Eigenschaften ist Derry noch dazu unheimlich talentiert. Liebe Güte, Sukie, hältst du mich etwa wirklich für so einen materialistischen Snob?«

Sukie drängte sich an Milla vorbei und versuchte, mit dem Ellbogen die Küchentür zuzustoßen, damit die alternden Pokerspieler beim Anblick ihrer langen nackten Beine keinen kollektiven Schlaganfall bekämen, jedoch vergebens.

»Als du zum ersten Mal herkamst, um das Cottage zu besichtigen, hatte ich den Eindruck, du wärst eine reiche, attraktive, schrecklich effiziente Geschäftsfrau, und das bist du auch. Aber ich halte dich weder für eine Blutsaugerin noch für einen unverbesserlichen Snob.«

»Danke.«

»Gern geschehen. Wenn es dich also nicht stört, dass Derry Tischler ist, worin in aller Welt besteht denn dann das Problem?«

Milla zuckte die Achseln. Dabei rutschte ihr das T-Shirt von der Schulter. Im Wohnzimmer wurde hörbar die Luft angehalten. »Ich hab das Gefühl, dass wir in diese Beziehung einfach so reingeschlittert sind. Alle beide. Wie wir uns kennen gelernt haben und zusammenkamen – es bot sich einfach an, dass wir uns weiterhin treffen. Wenn wir uns aber auf einer Party oder in einem Club oder bei der Arbeit begegnet wären, hätten wir einander wahrscheinlich zwar attraktiv gefunden und uns vielleicht eine Weile nett unterhalten – aber mehr wäre nicht gewesen, weder für ihn noch für mich. Es kommt mir fast so vor, als würden wir nur als Paar so weitermachen, weil uns beiden kein guter Grund einfällt, es nicht zu tun. Verstehst du, was ich meine?«

»So in etwa.« Sukie füllte ihre Essenzen um und bemühte sich, ein neutrales Gesicht zu machen. »Ja, ich schätze schon. Du bist also gar nicht in ihn verliebt?«

»Lieber Gott! Keine Ahnung! Ich glaube nicht. Aber ich verstehe einfach nichts von Männern. Es gab so viele nach Bo-Bo, und alle waren wirklich nett, aber sie waren nicht –«

»Bo-Bo?«

»Genau.«

»Und ihn liebst du? Noch immer?«

Milla zuckte die Schultern. Das T-Shirt rutschte noch tiefer. »Ja, noch immer. Blöde Kuh, die ich bin. Ich werde ihn ewig lieben, aber ich weiß auch, dass er nie zurückkommen wird. Das wurde ja unmissverständlich klar, als er mich sitzen ließ – und meine Eltern werden ihm nie verzeihen, dass er so kurz vor der Hochzeit abgehauen ist. Das hätte sie gesellschaftlich beinahe ruiniert.«

Sukie sammelte ihre Flaschen ein. »Wen auch immer du am Ende nimmst, Milla, musst du selbst entscheiden, nicht deine Eltern. Wären sie denn mit Derry nicht einverstanden?«

»Wahrscheinlich nicht. Ach, er würde ihnen schon gefallen, wenn er ihnen irgendwelche maßgeschneiderten Möbel anfertigen würde – und sie bei ihren Freunden damit angeben könnten, dass sie diesen »brillanten kleinen Handwerker aufgetan«

hätten – aber nicht als potenzieller Schwiegersohn. Wenn es nach ihnen ginge, sollte ich mich nach so einem wie diesem verfluchten glatzköpfigen, zahnlosen Baron umsehen.«

»Das sollte eigentlich jede Frau«, flachste Sukie und überlegte, ob die Heilwirkung der Butterblumen, die sie am Wochenende im Garten gepflückt hatte, wohl gut mit den Eigenschaften des Tausendschöns harmonierte, das sie bereits in das Öl für geschmeidige Zockerfinger gemischt hatte.

»Du würdest nicht des Geldes wegen heiraten, oder?«

»Nicht, wenn nicht außerdem noch jede Menge Liebe mit im Spiel wäre.«

»Ach, Liebe und Geld …« Milla drückte ihre Zigarette aus, rutschte vom Tisch und rückte ihr T-Shirt wieder schicklich zurecht. Bedauerndes Seufzen erklang aus dem Wohnzimmer. »Bei Bo-Bo gab es beides. Wir hatten den gleichen sozialen Hintergrund, Familien derselben Einkommensklasse, den gleichen Lebensstil, gemeinsame Freundeskreise … Wir hatten die gleichen Ansichten und Vorlieben. Wir waren ein ideales Paar.«

»Wenn er nur nicht im letzten Moment gekniffen hätte«, sagte Sukie, weil sie das Gefühl hatte, hier sei Schonungslosigkeit angebracht, um Derrys gesellschaftlichen, beruflichen und finanziellen Stand zu verteidigen. »Ich kann mir nicht vorstellen, dass Derry so etwas täte.«

»Ich auch nicht.« Milla reckte sich. »Vielleicht ist er viel zu gut für mich. Warum in aller Welt muss das mit der wahren Liebe immer so kompliziert sein? Warum scheint immer jeder in den falschen Menschen verliebt zu sein?«

Sukie zuckte die Achseln. Diese Frage hatten Chelsea und sie bei so mancher Flasche Alkopop auch schon erörtert. »Tja, so ist wohl das Leben.«

Milla schob sich die Haare hinter die Ohren. »Habt ihr in der Schule auch mal den Sommernachtstraum aufgeführt? Mit

Hermia und Lysander, Helena und Demetrius? Da liebt jeder jemanden, der wieder einen anderen liebt. Alle sind in die falschen Partner verliebt. So kommt mir mein eigenes Liebesleben auch vor. Ein Riesenkuddelmuddel und eine einzige Irrfahrt. Es müsste so was wie magische Pillen auf Rezept geben, die alles wieder ins Lot bringen … Ach, das ist mir alles zu viel. Ich glaube, ich geh noch mal für ein paar Stunden ins Bett.«

Im Wohnzimmer kehrte ehrfürchtiges Schweigen ein, als Milla sich durch die Wartenden schlängelte und auf der gewundenen Treppe nach oben entschwand.

Sukie stieß die Luft aus, eine Vielfalt an Möglichkeiten schwirrte ihr durch den Kopf.

Was wäre, wenn? Nur mal gesetzt den Fall?

Ob Cora in dem Bewusstsein, dass ihre Kräutertränke Liebeszauber bewirken konnten, wohl auch das Gefühl gehabt hatte, dass sie durch umsichtigen Gebrauch einiger Gartenpflanzen und Öle passende Paare zusammenführen und Menschen glücklich machen konnte, die es nicht verdient hatten, einsam und allein zu sein? Das konnte doch nichts Unrechtes sein?

Sukie seufzte. Sie war schwer versucht, mit Milla ein kleines Experiment in Sachen Liebestränke zu unternehmen. Ohne ihr Wissen natürlich. Die Abwesenheit des entlaufenen Bräutigams Bo-Bo stellte zwar ein gewisses Hindernis dar, und auch wenn es ihr wie durch ein Wunder gelänge, Milla und Bo-Bo wieder zusammenzubringen, wer sagte denn, dass der abservierte Derry sich daraufhin gleich in sie verlieben würde? Die Chancen dafür waren ja wohl ziemlich mau.

In der Dichtung war alles immer ganz anders. Shakespeare hatte seine unglücklich Liebenden und seine Liebestränke mit bemerkenswerter Zuversicht gehandhabt. War nicht Puck mit seinem Elfenzauber der Unruhestifter gewesen? Vielleicht hätte sie in der Schule bei dem ganzen Hin und Her im Sommernachtstraum besser aufpassen sollen. Chelsea und sie hatten bei Stellen wie »Die Pfade der Liebe sind verschlungen« altklug genickt, sich über die Leichtgläubigkeit der unglücklich Liebenden lustig gemacht und sich über das Happy End gefreut. In Wirklichkeit – hatten sie mit dem Hochmut der Jugend erklärt – war das mit der Liebe ja bestimmt nicht so einfach.

Nein, dachte sie nun wie auch damals, so einfach war es nicht. Nicht einmal mit Coras Elixieren. Und hier ging es um das richtige Leben und nicht um Dichtung. Da durfte sie nicht den Puck spielen und in Millas Liebesleben herumpfuschen. Es wäre nicht fair und verstieße gegen alle Grundsätze von Moral und Ethik.

»Hast du jetzt Zeit für uns, Sukie?«, rief Tom, einer der Kartenspieler, vom Wohnzimmer aus herüber. »Wir schlagen hier bald Wurzeln.«

»Ja, entschuldigt bitte.« Sukie riss sich von ihren Grübeleien über Liebestränke und den vagen Erinnerungen an Shakespeare los und stellte ihre Fläschchen auf ein Tablett. »Wenn ihr mir bitte folgen würdet.«

Die Kartenspieler ächzten und reckten sich, dann schlurften sie hinter Sukie her ins Esszimmer. Sie hatte ein halbes Dutzend verschiedene Stühle im Haus zusammengesucht, sodass alle für die gemeinsame Behandlung um den Massagetisch herum sitzen konnten.

»Ui, sieht aus, als wollten wir gleich Blackjack spielen«, lachte Edie und rückte mit ihrem Stuhl ein bisschen näher zu Tom. »Hast du eine Lizenz für Glücksspiele, Sukie?«

»Glücksspiel mag ja ganz nett sein«, näselte Bert, »aber die Showeinlage war erstklassig. Diese junge Dame im T-Shirt kann bei mir reizen und stechen, wann immer sie will.«

Tom und Ken prusteten vor Lachen. Edie und Rita schwiegen.

Während Sukie die krummen und knotigen Finger mit der Essenz aus Butterblumen und Tausendschön einrieb, plauderten die Kartenspieler munter über Dorfklatsch und Gerüchte und vermeintliche Skandale.

»Das ist ein feiner Duft, Sukie«, unterbrach Ken und schnupperte geräuschvoll. »Erinnert mich an eine Sommerwiese, als ich ein Junge war. Butterblumen und Tausendschön, nicht wahr? Riecht, als wär ich wieder ein Kind – an einem heißen Julitag draußen auf den Feldern unterwegs mit einer Flasche Sprudel und einem Käsebrot. Ausgelassen wie junge Hunde waren wir damals.«

»Ach ja.« Rita nickte. »Von Sonnenaufgang bis Sonnenuntergang haben wir draußen gespielt. Komisch, mir ist fast so, als wüchsen die Blumen hier drinnen, als könnte ich die Sonne spüren und die Vögel hören. Wie in einem Traum. Ich weiß gar nicht mehr, was wirklich ist und was nicht – ich könnte fast schwören, es wächst Gras unter diesem Tisch hier. Man kriegt richtig Lust, Schuhe und Strümpfe auszuziehen und barfuß zu laufen.«

Erstaunt stimmten ihr die anderen murmelnd zu. Sukie fiel die üppige Wald-und-Wiesen-Atmosphäre ebenfalls auf, sie wunderte sich aber nicht mehr darüber und lächelte zufrieden vor sich hin.

»Wir haben uns immer die Butterblumen unters Kinn gehalten, und wenn sie einen goldenen Schein warfen, bedeutete das, man äße gern Butter.« Edies Stimme klang Jahrzehnte entfernt. »Natürlich warfen sie immer und bei jedem einen goldenen Schein, aber wir haben es trotzdem gemacht.«

»Und Ketten aus Gänseblümchen!«, sagte Ken. »Wisst ihr noch, wie man Gänseblümchen-Ketten macht? Niemand hielt das damals für Mädchenkram. Stundenlang konnten wir uns damit beschäftigen.«

Und so schwelgten die Kartenspieler in Erinnerungen an längst vergangene sommerliche Kindheitstage.

Sukie konzentrierte sich auf die Massagen und hörte gar nicht richtig hin, sie lächelte ihr professionelles Lächeln und nickte und murmelte ab und zu etwas, in der Hoffnung, es passe gerade.

»... ich hab diesen Klatsch ja auch gehört, aber ich glaube, dass Topsy schon lange ein Auge auf den guten Dorchester geworfen hatte. Ich geb nichts auf diesen alten Quatsch mit den Liebestränken, da kann sie sagen, was sie will.«

»Oh, entschuldige, Edie. Bin ich abgerutscht?« Sukie machte ein zerknirschtes Gesicht. Wann war das Gespräch von Sommerblumen-Nostalgie auf Topsy und Dorchester übergegangen? »Entschuldige, ich will das Öl nur noch ein bisschen tiefer in die Gelenke einarbeiten ... Treffen sich, äh, Topsy und Dorchester, äh, denn eigentlich regelmäßig?«

Die Kartenspieler gluckten.

»Ach weißt du, die Berkeley Boys! Die gehen nie offiziell mit einer Frau aus. Ihre alte Mutter hat ihnen die Lust an Liebesaffären ausgetrieben, ist ja kein Wunder. Aber –«, Bert nickte, »auch wenn es mir seltsam vorkommt, ich glaube, Topsy und Dorchester turteln im Geheimen.«

»Wirklich?« Sukie wandte sich nun Kens Händen zu und hoffte, niemand könnte ihr lautes Herzklopfen hören. »Turteln?«

Tom nickte. »Nachdem sich Topsy so einiges von dem Zeug zu Gemüte geführt hatte, das die Berkeleys als Malzbier verkaufen, meinte sie ja, da wären Liebestränke im Spiel gewesen. Aber ich glaube, sie wollte uns nur einen Bären aufbinden.«

»Wahrscheinlich, um uns davon abzulenken, wer alle

Trümpfe in der Hand hatte …« Ken sog das Aroma von Butterblumen und Tausendschön tief ein. »Von dem ganzen alten Humbug mit den Liebestränken spricht in Bagley schon seit Jahren keiner mehr – das war doch nach dem Krieg. Cora sei die Königin der Kräutermischungen gewesen, hieß es. Ich glaub ja nicht an so was, aber meine Schwester schwor darauf – als unsere Freda wegen einem Yankee schwer in der Patsche saß, soll Cora ihr herausgeholfen haben. Ich hoffe, du hast nicht vor, in ihre Fußstapfen zu treten, kleine Sukie?«

Alle lachten.

Sukie dachte scharf nach, um sich an den genauen Wortlaut von Coras Vers über Butterblumen und Tausendschön zu erinnern. Wie war das noch gleich? Ach ja …

Butterblumes goldene Glut
kennt des Herzens Wünsche gut.
Mit Tausendschönchen weiß und rein
wird die Liebe für immer sein.

Hmm, das klang für Coras Rezepte ja vergleichsweise harmlos. Vielleicht durchaus mehrdeutig, aber doch wohl eher ungefährlich.

Das Einzige, was sie ein wenig beunruhigte, dachte Sukie, war, dass Tom und Ken, die beide den Duft tief eingeatmet und deren Hände sich über den schmalen Tisch hinweg zufällig berührt hatten, einander nun irgendwie versonnen beäugten.

»Bitte sehr«, sagte sie munter und schob die Gedanken an den Vers beiseite. »Nun seid ihr bestimmt mindestens so fingerfertig wie die Croupiers in Las Vegas.«

Alle bewegten vergnügt ihre Finger und verkündeten einhellig, sie fühlten sich frisch und verjüngt.

»Also wenn dieses Zeug aus Butterblumen und Tausendschön einer von Coras Liebestränken wär, dann würd ich losziehen und mein Glück bei Savoy versuchen«, gluckste Rita. »Und die gute Edie hat schon seit neunzehnhundertvierundfünfzig ein Auge auf Claridge …«

»Was ist mit dem armen Hilton?«, stimmte Sukie in die übermütige Flachserei mit ein. »Hat für den denn keine was übrig?«

»Ach, mit Hilton ist das eine ganz andere Geschichte«, sagte Bert. »Wir vermuten, dass Hilton schon seit Teenagerzeiten eine heimliche Angebetete in Bagley hat. Wir wissen zwar nicht, wer es ist, aber er trägt ein kleines Medaillon unterm Hemd. Behauptet, es sei ein Erbstück von seiner alten Mutter, aber das glaub ich nicht. Ich schätze, ihm wurde vor langer Zeit das Herz gebrochen.«

»Wie traurig.« Sukie sammelte von den Kartenspielern, die noch immer Fingerübungen machten, das Geld ein. »Armer Hilton.«

Und wie merkwürdig, dachte sie sich. Eine sonderbare Vorstellung, dass jemand in Hiltons fortgeschrittenem Alter verliebt sein könnte. Und noch merkwürdiger, dass Topsy und Dorchester ein Paar waren. Ganz abgesehen davon fand sie es ziemlich beängstigend, dass Topsy im *Barmy Cow* offenbar über *Liebestränke* gesprochen hatte.

Sie beschloss, den Massagetisch später aufzuräumen, wartete geduldig, bis die Mitglieder der Kartenrunde ihre diversen Taschen und Mäntel und Gehstöcke eingesammelt hatten, und winkte ihnen von der Haustür aus zum Abschied nach.

»Sind sie weg?« Milla spähte die verwinkelte Treppe herab. »Ist die Luft rein, sodass ich mir gefahrlos noch einen Kaffee holen kann?«

»Völlig rein«, lachte Sukie. »Obwohl Bert bitter enttäuscht sein wird, dich verpasst zu haben.«

»Welcher war denn Bert? Doch nicht etwa der mit der Überkämmfrisur und den unmöglichen Pullovern im Lagenlook?«

»Genau der.«

»Absolut der Mann meiner Träume ... Ach, die Zeitungen sind gekommen, während du da drin die Gruftis massiert hast. Ich hab sie mit ins Bett genommen.« Milla kicherte. »Die Zeitungen meine ich, nicht die Gruftis. Ich hoffe, du hast nichts dagegen?«

»Natürlich nicht.« Sukie wuselte herum, holte einen sauberen Overall, vergewisserte sich, dass die pfirsichfarbenen Lederköfferchen vollständig bestückt waren, und griff sich die Autoschlüssel. »Ich muss jetzt losflitzen, zu meinem Elf-Uhr-Termin. Ich komme frühestens heute Abend dazu, die Zeitung zu lesen.«

Milla steuerte auf die Küche zu. »Wie auch immer – aber den *Winterbrook Advertiser* solltest du dir wirklich ansehen.«

16. Kapitel

»Jocelyn!« Marvins ärgerliche Stimme übertönte die Begleitmusik von *Model Maniacs*, seiner neuesten Lieblingssendung im Vormittagsprogramm über Modellbau-Fanatiker. »Hast du den *Winterbrook Advertiser* gesehen?«

Joss, die in der Küche gerade auf ihrem Stift herumkaute und überlegte, ob RSA-Zertifikate Stufe I, II und III im Maschinenschreiben sowie erstklassige Kenntnisse in Pitmans Kurzschrift wohl geeignete Qualifikationen für die Arbeit an einer Supermarktkasse darstellten, zog die Augenbrauen hoch und schob das halb ausgefüllte Bewerbungsformular von *Big Sava* unter ein Küchenhandtuch.

»Jocelyn!«

Sie hatte die Zeitungen vor gut einer Stunde gleich nach deren Eintreffen hereingeholt und neben Marvins Stuhl gelegt. Sie wusste zwar genau, dass Abonnements auf seiner Liste der »Dinge, auf die wir verzichten können« standen, ebenso wie ihr Auto, ihr monatliches Taschengeld, ihre Friseurtermine und unzählige andere Dinge, die seine Bequemlichkeit nicht die Bohne beeinträchtigen würden, aber irgendwie hatte sie sich noch nicht dazu durchringen können, die Zeitungen tatsächlich abzubestellen. Wie hätte sie denn sonst überhaupt noch irgendeinen Kontakt zur Außenwelt?

»Er liegt neben deinem Stuhl, Marvin! Bei den anderen Zeitungen.«

»Ich weiß, wo er ist! Ich hab dich gefragt, ob du ihn gesehen hast!«

Jetzt ist es so weit, dachte Joss, jetzt ist er durchgedreht. Die letzten Wochen haben endlich doch ihren Tribut gefordert. Kein Bezug mehr zur Wirklichkeit. Jetzt ist er einer all dieser traurigen und verblendeten Menschen, die ihre überflüssige Zeit mit dem Tagesprogramm der Fernsehanstalten totschlagen. Leute, die sich nicht nur mit diesem Unfug das Gehirn verrußten, sondern in Marvins bevorzugten Sendungen den ganzen Tag über auch noch selbst auftraten; Leute, die ihr Leben damit vertaten, sich über Kornkreise aufzuregen oder über eine mögliche Invasion aus dem Weltall oder sexuelle Orientierungskrisen oder die Frage, ob ihre Nachbarn im Gästezimmer vielleicht an nuklearen Sprengköpfen bastelten.

Joss vergewisserte sich, dass ihr Bewerbungsformular gut versteckt war, und machte sich vorsichtig auf den Weg ins Wohnzimmer.

Marvin hockte, wie immer die Hände auf den Knien zu Fäusten geballt und leicht nach vorne gebeugt, vor dem ewig flimmernden Bildschirm. Er blickte nicht auf.

Soweit Joss aus den ständig wiederkehrenden Zusammenfassungen schließen konnte, die wohl für Zuschauer mit der Aufmerksamkeitsspanne einer Mücke gedacht waren, ging es in der Sendung um einen ehemaligen Polizisten namens Russell, der fünf Jahre damit verbracht hatte, in seinem Gartenhäuschen aus Eierschachteln und Streichhölzern mühsam ein riesengroßes Modell des Unterseeboots Nautilus zusammenzubauen, und dann hatte feststellen müssen, dass es nicht durch die Tür passte. Während ein Moderator unablässig aufgesetzt heitere und dümmliche Kommentare von sich gab und Russell nervös zuschaute, waren drei dicke Männer in leuchtfarbenen Westen mit Hilfe eines Krans gerade dabei, das Dach des Schuppens zu entfernen. Eine graugesichtige Frau – vermutlich Russells Gattin – stand mit gequältem Gesicht im Hintergrund.

Marvin war wie gebannt.

»Hier bitte!«, sagte Joss ebenso gekünstelt heiter wie der Fernsehmoderator. »Da ist der *Winterbrook Advertiser*! Neben deinem Stuhl!«

»Ich weiß, wo er ist«, knurrte Marvin und weidete sich weiter mit grimmiger Befriedigung an Russells Unbehagen. »Ich wollte nur wissen, ob du ihn gelesen hast.«

»Ach so. Nein.« Joss schüttelte den Kopf. »Hatte noch keine Zeit, vor lauter Frühstück und Abwasch und alldem. Ich wollte später bei einer Tasse Kaffee einen Blick darauf werfen.«

Marvin riss sich für einen Moment von Russell und seinem Unterseeboot los und sah sie mit kaltem Blick an. »Du stehst drin.«

»Ich? Was in aller Welt sollte ich denn getan haben – Oh! Du meinst den Artikel über die Aromatherapie und das Cancan-Tanzen! Natürlich!«

»Es steht dein Name darunter, und es ist ein ganz erbärmliches Geschreibsel!« Marvin starrte sie immer noch an. »So machst du uns nur noch mehr zum Gespött der Leute. Wie bist du bloß auf die Schnapsidee gekommen, du könntest für das hiesige Käseblatt schreiben? Diese lächerlichen Aufsätzchen, die du, in der Annahme, ich würde es nicht merken, in den *Bugle* geschmuggelt hast, waren schon schlimm genug, aber die erschienen wenigstens nicht unter deinem eigenen Namen! Bist du denn total bescheuert?«

Wahrscheinlich, dachte Joss und schrak zurück, weil diese Worte sie viel mehr verletzten als jede Form von körperlicher Gewalt. Bescheuert, dich zu heiraten, bescheuert, bei dir zu bleiben, bescheuert, immer noch hier zu sein …

»Ich glaube ja kaum, dass wirklich jemand auf meinen

Namen schaut«, sagte sie abwehrend. »Ich achte nie darauf, wer was geschrieben hat, du etwa?« Sie hob die Zeitung auf. »Und außerdem kann der Artikel so schlecht nun auch wieder nicht sein, denn sonst hätten sie ihn ja nicht gedruckt.«

»Die drucken doch jeden blöden Dreck, um in ihrem billigen Schundblatt die Seiten zu füllen.« Marvin beglotzte nun wieder Russell und dessen Probleme. »Vor allem, wenn sie nichts dafür bezahlen müssen. Und da du gerade nichts zu tun hast: Ich will noch einen Kaffee.«

»Hol ihn dir doch selbst«, entgegnete Joss halblaut. »Ich hab anderes zu tun und keine Zeit.«

Sie ging in die Küche, hielt den Atem an und wartete auf die Explosion. Sie brauchte nicht lange zu warten.

»Jocelyn! Ich habe gesagt –«

»Ich weiß, was du gesagt hast!« Sie marschierte ins Wohnzimmer zurück und sah Marvin fest in die Augen. »Und ich habe gesagt, ich hätte anderes zu tun und keine Zeit. Was nicht ganz stimmt. Ich erledige nur die übliche Hausarbeit – aber du tust überhaupt nichts –, und sag jetzt bloß nicht wieder«, sie hob abwehrend die Hände, »dass ich nicht verstünde, wie du dich fühlst und wie sehr du leidest.«

»Natürlich verstehst du das nicht«, sagte Marvin kalt. »Wie könntest du auch Verständnis haben für das, was mir widerfahren ist? Du begreifst meine Lage doch gar nicht. Du bist erwerbsunfähig und hast dich als Hausfrau jahrelang aushalten lassen. Du hattest nie eine wichtige Position mit weit reichender Verantwortung. Ich aber hatte das alles sehr wohl und habe alles verloren. Auf einen Schlag wurde ich sowohl meiner Selbstachtung als auch meines Lebensinhalts beraubt. Und hattest du auch nur ein einziges mitfühlendes Wort für mich? Ein Wort? Nein! Kein einziges!«

Joss hielt die Tränen und die bitteren Worte zurück, die sie wie so oft auf der Zunge hatte, aber doch nie aussprach, und schluckte. »Das ist unfair, Marvin. Ich habe sehr wohl Mitgefühl gezeigt und versucht, mit dir zu reden und Vorschläge zu machen. So etwas kommt nun mal vor, und es passiert vielen Leuten. Aber andere zerfließen nicht in Selbstmitleid – natürlich ist man erst mal geschockt und eine Weile verunsichert, aber dann rappelt man sich wieder auf, und das Leben geht weiter.«

»Was für ein Leben bleibt mir denn? Hä? Kannst du mir das sagen?«

»Wahrscheinlich hast du noch dreißig oder vierzig Jahre vor dir – wobei du mindestens die Hälfte dieser Zeit durchaus arbeiten könntest.« Joss musste sich sehr beherrschen, damit ihre Stimme nicht entgleiste. »Du solltest dir wirklich einen anderen Job suchen. Für jemanden wie dich gibt es da draußen jede Menge Möglichkeiten. Aber sie werden nicht zu dir kommen. Du musst dich aufmachen und danach suchen.«

»Du bist wohl neuerdings Expertin in Sachen Stellensuche, was?«

»Noch nicht«, sagte Joss und wünschte beim Blick auf den Bildschirm, Russells Frau würde mit einer Machete in der Hand zu ihrem dummen Mann rennen, um ihm solidarisch beizustehen. »Aber das wird sich bald ändern. Wenn du dir keinen Job suchst, dann tu ich es eben. Ich werde arbeiten gehen, Marvin.«

Er lachte. Lange. Aber fröhlich klang es nicht.

»Und wer, glaubst du, wird dich haben wollen? Eine Frau, mit dreißig Jahre alten Mindestqualifikationen, die seitdem nur zu Hause war und keine Stellung mehr hatte? Die Welt hat sich weitergedreht, Jocelyn, während du verwöhnt in deinem Elfenbeinturm gesessen hast. Du findest nie einen Job. Kein Mensch, der halbwegs bei Trost ist, würde dich einstellen!«

Joss grub die Fingernägel in die Handflächen, und nur so gelang es ihr, erst dann zu explodieren, als sie in der Küche Zuflucht gefunden hatte. Hinter einem Schleier aus Tränen der Wut und Ohnmacht knallte sie die Türen, trat gegen Schränke und schleuderte Besteck ins Spülbecken.

Als sie sich etwas besser fühlte, goss sie sich eine Tasse Kaffee ein und hoffte, Marvin würde es riechen und als offene Rebellion auffassen, dann breitete sie mit immer noch leicht zitternden Händen den *Winterbrook Advertiser* auf dem Tisch aus und blätterte, bis sie zu ihrem Artikel gelangte.

Das sah wirklich gut aus: Auf einer ganzen Seite mit einigen Archivfotos – eines von einem lebhaften Auftritt der Cancan-Truppe bei einer örtlichen Weihnachtsfeier und ein zweites von Sukie mit Jennifer Blessing am Eröffnungstag von *Beauty's Blessings* in Hazy Hassocks – und unter dem ziemlich reißerischen, aber typischen, Titel ›Cancan und der Duft des Erfolgs‹ stand fett gedruckt ihr richtiger Name.

Joss überflog den Text, las ihre eigenen Worte und empfand zunehmend Stolz auf sich selbst. Der Redakteur des *Winterbrook Advertiser* schien ihren ursprünglichen Artikel weitgehend so belassen zu haben, wie er war. Sie fand kaum Verbesserungen und nur sehr wenige Zusätze oder Korrekturen. Sukie konnte mit der Berichterstattung über ihre Aromatherapie wirklich zufrieden sein – und sicher gäbe es so manche Bewerbung für den freien Platz in der Cancan-Truppe.

Joss blickte aus dem Küchenfenster. Schade, dass Valerie schon zur Arbeit gegangen war – sie hätte diesen kleinen Triumph gern mit ihr gefeiert. Oder mit irgendjemand anderem. Rasch schüttelte sie den Kopf. Es brachte nichts, sich mit dem Gedanken aufzuhalten, dass sie sonst eigentlich niemanden hatte, der sich mit ihr freuen würde. Niemanden, dem sie etwas bedeutete.

Positiv gesehen, hatte sie immerhin etwas veröffentlicht. Schwarz auf weiß stand da ihr Name. Sie hatte also etwas erreicht. Ganz ohne jede fremde Hilfe. Sie trank ihren Kaffee und freute sich an diesem Gedanken, fest entschlossen, sich Marvins Hohn und Spott nicht zu Herzen zu nehmen. Nein, zum Teufel mit dem verfluchten Marvin! Nicht nur er hatte sein Leben noch vor sich. Wahrscheinlich war er irrsinnig eifersüchtig, dass sie etwas Veröffentlichungswürdiges geschrieben hatte – so weit hatte er es schließlich nie gebracht. Ha! Das war es! Er war eifersüchtig! Ganz unabsichtlich hatte sie Marvin eifersüchtig gemacht. Welch ein erhebender Moment!

Und das war erst der Anfang. Die Welt lag ihr zu Füßen. Alles war möglich. Und was es sonst noch so an klischeehaften Phrasen gab.

Beflügelt durch dieses kleine Erfolgserlebnis, und weil sie Marvin in diesem Moment, soweit sie sich erinnern konnte, mehr verabscheute als je zuvor, holte sie das Bewerbungsformular von *Big Sava* unter dem Küchenhandtuch hervor und überlegte, wie sie ihre Einträge in der Spalte »Berufserfahrung« fantasievoll aufmotzen könnte.

Sie war gerade bei der Zeile »Was ich von meinem Arbeitgeber erwarte«, als das Telefon klingelte. Und immer weiter klingelte. Da Marvin wahrscheinlich für den Rest des Tages schmollte und sicher viel zu sehr mit Russell und dessen abgedecktem Gartenhaus beschäftigt war, um an den Apparat zu gehen, schob sie das Bewerbungsformular unter die Zeitung und tapste in den Flur.

»Hallo? Ja, hier ist Jocelyn Benson … Wie bitte? Wer?« Joss runzelte die Stirn. Der Name kam ihr bekannt vor. Ach ja, der Redakteur vom *Winterbrook Advertiser*. »Oh, hallo … ja, ich habe es gesehen. Sehr schön, vielen Dank – wie? Ja, selbst ohne Bezahlung … Was? Für mich? Sind Sie sicher? Doch, stimmt …

Ja, ach nein, nein – ich komme lieber persönlich nach Winterbrook. Ja, es macht wirklich keine Umstände. Danke, dass Sie mich verständigt haben.«

Lächelnd legte sie den Hörer auf.

»Wer war das?«, blaffte Marvin aus dem Wohnzimmer, während es im Hintergrund so klang, als stieße Russell wilde Verzweiflungsschreie aus, weil der Kran das Schuppendach auf sein Unterseeboot fallen ließ. »Irgendein Firmenboss, der dir ein sechsstelliges Gehalt anbietet?«

»Nur jemand, der Doppelglasfenster verkaufen wollte«, antwortete Joss, kickte die Pantoffeln von den Füßen und kramte im Garderobenschrank nach ihren Schuhen. »Ich gehe weg.«

»Nimm nicht den Wagen.«

»Muss ich aber, ich will nach Winterbrook.«

»Nimm den Bus.«

»Nein.« Sie klimperte mit den Autoschlüsseln. »Einer ist gerade weg, und der nächste fährt erst in drei Stunden.«

»Dann musst du eben warten, hörst du? Und was willst du überhaupt in Winterbrook?«, schrie Marvin. »Jocelyn! Ich will wissen –«

Joss knallte die Haustür zu, hob das Gesicht der strahlenden Aprilsonne entgegen und hüpfte beschwingt zum Wagen.

»Wie fühlt es sich an?« Sukie trat zurück, als Ellen, ihre Stammkundin aus Winterbrook, ihre zarten Beine behutsam zu Boden gleiten ließ. »Besser?«

»Großartig!« Ellen stand auf und tat ein paar Schritte. »Danke, Sukie. Es war wunderbar – wie immer. Wenn du so weitermachst, nehme ich nächstes Jahr am Marathonlauf teil.«

Sukie grinste. Ellen war Ende dreißig, und vor ein paar Jahren war bei ihr Multiple Sklerose festgestellt worden. Sie war der festen Überzeugung, dass Sukies wöchentliche Massagen und eine gehörige Menge Cannabis ihr weitaus besser halfen als alle Betablocker und Steroide der Welt.

Während Ellens Massage hatten sie sich über den tollen Bericht im *Winterbrook Advertiser* unterhalten, und Sukie hatte erzählt, wie und warum sie die synthetischen Essenzen hatte ersetzen müssen, was es mit den Liebestränken auf sich hatte und dass ihre Klienten Gerüchten zufolge ein neu erblühtes Liebesleben genossen und sich in die unmöglichsten Typen verliebten.

Ellen hatte sehr gelacht und gesagt, vielen Dank, bei ihr sei diesbezüglich alles bestens. Ihr Freund, der seit der Diagnose wie ein Fels in der Brandung zu ihr stand, sei immer noch mächtig scharf auf sie, und sie bräuchten keine weitere Unterstützung durch Sukies Tränke.

»Ich behandele dich sowieso mit einer Mischung aus Ingwer und Nesseln«, hatte Sukie gesagt und das Öl tief in Ellens schwindende Muskeln eingearbeitet. »Immer schon. Nur ist das hier jetzt die hausgemachte Version.«

»Und hatte dein Tantchen Cora auch dafür einen Vers?«

»Hmmm, ja, lass mich mal nachdenken – oh!«

Heißer Ingwer und süße Nesseln
befreien Liebende von allen Fesseln.
Sie lindern Schmerz mit ihrem Brennen
und lehren wahre Lust dich kennen.

»Wunderbar!« Ellen hatte ihre Jogginghosen angezogen. »Vielleicht sollte ich gleich meinen Freund anrufen. Das will er sich bestimmt nicht entgehen lassen.«

Sie lachten miteinander; das Angebot, sich zur Feier des Tages einen Joint zu teilen, lehnte Sukie jedoch dankend ab und versprach, in der nächsten Woche zur selben Zeit wiederzukommen.

Dann verstaute sie ihre Köfferchen im Wagen und fuhr von dem Halbrund viktorianischer Reihenhäuser ins Zentrum von Winterbrook. Die nächsten Termine hatte sie erst wieder am Nachmittag, und sie überlegte, ob es sich lohnte, Chelsea anzurufen, um sich mit ihr in Hazy Hassocks zum Lunch zu treffen. Im *Faery Glen* gab es leckere Snacks und in *Patsy's Pantry* eine Riesenauswahl an Torten und süßem Gebäck.

Wenn sie nach Hassocks fuhr, liefe sie andererseits aber auch Gefahr, dass Jennifer sie erspähte, und da sie wirklich keine Lust hatte, sich zu mehreren Stunden Arbeit im *Beauty's Blessings* verpflichten zu lassen und sich dabei Tiraden über die weiteren Stümpereien der beiden Kylies anzuhören, war das vielleicht keine so gute Idee.

Allerdings wäre Jennifer über die namentliche Erwähnung von *Beauty's Blessings* im *Winterbrook Advertiser* sicher hochentzückt. Jennifer war immer total begeistert, wenn sie irgendetwas umsonst bekam, vor allem, wenn es der Publicity diente. Joss Benson hatte hervorragende Arbeit geleistet. Selbst die Fotos waren gar nicht übel, und das war wirklich erstaunlich, wenn man die Unterschiede in Alter, Leibesfülle und Größe der Cancan-Tänzerinnen bedachte.

Also, überlegte Sukie an der ersten Ampel, zum Essen mit Chelsea nach Hassocks oder nicht? Lieber nicht, entschied sie schließlich und zuckelte langsam durch die verstopften Hauptstraßen des Marktstädtchens. Nicht nur weil sie sich von Jennifer nicht erwischen lassen wollte, sondern auch weil Chelsea gegenüber das Thema »Verknallt in Derry« ein Grund zur Zurückhaltung war.

Von Chelseas SMS-Texten dazu hatte sie ohnehin schon die Nase voll, und wenn sie sich persönlich gegenübersäßen, würde sie garantiert endlos darauf herumreiten. Eigentlich hatte eine gute Freundin ja auch ein Recht dazu, fand Sukie. Wenn es sich andersrum verhielte, wäre sie selbst bestimmt genauso hartnäckig. Aber wenn man selbst die Betroffene war …

Also nicht nach Hazy Hassocks, aus zwei guten Gründen. Sie würde nach Hause fahren, hinter den Kartenspielern aufräumen, für die Nachmittagskunden in *Pixies Laughter* alles vorbereiten und vielleicht im Garten noch einige Blumen pflücken, um ihre Vorräte zu vervollständigen – in einer der Rabatten hatte sie Schöllkraut und Immergrün entdeckt. Mit Chelsea konnte sie sich ja dann für heute Abend im *Barmy Cow* verabreden.

Liebe Güte, war das aber ein Verkehr, dicht an dicht kroch die Autoschlange dahin … Sukie kurbelte das Fenster herunter und ließ die warme Luft ins Wageninnere. Die Sonne hatte wirklich Kraft, dabei war noch nicht einmal Ostern. Hoffentlich wurde es wieder so ein schöner Sommer wie im letzten Jahr. Sie schwenkte auf die rechte Fahrbahn, die am Stadtpark von Winterbrook entlangführte. Dort ragten blühende Kirschbäume hellrosa und weiß wie Zuckerwatte in den strahlend blauen Himmel.

Es war wirklich ein wunderbarer Frühlingstag.

Ach Mist, dachte Sukie einen Augenblick später, und alle Frühlingsträume zerplatzten beim lauten Lärm des Verkehrs und des Hupens schlecht gelaunter Fahrer. Auf dem Weg ins Stadtzentrum gab es einen massiven Stau. Jetzt würde sie ewig hier festsitzen. Der Schleichweg durchs Gewerbegebiet wäre sicher weniger verstopft … wenn sie sich nur auf die andere Fahrbahn hinüberdrängen könnte … Sie blinkte links und erzürnte die gesamte Autoschlange hinter ihr, indem sie die Spur wechselte, um die Stadtmitte zu umfahren.

Das Gewerbegebiet von Winterbrook war wie eine kleine Schlafstadt im Lauf der Jahre immer größer geworden. In seinen frühen Anfängen während der Thatcher-Ära in den Achtzigern hatten nur wenige mutige Unternehmer gewagt, hier ein paar Wohncontainer zu mieten, doch mittlerweile kündeten die Firmenschilder von einem florierenden Industriegebiet. Die Gewerbetreibenden regten sich zwar darüber auf, doch das Gewirr enger Straßen war zu einer Art Abkürzung für Einheimische geworden, die Winterbrook umgehen und zu einer der Nachbargemeinden fahren wollten.

Sukie sang zur Musik im Radio, bog um eine scharfe Kurve und nahm die Einfahrt zum Gewerbegebiet wie vorgeschrieben im Schritttempo. Es gab alle möglichen verschiedenen Betriebe, und den fröhlich bunten Fassaden und vollen Parkplätzen nach zu urteilen, schienen alle recht gut zu laufen. Sogar der *Winterbrook Advertiser* war aus den Räumlichkeiten an der Hauptstraße ausgezogen und residierte nun hier in zwei eingeschossigen Gebäuden. Sukie drosselte das Tempo vor der Kurve beim Parkplatz des Zeitungshauses und hielt abrupt an.

Ein hellgrüner Kleinbus mit leuchtend rosa Beschriftung stand quer vor ihr auf der Straße. Ein Mädchen mit langen blonden Haaren und sehr kurzem schwarzen Rock versuchte gemeinsam mit einem zerzausten kleinen Mann, einen Reifen zu wechseln.

Sukie seufzte. So viel zum Thema Abkürzung.

Sie beugte sich aus dem Fenster. »Brauchen Sie Hilfe? Kann ich irgendwas für Sie tun? Ach ihr seid das, Amber und Jem! Ich hab euch nicht gleich erkannt. Wartet mal! Was ist passiert?«

Sukie stellte ihren Wagen am Straßenrand ab und kletterte heraus.

Jem war in mittleren Jahren, hatte einen Knochenbau wie ein Vögelchen und ein Gesicht wie ein Kobold. Er sah Sukie herausfordernd an.

Sukie erinnerte sich noch gut, dass Jem, der von Anfang an für Amber geschwärmt hatte, letztes Jahr während ihrer Mini-

Romanze mit Lewis Flanagan alles andere als freundlich zu ihr gewesen war. »Hallo, Jem. Schön, dich wiederzusehen. Was ist los?«

In der ihm eigenen Zeichensprache erklärte Jem mit ausdrucksstarker Gesichtsmimik, wie der Reifen geplatzt war und dass sie nun das Rad wechseln mussten.

»Mensch«, sagte Sukie. »So ein Mist aber auch.«

Jem zwinkerte ihr verschmitzt zu und hielt beide Daumen hoch.

Puh, dachte Sukie. Sieht so aus, als sei mir verziehen worden.

»Entschuldigt, wenn ich im Weg stehe!« Amber, die den zerfetzten Reifen des *Hubble-Bubble*-Lieferwagens fachmännisch wechselte, zog eine Grimasse. »Verfluchtes Ding! Ist mit einem gewaltigen Knall in Stücke gerissen. Bin zu Tode erschrocken – aber Jem hatte Spaß daran.«

Jem grinste und nickte.

»Euch ist hoffentlich nichts passiert, oder?«, fragte Sukie. »Habt ihr einen Reservereifen? Soll ich Hilfe rufen?«

»Alles bestens, danke.« Amber richtete sich auf. »Ich komm hier gut zurecht. Ich bin selbst überrascht, was ich auf einmal alles kann, seit ich in Fiddlesticks wohne. Ich habe viel dazugelernt und kann jetzt auch einen Reifen wechseln.« Sie kicherte. »Ich kann sogar Ziegen melken.«

Sukie zog die Brauen hoch. »Tatsächlich? Wie denn das?«

»Die neueste Rettungsaktion von Gwyneth und Big Ida: Ziegen. Waren eigentlich für den Metzger bestimmt.« Amber verzog das Gesicht. »Stattdessen wurden sie alle nach Figuren der Serie *Coronation Street* benannt, führen ein Luxusleben auf dem Dorfanger von Fiddlesticks und versorgen die Allgemeinheit mit Milch und Käse.«

»Süß. Freut mich, dass sie wohlauf sind. Ein Happy End ist

doch immer etwas Schönes. Bist du sicher, dass du hier klarkommst? Brauchst du bestimmt keine Hilfe?«

»Tja, eigentlich«, Amber wischte die Hände an ihrem Rock ab, »könntest du doch etwas für mich tun – falls du es nicht gerade rasend eilig hast.«

»Kein Problem, ich bin auf dem Heimweg und hab erst später am Nachmittag wieder Termine. Worum geht es?«

Mit Jems Unterstützung ruckte Amber noch einmal am Rad. Es fiel scheppernd auf die Straße. »Ich bin auf dem Weg zu einer Kinderparty in der Tagesstätte des Industriegebiets – hab das ganze Essen hintendrin –, weil Mitzi bei einer Trauerfeier zu tun hat. Lewis fährt Fern und Timmy für ihre Insel-Flitterwochen gerade zum Flughafen und –«

Jem sah Amber an, machte rasche Rollbewegungen mit den Händen und zog eine Grimasse.

»Ja gut, ich komm schon zum Punkt. Könntest du vielleicht Jem zur Arbeit bringen, während ich hier den Reifen wechsle? Er kommt ungern zu spät und –«

»Natürlich«, sagte Sukie und sah Jem skeptisch an. »Wenn Jem einverstanden ist?«

Jem zwinkerte und nickte.

»Ach prima.« Amber richtete sich auf und hievte das Ersatzrad aus dem Heck des Wagens. »Du bist die Retterin in der Not. Nachher hol ich ihn natürlich wieder ab, aber –«

»Wo müssen wir denn hin?«, fragte Sukie Jem. »Ist es weit?«

Jem schüttelte den Kopf, machte einige ausholende Bewegungen und nickte mit dem Kopf zur Mitte des Gewerbegebiets hin.

Amber lachte und schaute Sukie verschmitzt an. »Hast du das etwa vergessen? Jem hat ein paar Häuserblocks weiter seine Praktikumsstelle. In der Tischlerei …«

17. Kapitel

Joss holte tief Luft und betrat den von Chrom, Glas und dickfleischigen Grünpflanzen geprägten Empfangsbereich des *Winterbrook Advertiser*. Zuvor war sie, um diesen Moment hinauszuschieben, mehrmals im Kreis durch die engen Straßen des Gewerbegebiets gefahren, stundenlang, wie ihr schien. Abwechselnd war ihr übel gewesen, und dann wieder hatte sie sich gerade deswegen ganz furchtbar über sich selbst geärgert.

Was war sie doch für eine jämmerliche Figur! Nein, Korrektur: Zu was für einer jämmerlichen Figur hatte Marvin sie gemacht?

Warum empfand sie sich als so unzulänglich? Es ging doch nur um eine ganz einfache Angelegenheit. Sie fühlte sich geradezu krank.

Immer wieder hielt sie sich vor Augen, dass sie nur sich selbst schadete, wenn sie an diesem Punkt die Nerven verlor und aufgab. Sonst war niemand davon betroffen, es ging nur um sie und ihr Selbstwertgefühl. Wenn sie jetzt kneifen würde, dann hätte Marvin sie durch jahrelange Unterdrückung und fortwährende gehässige Bemerkungen tatsächlich kleingekriegt.

Vielleicht war es ja nur ein Kampf gegen Windmühlenflügel, aber immerhin hatte sie sich an diesem Morgen schon zweimal gegenüber Marvin behauptet und ihren Willen durchgesetzt – aller guten Dinge waren bekanntlich drei. Für die meisten anderen Frauen, normale Frauen mit Selbstvertrauen und Realitätssinn, wäre es ja wohl ein Klacks, in ein fremdes Bürogebäude zu gehen und nach jemandem zu fragen. Andere Frauen taten so etwas alle Nase lang, ohne groß darüber nachzudenken.

Dann konnte sie das ja wohl auch ... oder nicht?

Als sie ihr Spiegelbild in der Glasscheibe sah, nickte sie halbwegs zufrieden. Sie machte keinen verängstigten oder verhuschten oder sonst wie bemitleidenswerten Eindruck. Ihre heutige Erscheinung entsprach dem, was sie war: eine Frau mittleren Alters, sorgfältig frisiert und gut gekleidet, wenn auch ein wenig blass und ziemlich unscheinbar.

Der Empfangsbereich war leer. Es gab keine Möglichkeit, sich zu verstecken. Joss schluckte.

»Guten Morgen. Kann ich Ihnen helfen?« Eine Frau ungefähr ihres Alters in hellblauem Pullover und Tweedrock lächelte sie von dem schmalen, in Buche und Silber gehaltenen Tresen her an. »Haben Sie einen Termin?«

Nun war es zu spät, um sich umzudrehen und davonzulaufen.

»Nein, nicht wirklich.« Joss erwiderte das Lächeln. Das war ein gutes Zeichen. Die Empfangsdame war weder zickig noch aufgetakelt oder blutjung und sprach auch nicht hochgestochen. Ganz normal. »Der Redakteur, äh, Mr Brewster, hat mich vorhin angerufen. Ich sagte ihm, dass ich persönlich vorbeikomme. Mein Name ist Jocelyn Benson. Ich habe einen Artikel für die aktuelle Ausgabe geschrieben.«

Falls sie erwartet hätte, dass die Empfangsdame daraufhin aufspringen und sie quer über den Tresen ziehen würde, um sie unter Begeisterungsrufen wie einen Literatur-Nobelpreisträger zu umarmen, wäre sie bitter enttäuscht worden.

»Ach ja? Wie schön. Er hat sie also angerufen. Benson? Hm, da habe ich keinen Eintrag in meinem Terminplan. Warten Sie einen Moment, ich läute ihn mal eben an.«

Joss wartete, und die Empfangsdame läutete.

»Sie haben Glück. In etwa fünf Minuten hat er Zeit für Sie. Er läutet dann runter. Setzen Sie sich doch.«

»Danke.« Während sie auf ein weiteres Läuten wartete, zog sich Joss zu einer Sitzgruppe ziemlich seltsam geformter Buchenholzstühle zurück, die aber erstaunlich bequem waren, und besah sich eine Reihe silbern gerahmter Fotografien an der Wand.

Sie hatte sich eine Zeitungsredaktion irgendwie turbulenter und aufregender vorgestellt. Voll surrender Maschinen und ständig klingelnder Telefone, zwischen denen Unmengen von Leuten umherhasteten und einander alles Mögliche zuriefen. Vielleicht ging all das, ihren Blicken entzogen, irgendwo anders vor sich. Hier jedenfalls sah es aus wie im Foyer jeder x-beliebigen gediegenen Firma.

Die Fotos waren auch keine Ausschnitte aus dem *Advertiser*, sondern zeigten offenbar die Mitarbeiter, so als seien alle zur gleichen Zeit, bei gleicher Beleuchtung, vor dem gleichen Hintergrund und mit dem gleichen schüchternen Lächeln fotografiert worden – wie im Gesundheitszentrum von Hazy Hassocks.

Mr Brewster, der Redakteur, der am Telefon geklungen hatte wie der große Journalist Jeremy Paxman, sah auf dem Foto aus wie einer dieser austauschbaren Politiker, die immer für die Konservativen kandidierten: freundlich, blass und mit einem Hang zur Glatze.

Joss fand das alles reichlich enttäuschend.

Und jetzt bekam sie wieder das große Zittern. Ihre Handflächen waren schweißnass, und ihr Mund wurde trocken. So etwas hatte sie noch nie zuvor getan. Ihr Leben war in fest geregelten Bahnen verlaufen – und was wollte sie hier überhaupt? Ganz gleich, was Mr Brewster ihr zu sagen hatte, anschließend müsste sie ja doch wieder nach Hause und weiter ihr freudloses Leben mit Marvin führen. Da konnte sie eigentlich genauso gut gleich wieder gehen.

Sie schritt zur Empfangstheke hinüber. »Äh, Entschuldigung, ich möchte nicht länger –«

Die Empfangsdame telefonierte gerade und winkte mit den Fingern. »Ja, sie ist hier. Ich schicke sie hoch.« Sie legte den Hörer auf. »Mr Brewster hat jetzt Zeit für Sie. Wollten Sie etwas sagen?«

»Nein, nicht wirklich.« Joss wurde ganz flau im Magen. »Nein, danke. Wo muss ich hin?«

Der Wegbeschreibung folgend, wanderte sie langsam mehrere gleich aussehende Korridore in Glas und Chrom entlang, vorbei an geschlossenen Türen, hinter denen sich vielleicht, vielleicht aber auch nicht, jene lärmenden, hitzigen Zeitungsredaktionen verbargen, die sie erwartet hatte. Aber nichts ließ darauf schließen, dass jemand rief: »Titelseite anhalten!«, oder dass enthusiastische Jungreporter mit einer Tasse Kaffee in der einen und einem Notizblock in der anderen Hand losstürmten, um die neueste Sensationsmeldung für die Lokalseite zu ergattern.

Mr Brewsters Büro war, wie die Empfangsdame gesagt hatte, am Ende des zweiten Korridors. Auf ihr Klopfen blaffte er eine Antwort, diesmal durchaus im Stil von Jeremy Paxman.

Joss trat ein und musste fast lächeln. Das kam der Sache schon näher. Zumindest ein Stück weit. Sämtliche Oberflächen waren von Zeitungsbergen bedeckt, wenn auch in ordentlichen Stapeln; Papierschnipsel ragten aus Ordnern in den Regalen; an zwei Computern wirbelten Bildschirmschoner mit dem Logo des *Winterbrook Advertiser*, und auf drei spitzen Notizhaltern mit den Aufschriften »Gesetzt«, »Steht« und »Gestorben« stapelte sich seitenweise Papier, sodass sie aussahen wie winzige Weihnachtsbäume.

Der nette, blasse, glatzköpfige Mr Brewster lächelte flüchtig und bedeutete ihr, Platz zu nehmen. »Mrs Benson. Schön, Sie kennen zu lernen. Netter Artikel. Aber es wäre wirklich nicht nötig gewesen, dass Sie sich persönlich hierherbemühen.«

»O doch.« Joss erwiderte sein Lächeln. »Ich wollte aus verschiedenen Gründen lieber nicht von zu Hause aus über das reden, was Sie mit mir besprechen möchten.«

Mr Brewster zog die sandfarbenen Augenbrauen hoch, äußerte sich aber nicht weiter zu ihren persönlichen Verhältnissen. »Eigentlich habe ich gar nichts mit Ihnen zu besprechen.«

Joss verließ aller Mut.

»Nein«, fuhr er fort, »es tut mir leid, wenn Sie dachten, ich hätte es mir anders überlegt und wollte Ihnen nun doch einen Job als freie Mitarbeiterin anbieten – obwohl ich mir natürlich gern alles ansehe, was Sie bei Gelegenheit einschicken wollen, aber ich habe fest angestellte Journalisten, die unseren wöchentlichen Bedarf vollständig abdecken.«

»Ja, natürlich.« Joss spielte mit ihren Fingern und drehte an Marvins Ehering, wie immer, wenn sie aufgeregt war. »Ich habe gar nicht erwartet … aber Sie sagten doch …«

»Dass ich eine Anfrage für Sie hätte, ja.« Mr Brewster rief einen der Computer ins Leben und klickte sich fachmännisch durch verschiedene Bildschirmansichten. »Da haben wir es. Heute Morgen hat jemand wegen Ihres Artikels angerufen. Wollte sich mit Ihnen in Verbindung setzen. Aus Datenschutzgründen konnte ich dem Anrufer natürlich Ihre Adresse nicht geben. Ich bin lediglich befugt, seine Adresse an Sie weiterzugeben, sodass Sie die Möglichkeit haben, Kontakt aufzunehmen – oder auch nicht.«

Joss seufzte. »Ach so. Ist das alles? Wahrscheinlich möchte jemand der Cancan-Truppe beitreten – in dem Fall muss man sich an Topsy – äh – Mrs Turvey in Bagley-cum-Russet wenden. Wenn es um Aromatherapie und die Massagen geht, wäre Sukie Ambrose die Ansprechpartnerin. Wahrscheinlich galt dieser Anruf gar nicht wirklich mir.«

Irgendwo klingelte ein Telefon. In einem Büro nebenan schrie jemand, und ein anderer lachte.

»Schon möglich.« Mr Brewster sah sie freundlich an. »Ich weiß nicht, worum es ging. Es wurde nur darum gebeten, dass Sie Kontakt aufnehmen – als Verfasserin des Artikels. Man kann nie wissen, vielleicht war das jemand von einer kleinen Lokalzeitung oder so, die gerade einen Korrespondenten aus unserer Gegend sucht. Wie gesagt, wir hätten das auch am Telefon besprechen können.«

»Nein.« Joss schüttelte den Kopf. »Das konnten wir nicht. Außerdem musste ich sowieso nach Winterbrook.« Das stimmte auch. Und sei es nur, um zu entkommen. »Geben Sie mir die Adresse, dann rufe ich dort an, frage, worum es geht, und sorge dafür, dass Topsy oder Sukie sich der Sache annehmen – und vielen Dank übrigens. Sie haben mir sehr geholfen.«

»Tatsächlich?« Mr Brewster machte ein leicht verdattertes Gesicht und ließ die Adresse ausdrucken. »Hier bitte. Nur ein Name und mehrere Telefonnummern. Keine E-Mail-Adresse. Der Anrufer hat wohl keinen Internetanschluss.«

»Ich auch nicht.« Joss nahm das Blatt Papier. Der Name – Mr F. Fabian – sagte ihr rein gar nichts. Irgendwie hatte sie angenommen, es wäre eine Frau. »Die erste Nummer ist hier im Ort und die andere vermutlich die eines Handys. So etwas habe ich auch nicht.«

Mr Brewster sah sie einigermaßen fassungslos an, sagte aber nichts.

Joss beugte sich vor. »Ob ich diesen Anruf wohl von hier aus tätigen dürfte? Es ist nur so, na ja, von zu Hause aus wäre es eher schwierig.«

Mr Brewster seufzte. »Nun ja …«, er schob eines der Tischtelefone zu ihr hinüber. »Ja, sicher doch.«

»Ich bezahle selbstverständlich dafür.« Joss tippte mit zitternden Fingern die Festnetznummer ein. Es widerstrebte ihr, Leute auf dem Handy anzurufen, denn da könnte man sie ja bei etwas Wichtigem stören. Sie ließ es lange läuten. »Ach, ich glaube, es ist niemand da.«

»Dann versuchen Sie die Handynummer.« Mr Brewster seufzte erneut. »Aber machen Sie es kurz.«

Joss brauchte drei Anläufe, bis sie die lange Nummernfolge richtig eingegeben hatte. Stille. Sollte sie auflegen? Hatte sie sich – schon wieder – vertippt? Dann ertönte ein Freizeichen. Wieder und wieder und wieder.

Sie wollte gerade erneut auflegen, als eine Stimme antwortete.

»Hallo?«

»Ähem«, setzte Joss an, konnte aber nicht richtig sprechen, weil ihr Mund zu trocken war. Sie versuchte es erneut. »Äh, hallo. Ist dort – äh – Mr Fabian?«

»Am Apparat. Und wer sind Sie, Schätzchen?«

Joss fühlte sich schon etwas besser. Es war eine warme Stimme, und der Akzent klang durch und durch nach Berkshire.

»Jocelyn Benson. Ich bin im Büro vom *Winterbrook Advertiser*. Ich habe den Artikel über das Cancan-Tanzen und die Aromatherapie geschrieben und –«

»Bingo!«, brummte die Stimme fröhlich. »Danke, dass Sie mich so schnell zurückrufen, Schätzchen. Wirklich gut geschriebener Artikel, übrigens. Schön – wann können wir uns treffen?«

»Äh, nun, ich meine … wahrscheinlich wollen Sie gar nicht mich treffen. Sie sollten vielleicht lieber mit jemandem sprechen, der Ihnen mehr über die Tanztruppe oder die Massagen erzählen kann.«

»Mag sein, Schätzchen, mag sein. Aber zuerst würde ich mich gern mal mit Ihnen unterhalten, um mir ein richtiges Bild zu machen. Hätten Sie morgen Zeit? Um zwei Uhr rum?«

»Ja, aber lässt sich das nicht auch am Telefon klären?«

»Das ist nicht meine Art in geschäftlichen Dingen, Schätzchen. Ich mag es lieber live und in Farbe, falls Sie verstehen, was ich meine.« Der brummende Berkshire-Dialekt ging in ein heiseres Lachen über. »Also – sehn wir uns morgen?«

»Ach … ich weiß nicht …« Joss sah auf ihren Ehering und hörte im Geiste schon Marvins Gemecker. Sie schluckte. »Ja. Ja, morgen um zwei Uhr passt es mir gut.«

»Prima, Schätzchen. Sie kennen sich doch in Winterbrook aus, oder? Mein Büro ist in der High Street rechts neben der Bank. Grüne Tür. Hängt ein Namensschild dran. Nicht zu verfehlen.«

Joss zögerte einen Moment. Mr Brewster war anzusehen, dass er sich wünschte, sie möge das Gespräch beenden und endlich gehen. Und zumindest hatte Mr Fabian – selbst wenn er ein Westentaschenchoreograf war oder völlig falsche Vorstellungen von den Massagen hatte – nicht vorgeschlagen, sie solle zu ihm nach Hause kommen. Ein Treffen im Büro dürfte wohl unverfänglich sein. Marvin würde so was unter allen Umständen verbieten.

»Schön, ja. Morgen um zwei.«

»Prima, Schätzchen. Freu mich schon. Bis dann!«

Joss legte den Hörer auf und fühlte sich – liebe Güte – ängstlich, begeistert, tollkühn, krank?

Das alles und noch viel mehr.

Sie stand auf und streckte die Hand aus. »Danke. Ich bin Ihnen sehr verbunden.«

»Ach so?« Mr Brewster sah immer noch verwirrt aus und

schüttelte ihr die Hand. »Also schön. Gut. Ich hoffe, Ihr Treffen verläuft positiv. Freut mich, wenn ich behilflich sein konnte. Und denken Sie daran, was ich über die Einsendung weiterer Artikel gesagt habe.«

»Unentgeltlich?« Joss grinste beinahe, als sie die Tür erreichte. »Nur eine Verfasserzeile – so haben Sie es doch genannt, nicht wahr? Mal sehen … Und nochmals vielen Dank.«

Sie schenkte der Empfangsdame ein strahlendes Lächeln und trat hinaus in den warmen, goldenen Sonnenschein.

Am anderen Ende des Gewerbegebiets hielt Sukie vor der Tischlerei und betrachtete interessiert die drei ausladenden Gebäude. Schön. Sehr schön. Geräumige, gepflegte Gewerbeeinheiten eines offenbar florierenden Unternehmens; mehrere Autos parkten auf dem weitläufigen Hof, darunter Derrys verdreckter Jeep und eine Nobelkarosse mit beeindruckendem Markenemblem. Die Rolltore der beiden größeren Gebäude waren geöffnet, das eine schien die Werkstatt zu sein und das andere eine Art Ausstellungsraum. In der dritten, kleineren Einheit befand sich wohl das Büro.

Sukie half dem zappelnden Jem, den Sicherheitsgurt zu lösen und die Wagentür zu öffnen. Sie lächelte ihn an. »Willst du, dass ich mit reinkomme? Oder kommst du alleine klar? Da musst du mir helfen, Jem – ich bin nicht Amber. Ich will dich nicht kränken – oder irgendetwas Falsches tun.«

Er zwinkerte ihr zu und streckte die Hand aus, während sein Kopf in Richtung Werkstatt ruckte.

»Okay.« Sie nahm seine Hand. »Ich komme mit und bring dich sicher hin – oh, hallo!«

Sie blinzelte, als Derry im Eingang der Werkstatt erschien. O Gott – ihr Herzschlag schaltete auf Turboantrieb. Er trug ausgewaschene Jeans und ein schwarzes T-Shirt mit verblasstem

Logo. Seine blonden Haare waren verstrubbelt und glänzten in unterschiedlichen Goldtönen in der Sonne. Er war wirklich der schönste Mann, den sie je gesehen hatte.

»Hallo.« Er grinste. »Amber rief eben an und sagte, dass ihr unterwegs seid. Ich wär auch selbst rübergefahren, um Jem abzuholen, aber da wart ihr schon weg.« Er sah Jem an. »Du Glückspilz hast heute gleich zwei schöne Frauen als Begleitservice!«

Jem sagte etwas in Zeichensprache und zeigte Derry zwei nach oben gerichtete Daumen.

»Ja – stimmt.« Derry grinste. »Keine Chance. Okay, geh ruhig mit Pauly rein«, er zeigte auf einen kräftigen älteren Mann, der aus der Werkstatt auf sie zukam, »und fang schon mal an. Ich komme gleich. Du weißt ja, was heute ansteht, oder?«

Jem nickte.

»Erzähl es Sukie.«

Jem machte flatternde Bewegungen mit seinen Ellbogen und verhakte dann seine verschränkten Finger ineinander.

Sukie runzelte die Stirn. »Nein, tut mir leid, Jem. Ich kann nicht gut raten. Bitte versuch's noch einmal.«

Jem wiederholte die Vorführung, diesmal wedelte er hinter seinem Rücken mit den Armen.

»Flügel? Schwanz?«, mutmaßte Sukie. »Vögel? Fliegen?«

Jem schüttelte den Kopf und machte alles noch einmal, ganz langsam. Und noch einmal. Sukie kramte in ihrem Gedächtnis nach allem, was sie je über Holzarbeiten gehört hatte. Endlich kam ihr ein Geistesblitz.

»Schwalbenschwänze! Du machst Schwalbenschwanz-Verbindungen!«

Jem boxte in die Luft, hüpfte auf und ab, schlang die Arme um Sukie und küsste sie, dann nahm er Paulys Hand und ging langsam und vorsichtig mit ihm über den Hof.

»Gut gemacht.« Derry lächelte ihr zu. »Das war für ihn bestimmt der Höhepunkt des Tages.«

»Ich hätte mich scheußlich gefühlt, wenn ich es vermasselt hätte«, gab sie zu. »Und das hier –«, sie ließ den Blick über die Gebäude schweifen, »ist ja ganz schön beeindruckend.«

»Danke. Bist du in Eile, oder hast du Lust auf einen kleinen Rundgang?«

Selbst wenn die halbe königliche Familie und das gesamte englische Fußballteam in *Pixies Laughter* ungeduldig auf eine Massage gewartet hätten, hätte Sukies Antwort nicht anders gelautet.

»Nein, ich habe es überhaupt nicht eilig.«

»Richtige Antwort«, sagte Derry. »Und, wie läuft es so?«

»Mit der Aromatherapie? Danke, bestens.« Als sie neben ihm ging, war sie sich seines Körpers, der Art, wie er sich bewegte, und des sauberen, warmen Handwerkergeruchs, der von ihm ausging, fast schmerzhaft deutlich bewusst. »Für Wochen im Voraus ausgebucht. Oder hast du das Tanzen gemeint?«

»Der Cancan hat mich echt umgehauen.« Derry lachte. »Wenn das eine Probe war, dann möchte ich erst mal die Aufführung sehen!«

»Wie alle Männer – immer dabei, wenn ein Blick auf Strumpfbänder und Strapse zu erhaschen ist.«

»Na klar. Was sonst?«

Sie grinsten einander an. Oh, Hilfe … dachte Sukie. Das geht in die völlig falsche Richtung.

»Und keine Schwierigkeiten mehr mit Tante Coras Liebestränken?«

»Nichts, was man als Schwierigkeiten bezeichnen könnte. Obwohl alle meinten, nach der Massage habe sich bei ihnen etwas verändert. Und es wurde von einigen, ähem, erstaunlichen Paarverbindungen berichtet.«

»Tatsächlich?« Derry gluckste. »Gute alte Cora.«

Sie waren am Eingang zur Werkstatt angekommen, und Sukie atmete den herrlichen Geruch von Sägespänen und rohem, frischem Holz ein. Mehrere Männer arbeiteten an massiven Werkbänken mit furchterregend anzusehenden Kreissägen und anderen jaulenden und kreischenden Maschinen, die wie bei einem wild gewordenen, süß duftenden Schneesturm Holzspäne von Bäumen wie Eiche, Esche, Kirsche und Walnuss durch die Luft wirbelten.

»Wir haben momentan wirklich viel zu tun«, rief Derry über den Lärm hinweg. »Massenhaft Aufträge. Ich werde mehr Tischler einstellen müssen – und dieses Jahr brauche ich auch ein paar fähige Burschen als Lehrlinge.«

Sukie sah zu, wie die Handwerker riesige Holzklötze bewegten, Skizzen überprüften, Maß nahmen, hauchdünne Scheiben abschnitten, hobelten und schliffen, und wünschte sich auf einmal, sie hätte ein Holzhandwerk erlernt.

»Es muss wundervoll sein – durch uralte Handwerkskunst aus einem Baum am Ende etwas Eigenes und Schönes zu erschaffen – nicht dass Bäume nicht schön wären, natürlich – aber –«

»Du brauchst keine umweltschützerischen Bedenken zu haben«, sagte Derry, den Mund nahe – zu nahe – an ihrem Ohr. »Wir verwenden nur Hölzer aus nachhaltiger Forstwirtschaft. Komm, und schau dir die Ausstellungsstücke an.«

Jem, der mit dem aufmerksamen Pauly an einer Werkbank saß, sah auf und blies ihr einen Kuss zu. Sie blies einen Kuss zurück.

»Es freut mich, dass Jem hier so glücklich ist.«

»Er ist ein Naturtalent«, sagte Derry, als sie über den Hof gingen. »Er liebt die Arbeit mit Holz und hat unendlich viel Geduld. Auch wenn seine Motorik beim Laufen nicht sonderlich gut ist und seine Hände vielleicht nicht ganz so funktionieren wie bei anderen, kann er stundenlang dasitzen und bringt die erstaunlichsten Feinarbeiten zustande – besser, als ich es je könnte.«

»Trotzdem war es nett, dass du dir die Zeit genommen hast, das herauszufinden.«

»Mit Nettsein hat das nichts zu tun«, grinste Derry. »Es war kein Akt der Barmherzigkeit – obwohl ich mich durchaus bemühe, ein guter Mensch zu sein –, wir sind wirklich froh um ihn. Ursprünglich kam er zu uns, weil Lewis ein Freund von mir ist und Jem eine Praktikumsstelle brauchte, aber inzwischen steht er auf der Lohnliste. Die Jungs haben ihn ebenso gern wie ich, und wir möchten ihn nicht mehr missen.«

Was ist Jem doch für ein Glückspilz, dachte Sukie.

Sie gingen zum nächsten Gebäude hinüber. Der Kies knirschte unter ihren Füßen, die Sonne schien immer wärmer, und der wolkenlose Himmel leuchtete in einem herrlichen hellen Blau. Ein sanfter Freudenschauer überlief Sukie. Sie fühlte sich wie am Meer.

»Hier drin«, sagte Derry und trat am Eingang des Ausstellungsraums beiseite, um ihr den Vortritt zu lassen, »habe ich Bilder und Fotos von allen Sachen, die wir hergestellt haben, Materialproben verschiedener Hölzer, Modelle von Möbelstücken und natürlich die Gesellenstücke.«

»Was bitte?«

»Gesellenstücke«, sagte er. »Nein, da werden nicht etwa abgetrennte Körperteile der Handwerksgesellen ausgestellt. Ich glaube, es gilt heutzutage als altmodisch, aber ich lasse immer noch jeden Lehrling zum Abschluss der Ausbildung ein Gesellenstück anfertigen, denn dabei lernt man am meisten. Es sind kleine Möbelstücke oder Kästchen oder Treppen – jede Kunstfertigkeit im Holzhandwerk erfordert Übung. Aber die Gesellenstücke eignen sich auch gut, um potenziellen Kunden einen Eindruck von unserem Tätigkeitsspektrum zu vermitteln.«

Sukie wanderte durch den Ausstellungsraum, erschnupperte noch immer Sägespäne und den herrlich natürlichen Duft von Harz und frisch geschnittenem Holz und bewunderte die schöne Maserung, die Farben und die Oberflächenbeschaffenheit der exquisiten Handwerksarbeiten.

»Toll!« Sie betrachtete die an der Wand aufgereihten Fotos. »Das ist wirklich überwältigend. Hast du das alles selbst gemacht?«

»*With a little help from my friends.*« Derry stand schon wieder viel zu dicht neben ihr. »Ja. Die meisten Entwürfe stammen von mir, aber ich bin immer auch offen für Vorschläge meiner Kunden – die meisten wissen mehr oder weniger, was sie wollen. Ich berate sie nur und setze ihre Ideen so um, dass das Ergebnis dann hoffentlich beiden Seiten gefällt.«

»Du bist genial.« Sukie schüttelte den Kopf. »Weißt du, ich hatte ja keine Vorstellung ... entschuldige, aber ich dachte, du arbeitest auf Baustellen und nagelst Bretter zu Türrahmen zusammen oder stellst Dachbalken auf oder so ähnlich.«

»Ach, so was mache ich auch«, meinte Derry vergnügt. »Mir ist kein Auftrag zu groß oder zu klein. Es macht mir einfach Freude, mit Holz zu arbeiten und etwas zu erschaffen.«

»Eigentlich dachte ich, über dem Eingang der Werkstatt hinge ein Schild mit der Aufschrift ›Gegründet achtzehnhundertvier‹ oder so.« Sukie rückte ein klein wenig von ihm ab, weil sie fürchtete, das wilde Herzklopfen unter ihrem T-Shirt könnte laut zu hören sein. »Aber das ist alles dein Werk, nicht wahr? Du hast die Firma nicht geerbt?«

»Alles mein Werk. Die Gründung war ziemlich gewagt, und anfangs sind wir hart am Wind gesegelt.« Derry fuhr mit seinen feingliedrigen Fingern liebevoll über einen kleinen Tisch mit einem gitterartigen Furnier aus verschiedenen Hölzern. »Als ich anfing, haben die meisten Leute eher kleine Unternehmen für neue Technologien und Computer gegründet – der sichere Weg ins neue Jahrhundert. Mein Bankberater hätte fast einen Herzanfall bekommen, als ich eine Firma gründen wollte, die auf mehr als tausend Jahre alte traditionelle Handwerkskunst baut.«

»Aber er hat an dich geglaubt und dich letztendlich unterstützt?«

»Letztendlich ja. Mit unzähligen Rücktrittsklauseln für die Bank und schrecklichen Drohungen, was geschehen würde, falls ich scheitere. Die ersten paar Jahre haben wir überhaupt keinen Gewinn gemacht und konnten nur gerade so unsere Unkosten decken. Aber dann wuchs unser Kundenkreis durch Mundpropaganda immer weiter an … und inzwischen«, er lächelte, »schickt mir mein Bankberater Weihnachtskarten und lädt mich zu seinen Partys ein.«

»Ist ja großartig«, lachte Sukie. »In gewisser Weise arbeiten wir beide mit uralten Künsten.«

Er nickte und strich sich das Haar mit dieser beiläufigen Geste aus der Stirn, die sie bereits in ihren Träumen verfolgte. »Ja, ich finde auch, wir haben vieles gemeinsam. Wir arbeiten mit den Händen, haben engen Kontakt zu unseren Kunden und wirken schöpferisch mit den Gaben der Natur.«

Sie sahen einander ein bisschen zu lange in die Augen.

»Äh …« Sukie schluckte. »Milla ist von alldem sicher total begeistert.«

»Milla war noch nie hier. Ist nicht ihr Ding. Interessiert sie nicht sonderlich. Genauso wenig, wie ich mich für Management und Unternehmenspolitik interessiere.«

»Trotzdem«, sagte Sukie und stieß sich selbst einen Dolch ins Herz, »bekanntlich heißt es ja: Gegensätze ziehen sich an.«

»Ja.« Derry nickte. »Größere Gegensätze als bei Milla und mir sind wohl auch kaum denkbar. Bitte entschuldige, aber ich muss jetzt wirklich wieder in die Werkstatt und nachsehen, wie Pauly und Jem zurechtkommen ...«

»Ja, natürlich – ich hätte dich nicht so lange aufhalten sollen. Aber hier drin könnte ich Ewigkeiten verbringen.«

»Ich auch«, Derry lächelte, »aber schließlich müssen wir uns beide auch um unsere Geschäfte kümmern, nicht wahr?«

Sie traten wieder in den Sonnenschein hinaus und gingen über den strandartigen Kies zur Werkstatt hinüber.

Über das Jaulen und Kreischen der Maschinen hinweg winkte Jem ihnen zu und zwinkerte.

»Nochmals vielen Dank«, sagte Sukie und fischte die Autoschlüssel aus ihrer Tasche, »dass du dir die Zeit genommen hast, mir all das zu zeigen. Es hat mir viel Freude gemacht.«

»Mir auch.« Derry nickte. »Hör mal, Sukie –«

»Derry!« Pauly war zum Eingang der Werkstatt gekommen. »Tut mir leid, wenn ich störe, aber wir brauchen hier mal deinen Rat.«

»Ich muss gehen.« Derry wandte sich um. »Sehen wir uns bald wieder?«

»Bestimmt. Und danke noch mal.«

Sie schlüpfte ins Auto, ließ den Motor an und wendete langsam auf dem Hof. Durch die offene Werkstatttür fiel ihr Blick noch einmal auf Derry. Er saß neben Jem an der Werkbank, beugte sich zu ihm, erklärte etwas, brachte ihn zum Lachen und führte mit unendlicher Geduld seine Hände.

Ooooh, stöhnte Sukie innerlich und drehte die Popmusik im Radio zu ohrenbetäubender Lautstärke auf. Oooh, verflixt und zugenäht!

Als sie auf die Ausfahrtstraße des Gewerbegebiets einbog, war sie immer noch ganz benommen und verwirrt und aufgekratzt. Aus dem Radio dröhnte gerade »Summerlove Sensation« von den Bay City Rollers, das machte die Sache auch nicht gerade besser. Und jetzt kam ihr noch dazu ein heller Wagen mit Fließheck in die Quere, der den Blinker gesetzt hatte und vom Parkplatz des *Winterbrook Advertiser* zögerlich auf die Straße rollte.

Sukie, die sich über sich selbst ärgerte, dass sie so blöd war, sich Hals über Kopf in jemanden zu verlieben, der ihre Liebe nicht nur nie im Leben erwidern würde, sondern außerdem einer anderen gehörte, verkniff es sich gerade noch, zornig zu hupen. Es brachte ja nichts, ihre Wut an anderen auszulassen. Stattdessen bremste sie ab und betätigte die Lichthupe.

Die Fahrerin des Wagens hob entschuldigend die Hand; zu Sukies Erstaunen wurde dann ein Begrüßungswinken daraus, der Wagen hielt an, und das Fenster wurde heruntergekurbelt.

»Sukie!«, rief Joss Benson zu ihr hinüber. »Was für ein glücklicher Zufall! Wie gut, dass wir uns treffen! Hast du einen Augenblick Zeit?«

Sukie fuhr an den Straßenrand und schaltete den Motor ab. Es war ihr heute wohl bestimmt, in Not geratenen Jungfrauen beizustehen. »Hallo, Joss! Alles in Ordnung?«

Sukie fand, dass Joss ziemlich aus der Fassung geraten aussah.

»Na ja …« Joss kletterte aus dem Wagen und kam zu Sukie herüber. »Ich glaube schon. Ich habe gerade etwas sehr Gewagtes getan.«

Sukie hörte zu, wie Joss ihr begeistert die ganze Geschichte erzählte, und konnte sich ein Lächeln nicht verkneifen, obwohl sie sich vor Augen hielt, dass dies für so ein verschüchtertes Huhn wie Joss tatsächlich ein ungeheuer mutiger Schritt gewesen war.

»… und«, erklärte Joss abschließend, »deshalb wollte ich dich anrufen und fragen, ob ich vielleicht eine Massage haben könnte, um meine dummen Nerven zu beruhigen und für das morgige Treffen mit Mr Fabian ein bisschen mehr Selbstvertrauen zu tanken? Ich weiß schon, das klingt sicher albern, und wahrscheinlich kommt sowieso nichts dabei heraus, aber ich brauche irgendwas, damit ich nicht vor lauter Angst wie gelähmt bin und –«

Sukie lächelte und nickte. »Glaub mir, ich verstehe dich gut. Und ich habe genau, was du brauchst. Keine Massage, sondern Öle, die Kraft und Zuversicht fördern. Einen Moment …«

Sukie stieg aus, holte ihre Aromatherapie-Koffer aus dem Kofferraum und öffnete sie auf dem Rücksitz unter den Blicken mehrerer vorbeifahrender Autofahrer, die nun wahrscheinlich glaubten, sie wären Zeugen eines Drogendeals verzweifelter Hausfrauen geworden.

»Hier bitte – diese Essenzen helfen garantiert, das verspreche ich dir. Das hier sollte eigentlich Ylang-Ylang sein, aber ich habe ersatzweise Jasmin eingefüllt, das ist genauso gut – dies ist Lavendel – und die Rosenessenz hier enthält Weißdorn, was im Grunde dasselbe ist, nur in einem anderen Entwicklungsstadium.«

»Und diese Essenzen kann ich selbst anwenden?« Joss nahm die kleinen Schmuckfläschchen entgegen. »Bist du sicher?«

»Absolut«, bestätigte Sukie. »Ich verwende sie sonst in Massageölen, aber in diesem Fall musst du sie nur einem warmen Bad zusetzen, kurz bevor du zu dem Treffen gehst. Vier Tropfen Jasmin, drei vom Lavendel und einen Tropfen Weißdorn. Okay? Entspann dich im Bad, schließ die Augen, atme die im Wasserdampf gelösten Aromen ein, und stell dir vor, wie du diesem, äh, Mr Fabian voller Selbstvertrauen gegenübertrittst – dann wirst du genau so wirken, wie du es dir wünschst. Ehrlich.«

Joss strahlte. »Wunderbar! Danke – ich geb dir Bescheid, wie es gegangen ist. Wahrscheinlich will er in Wirklichkeit ja eigentlich mit dir sprechen, aber hiermit werde ich mich bestimmt sehr viel besser fühlen.« Sie steckte die kleinen Flaschen in ihre Tasche. »Vier Tropfen von dem, dann drei von diesem und einen von jenem – das kann ich mir merken. Vielen Dank – oh, was schulde ich dir?«

»Gar nichts.« Sukie lächelte. »Wirklich, Joss, es freut mich, wenn ich helfen kann. Und vergiss nicht, mir zu erzählen, wie es gelaufen ist. Viel Glück!«

Joss umarmte Sukie. »Du bist wunderbar. Vielen Dank. Und natürlich lass ich dich wissen, wie es war.«

Sukie sah, wie Joss in ihren Wagen hüpfte und freudestrahlend davonfuhr.

Na schön, immerhin hatte sie heute mit ihren Duftessenzen der armen Jocelyn Benson helfen können. Und den Kartenspielern. Und Ellen. Und dann auch Amber. Und Jem.

Wenn sie doch auch nur etwas zusammenbrauen könnte, womit sich ihr eigenes Problem ebenso leicht lösen ließe …

18. Kapitel

Nachdem Sukie die restliche Mittagszeit mit Tagträumen über Derry im Besonderen und Grübeleien über unglücklich Liebende im Allgemeinen verbracht hatte, verspeiste sie einen Teller Nudeln als späten Lunch, räumte den Massagesalon im Esszimmer auf und erledigte die restlichen Hausbesuche des Tages.

Da sich die hausgemachten Essenzen bislang als überaus wirksam erwiesen hatten, war Sukie überzeugt – felsenfest überzeugt –, dass Cora auch irgendein Rezept zur Überbrückung großer Entfernungen zwischen einsamen Herzen gekannt haben musste, da sie ja in Kriegszeiten angeblich so erfolgreich darin gewesen war, Liebespaare zusammenzubringen.

Sukie glaubte, sich sogar dunkel an einen Vers zu erinnern; anders als die Rezepte zu den Liebestränken war es ein längeres Gedicht gewesen, das Cora manchmal entrollt und wie für sich selbst leise vorgelesen hatte. Dieses Gedicht hatte Sukie als Kind immer traurig gemacht, auch wenn sie die Bedeutung nicht ganz verstanden hatte. Bei den Worten, die von Verlust und Einsamkeit handelten, war das Lächeln aus Coras Gesicht verschwunden und ihr Blick immer in weite Ferne geschweift. Dann war die kleine Sukie genauso traurig geworden wie ihre Großtante, ohne zu wissen, warum.

Bislang war dieses besondere Stickbild noch nicht mit den anderen zum Vorschein gekommen, wahrscheinlich, folgerte

Sukie nun, weil es dabei nicht um ein Rezept für Massageöle ging. Aber vielleicht war es genau das, was sie suchte, und irgendwo musste es doch sein … Ihr war klar, dass sie keine Ruhe mehr finden würde, bevor sie es nicht aufgestöbert hätte.

Und so kramte Sukie noch einmal in den dunkelsten Winkeln des Handarbeitskorbs und unterbrach die Suche nur, um einige Glückwunsch-Anrufe infolge von Joss' Artikel entgegenzunehmen, darunter auch einen von ihrer Mutter, die auf einmal sehr gesprächig war und sagte, sie müssten sich wirklich mal wieder zum Essen oder zu einem Einkaufsbummel treffen oder so; eine scherzhafte SMS von Chelsea; ein längerer Redeschwall von Jennifer, die meinte, es sei eine tolle Publicity für *Beauty's Blessings* und die Kylies würden sich allmählich eingewöhnen und machten sich immer besser; und eine SMS von Derry – durch die sie sich mit blödsinnig zittrigen Fingern klickte –, der ihr schrieb, dass die Jungs in seiner Werkstatt das Bild von der Cancan-Truppe ausgeschnitten und neben die Poster von Jordan und Jodie Marsh an die Wand gehängt hatten.

Als der Nachmittag in den Abend überging, fand sie, was sie gesucht hatte, ganz unten in dem Stapel verblasster Stickbilder, eingewickelt in vom Alter brüchige Papierservietten:

So viele Menschen sind einsam.
So viele gebrochene Herzen,
so viele Liebende in Schmerzen,
so viel Kummer und Leid
sind vielleicht morgen schon geheilt.
Wie groß die Entfernung auch mag sein,
die Liebe kommt heim über Stock und Stein.
Glaube an der Pflanzen Kräfte,
an der Blumen duftende Säfte
bringt wahrhaft Liebende einander zurück,

sodass sie vereint in ewigem Glück.
Ohne Tränen, ohne Pein
werden sie unzertrennlich sein.

Sukie las das Gedicht mehrere Male. Nun, hohen literarischen Ansprüchen genügte es wohl nicht, aber die Aussage und worum es ging, verstand sicher jeder. Nachdem Topsy ihr von Coras verlorener Liebe erzählt hatte, konnte sie gut nachvollziehen, dass ihrer Großtante bei diesen Worten die Tränen gekommen waren. Sukie musste selbst schniefen und wünschte, sie hätte damals Bescheid gewusst und wäre groß genug gewesen, um Verständnis und Mitgefühl zu zeigen.

Trotzdem, dachte sie, als sie das Stickbild wieder zusammenfaltete und es vorsichtig in seine Papierhülle zurückgleiten ließ, war das Gedicht ohne das Rezept für eine Tinktur leider völlig nutzlos. So nah und doch so fern … Verflixt. Irgendwie gelang es ihr nicht so recht, den Stoff wieder in die Hülle zu schieben, da klemmte etwas … Sukie spähte in den Falz. Aha! Es steckte noch ein Blatt Papier darin, vergilbt und brüchig. Gespannt zog Sukie es heraus, öffnete es und las.

Ihr Mund wurde ganz trocken. Das war es also. Danach hatte sie gesucht. Coras vertraute Handschrift verschwamm vor ihren Augen:

Entfernungs-Liebestränke sind hochwirksam, stellen jedoch einen starken Naturzauber dar, und man sollte nur als allerletztes Mittel darauf zurückgreifen, um Liebende zusammenzuführen.

Sie dürfen nur angewandt werden, wenn unumstößliche Gewissheit besteht, dass das Endergebnis auch wirklich den persönlichen Wünschen entspricht, denn sie können nicht rückgängig gemacht werden.

Man nehme: 3 Tropfen Ingwer, 2 Tropfen Rosmarin, 2 Tropfen Jasmin, 1 Tropfen Klee, 1 Tropfen Zimt, 1 Prise pulverisierte Alraune und vermische die Zutaten mit Mandelöl. Die Tinktur sollte an einem Pulspunkt in die Haut eingerieben werden, vorzugsweise am linken Handgelenk, denn von dort gelangen die Pflanzenkräfte direkt zum Herzen eines der getrennten Liebenden, während dieser sich innerlich das Bild des Geliebten vor Augen hält. Die beiden werden unfehlbar in immerwährender Liebe vereint werden.

Sukie lehnte sich zurück und atmete aus, dann schob sie das Blatt vorsichtig in die Hülle, legte das Stickbild in Coras Handarbeitskorb und schloss den Deckel. Die Tinktur war ohne Schwierigkeiten zuzubereiten. Sie wusste sogar, dass hinten in Coras Vorratsschrank noch eine Dose mit pulverisierter Alraune stand. Nichts konnte sie davon abhalten, diese Mischung anzurühren, aber würde sie – sollte sie – davon Gebrauch machen?

Zwei Stunden später war sie endlich zu einer Entscheidung gelangt. Es war, gestand sie sich ein, wahrscheinlich die falsche, und da sie Chelsea ins Vertrauen ziehen musste, würde es am Ende höchstwahrscheinlich Tränen geben.

Gegen neun Uhr abends war der sommerlich milde Tag in einen typischen kühlen Aprilabend übergegangen, und Sukie eilte leicht fröstelnd in ihrer zweitbesten Jeans und ihrem drittbesten Pulli durch die Tür des *Barmy Cow.*

Von Frühlingsstimmung offenbar unberührt, war der Pub nach wie vor grau, verraucht, schmuddelig und nahezu menschenleer.

»Hallo, Sukie!« Hilton Berkeley, der offenbar darauf brannte, mit jemandem reden zu können, begrüßte sie freudig hinter dem Tresen. »War heute ein hübsches Bild von Ihnen im *Advertiser*, und Mrs Benson aus *The Close* hat auch was Nettes über die Massagen geschrieben. Topsy war ganz aus dem Häuschen wegen dem Cancan und so. Sie meint, jetzt kommen bestimmt mehr Bewerbungen für den freien Platz als für die Fernsehsendung *X-Faktor*. Ich hoffe, das gibt euch beiden mächtig Aufwind.«

»Vielen Dank.« Sie stützte die Ellbogen auf den Tresen. Erst zu spät fiel ihr ein, wie klebrig der war, und sie richtete sich rasch wieder auf. »Es ist ja so ruhig hier heute Abend – und ich glaube, noch irgendwas ist anders als sonst, aber ich komm nicht darauf, was es ist.«

»Ach ja?« Hilton strahlte sie an. »Wie schön. Wochentags ist es oft recht still hier. Die Leute sitzen wohl lieber vor dem Fernseher, als in den Pub zu gehen – keine Ahnung, warum.«

Sukie hatte da durchaus eine Ahnung, war aber zu höflich, um sie auszusprechen. »Jetzt weiß ich, was ungewohnt ist! Sie sind ganz allein hier! Ich glaube, ich habe noch nie einen von Ihnen solo arbeiten sehen.«

»Kommt gelegentlich vor.« Hilton neigte den grauhaarigen Kopf zu ihr vor. »Nicht oft, stimmt schon, aber ab und zu, wenn sich einer mal unwohl fühlt oder irgendwo eingeladen ist. Was hätten Sie denn gern, meine Liebe?«

»Zwei halbe Pints Shandy bitte.« Sukie wollte auf Nummer sicher gehen. »Chelsea müsste bald kommen. Wo sind denn die anderen Jungs heute Abend? Doch hoffentlich nicht alle krank?«

»Nein, zum Glück nicht.« Hilton mischte zittrig zwei Halbe. »Dorchester ist oben mit der kleinen Topsy. Er hat ihr eine Sammlerbox von der Arztserie *Dr. Kildare* gekauft, aber sie hat kein DVD-Dings, und darum machen sie sich einen Pizza-und-Film-Abend auf seinem Zimmer.«

Obwohl am nächsten Tag Schule ist?, dachte Sukie und verkniff sich ein Kichern. Und ohne elterliche Aufsicht? Ganz schön raffiniert von Dorchester – bei der Gesamtausgabe von *Dr. Kildare* würde Topsy in seinen blau geäderten Händen nur so dahinschmelzen. Die magische Wirkung der Veilchenmischung von der Massage hielt offenbar immer noch an.

»Ähem, wegen dieser Geschichte mit Topsy und Dorchester – haben Sie eigentlich nichts dagegen, dass die beiden befreundet sind? Ich weiß ja, dass Sie und Ihre Brüder einander sehr nahestehen …«

»Aber gar nicht!« Hilton lächelte breit. »Unter uns, ich glaub ja, dass Dorchester schon seit einigen Jahren ein Auge auf Topsy geworfen hatte. Und warum sollte jemand allein bleiben, wenn es nicht sein muss? Gerade in unserem Alter. Wir haben von Liebesaffären immer Abstand gehalten, weil unsere geliebte Mutter damit so viel Pech gehabt hat.« Er nickte zu dem scheußlichen Bild von Honour Berkeley empor, das über der Theke hing. »Aber ehrlich, es freut mich richtig, unseren Dorchester so glücklich zu sehen.«

Sukie sandte ein stilles Dankgebet zum Himmel. Dann hatte die Veilchenmassage wohl gar ein gutes Werk getan? Vielleicht waren ihre Pläne für diesen Abend ja doch nicht so tolldreist? Andererseits …

»Und was machen Claridge und Savoy?« Sie bezahlte die Getränke. »Sind die auch auf ihren Zimmern?«

Hilton schüttelte den Kopf. »Das war wirklich komisch. Die Kartenspieler kamen wie immer um sechs auf einen Aperitif, aber Edie und Rita haben sich ganz merkwürdig benommen.«

Sukie nahm einen Schluck von ihrem Shandy. Das Getränk war eigenartig dickflüssig und schmeckte weder nach Bier noch nach Limonade. Sie war sich nicht sicher, ob sie den Rest der Geschichte wirklich hören wollte. »Merkwürdig?«

»Tja«, Hilton beugte sich über den Tresen, ohne darauf zu achten, was dabei alles an seinen Ärmeln kleben blieb, »haben kokett geflirtet und so. Sie wissen schon, und so verschämt herumgekichert. Außerdem waren beide total aufgetakelt und haben sich nach allen Regeln der Kunst an Claridge und Savoy herangemacht. Und letzten Endes sind alle vier zusammen nach Winterbrook ins Kino gegangen. Hier ist ja heute Abend sowieso nichts los.«

Ach du liebe Güte ..., dachte Sukie. Ach du liebe Güte .... Und das nicht mal zwölf Stunden, nachdem sie die Mischung aus Butterblumen und Tausendschön bei ihnen angewendet hatte, von der Cora behauptete, sie *»kennt des Herzens Wünsche gut«*, und durch deren Wirkung *»die Liebe für immer sein«* würde.

Ach du liebe Güte ... Das zusammengefaltete vergilbte Papier und das kleine Glasfläschchen in ihrer Tasche kamen ihr nun geradezu brandgefährlich vor. Eigentlich sollte sie nicht einmal daran denken ... Oder?

»Ich dachte, das Kino in Winterbrook sei geschlossen worden und stattdessen wäre da jetzt so ein Neubau mit lauter Kaninchenställen für Alleinstehende namens *Alhambra Meadows* oder so ähnlich?«

»Ja«, Hilton tippte sich an den Nasenflügel. »Das stimmt. Aber an drei Abenden der Woche werden jetzt in der Getreidebörse Filme gezeigt. Da sind die Jungs mit Edie und Rita hin und schauen sich *Das Rachemassaker der menschenfressenden Zombies* an.«

»Entzückend.« Sukie versuchte, kein allzu angewidertes Gesicht zu machen. »Und – ähem – was ist mit den anderen Kartenspielern? Tom und Bert und Ken? Sind die alle nach Hause gegangen?«

Hilton löste sich wieder vom Tresen ab und gluckste. »Auch

auf die Gefahr, dass Sie mich für einen albernen alten Trottel halten, aber ich wette meinen Keller voller bestem Bier, dass Tom und Ken *zusammen* gegangen sind, wenn Sie verstehen, was ich meine. Waren auf einmal unheimlich dicke miteinander. Tom hat gesagt, Ken solle mit zu ihm kommen und sich seinen Grünkohl mal ansehen.«

Sukie verschluckte sich an ihrem Shandy. Es folgten einige Momente Prusten und Aufwischen.

Ach du liebe Güte.

Immerhin war zumindest Bert verschont geblieben … bislang.

»Bert stand erst etwas ratlos rum«, Hilton sah bedauernd drein, »als seine Kumpels alle so verduftet sind. Dann hat er gesagt, er geht heim, macht sich ein Sandwich mit Chutney und Käse und schaut *Männer und Motoren* im Fernsehen.«

Puh – na, dafür war Sukie immerhin nicht verantwortlich zu machen.

Glücklicherweise kam in diesem Moment Chelsea herein, und ihr Jeans-Minirock sowie ihr knapper Pulli lenkten Hilton vom Abtrünnigwerden seiner Brüder und Stammkunden ab.

Unter allerhand Gekicher über den Artikel im *Winterbrook Advertiser* zwängten sie sich auf eine saubere Sitzbank und brachten sich gegenseitig auf den neuesten Stand: Sukie tischte Chelsea eine bereinigte Fassung ihrer Erlebnisse des Tages auf, und Chelsea erzählte eine im Nachhinein sehr komische Supermarktanekdote über einen Mann mit einem Haarteil und der defekten Glastür an der Kühlvitrine.

»Also«, Chelsea sah Sukie über ihr Shandy hinweg forschend an, »worüber wolltest du mit mir sprechen? Geht's um Derry? Wir wissen ja beide, dass du ganz vernarrt in ihn bist. Hast du jetzt vor, ihn Milla auszuspannen und dich als männerstehlende Hexe abstempeln zu lassen?«

»Aber nein, natürlich nicht.« Sukie hoffte, sie würde nicht rot. »Aber ich habe etwas einigermaßen, na ja, Kniffliges vor, und dabei brauche ich deine Hilfe.«

»Ach, wirklich?« Chelsea machte große Augen. »Nein – lass mich raten. Soll ich vielleicht den Lockvogel spielen und mich auftakeln und so tun, als wolle ich ihn verführen, während du rettend herbeieilst, sodass Milla daraufhin mich für die Schurkin des Dramas hält und –?«

»Du liest viel zu viele Klatschillustrierte.« Sukie grinste. »Nein, ich habe darüber nachgedacht, ob es nicht eine Möglichkeit gibt, Milla und Bo-Bo wieder zusammenzubringen.«

»Boah!« Chelsea knallte ihr Glas auf den Tisch. »Jetzt mach aber mal halblang! Wie zum Teufel willst du das denn anstellen? Ich habe doch nur einen Scherz gemacht mit dieser albernen Schmierenkomödie – das kann doch wohl nicht dein Ernst sein?! Hast du nicht erzählt, er hätte sie quasi vor dem Altar stehen lassen? Muss doch ein mieser Schuft sein. Und nur mal angenommen, du könntest die beiden wieder zusammenbringen, was, wenn Derry Milla wirklich liebt und es ihm dann das Herz bricht? Er würde dich für dein Dazwischenfunken doch hassen, und dann wärst du garantiert die Letzte, mit der er zusammen sein wollte! Guter Gott, Sukie – bist du denn völlig übergeschnappt?«

Sukie zog die Augenbrauen hoch. Welche Reaktion sie auch immer von Chelsea erwartet haben mochte, mit moralischer Empörung hatte sie nicht gerechnet. »Hör mal, ich weiß ja, dass das hinterhältig klingt …«

»Allerdings! Ich bin echt schockiert. Schließlich gibt es einen gewissen Ehrenkodex unter Frauen, wir müssen wie Schwestern zusammenhalten und so weiter.«

»Ja, sicher – aber hör doch erst mal zu …«

Und in einer sorgfältig zensierten Fassung, vorerst ohne

Coras Liebeszauber und das Elixier zur Wiedervereinigung zu erwähnen – weil Chelsea so etwas in ihrer aktuellen moralischen Anwandlung sicher nicht verstehen oder akzeptieren würde –, umriss Sukie ihren Plan.

»Quatsch«, sagte Chelsea zum Schluss. »Willst du zur Hexe werden und hokuspokus einen Zauberspruch aus dem Ärmel schütteln, damit Milla und dieser Bo-Bo sich in die Arme fallen und miteinander glücklich sind bis ans Ende ihrer Tage?«

»So ungefähr«, gab Sukie zu und merkte, dass sich ihr Plan nicht durchführen ließ, ohne Chelsea in die Geheimnisse von *Pixies Laughter* einzuweihen. »Wenngleich ich es nicht gar so krass formulieren würde.«

»Ja wie denn sonst? Dir ist wohl dieser ganze alte Humbug über Liebestränke zu Kopf gestiegen, den die verrückte Topsy in die Welt gesetzt hat?«, ereiferte sich Chelsea. »Komm runter, Sukie. Du weißt doch, wie es Leuten geht, die anfangen, an ihren eigenen Größenwahn zu glauben. Es zerreißt sie in der Luft, und wenn sie wieder am Boden sind, stehen sie als Volltrottel da.«

Sukie leerte ihr Glas, in dem sich ein undefinierbarer Bodensatz abgelagert hatte. »Gut, aber nur mal angenommen, ich würde es hinkriegen und einen Weg finden, Milla und Bo-Bo wieder zusammenzubringen – denn sie liebt ihn wirklich, weißt du, und wäre ohne ihn ihr Leben lang unglücklich –, wäre das denn wirklich so verkehrt?«

»Natürlich wäre das verkehrt! Unerlaubte Einmischung! Und außerdem hieße das noch lange nicht, dass du dadurch Derry in deine manikürten Krallen bekommst. Oder willst du auch ihn mit einem Voodoo-Zauber belegen?«

»Nein, natürlich nicht. Aber Milla und Bo-Bo –«

»Stopp! Erste Hürde: Wie zum Teufel willst du diesen Bo-Bo finden? Keine von uns kennt seinen richtigen Namen. Milla wird ihn dir wohl kaum sagen, ohne den Grund dafür wissen zu wollen, und ich kann mir nicht vorstellen, dass man dir beim Handelsregister oder wo auch immer eine Personalakte auf so einen Namen aushändigt, der nach Zeichentrick-Kaninchen klingt.«

»Ja, ich weiß. Aber nehmen wir mal an, ich müsste Bo-Bo gar nicht finden, angenommen, ich bräuchte nur Milla, und angenommen, alles, was sie tun müsste, wäre, sich vorzustellen, mit ihm auf ewig wieder vereint zu sein.«

Chelsea stand auf und nahm die leeren Gläser. »Ich glaube, du drehst allmählich richtig durch. Manchmal machst du mir Angst, Sukie, weißt du das? Noch mal dasselbe?«

»Ja bitte ...«

Sukie seufzte und sank in die Bank zurück. Sie hätte sich eigentlich denken können, dass Chelsea auf diese einmalige Gelegenheit, ein Liebeselixier auszuprobieren, nicht unbedingt begeistert anspringen würde. Vielleicht hätte sie ihr die Wahrheit erzählen sollen, über Cora und die Verse und ihre Entdeckung der Naturmagie im Garten von *Pixies Laughter*.

Nein – das ging einfach nicht. Wenn Chelsea jetzt schon skeptisch war, würde sie ganz bestimmt erst recht die Flucht ergreifen, sobald Sukie ihr die ganze Geschichte erzählte. So ein Mist.

»Danke.« Sie nahm das zweite Shandy entgegen. »Ach wie reizend, es sind Krümel drin.«

»Hilton hat gerade Chips geknabbert.« Chelsea setzte sich hin. »Am besten, du fischst sie mit einer Biermatte raus.«

»Sieh es doch mal so«, versuchte Sukie es erneut, »wenn wir in der Schule in einen Jungen verknallt waren, haben wir doch immer ›Wahrheit, Wagnis, Kuss, Versprechen‹ gespielt, weißt du noch? Und wir waren überzeugt, dass es funktioniert, weil wir fest daran geglaubt haben. Erinnerst du dich, wie du bei Phoebes Geburtstagsparty bei ›Versprechen auf ewige Liebe‹ dreimal den Namen von Nicky Hambly gezogen hast und ihm anschließend nachgerannt bist wie ein Hund der Leberwurst?«

»*Gar* so romantisch hatte ich es nicht in Erinnerung.« Chelsea funkelte sie an. »Aber stimmt schon. Und weiter?«

»Nun, vielleicht wär ja auch eine Spielversion für Erwachsene möglich. Wie wäre es, wenn es einen erwachsenen Mann wie Nicky Hambly gäbe – die Liebe deines Lebens –, der irgendwo da draußen auf dich wartet? Wie wäre es, wenn du ihn treffen und dich in ihn verlieben und für immer mit ihm zusammen sein könntest?«

»Wie wäre es, wenn du mal wieder auf den Boden der Tatsachen kämst?«

»Ach komm schon, Chelsea, sei doch nicht so – sonst bist du bei Partyspielen und Geisterspäßen auch immer gleich dabei. Du sagst doch immer, du hättest es satt, Single zu sein und immer noch zu Hause bei deinen Eltern und Geschwistern zu wohnen. Du bist doch diejenige, die ihren Traummann heiraten will und sich Kinder wünscht und eine Doppelhaushälfte. Wäre es nicht wunderbar, einen Mann zu lieben, der für dich der Richtige ist, der dich ebenso sehr liebt wie du ihn, und zwar für immer? Mit wem würdest du gern den Rest deines Lebens verbringen? Wem gilt dein geheimer Herzenswunsch? Ich meine nicht irgendeinen Filmstar oder Fußballer oder so, sondern einen richtigen Mann. Wer wäre dein erwachsener Nicky Hambly?«

»Nicky Hambly.«

»Nein, ich meine … Was? Wirklich? Wieso wusste ich nichts davon?«

»Weil.« Chelsea schob eine Biermatte in kreisenden Bewegungen auf dem Tisch herum. Sie blieb kleben und verkrumpelte. »Weil er, als wir sechzehn waren, zu mir gesagt hat, ich soll ihn in Ruhe lassen, und mir damit das Herz gebrochen hat.

Er war damals nicht in mich verliebt und würde mich auch heute nicht lieben – selbst wenn er noch solo und hetero und am Leben wäre.«

»Ist er nicht zur Royal Air Force gegangen?«

»Genau. Hab seit mehr als zehn Jahren nichts mehr von ihm gehört oder gesehen.«

»Hätte denn kein anderer seinen Platz einnehmen können?«

»Nein.«

»Und immer, wenn du von deinem Traummann geschwärmt hast, hast du im Grunde *Nicky Hambly* gemeint?«

»Ja, okay?« Chelsea wurde plötzlich abweisend. »Und schau mich nicht so an, als wolltest du sagen: Ich bin deine älteste und beste Freundin, warum hast du mir das nicht erzählt?«

»Gut, aber warum nicht?«

»Weil du mit Jungs nie Schwierigkeiten hattest, und da fand ich es einfacher, eine gut gelaunte Freundin mit zahlreichen Affären zu sein, als einen auf Trauerkloß zu machen, sentimentale Liebeslieder zu hören, auf alles, was nicht niet- und nagelfest ist, »Chelsea Hambly« zu kritzeln und von unserer Hochzeit, unserem Haus und unseren Kindern zu träumen.«

»Mensch.« Sukie war ernstlich erschüttert. »Chelsea, ich hatte ja keinen Schimmer! Und du, äh, magst ihn noch immer?«

»Ich liebe ihn. Wahrhaft, wie verrückt, aus tiefstem Herzen. Ich liebe ihn so sehr, dass jeder andere Kerl an meiner Nicky-Hambly-Skala gemessen wird und ihm nie auch nur halbwegs das Wasser reicht. Hoffnungslos unerfüllte Liebe zu einem mageren Jungen, aus dem inzwischen ein unbekannter Erwachsener geworden ist, wahrscheinlich glücklich verheiratet mit soundso vielen Kindern, der sich bestimmt nicht einmal mehr an meinen Namen erinnert.« Chelsea starrte sie an. »Und was willst du in so einem Fall machen, bitte schön?«

Sukie senkte den Blick auf ihr Shandy. Das kleine Fläschchen drängte sich geradezu an die Oberfläche ihrer Handtasche empor. »Mein Gott, Chelsea, das tut mir leid, ehrlich. Ich hatte ja keine Ahnung. Du hättest es mir erzählen sollen.«

»Da gab es nichts zu erzählen. Mach doch nicht so ein schuldbewusstes Gesicht, Sukie. Es war mein Geheimnis. Wenn du davon gewusst hättest, wäre alles nur noch trauriger gewesen. Wer weiß, vielleicht kommt eines Tages ja ein anderer des Wegs und verdrängt Nicky auf den zweiten Platz.«

Sukie umarmte Chelsea quer über den Tisch. Anschließend mussten sie sich die hängengebliebenen Biermatten wieder abpulen.

»Weißt du, was ich daran wirklich komisch finde?« Sukie schwenkte den letzten Schluck ihres trüben Shandy. »Dass ausgerechnet du, die Klatschbase vom Dienst, es geschafft hast, dieses Geheimnis so viele Jahre für dich zu behalten. Ich hätte nicht gedacht, dass du je über irgendetwas Stillschweigen bewahren könntest.«

»Da spricht die wahre beste Freundin.« Chelsea grinste. »Da sieht man, dass du eben doch nicht alles über mich weißt.«

Sukie nickte. So war es. Und es bedeutete auch, dass sie Chelsea vielleicht, eventuell, doch das Geheimnis von *Pixies Laughter* anvertrauen könnte. »Hör mal, wie wär's mit einem kleinen Experiment –«

»Ach!« Chelsea seufzte. »Jetzt komm mir doch nicht wieder mit diesem Hexenkrams.«

»Es geht nicht um Hexerei. Es geht um Naturkräfte. Nein, bitte, hör doch mal, Chelsea. Aber du darfst niemandem verraten, was ich dir jetzt erzähle. Hör zu …«

Chelsea hörte zu. Gelegentlich lachte sie, ein- oder zweimal schnaubte sie verächtlich, mehrmals schüttelte sie ungläubig und spöttisch den Kopf, aber sie hörte zu.

»Und darum«, schloss Sukie, »dachte ich mir, du könntest die Richtige für einen Probelauf sein, bevor ich es bei Milla und Bo-Bo versuche …«

»Diesen Bockmist werd ich bestimmt niemandem erzählen.« Chelsea zuckte die Schultern. »Dein Geheimnis ist bei mir sicher – die ganze Sache ist völliger Irrsinn, das muss dir doch klar sein. Es ist ja schön für dich, dass du aus dem Garten von *Pixies Laughter* natürliche Essenzen gewinnen kannst – aber du bildest dir doch nur ein, dass Coras Flower-Power-Mixturen irgendwas bewirken würden, weil Topsy das behauptet. Und komm mir jetzt nicht mit Mitzi Blessings magischer Kräuterküche – und erst recht nicht mit Fiddlesticks und den Wünschen ans Universum – an all diesen Kram glaub ich genauso wenig.«

»Okay, wenn du so gar nicht daran glaubst, kannst du ja ruhig einen Versuch mit mir machen. Was kann denn schlimmstenfalls schon passieren? Höchstens, dass Nicky Hambly wie von Zauberhand erscheint und all deine Träume in Erfüllung gehen.«

»Das wird nicht geschehen. Das weißt du, und ich weiß es auch. Und ich finde es nach wie vor nicht richtig, so was mit Milla zu versuchen, ohne ihr Wissen. Und außerdem halte ich es noch immer für einen Irrtum, wenn du meinst, dass du bessere Chancen bei Derry bekämst, indem du ihn und Milla auseinanderbringst. Für mich ist das Männerklau, ob man nun Zaubertricks anwendet oder Hinterlist.«

Sukie begann, wankend zu werden. Chelsea hatte recht. »Red mir doch jetzt keine Schuldgefühle ein! Würdest du denn mitmachen, wenn ich verspreche, Milla auf den Zahn zu fühlen, bevor ich irgendwas unternehme? Wenn es klappt, könnte ich doch deine Brautjungfer werden?«

»Nein.«

»Jetzt komm schon, Chelsea – letzten Endes ist alles ja eigentlich deine Schuld. Wenn du nicht den Großteil von Jennifers wahnsinnig teuren synthetischen Blütenessenzen eingesackt und sie Fern geschenkt hättest, hätte ich nicht für Ersatz sorgen müssen, hätte nicht die Pflanzen aus dem Garten verwendet, und nichts von alledem wäre geschehen.«

»Das ist Erpressung!«

»Mag sein. Also – gib mir dein linkes Handgelenk, schließ die Augen, und denk an Nicky Hambly.«

»Kein Problem, das tu ich ja sowieso meistens.« Chelsea zog den Ärmel hoch und machte die Augen zu. »Ich muss völlig durchgeknallt sein, mich auf so was einzulassen. Ach, und Mrs Hambly, falls Sie mich hören, und all die kleinen Hambly-Kinder, die es irgendwo geben mag, verzeihen Sie bitte allein den Gedanken, dass das funktionieren könnte und ich Ihnen womöglich den Mann und den Vater entreiße.«

Rasch, bevor es sich eine von ihnen beiden vielleicht noch anders überlegte, kramte Sukie in ihrer Tasche und holte das Elixier hervor. Sie sah sich im Pub um und vergewisserte sich, dass niemand zuschaute. Hilton mixte gerade Snowball-Cocktails für ein älteres Ehepaar, und alle drei waren schon reichlich mit gelbem Schaum bekleckert. Die wenigen übrigen Kunden hatten für nichts anderes Augen als für die Manöver mit dem Eierlikör.

Sukie entkorkte das Fläschchen und legte Chelseas linken Unterarm mit der Innenseite nach oben auf den Tisch.

»Hoffentlich musst du nicht um mich herumtanzen und Beschwörungen aufsagen«, murmelte Chelsea. »Eigentlich riecht das sehr angenehm … als wär ich in einer Pizzeria mit Blumen auf dem Tisch.«

»Red jetzt nicht, sondern denk an eine Sommerwiese im hellen Licht, voller Blumen und Schmetterlinge, und stell dir vor, dass Nicky Hambly mit offenen Armen auf dich zugelaufen kommt, um dich an sich zu drücken und dich bis ans Ende eurer Tage zu lieben.«

Chelsea lächelte vor sich hin, und Sukie träufelte mit zitternden Fingern einige Tropfen der Tinktur auf ihren Pulspunkt. Während das herrliche Aroma in die Düsternis des *Barmy Cow* wehte und das verräucherte Grau mit dem Duft sonnendurchfluteter Gärten und honigsüßer Blüten durchzog, massierte sie das Mittel rasch in Chelseas Handgelenk ein.

»Weißt du«, sagte Chelsea verträumt, »ich seh diese Sommerwiese direkt vor mir, fast hör ich die Vögel zwitschern … Und Nicky – er ist immer noch hinreißend … Weißt du, Sukie, das mag ja alles Humbug sein, aber es ist sehr entspannend und angenehm. Kann ich die Augen jetzt wieder aufmachen?«

»Ja, und vielen Dank.« Sukie steckte das Fläschchen wieder in ihre Tasche. »Ich bin dir wirklich sehr dankbar.«

»Hm, solltest du auch.« Chelsea schnupperte an ihrem Handgelenk. »Nun, immerhin riecht es gut, und die Haut pellt sich auch nicht ab. Zur Belohnung bekomm ich einen doppelten Wodka Lemon nach Art des Hauses, vielen Dank. Und was geschieht jetzt?«

»Ich hab keinen blassen Schimmer.« Sukie grinste und stand auf, um zur Bar zu gehen. »Ich schätze, wir lehnen uns einfach zurück und warten, dass Nicky Hambly zur Tür hereinstürmt – Mensch! Das ging aber schnell!«

Die Tür flog auf, und aufgeschreckt starrten beide hinüber. Sukie hielt den Atem an.

»Huhu!« Valerie Pridmore platzte herein, gefolgt von ihrem großen, gammeligen Ehemann und mehreren ihrer erwachsenen Kinder. »Sapperlot! Herrscht ja Totenstille hier, heut Abend. Und riecht irgendwie komisch … ihr habt wohl ein neues Desinfektionsmittel für die Klos, was, Hilton? Also, wer hat Lust auf eine Runde Darts?«

Chelsea prustete. »So viel zu den doofen Naturkräften. Ach ja, willkommen in der Wirklichkeit. Netter Versuch, Sukie – beinahe hätt ich angefangen, an deinen Hokuspokus zu glauben. Zieh nur los, und versuch es bei Milla und Bo-Bo – wir wissen ja beide, dass das nie im Leben funktioniert, nicht wahr?«

19. Kapitel

»Jocelyn!« Marvin donnerte an die Badezimmertür. »Was machst du denn da drin?«

»Ich nehme ein Bad.«

»Es ist Mittag! Kein Mensch nimmt mittags ein verdammtes Bad! Mittags solltest du mir etwas zu essen machen! Hast du etwa den Heizstrahler angeschaltet? Wir können es uns nicht leisten, elektrische Heizgeräte zu benutzen! Du weißt, dass wir es uns nicht leisten können –«

Joss drehte die Wasserhähne weit auf, sodass Marvins Geldgejammer von rauschendem Getöse übertönt wurde.

War sie am Vortag schon nervös gewesen, als sie beim *Winterbrook Advertiser* Mr Brewster gegenübertrat, so war die Verabredung mit Mr Fabian an diesem Nachmittag ein solcher Schritt ins Ungewisse, dass ihr die Zähne klapperten.

Sie hüllte sich fester in ihren Bademantel und kramte in der Tasche nach den Fläschchen mit beruhigenden Essenzen. Die Dosierung konnte sie inzwischen schon wie ein Mantra im Schlaf aufsagen: vier Tropfen Jasmin, drei Tropfen Lavendel, einen Tropfen Weißdorn. Mit zitternden Fingern öffnete sie nun die Flaschen und träufelte mitzählend langsam die Düfte ins heiße Wasser.

Na bitte! Sie verschloss die Flakons und steckte sie wieder in die Tasche, dann legte sie den Bademantel ab und verwirbelte das Wasser mit der Hand.

»Herrlich …« Tief atmete sie den köstlichen, betörenden Duft ein, der mit dem Wasserdampf aufstieg. »Wunderbar … Ach, Sukie, du kluges Kind …«

»Jocelyn!« Wieder hämmerte Marvin an die Tür. »Komm da raus! Sofort!«

»Ich bin in der Badewanne«, flunkerte Joss fröhlich, plätscherte erneut mit dem Wasser und war außergewöhnlich gelassen. »Ich komme bald wieder raus. Zum Lunch habe ich uns Sandwichs gemacht – sie sind in der Küche. Lass mir eins übrig. Und jetzt geh bitte.«

Sie lächelte. Diese Art, sich durchzusetzen, schien ja neuerdings fast zur Gewohnheit zu werden. Warum in aller Welt hatte sie nicht schon vor Jahren damit angefangen? Natürlich war das nur eine rhetorische Frage – aber nun würde wohl doch einiges ein wenig anders werden. Seit ihrer ersten Massage in *Pixies Laughter* war sie kühner geworden und nicht mehr gar so eingeschüchtert. Bezüglich ihres Selbstwertgefühls hatte Sukie bereits Wunder gewirkt. Da brachte die Zukunft vielleicht noch manche Überraschungen – insbesondere nach diesem ermutigenden Aroma-Bad.

Joss erwartete durchaus keine wundersame Umkehr des Machtgefälles im Bungalow, aber wenn sie sich von Marvins Selbstmitleid noch weiter herunterziehen ließe, würde sie zu Grunde gehen. Noch verspürte sie einen gewissen Selbsterhaltungstrieb, und wenn Sukies Zauber wieder wirkte, entwickelte sie vielleicht sogar doch noch so etwas wie Durchsetzungsvermögen.

Joss wartete, bis sie Marvin durch die Küche wieder ins Wohnzimmer trotten hörte, stieg in die Badewanne und ließ sich genießerisch in das weiche, duftende Wasser gleiten. Was, hatte Sukie gesagt, solle sie tun? Ach ja – sich entspannen, die exotischen Dämpfe einatmen und sich vorstellen, wie sie dem unbekannten Mr Fabian voller Selbstvertrauen gegenübertrat. Na dann …

Sie lehnte den Kopf zurück, schloss die Augen und meinte im nächsten Moment schon zu schweben und davongetragen zu werden. Sie hatte ein Gefühl, als würde sie aus ihrem Körper heraustreten – wie bei einer Narkose –, und das war durchaus nicht unangenehm. Ganz im Gegenteil. Sie empfand sich als warm, schwerelos, sorgenfrei; und während die Düfte der Essenzen sie umhüllten und ihre Sinne betörten, glitt sie benommen in eine andere Welt …

Joss öffnete die Augen und blinzelte. War sie etwa eingeschlafen? Vermutlich … Für wie lange? Träumte sie denn noch? Nein – sie war eindeutig wach, aber …

Die Dampfschwaden wogten auf und ab, veränderten ihre Form wie Nebel an einem Sommermorgen und verhüllten die scharfen Kanten des nüchtern in Beige und Chrom gehaltenen Badezimmers mit duftendem, pastellfarbenem Dunst. Auch war die Badewanne keine Wanne mehr, sondern ein Teich, ein warmer, lieblich duftender, von Bäumen beschatteter Waldsee. Joss wandte verwundert den Kopf. Die zweckdienliche Dusche war zu einem glitzernd rieselnden und tänzelnden Wasserfall geworden, an den Wänden rankten leuchtend bunte Blumen empor und ließen regenbogenfarbene Blütenblätter ins Wasser tröpfeln.

Es war wie in einem dieser überschäumend fantasievollen Fernsehwerbespots für naturkosmetische Badezusätze – nur weitaus besser, denn das hier war *echt*.

Die vielen bunten Schmetterlinge in allen Farben blinkender Edelsteine, die rings um sie her an grünen Farnwedeln ein und aus flogen, wirkten auf Joss sehr lebendig, und sie wunderte sich, dass ihr das gar nicht merkwürdig vorkam. Sie fand es nicht im Mindesten beunruhigend, sondern einfach nur herrlich. Als sie den Kopf zurücklehnte, war sie überzeugt, anstelle der Decke einen blauen Sommerhimmel zu sehen, und konnte direkt hören, wie Bienen um die zum Greifen nahen, üppigen Blüten summten.

Sie war so seelenruhig, so glücklich, so entspannt. Ob Sukie den Blütenessenzen irgendwelche Rauschmittel zugesetzt hatte? Vielleicht – das war wohl die einzig mögliche Erklärung. Doch es war Joss gleichgültig, denn nun wusste sie, dass sie alles schaffen konnte. Ganz gleich, was es war.

»Jocelyn!« Marvins schroffe Stimme von jenseits der Tür durchschnitt mit brutaler Schärfe die ganze prachtvolle Herrlichkeit. »Du hast die Sandwichs mit Pickles gemacht! Dabei sind sie mit Schinken! Du weißt doch, dass ich zu Schinken immer Chutney haben will!«

Der Traumwald löste sich auf.

Mit dem Gefühl schmerzlichen Verlusts sah Joss sich um. Sie war wieder in ihrer Kunststoffwanne, umgeben von erkaltendem Wasser und unscheinbaren, farblosen Kacheln.

»Jocelyn!«

»Komme gleich.« Beglückt, dass ihre optimistische Gelassenheit nach wie vor anhielt, obwohl die traumhafte Umgebung verschwunden war, zog sie sich in der Wanne hoch. Schließlich hatte sie die kleinen Flaschen ja noch immer in ihrer Tasche! Wann immer sie wollte, konnte sie sich in den Waldsee ihrer Träume davonstehlen.

Sukie hatte ihr reine Wonne auf dem Silbertablett serviert.

Als sie sich abgetrocknet, eingecremt, geschminkt und angezogen hatte – knielanger schwarzer Rock, hautfarbene Strumpfhosen, cremeweiße Bluse und schwarzer Blazer –, war es ein Uhr vorbei, und Marvin hatte alle Sandwichs aufgegessen, trotz der unerwünschten Pickles.

»Wo willst du hin?« Er löste kurz den Blick von einer Fernsehsendung über biodynamische Schrebergärten. »Zu einer Beerdigung?«

»Zu einem Vorstellungsgespräch«, antwortete Joss und sammelte ihre Handtasche, die Schlüssel und die flachen schwarzen Schuhe ein. »Genau wie gestern.«

Marvin hatte mächtig geschmollt, als sie vom *Winterbrook Advertiser* nach Hause gekommen war, vor allem, weil sie in eine Sendung über verhängnisvolle Urlaubsromanzen geplatzt war. Als sie sich über die Hintergründe ihres Ausflugs wenig gesprächig zeigte, hatte er sie mit Hohn und Spott überhäuft und wieder seine alte Leier abgelassen, dass kein Mensch eine Frau einstellen würde, die nicht mal Basisqualifikationen vorweisen konnte, und dass sie ihre Zeit verschwendete und dass sie sich verkleinern und den Bungalow verkaufen müssten, und dann sei aber Schluss mit ihrer Herumtreiberei. Joss hatte darauf geantwortet, sich vom Bungalow aus zu verkleinern, hieße dann ja wohl, in einer Hütte zu wohnen, und Marvin war puterrot angelaufen und hatte getobt und vor jedem zweiten Wort verdammt gesagt und den *Winterbrook Advertiser* gegen den Bildschirm geschmissen.

Nun wandte er die Augen von dem Beitrag »Wie mulche ich Stangenbohnen mit frischem Viehdung?« und entblößte die Zähne wie zu einem Lächeln. »Wenn du meinst, du könntest in diesem Supermarkt in Hassocks arbeiten, dann musst du umdenken, meine Dame. Während du gestern fort warst, habe ich das Bewerbungsformular gefunden – es liegt jetzt geschreddert auf dem Grund der Wertstoff-Tonne.«

Joss starrte ihn an, fest entschlossen, sich ihren Zorn nicht anmerken zu lassen, und wünschte, sie hätte das Formular von *Big Sava* sorgfältiger versteckt. »Glaubst du denn, das könnte mich aufhalten? Ich kann mir so viele Bewerbungsformulare holen, wie ich will. Was in aller Welt ist denn nur in dich gefahren, Marvin? Ich will doch nur einen kleinen Job annehmen, damit wir nicht ganz so knapp bei Kasse sind … als Überbrückung, bis du eine andere Stelle gefunden hast, um uns aus der Klemme zu helfen.«

»Ich will keine verdammte Hilfe von dir! Ich will nicht, dass du einen Job machst, den jeder schwachsinnige Affe besser hinkriegen würde als du! Ich will mich nicht von einer Frau aushalten lassen!«

»Ich werde dich wohl kaum aushalten.«

»Mit Regal-Einräumen im Supermarkt bestimmt nicht! Etwas Besseres kannst du ja nicht – und wahrscheinlich nicht einmal das halbwegs richtig! Du bist zu nichts zu gebrauchen, Jocelyn! Nutzlos!«

Wieder starrte Joss ihn an. Das wirklich Sonderbare an der Situation war, dass seine Worte sie zwar genauso sehr verletzten wie immer, aber dass sie sich davon nicht entmutigen ließ. Auch wenn sie ganz aufmerksam in sich hineinhorchte, fühlte sie sich nicht im Mindesten eingeschüchtert und hatte anders als sonst auch nicht das Bedürfnis, sich umgehend für ihre Dummheit zu entschuldigen. »Okay – ich muss jetzt los, sonst komme ich zu spät. Wir sprechen später noch mal darüber, Marvin. Wie wär's, wenn du inzwischen das Geschirr abwäschst? Ich weiß noch nicht, wann ich wiederkomme … Bis dann.«

Ihre ruhige, gelassene Zuversicht hielt während der ganzen Fahrt nach Winterbrook an. Das konnte ja wohl nur von Sukies Essenzen kommen. Wie auch immer – Joss war sehr zufrieden mit sich. Und was Valerie erst zu alldem sagen würde, wenn sie sich wieder vor *Coddles* trafen? Das taten sie jetzt zweimal die Woche. Sie konnte es kaum erwarten, das alles Val zu erzählen.

Joss parkte bei der Getreidebörse und wandte rasch den Blick von der blutrünstigen Plakatwerbung für irgendeinen Horrorfilm im neuen *Cinerama* ab. Dann holte sie tief Luft und machte sich auf zur High Street.

Die Sonne schien heiß, und der schwarze Blazer war vielleicht doch keine so gute Wahl gewesen, dachte sie, während sie sich den Weg durch die einkaufslustige Menschenmenge bahnte. Hoffentlich sah sie bei ihrer Ankunft nicht ganz zerzaust und verschwitzt aus.

Was hatte Mr Fabian gleich noch mal gesagt? Neben der Bank? Joss blieb vor der Bank stehen … gut, da der *Oxfam*-Laden wohl kaum gemeint sein konnte, war es wohl auf der anderen Seite: hinter einer fest verschlossenen, reichlich ramponierten grünen Tür mit einer Reihe verblasster Namensschilder neben kleinen Klingelknöpfen.

Joss entzifferte die Namen – ach, da war er ja – Mr F. Fabian. Es stand noch irgendein Zusatz darunter, doch die Schrift war kaum lesbar. Noch einmal atmete sie tief ein, dann drückte sie auf die Klingel.

»Ja?«, krächzte ihr eine Stimme fröhlich ins Ohr.

Joss, die noch nie eine Gegensprechanlage benutzt hatte, zuckte zusammen, dann ging sie mit dem Mund ganz nah heran. »Mr Fabian? Hier ist Mrs Benson. Wir sind verabredet. Wegen meinem Artikel im *Winterbrook Advertiser*.«

»Guter Gott, Schätzchen!« Die Stimme mit dem Berkshire-Dialekt lachte. »Kein Grund, gleich so zu schreien. Ich bin doch nicht taub! Kommen Sie nur rauf!«

Mit einem Klick öffnete sich die grüne Tür, und Joss stieg vorsichtig eine schmuddelige Holztreppe hinauf, vorbei an verschlossenen Türen, hinter denen, den Namensschildern zufolge, Schuldeneintreiber, Privatdetektive, Personalvermittler und Finanzdienstleister logierten.

Mr Fabians Büro war ganz oben.

Leicht außer Atem klopfte Joss an eine ungewöhnlich gestrichene Tür in verblasstem Silber mit aufgeklebten goldenen Sternen und fragte sich, etwas verspätet, ob Mr Fabian womöglich im Sexgewerbe tätig war.

»Kommen Sie rein, Schätzchen!«, rief Mr Fabian. »Immer gerade durch! Der Empfang ist nicht besetzt!«

Noch immer leicht schwebend und eher neugierig als ängstlich zog Joss die silberne Tür hinter sich zu. Die Wände des kleinen, fensterlosen Empfangsbereichs waren über und über mit Showpostern und verblassten Fotos von Filmstars und Musikern aus vergangenen Zeiten bedeckt. Joss erkannte Marilyn Monroe, John Wayne, Humphrey Bogart, Elvis und Jimi Hendrix. »Immer geradeaus, Schätzchen!«, rief Mr Fabian durch einen Türbogen aus dem Nebenzimmer. »Hier geht's nicht so förmlich zu!«

Höchst verwundert durchquerte Joss den winzigen, vollgestopften Empfangsbereich und betrat einen zweiten Büroraum, ähnlich dekoriert mit jahrzehntealten Werbeplakaten von Kinos, Kabaretts und Konzerthallen – da waren unter anderem die Rolling Stones, Cliff Richard und Bill Haley & his Comets zu sehen.

»Freut mich, Sie kennen zu lernen, Schätzchen.« Mr Fabian erhob sich hinter einem völlig überladenen Schreibtisch, stieß dabei mehrere Papierstapel um und streckte ihr die Hand entgegen. »Freddo Fabian, Manager der Stars.«

Joss musste unwillkürlich lächeln und reichte ihre Hand einem gut gelaunten, im Stil der Sechziger gekleideten Mann mit künstlich gebräunter Lederhaut, langem, zurückgekämmtem, blond gefärbtem Haar und einem breiten, freundlichen Grinsen.

Marvin würde sagen, so einen wie Mr Fabian sollte man

einsperren und dann den Schlüssel wegwerfen, das wusste sie genau.

»Setzen Sie sich, Schätzchen. Entschuldigen Sie die Unordnung. Papierkram war nie meine Stärke. Kann ich Ihnen irgendwas anbieten? Kaffee? Tee?«

Zu ihrer eigenen Überraschung hörte Joss sich seelenruhig antworten: »Kaffee wäre nett, vielen Dank.« Sie räumte einen Stapel Musikzeitschriften vom Stuhl vor dem Schreibtisch und setzte sich. »Ich hatte eigentlich zu Hause noch einen trinken wollen, aber …« Sie brach ab. Von Selbstvertrauen zu Geschwätzigkeit war es nur ein kleiner Schritt. Mr Fabian würde wohl kaum wissen wollen, warum sie nichts zu Mittag gegessen hatte. »Ja, danke, ich nehme gern einen Kaffee.«

Sie beobachtete, wie Freddo Fabian sicheren Fußes durch das chaotische Büro wieselte und aus einer blubbernden Kanne zwei Tassen mit Kaffee füllte. Er trug diese zerfetzten und ausgewaschenen Jeans, die Marvin immer so unmöglich fand – vor allem bei Menschen über sechzehn Jahren –, dazu ein weites, kragenloses rosa Hemd und jede Menge klimpernder Armreifen.

»Hier bitte«, er reichte ihr einen sehr geschmackvollen, fein gearbeiteten Porzellanbecher und setzte sich wieder. »Kekse?«

Joss, die fürchtete, ihr Magen könnte jeden Moment anfangen zu knurren, nickte. »Ja bitte – danke – oh, prima. Schokoladenkekse. Die mag ich am liebsten.«

Mensch, dachte sie, während sie sich aus der Packung bediente, was ist denn in mich gefahren?

Vergnügt knabberten sie gemeinsam ihre Kekse und schlürften ihren Kaffee. Währenddessen erläuterte Freddo Fabian den Tätigkeitsbereich seiner Künstleragentur »Retro – Musik & Theater« und dass er von der Cancan-Truppe sehr angetan war.

»Feiner Artikel übrigens, wirklich gut geschrieben.« Mit

Schokokrümeln zwischen den Zähnen grinste er sie an. »Sie haben echt Talent im Umgang mit Worten, Schätzchen. Sicher sind Sie Profijournalistin.«

Joss wurde rot und sagte, nein, das nicht, aber sie habe schon immer gern geschrieben – und sie freue sich, dass es Mr Fabian gefallen habe.

»Ich heiße Freddo, Schätzchen. Und du bist – Jocelyn, stimmt's?«

Sie nickte. »Joss ist mir lieber.«

»Schöner Name. Passt zu dir. Gut, dann bleibt es bei Joss, wo wir jetzt Freunde sind.«

Und Joss erwiderte sein Lächeln, und ihr war, als würde sie ihn schon ihr Leben lang kennen.

Freddo lehnte sich zurück und kippte den Stuhl auf zwei Beine. »Also, wie ist das mit dieser Tanztruppe? Haben die einen Agenten? Stehst du überhaupt in Verbindung mit ihnen?«

»Nein.« Joss schüttelte bedauernd den Kopf. »Ich kenne einige der Tänzerinnen – und natürlich Topsy – ich meine Mrs Turvey, die Leiterin. Mit ihr müsstest du sprechen. Sie tanzen nur hier in der Gegend, und das auch noch nicht sehr lange. Ich glaube, sie treten bei Partys und kleinen Festveranstaltungen auf und so.«

»Schätzchen, könntest du mich mit ihnen bekannt machen und mich dieser Topsy mal vorstellen? Ich würde die Truppe wirklich gern mal in Action sehen. Ich könnte ihnen jede Menge Auftritte verschaffen – in meinem Metier sind diese Retro-Sachen momentan brandheiß. Wie ich schon am Telefon sagte, wollte ich aber erst mal mit dir sprechen, um die Lage zu peilen und sozusagen in einer der höheren Etagen einen Fuß in die Tür zu kriegen. Meinst du, da könnte man was zum Laufen bringen?«

Joss nickte. Sie war zwar nicht ganz sicher, ob sie ihn richtig verstanden hatte, aber es war einfach wunderbar, ein normales Gespräch zu führen mit jemandem, der sie wie ein intelligentes menschliches Wesen behandelte, sie nach ihrer Meinung fragte und ihr Urteil sogar für ausschlaggebend hielt.

»Ich bin sicher, Topsy wäre hocherfreut, dich kennen zu lernen. Ich glaube, ein paar Auftritte sind gebucht, aber sie sagt immer, sie bräuchte mehr Reklame – deshalb hat ihr auch mein Artikel so gefallen …« Joss unterbrach sich, das klang ja viel zu sehr nach Eigenlob. »Das heißt, ich meine, nicht so sehr der Artikel selbst, sondern vielmehr die Publicity.«

»Stell nur dein Licht nicht unter den Scheffel, Schätzchen«, lachte Freddo Fabian. »Du bist eine wirklich kluge Frau und hast großes Talent im Umgang mit Worten, das ist nicht übertrieben. Eine wie dich könnte ich für meine Pressemitteilungen gut gebrauchen.« Er sah ein wenig bekümmert drein. »Aber alle, die jemals in diesem Bereich bei mir tätig waren, konnten nicht flüssig schreiben und hatten keine Ahnung von Rechtschreibung. Dafür wollten sie dann dieses neumodische Zeugs wie Computer und E-Mail und so.«

»Und so etwas hast du nicht?«

»Nee, ich bin durch und durch ein Retro-Mann. Hab mich mit diesem Technokrams nie anfreunden können. Hier steht nur ein Faxgerät – und selbst das macht mich immer wieder völlig fertig, kann ich dir sagen. Ich hab immer alles mit diesem alten Mädchen hier erledigt …«

Joss hätte vor Freude fast in die Hände geklatscht, als Freddo Fabian einen Papierstapel zur Seite schob und dahinter eine matt schimmernde Remington-Schreibmaschine zum Vorschein kam.

»Ach, so eine hatte ich auch immer! Vor vielen, vielen Jahren. Die war wunderbar! Ich hab sie geliebt. Hab keine mehr gesehen, seit – nun ja, seit sehr langer Zeit.«

Freddos Augen glänzten. »Kannst du denn Maschine schreiben?«

Joss nickte. »Ich lag so bei hundert Worten pro Minute – und Pitmans Kurzschrift hab ich natürlich auch gelernt.« Sie lachte. »Damals, im Mittelalter.«

Freddo beugte sich vor. »Mrs Benson – Jocelyn – Joss … Kann es sein, dass dich der Himmel geschickt hat, Schätzchen? Du hättest wohl nicht etwa zufällig, vielleicht, eventuell Interesse an einem Job?«

20. Kapitel

Joss starrte Freddo entgeistert an. Hatte sie sich verhört? Oder bot er ihr tatsächlich einen Job an? War diese Szene hier wirklich, oder bildete sie sich das alles nur ein, so wie den Waldsee im Badezimmer? War die Duftmischung, die sie eingeatmet hatte, vielleicht irgendwie unausgewogen gewesen? Sie blieb ruhig, denn falls sie nur fantasierte, wollte sie lieber nicht aufspringen und vor Freude in die Luft boxen.

»Aber nein, tut mir leid, Schätzchen.« Freddo Fabian hob entschuldigend die Hände. »Natürlich nicht. Kein vernünftiger Mensch, geschweige denn eine so kluge und elegante Dame wie du, würde sich in diesem Saustall hier verkriechen und für einen alternden Love-and-Peace-Hippie wie mich arbeiten wollen. Mein Fehler.«

»Nein.« Joss schüttelte den Kopf. »Ich meine, ja – ja, ich bin durchaus an einem Job interessiert – nur habe ich seit vielen, vielen Jahren nicht mehr außer Haus gearbeitet. Ich bin ein bisschen eingerostet, was meine alten Fertigkeiten betrifft, von neuen Anforderungen mal ganz abgesehen. Und ich weiß rein gar nichts über die, äh, Unterhaltungsbranche. Vor meiner Heirat war ich als eine Art Sekretärin – genauer gesagt, als Stenotypistin – bei einem Bauunternehmen tätig.«

»Eine Stenotypistin wäre genau das, was ich suche«, strahlte Freddo. »Am besten eine, die ein bisschen Ordnung in dieses Chaos hier bringt, die Aktenablage systematisiert und mir hilft, die Termine zu koordinieren. Ein schlaues Mädchen wie du merkt sicher schnell, worauf es in einer Agentur so ankommt. Aber, Schätzchen«, er blinzelte sie unter seinen wirren blonden Haaren an, »es müsste dabei partnerschaftlich zugehen. Mir liegt es nicht, andere herumzukommandieren und mit der Peitsche zu knallen. Ich würde dir freie Hand lassen, und du regelst die Dinge dann so, wie du es für richtig hältst. Du machst das Büro, und ich mache die Stars und die Nummern. Wir müssten als Team arbeiten.«

Ach, dachte Joss, das wäre wirklich wunderbar: hier zu arbeiten, ihre alten Kenntnisse wieder zum Einsatz zu bringen, das Chaos zu ordnen und einen so umgänglichen Chef zu haben wie Freddo Fabian. Ihr Leben hätte einen Sinn, sie würde sich wieder wie ein Mensch fühlen, und ihre Tage wären ausgefüllt.

Sie holte tief Luft. »Das wäre genau das Richtige für mich.«

»Heißt das, du willst es versuchen?« Quer über den Tisch nahm Freddo ihre beiden Hände in die seinen. »Mensch, Joss, Schätzchen! Das ist für mich der schönste Moment des Jahrtausends! Wann kannst du anfangen?«

Joss erwiderte sein breites Lächeln und seinen Händedruck. Dann holte die Wirklichkeit sie ein. »Bevor wir uns von der Begeisterung davontragen lassen, gibt es da aber noch ein paar Dinge, die du wissen solltest.«

Sie berichtete ihm kurz von Marvin und schilderte seine Arbeitslosigkeit, nicht aber seinen Absturz in Selbstmitleid und Dauerfernsehen. »Er fühlt sich ein bisschen verloren«, schloss sie diplomatisch, »und, äh, na ja, ich glaube, er könnte Schwierigkeiten machen.«

»Na, dann versuchen wir es doch erst mal auf Probe«, sagte Freddo, schenkte Kaffee nach, machte eine zweite Packung Kekse auf und schlug für die Sekretariatsarbeiten ein Stundenhonorar vor, im Vergleich zu dem der Lohn bei *Big Sava* geradezu lächerlich wirkte. »Mal sehen, wie es läuft. Wenn du nicht ganztags arbeiten kannst oder willst, dann legen wir die Arbeitszeiten eben so, wie es dir passt. Ich bin da ganz flexibel. Wie wär's mit einer unverbindlichen Probezeit von einem Monat? Wenn wir im Lauf dieser Zeit merken, dass wir nicht zusammenpassen oder dass du zu viele Probleme bekommst, dann trennen wir uns wieder, ganz im Guten. Klingt das okidoki in deinen Ohren?«

»Absolut okidoki.« Joss lächelte und bemerkte leicht erschrocken, dass sie gerade, wie Freddo auch, ihren Keks in den Kaffee eintunkte. Eintunken war bei Marvin streng verboten. »Ja, danke. Vielen, vielen Dank.«

»Nein, Schätzchen, ich danke *dir*!« Freddo gluckste mit einem Mund voller Schokokrümel. »Und weißt du was – ich könnte deinen Marvin ja einladen, mal herzukommen, damit er mich kennen lernt, sich das Büro anschaut, merkt, dass ich kein Mafioso bin, und er sich über die Sache keinen Kopf machen muss.«

»Ach nein – lieber nicht«, sagte Joss rasch, denn sie wusste genau, wie Marvin auf den goldhaarigen und mit Klunkern behängten Freddo im rosa Hemd reagieren würde. »Nein, ich werde es ihm erklären – es wird schon gehen, ganz bestimmt.«

»Ist wohl einer von der eifersüchtigen Sorte?« Freddo lächelte sie warmherzig an. »Mit starkem Beschützerinstinkt?«

Joss überlegte einen Moment. »Beschützerinstinkt? Ich weiß nicht … Nein, ich glaube kaum. Vor vielen Jahren vielleicht, aber jetzt nicht mehr. Und eifersüchtig? Nicht die Spur.«

»Dann muss er verrückt sein«, gluckste Freddo. »Auf eine Frau wie dich wär doch jeder Mann stolz wie ein Schneekönig, Schätzchen! Lass dir da von deinem Marvin bloß nichts anderes einreden.«

Joss lächelte. »Danke – ich glaube … ich bin an Komplimente nicht gewöhnt. Ist schon komisch, da beginnt man ein gemeinsames Leben und meint, es wäre immer alles eitel Sonnenschein …« Sie brach ab. »Nein, entschuldige! Ich will dich nicht mit meinen persönlichen Sorgen belasten.«

»Kein Problem.« Freddo reichte ihr noch einen Keks. »Meine Frau hat mich schon vor Jahren verlassen. Ist mit einem meiner Klienten durchgebrannt – einem windigen Zauberkünstler, kannst du dir das vorstellen? Jetzt steht sie in Strumpfhosen und Paillettenkostüm auf den Bühnen schmieriger Clubs und schaut zu, wie er Kaninchen aus dem Hut zieht. Wollte ein bisschen mehr Spannung und Abenteuer im Leben, hat sie gesagt. Sie hatte sich schon immer gewünscht, im Rampenlicht zu stehen.«

Joss biss sich auf die Lippen. »Oh, das tut mir leid. Vermisst du sie?«

»Jetzt nicht mehr, Schätzchen – aber ich vermisse seine Provision in Höhe von fünfzehn Prozent aller Einnahmen.«

Gemeinsam kicherten sie.

Nachdem sie mit Kaffee und Keksen fertig waren, füllte Joss ein Bewerbungsformular aus, und Freddo gab ihr eine kurze Einführung ins Geschäftliche. Seine Künstleragentur, erklärte er, vertrat in Wirklichkeit keinen der Stars, die auf den Postern abgebildet waren, das war nur zur Schau, aber er hatte eine dicke Kundenkartei, und seine Agentur war nicht nur solvent, sondern gedieh sogar außerordentlich gut.

Joss beglückwünschte sich und konnte es immer noch kaum fassen. Auch fand sie es ganz unglaublich, dass sie gar nicht nervös geworden oder an irgendeinem Punkt mal ins Stottern gekommen war. Lag es wirklich an der Aromatherapie, dass sie so gelassen und selbstsicher aufgetreten war? Wie auch immer, sie würde Sukie für ihre Unterstützung ein dickes Dankeschön-Geschenk kaufen.

»So«, sagte Freddo, als der erste Rundgang beendet war, »sagt dir das zu, Schätzchen? Hast du Lust, dich hier reinzuknien?«

»O ja, bitte.« Joss brannte schon darauf, das Ablagesystem auf Vordermann zu bringen, das Durcheinander in den beiden Büroräumen zu ordnen und die Remington-Schreibmaschine unter die Finger zu bekommen. »Äh – wann soll ich denn anfangen?«

»Am besten jetzt gleich«, grinste Freddo. »Nein, im Ernst – wie wäre es mit Montag in einer Woche? Da hättest du zehn Tage Zeit, um die Sache mit deinem Mann zu klären, und ich könnte währenddessen zumindest das allergröbste Chaos hier bereinigen, damit du nicht abgeschreckt wirst, bevor du überhaupt angefangen hast.«

»Sehr schön.« Joss nickte. »Und in der Zwischenzeit frage ich Topsy, ob du dir die Cancan-Truppe mal ansehen kannst, soll ich?«

»Wenn es sich machen lässt, Schätzchen. Danke. Nimm doch eine meiner Visitenkarten mit meiner Handynummer. Dann kannst du mich anklingeln und auf dem Laufenden halten, okay?«

Joss steckte die rosa-goldene Karte mit der Aufschrift »Retro – Musik & Theater« in ihre Handtasche. »Ich habe kein Handy, aber meine Telefonnummer und Adresse stehen auf dem Formular. Ist es dir wirklich lieber, dass ich bei Topsy anfrage? Möchtest du das nicht selbst machen?«

Freddo grinste. »Betrachte es als erste Berufserfahrung. Nein, da du mit dem Zeitungsbericht so hervorragende Arbeit geleistet hast, überlasse ich die Kontaktaufnahme lieber dir. Aber ich würde gern so bald wie möglich vorbeikommen und mir die Truppe anschauen. Weißt du, ob sie demnächst hier in der Gegend irgendeinen Auftritt haben?«

»Ich glaube«, sagte Joss, der wieder einfiel, was Valerie Pridmore ihr erzählt hatte, »dass sie erst Anfang Mai wieder öffentlich auftreten. Bei einer nachträglichen Hochzeitsfeier in Fiddlesticks.«

»Tatsächlich?« Freddo schob sich nachlässig die Haare aus dem Gesicht und ließ die Armreifen klimpern. »Etwa die Party für dieses Paar aus dem Pub? Die zwei, die an irgendeinem Strand auf den Seychellen oder so ähnlich heiraten und nach ihrer Rückkehr eine Riesenfete auf dem Dorfanger schmeißen?«

»Ja, ich glaube schon«, antwortete Joss überrascht und erinnerte sich vergnügt an den ausgelassenen Spaß bei Ferns Polterabend im *Weasel and Bucket*. »Wieso? Kennst du sie?«

»Kann man so sagen, indirekt.« Freddo hüpfte beinahe vor Begeisterung. »Vor allem ist auch eine meiner besten Nummern dort gebucht. Kennst du die JB Roadshow? Tolle Soulband, beenden gerade ihre ›Soul Survivors‹-Tour. Die Party in Fiddlesticks wird ihr abschließendes Heimspiel. Da sieht man mal wieder, wie klein die Welt ist.«

Joss nickte. »Du könntest zwei Fliegen mit einer Klappe schlagen. Wenn du wegen deiner, äh, Soulband hinkommst, wirst du auch die Cancan-Truppe in Aktion sehen.«

»Die Tänzerinnen würde ich mir gerne vorher schon anschauen, wenn es sich machen lässt«, sagte Freddo und blätterte durch einen Terminkalender, der mit gelben Zetteln und Fetzen zerrissener Briefumschläge gespickt war. »Proben sie regelmäßig?«

»Dienstags«, antwortete Joss, die Val immer darum beneidet hatte, wenn sie dienstagabends zum Tanzen losgesaust war, »abends um halb acht. Im Gemeindesaal von Hazy Hassocks.«

»Dann also am Dienstag.« Freddo kritzelte etwas auf einen weiteren gelben Klebezettel. »Und du wirst auch da sein?«

Joss schüttelte den Kopf. »O nein – ich gehöre eigentlich nicht dazu.«

»Ich würde mich sehr freuen, wenn du auch kommen könntest«, sagte Freddo. »So bekämst du einen Eindruck davon, wie ich vorgehe, um neue Nummern aufzutun, und du könntest quasi als Vermittlerin auftreten – da du mich kennst und auch diese Topsy. Meinst du, das wäre ein ›Könnte-klappen‹?«

Warum nicht? Na, zum Beispiel, weil Marvin es verbieten würde.

Joss nickte. »Mehr als das. Das ist ein Gebongt.«

»Siehst du! Du kannst schon den Fachjargon! Und lass sie doch bitte wissen, dass ich vorbeikomme, okay?«

»Ja, natürlich. Obwohl ich nicht garantieren kann –«

»In diesem Metier gibt es keine Garantien – das wirst du sicher bald merken.« Freddo strahlte sie an. »Das macht es ja so unvorhersehbar – und so spannend.«

Und Joss strahlte zurück.

Sie strahlte immer noch, als sie zu Hause in *The Close* ankam.

»Marvin?«, rief sie ins Esszimmer. »Marvin? Bist du da? Ich hab wunderbare Neuigkeiten …«

Nun, dachte sie und entledigte sich ihrer Schuhe, Handtasche und Jacke, zumindest wunderbar für sie. Auch wenn Marvin die Nase darüber gerümpft hatte, dass sie bei *Big Sava* arbeiten wollte, gegen eine Bürotätigkeit konnte er doch sicher nichts einzuwenden haben. Jetzt hätte er keinen Grund mehr, ihre alte Berufsausbildung schlechtzumachen. Nicht, wenn sie ihm erklärte, dass sie über genau die Fähigkeiten verfügte, auf die Freddo Wert legte, und dass sie für ein sehr gutes Gehalt in einem richtigen Sekretariat arbeiten würde. Vielleicht spornte ihn das ja sogar an, sich nun auch selbst nach einer neuen Stelle umzusehen?

»Marvin?«

Der Bungalow war leer. Der Fernseher schwieg. Die Reste vom Lunch standen noch immer auf dem Tisch. Wo in aller Welt war Marvin hingegangen? Er hatte das Haus nicht mehr verlassen, seit – nun, seit ihm gekündigt worden war.

Da sie so in Hochstimmung hereingeschwebt war, konnte Joss sich gar nicht erinnern, ob Marvins Wagen eigentlich in der Auffahrt gestanden hatte oder nicht. Sie spähte aus dem Fenster – und verspürte einen ersten Anflug von Besorgnis.

Marvins Wagen war weg.

O Gott. Während sie mit Freddo gelacht und Kekse eingetunkt hatte, war Marvin endgültig durchgedreht. Die Depression hatte ihn überwältigt. Er war losgefahren – sicher viel zu schnell – und …

Halt! Joss versuchte, ihre Fantasie im Zaum zu halten. Vielleicht hatte er auch einfach nur beschlossen, dass er nun genug in Selbstmitleid gebadet hatte und das Gleiche tun sollte wie sie, nämlich sich auf die Socken machen – bildlich gesprochen.

Als Joss mechanisch die Küche aufräumte, war ihre vorherige Euphorie weitgehend verpufft. Wahrscheinlich gab es eine ganz simple Erklärung – aber was, wenn Marvin wirklich wutentbrannt losgebraust war, weil ihr neu entdecktes Selbstvertrauen und ihre Selbstsicherheit ihn zur Verzweiflung getrieben hatten? Vielleicht hatte sie ihm nicht genügend Anteilnahme entgegengebracht? Nicht genügend Verständnis gezeigt? Sie konnte sich schließlich kaum vorstellen, was es für ihn bedeutete, seinen Job verloren zu haben. Sie, die ja – wie Marvin ihr so oft vorgehalten hatte – seit ihrer Heirat nichts als eine Schmarotzerin gewesen war.

Nein! Sie knallte den letzten Teller in den Küchenschrank. Sie war eine gute Gattin, Mutter und Hausfrau gewesen. Jahrelang hatte sie es ertragen, bei jeder Gelegenheit heruntergeputzt zu werden. Viel zu lange hatte sie alles geglaubt, was Marvin ihr so an den Kopf warf. Andere Frauen, die weniger treu oder hingebungsvoll waren, hätten ihn garantiert längst verlassen oder sich ihm zumindest widersetzt, wenn nicht sogar versucht, ihn zu ermorden.

Verflixt noch mal! Joss holte tief Luft. Unter gar keinen Umständen würde sie sich wieder in einen kleinen furchtsamen und duckmäuserischen Angsthasen zurückverwandeln …

Wie immer wünschte Joss sich sehnlichst, dass Val nebenan zu Hause wäre, damit sie ihr sowohl von den erstaunlichen Ereignissen bei »Retro – Musik & Theater« als auch von ihrer Sorge um Marvin erzählen könnte. Sie tigerte ruhelos durch den Bungalow, nahm hier etwas hoch und legte es dort wieder hin, wischte nicht vorhandenen Staub weg und zupfte an bereits zurechtgerückten Gardinen. Wie schrecklich, wenn Marvin eine Dummheit gemacht hätte!

Was auch immer sie für ihn empfand – oder auch nicht empfand –, den Tod hätte sie ihm niemals gewünscht. Andererseits, wenn Marvin schlichtweg beschlossen hätte, sie zu verlassen, den Bungalow zu verlassen, um alleine neu anzufangen – wie wäre das?

Schockierenderweise wurde ihr klar, dass sie im Grunde gar nichts dagegen hätte. In der Tat wäre dies ein gutes, befriedigendes Ende ihrer scheußlich sterilen Beziehung. Wahrscheinlich müsste der Bungalow dann verkauft werden und sie sich irgendwo etwas mieten – aber das würde ihr nichts ausmachen. Sie sah sich in Gedanken weitaus lieber als geschiedene Frau, die in einer kleinen Wohnung lebte und im Waschsalon Schlange stand, denn als Witwe, die Marvins Beerdigung organisieren musste.

Wo zum Teufel war er denn nur hin? Und warum war er ausgerechnet jetzt verschwunden, als sie gerade vor Freude beinahe hätte platzen können? Typisch Marvin – er hatte es mal wieder geschafft, ihr alles zu vermiesen. Diesmal sogar ganz unbeabsichtigt.

Vielleicht sollte sie herumtelefonieren und versuchen, ihn auf diesem Wege aufzuspüren. Aus Fernsehkrimis wusste sie, dass die nächsten Angehörigen des Opfers in der Annahme, die vermisste Person käme sicher bald wieder, oft wertvolle Zeit vertaten und erst dann etwas unternahmen, wenn schon alles zu spät war.

Früher hatte sie Marvin natürlich immer über sein Handy erreichen können, aber da es zu den Vergünstigungen seines Jobs gehört hatte, war es im Büro zurückgeblieben wie auch sein restlicher Lebensinhalt. Joss starrte das Telefon im Flur an und wusste nicht, wo sie anfangen sollte. Könnte er bei Simon sein? Vielleicht um wieder Golf zu spielen? Oder bei anderen Freunden aus ihrem Dinner-Zirkel – von denen Marvin gesagt hatte, sie wollten nun bestimmt nichts mehr mit ihm zu tun haben? Oder bei den Kindern? Könnte es sein, dass er Ossie und Tilly sein Herz ausschüttete?

Wo auch immer er steckte, er würde bestimmt stinkwütend werden, wenn sie ihn zu finden versuchte, aber damit konnte sie leben. Sie holte noch einmal tief Luft und begann dann, mit dem Adressbuch in der einen und dem Telefonhörer in der anderen Hand, nach ihm zu fahnden.

Eine halbe Stunde später, nachdem sie nichts erreicht und alle Möglichkeiten ausgeschöpft hatte, wanderte Joss in die Küche und setzte den Wasserkessel auf. Warum, wusste sie nicht. Eigentlich wollte sie gar nichts trinken, aber sie wusste auch nicht, was sie sonst hätte tun sollen. Marvins so genannten Freunde waren keine große Hilfe gewesen, hatten nur gesagt, dass sie ihn weder gesehen noch von ihm gehört hätten, und einen reichlich desinteressierten Eindruck gemacht – die meisten hatten gemeint, er sei bestimmt auf Stellensuche und sie solle sich keine Sorgen machen.

Joss, die sich aber sehr wohl Sorgen machte, ging mit ihrem Tee in den Garten. An die makellose Terrasse grenzte ein ordentliches Rasenrechteck mit zurückgeschnittenen Rosensträuchern an den Ecken und einem Bottich mit Stiefmütterchen in der Mitte – gepflegt und fade. Aus dem Nachmittag wurde ein sonnendurchfluteter Abend, und die anderen Bungalows warfen Schatten auf den Rasen, die aussahen wie schlummernde Elefanten.

Für den Fall, dass die Kinder zurückriefen, wollte sie sich nicht zu weit vom Haus entfernen. Sie hatte ihnen Nachrichten auf den Anrufbeantwortern hinterlassen. Joss warf einen hoffnungsvollen Blick auf das Nachbarhaus – vielleicht kam Val ja früher nach Hause? Pridmores waren mit ihrer ältesten Tochter nach Hazy Hassocks zum Tee ausgegangen, wohl eher ein Abendessen, vermutete Joss. Es würde wahrscheinlich spät werden, denn Valerie und ihr Mann ließen die Abende meistens im *Barmy Cow* ausklingen. So trank sie ihren Tee, und ihre Beunruhigung steigerte sich allmählich zu leiser Panik.

Als das Telefon klingelte, hatte sie es so eilig, an den Apparat zu gehen, dass sie sich Tee auf die Hände und den Rock spritzte.

»Mutter?« Tillys Stimme klang argwöhnisch. »Ist alles in Ordnung?«

»Ja – ich meine, nein. Wie gesagt, ich mache mir Sorgen um deinen Vater.«

»Wie lange ist er schon weg?«

»Na ja, ich bin kurz nach eins zu einem Vorstellungsgespräch –«

»Wo bist du hin?« Tilly lachte. »Du bewirbst dich um einen Job? Wieso?«

»Das spielt keine Rolle«, fauchte Joss gereizt. »Ist jetzt unwichtig – außerdem habe ich die Stelle, und als ich zurückkam, war dein Vater weg. Dabei hatte er nicht mehr das Haus verlassen, seit –«

»Du hast einen Job?« Tilly klang, als könne sie es gar nicht glauben. »Du? Was ist denn das für eine Stelle?«

»Als Sekretärin. Hör mal, Tilly, das ist jetzt nicht wichtig –« Natürlich war es das, aber nicht in diesem Moment. »Wichtig ist, dass ich mir seinetwegen Sorgen mache. Wenn er bei dir auftauchen sollte oder dich anruft, dann lass es mich doch bitte wissen, ja?«

»Ja, sicher, aber –« Tilly klang, als wollte sie gleich loslachen. »– wie kommst du zu einer Stelle als Sekretärin? Du bist doch gar nicht qualifiziert –«

»Für die fragliche Stelle bin ich vollkommen qualifiziert. Ich fürchte, dein Vater war vielleicht deprimiert, weil ich nach Arbeit suchte und er fürchtete, an Autorität zu verlieren und –«

»Dad wird schon klarkommen«, sagte Tilly. »Ossie und ich verstehen das besser als du. Wenn er weggefahren ist, dann wahrscheinlich, um Kontakte zu pflegen und sich wieder ins Geschehen einzuklinken. Wahrscheinlich fand er, die Zeit sei nun reif.«

»Warum hat er mir denn dann nichts gesagt und mir nicht einmal eine Nachricht hinterlassen?«

»Aber Mutter ...« Tilly schlug einen tadelnden Ton an. »Denk doch mal nach. Warum sollte er dir eine Nachricht hinterlassen? Es besteht doch gar keine Veranlassung, sich Sorgen zu machen. Er hat einfach Zeit gebraucht, um in die neue Situation hineinzufinden und Pläne für die Zukunft zu entwickeln. Ich denke, das wird er ja wohl getan haben.«

Was er getan hat, dachte Joss müde, war, mir das Leben zur Hölle zu machen und den ganzen Tag lang fernzusehen – aber das sprach sie nicht aus. »Du meinst also nicht, dass ich die Polizei oder die Krankenhäuser anrufen sollte?«

»Nur, wenn du dich zum Gespött machen willst und möchtest, dass Dad bei seiner Rückkehr vor Wut ausrastet. Er ist ja erst ein paar Stunden fort. Bestimmt kommt er zum Abendessen wieder nach Hause, du wirst schon sehen.«

Und Tilly legte auf. Dann klingelte das Telefon gleich noch einmal, diesmal war Ossie dran, der praktisch dasselbe sagte, mit nahezu denselben Worten.

Joss, die aber immer noch fand, sie sollte Marvin als vermisst melden, saß eine Zeit lang nervös vor dem Fernseher, machte Bohnen auf Toast zum Abendessen, rief die nervtötend geschwätzige Topsy an, um das Treffen mit Freddo am kommenden Dienstag in die Wege zu leiten, und starrte um elf Uhr abends noch immer aus dem Fenster, in der Erwartung, dass Marvins Wagen in die Auffahrt einbog.

Als Joss schließlich vor ihrem Ankleidetisch saß, das Makeup entfernte und sich die Haare bürstete, sagte sie müde zu sich selbst: »Ach Marvin, wo zum Teufel steckst du bloß? Warum tust du mir das an, ausgerechnet heute? Ich will nicht, dass dir etwas zugestoßen ist – und ich würde es mir nie verzeihen, wenn du – nun, wenn du nicht wiederkämst … und ich bis ans Ende meiner Tage damit leben müsste, dass die letzten Worte zwischen uns im Zorn gesprochen wurden.«

Seufzend ging sie in das immer noch herrlich duftende Badezimmer, um sich die Zähne zu putzen.

Hier stimmte etwas nicht. Nachdem sie so lange in der beinahe sterilen Ordnung des Bungalows gelebt hatte, meldete ihr Unterbewusstsein sofort, wenn etwas nicht ganz an seinem Platz war. Aber was? Die Wanne war sauber, die Handtücher hingen ordentlich an den Haken, die Schranktüren waren geschlossen. Stirnrunzelnd drückte Joss die Zahnpasta auf ihre

Zahnbürste und begann mit den automatisierten Putzbewegungen – dann hielt sie inne.

Die drei kleinen Schmuckfläschchen auf dem Fensterbrett hatten vorher nicht dort gestanden.

Mit Schaum vor dem Mund starrte sie darauf. Nach ihrem aromatherapeutischen Bad hatte sie die Fläschchen doch weggesteckt, oder nicht? Doch, in die Tasche ihres Bademantels – in dem Bewusstsein, dass sie damit, wann immer sie wollte, in den Waldsee ihrer Träume zurückkehren konnte. Sie hatte ein gutes Gedächtnis und wusste genau, was sie getan hatte.

Das konnte nur bedeuten, das jemand anderes die Flakons gefunden hatte. Marvin? Wie konnte das sein? Aber eine andere Erklärung gab es nicht.

Marvin hatte sich über ihr mittägliches Bad aufgeregt und gewundert. Es hatte ihn geärgert, dass sie etwas Außerplanmäßiges tat. Er war sauer gewesen, dass sie ihm nicht hatte sagen wollen, was sie tat und warum. Er hatte wahrscheinlich gewartet, bis sie nach Winterbrook aufbrach, und dann überall gesucht – wonach eigentlich? Nach irgendeinem Indiz, dass sie etwas Unrechtes tat?

Joss stöhnte, sie konnte es sich nur allzu gut bildlich vorstellen.

Er hatte sicher auch ihren im Schlafzimmer abgelegten Bademantel hochgehoben, und dann hatten die Fläschchen in der Tasche geklimpert. Und er hatte sie herausgeholt und betrachtet – und war zornig geworden, weil er so was für gequirlten Quatsch hielt und annahm, sie verschwende Geld für Frivolitäten …

Ja, Joss nickte, sie sah die Szene ganz deutlich vor sich.

Und nun standen die Fläschchen vorwurfsvoll nebeneinander aufgereiht da.

O Gott! Könnte es sein, dass Marvin womöglich annahm, sie

hätte einem anderen Mann zuliebe mittags gebadet? Könnte er sie verdächtigen, eine Affäre zu haben? Um Himmels willen!

Joss stöhnte auf.

Eigentlich kam ihr diese Idee eher unwahrscheinlich vor, weil Marvin an ihren weiblichen Reizen doch dauernd etwas auszusetzen hatte – aber da er die Flaschen vorsätzlich an einen so gut sichtbaren Platz gestellt hatte, standen sie mit seinem plötzlichen Verschwinden sicher in Verbindung. Und wenn er daran geschnuppert hatte? Und, weil er nicht wusste, worum es sich handelte, annahm, es wären exotische, verführerische Düfte für – was denn? Für einen Liebhaber?

Könnte Marvin sie wirklich des Ehebruchs verdächtigen?

Joss spuckte die Zahnpasta aus. Allein der Gedanke war absurd – und Marvin hätte doch wohl kaum ein duftendes Bad mit den Essenzen genommen, oder?

Nein – so verrückt war er nicht. Aber vielleicht hatte er an den starken, betörenden Düften geschnuppert und geschlussfolgert, dass Joss, die zeitlebens unauffällige und konservative Parfüms benutzt hatte, ihm untreu geworden war.

»Ach Marvin«, seufzte Joss. »Du Vollidiot!«

Hatte er sie also verlassen, weil er dachte, sie beginge Ehebruch? O Gott! In dem Fall – Joss raste ins Schlafzimmer und riss die Türen des IKEA-Schranks auf.

»Zum Teufel!«

Auf Marvins Seite des Schranks, wo sie seit so vielen Jahren seine Kleider ordentlich und nach Farben sortiert aufhängte und gefaltet ablegte, dass sie es schon im Schlaf hätte tun können, klafften mehrere viel sagende Lücken.

»Verflixt noch mal!« Joss trat gegen die Schranktür. »Marvin! Du blöder alter Mistkerl!«

21. Kapitel

Sie machen sich schon recht gut«, meinte Jennifer Blessing und lächelte den beiden Kylies, die gerade im Doppel eine beidhändige Nagelverlängerung durchführten, mütterlich zu. »Und da es bei dir auch so richtig brummt, blüht und gedeiht mein kleines Imperium. Ich weiß ja nicht, wie du das siehst, Sukie, aber ich glaube, das wird das beste Geschäftsjahr seit Firmengründung.«

Sukie nickte; ihr lag daran, möglichst rasch mit einem frischen Vorrat an Bademänteln und Handtüchern sowie dem Massage-Terminplan für die nächste Woche aus *Beauty's Blessings* zu entkommen. Beruflich gesehen stimmte sie Jennifer uneingeschränkt zu; privat jedoch war dieses Jahr für sie persönlich mit ebenso vielen Fallstricken und Kümmernissen befrachtet wie jedes andere. Aber das wollte sie nicht eingestehen.

»Ja, läuft alles bestens«, antwortete sie und versuchte, sich zur Tür zu stehlen. »Entschuldige, Jennifer, ich muss mich sputen – hab heute mehrere Termine und noch allerhand zu erledigen. Und ich bin schon spät dran. Bis bald!«

Sukie packte die Handtücher und Bademäntel in den Kofferraum ihres Wagens und ging dann zu Fuß ein paar Schritte auf der Hauptstraße von Hazy Hassocks bis zum Supermarkt. Nachdem sie gestern zu Abend ein Omelett aus Käseresten und Eiern mit abgelaufenem Verfallsdatum gegessen hatte, musste sie dringend den Eisschrank mit einem Stapel Piks-und-Ping-Gerichten auffüllen.

Der April bot weiterhin einen Vorgeschmack auf den Sommer, und *Big Sava* zielte mit Pyramiden von Sonnencremes, Sonnenbrillen und Picknick-Artikeln auf die Sonnensehnsucht der Kunden. Als Hintergrundmusik erklangen Songs wie »Summer Holiday« und »In the Summertime«. Sukie lud sehr viel mehr in ihren Einkaufswagen, als sie vorgehabt hatte, und erwartete fast, dass das Personal die orangefarbenen Kittel ablegte, um stattdessen im Bikini zu bedienen.

»Sukie!« Als sie den Ausgang ansteuerte, winkte ihr Chelsea von der Kasse aus zu. »Hierher!«

Sukie schlängelte sich an mehreren Grüppchen von schwatzenden Frauen in Strickjacken und Gesundheitssandalen sowie älteren Leuten mit billigem Gin und Fischstäbchen in den Einkaufskörben vorbei und kam einem Mann im teuren Anzug mit getrockneten Feigen und zwei Flaschen Wasser zuvor.

»Na«, sagte Chelsea, während sie Sukies Monatsration an fettarmen, aber zusatzstoffreichen Fertiggerichten durch den Scanner zog, »dein Naturzauber-Hokuspokus war ja wohl voll der Blindgänger, was? Nicht die leiseste Spur von Nicky Hambly.« Sie kämpfte mit dem Strichcode von irgendeiner pseudoindonesischen Mahlzeit. »Hab ich auch nicht anders erwartet. Ich hab seinen Namen sogar bei *Friends Reunited*, so einem Internet-Portal für alte Schulfreunde, nachgeschlagen, um deinem Zauber ein bisschen auf die Sprünge zu helfen, aber er war nicht mal eingetragen. Also?«

»Also was?« Sukie packte ihre Sachen in orangefarbene Plastiktüten.

Der teure Anzug, der vermutlich wünschte, er wäre wie sonst auch ins Feinkostgeschäft gegangen, rappelte ungeduldig mit seinen Feigen und Wasserflaschen.

»Also, was wird nun aus deinem Plan, dir den süßen Derry zu schnappen? Da dieser Zauberquatsch offenbar reine Zeitverschwendung ist, wirst du dich jetzt wohl nicht mehr damit abgeben, Milla und Bo-Bo durch Liebestränke wieder zusammenzubringen, oder?«

»Stell mich doch nicht als so berechnend hin.« Sukie zog die Augenbrauen zusammen. »Ich hab nie vorgehabt, Derry von Milla wegzuzaubern, wie du es nennst. Das weißt du doch. Mir lag nur ihr Glück am Herzen.«

»Pah!«, schnaubte Chelsea. »Das kannst du wem anders weismachen, Sukie. Finde dich damit ab, dass Derry und Milla zusammenbleiben! Willkommen im Club der Singles Ende zwanzig, die dazu verdammt sind, auf anderer Leute Polterabenden zu tanzen und als Zaungäste an fremden Hochzeiten teilzunehmen …«

Der teure Anzug wurde immer hibbeliger.

»Danke, dass du meine Zukunftsaussichten in so rosigen Farben malst.«

Sukie steckte ihre Karte in das Lesegerät und tippte die PIN-Nummer ein. »Außerdem kann Nicky Hambly ja jeden Moment auftauchen – niemand hat behauptet, dass der Entfernungszauber schon im nächsten Augenblick wirkt.«

Chelsea reichte ihr die Quittung und schüttelte den Kopf. »Tut mir leid, Sukie – aber das war doch alles nur Spinnerei. Den ganzen Quatsch, dass Coras Garten ein magischer Ort wäre und so, hab ich eh nicht geglaubt. Netter Versuch. Bis morgen dann.«

»Bei der Cancan-Probe?« Sukie hievte die letzte Tragetasche in den Einkaufswagen. »Ja, ich hol dich ab, wie immer. Ach, hast du von Topsy gehört? Da soll ein Agent kommen, um uns beim Tanzen zuzusehen.«

»Ja, sie hat alle angerufen. Klingt aufregend, oder? Wenn er uns gut findet, kriegen wir bestimmt jede Menge Auftritte – und werden vielleicht sogar fürs Tanzen bezahlt. Stell dir mal vor! So ein Zusatzverdienst wär ja nicht zu verachten. Er kommt wohl wegen dem Artikel, den Joss Benson geschrieben hat?«

»Ja, das hat Topsy gesagt. Meinst du, wir sollen im vollständigen Kostüm erscheinen?«

»Daran hatte ich noch gar nicht gedacht. Ja, wahrscheinlich.« Chelsea stützte die Ellenbogen vertraulich auf das Transportband. »Allerdings –«

Der teure Anzug fing an zu schreien und schleuderte das Wasser mitsamt den Feigen auf den Boden.

»Mrs Allsop!«, rief Chelsea, drückte den Alarmknopf und winkte mit erhobener Hand. »Mrs Allsop! Aufsicht bitte! Sicherheitsgefährdung! Code B an Kasse 12!«

Marvin war nun schon seit einer Woche verschwunden. Joss schwankte zwischen Panik, Verzweiflung und Anwandlungen schuldbewusster Freude darüber, den Bungalow für sich allein zu haben. Entgegen der Empfehlung ihrer Kinder hatte sie ihn bei der Polizei als vermisst gemeldet und seine Beschreibung an mehrere Krankenhäuser durchgegeben. Letztere hatten ihn zum Glück nicht gesehen, und auf der Polizeiwache hatte man Joss freundlich erklärt, Marvins unerwartetes Verlassen des Hauses, gewaltlos und mit Gepäck, sei zwar sehr bedauerlich, aber keine kriminelle Handlung, und daher könne man ihn auch nicht als vermisst zur Fahndung ausschreiben.

In Marvins Abwesenheit konnte Valerie Pridmore zum Glück jederzeit herüberkommen, sei es bei Tag oder Nacht, und hatte dies auch getan, wenn Joss sie am dringendsten brauchte. Joss wusste gar nicht, wie sie ohne Val mit der Situation fertig geworden wäre. Val war überaus freundlich und hilfsbereit gewesen, und nach anfänglichen Witzeleien über Marvins Treulosigkeit hatte sie bald begriffen, dass Joss fast durchdrehte und völlig fertig war, und dann hätte man sich keine bessere Freundin wünschen können als sie.

Nachdem sie versprochen hatte, niemandem ein Sterbenswörtchen zu verraten, hatte sie Joss geholfen, nach Marvin zu suchen, und einige der täglichen Telefonrundrufe übernommen. Sie brachte nervenstärkende Kohlenhydratbomben mit, die Marvin sämtlich verboten hätte – zum Beispiel Fisch mit Chips oder frische Cremetorte – und hörte zu. Gott segne sie, dachte Joss, dass sie so gut zuhören konnte. Und bei alledem war Val stets heiter und optimistisch geblieben.

»Warum meldet er sich bloß nicht?«, hatte Joss bestimmt tausendmal gefragt. »Und sei es nur, um mich wissen zu lassen, dass er wohlauf ist, und damit ich ihm erklären kann, dass ich gar keine Affäre habe. Warum sagt er mir nicht, wo er steckt?«

Und jedes Mal hatte Val ihre Hand getätschelt und gesagt, er käme sicher bald wieder oder würde anrufen, aber für jemanden, der, na ja, so herrschsüchtig sei wie Marvin, brächte der Verlust seiner Arbeitsstelle zwangsläufig alle möglichen Probleme mit sich; Probleme, die sich im Lauf der letzten paar Wochen immer weiter aufgestaut hätten – und wahrscheinlich brauchte er einfach Zeit, um wieder zu sich zu kommen. Joss solle sich nur ein wenig gedulden.

Und über Joss' gewagte Theorie, Marvin könnte sie verlassen haben, weil er sie verdächtigte fremdzugehen, hatte Val nur gutmütig gelacht und gesagt, das sei völliger Unsinn. Marvin sei nur weggegangen, um wieder zu sich zu finden. Joss solle ihm einfach Zeit lassen. Es würde alles wieder gut, sie würde schon sehen.

Und falls Val in Wirklichkeit fand, Joss hätte überhaupt nichts Besseres passieren können, als dass Marvin die Fliege machte –

vor allem, wo sie nun so einen schönen Job gefunden hatte –, war sie so klug gewesen, diese Ansicht für sich zu behalten.

Als Joss nun bei strahlendem Sonnenschein von *Coddles* nach Hause ging, fand sie, dass sie sich überraschend schnell an das Alleinleben gewöhnt hatte. Ihr fehlte zwar die Gegenwart eines anderen Lebewesens im Bungalow, aber das Genörgel, die Zurechtweisungen und die Pingeligkeit von früher fehlten ihr kein bisschen. Eigentlich vermisste sie Marvin überhaupt nicht sonderlich. Und sie war bald dazu übergegangen, alles ein wenig lässiger zu handhaben. Das würde sich natürlich wieder ändern müssen, wenn Marvin zurückkäme, aber in der Zwischenzeit, solange sie sich einreden konnte, dass er am Leben sei und es ihm gut ginge, genoss sie die behagliche Ungezwungenheit in vollen Zügen.

Sie hatte Freddo angerufen, sobald Topsy versichert hatte, dass er bei der Cancan-Probe herzlich willkommen sei. Von der Veränderung ihrer Lebensumstände hatte sie ihm jedoch nichts erzählt. Erstens kannte sie ihn noch nicht gut genug; zweitens interessierte ihn das wahrscheinlich wenig; drittens wollte sie nicht, dass überhaupt jemand von Marvins Verschwinden erfuhr; und viertens könnte ihm in der Annahme, Joss sei in schwere häusliche Turbulenzen verwickelt, sonst ja womöglich noch einfallen, das Stellenangebot wieder zurückzuziehen!

Also würde sie sich am kommenden Abend mit Freddo im Gemeindesaal von Hazy Hassocks treffen und so tun, als sei alles in Ordnung. Und vielleicht kam Marvin ja auch schon bald wieder zurück.

Es war wirklich ein herrlicher Morgen, fand Joss, und weil sie gerade nichts anderes vorhatte, ging sie auf Umwegen nach Hause. Marvin war nie gern mit ihr durch Bagley spaziert, damit er nicht womöglich mit jemandem sprechen musste, der seines Erachtens unter ihm stand. Die Luft war wunderbar warm und windstill, erfüllt von Vogelgezwitscher, und als sie so dahinschritt, wirbelten Blütenblätter vor dem Himmelsblau sanft um sie her wie zartes Konfetti.

Weidenbäume voller Kätzchen überdachten die Straße, an der Böschung wuchsen fast hüfthohe Taubnesseln neben Schöllkraut und Gänseblümchen, und die Gärten quollen über vor lauter Frühlingspracht. Sie überlegte, dass sie Marvin nach seiner Rückkehr vorschlagen könnte, im Vorgarten des Bungalows auch so hübsche Randbeete anzulegen. Man wäre doch gleich froher Stimmung, wenn man allmorgendlich vor dem Fenster solch ein Farbenmeer erblickte.

»Joss! Mrs Benson! Wie geht's?«

Joss schrak zusammen und schaute zur anderen Straßenseite hinüber. »Ach, hallo, Sukie. Ich habe gar nicht gemerkt, dass ich schon so weit gelaufen bin.«

Sukie, die anscheinend gerade einen Jahresvorrat an Lebensmitteln aus ihrem Kofferraum lud, richtete sich auf. »Ich dachte, du wolltest vielleicht zu mir, um eine weitere Massage zu buchen?«

»Nein, leider nicht …« Joss schüttelte den Kopf und weidete ihre Augen an der Farbenpracht des traditionellen Cottage-Gartens von *Pixies Laughter*. »Ich mache nur einen kleinen Gesundheitsspaziergang. War bei *Coddles* – und weil es so ein herrlicher Morgen ist, dachte ich mir, ich spaziere mal ein wenig durchs Dorf.«

»Ja, wirklich ein wunderbarer Tag heute. Ich wollte eigentlich anrufen, um mich zu erkundigen, wie der Termin neulich gelaufen ist. Haben die Essenzen geholfen?«

Joss nickte nur, denn sie wollte lieber nicht schildern, wie die Öle ihr Badezimmer in einen Märchenwald verwandelt hatten, damit Sukie sie nicht für geistesgestört hielte. Auch wollte sie keinesfalls darüber reden, was für eine Katastrophe die Essenzen kurz darauf in ihrem Privatleben angerichtet hatten. »Sehr gut, Sukie, vielen Dank. Ich hätte schon früher kommen sollen, um mich zu bedanken. Ich hab's geschafft – und einen Job gefunden.«

»Tatsächlich?« Sukie strahlte. »Wunderbar! Bei dem Typ, der dich zu sich bestellt hat? Ja, Wahnsinn. Gut gemacht!«

Weiterhin lächelnd erläuterte Joss kurz, was es mit Freddo und seiner Agentur auf sich hatte und dass er der Agent war, der sich am kommenden Abend die Cancan-Tänzerinnen näher ansehen wollte. Und beide Frauen lachten und meinten, wie klein die Welt doch sei, und lachten noch mehr.

»Da bin ich aber froh, dass die Essenzen das Richtige waren und so gut gewirkt haben«, sagte Sukie und klappte den Kofferraumdeckel zu. »Ich war danach ein bisschen beunruhigt, denn obwohl du dir die Dosierung für das Bad richtig gemerkt hattest, hätte ich dich warnen sollen, die Mittel niemals unverdünnt anzuwenden. Sie sind, äh, hochwirksam. Und es wäre nicht empfehlenswert, daran zu schnuppern.«

»Nicht daran schnuppern? Warum denn nicht? Sie riechen himmlisch ... der Duft hing tagelang im Badezimmer.«

»O ja, verdünnt sind sie ganz hervorragend«, sagte Sukie. »Aber ich hätte dich darauf hinweisen sollen, dass man die Düfte nicht direkt aus den Flaschen einatmen darf.«

»Man darf nicht an der Flasche riechen?« Joss wurde es plötzlich flau im Magen. »Warum denn nicht?«

»Nun, solange du es nicht getan hast und auch künftig bleiben lässt, ist alles in Ordnung.« Sukie lächelte vergnügt. »Es sind sehr starke Heilkräuterextrakte. Und bekanntlich gelangt alles, was man einatmet, direkt in den Blutkreislauf. Wenn man an den Flaschen schnuppert, wäre die Wirkung um vieles stärker, als wenn man ein paar Tropfen mit vielen Litern Badewasser verdünnt.«

»Heißt das, sie sind *gefährlich*?«

»Nein, natürlich nicht! Sie würden sicher niemanden umbringen –«, lachte Sukie und nahm ihre Tragetaschen hoch, »– wir sprechen hier von Aromatherapie, einer der sichersten, sanftesten und natürlichsten Behandlungsmethoden, die es gibt. Aber diese spezielle Mischung könnte eine leicht berauschende Wirkung haben, selbst wenn man sie verdünnt. Unverdünnt würde sie wahrscheinlich so was wie einen duftigen Rausch verursachen. Ich hätte es sehr bedauert, wenn du zu weggetreten gewesen wärst, um überhaupt noch nach Winterbrook zu fahren. Aber es ist ja alles gut gegangen. Also, schönen Spaziergang noch – ich muss das Zeug hier in den Eisschrank bringen, bevor es zu schmelzen anfängt. Wir sehen uns ja morgen Abend, mit deinem neuen Chef. Bis dann.«

»Wie? Ach ja … Bis dann, Sukie …«

Joss stand wie angewurzelt da. An den Essenzen schnuppern – ihr kam der schlimme Verdacht, dass Marvin wahrscheinlich genau das getan hatte. Natürlich, wie es so seine neugierige Art war, hatte er die Flaschen gefunden, und weil er immer alles ganz genau wissen musste, hatte er sie bestimmt geöffnet und die Düfte eingeatmet. Und war verduftet …

Das verlieh der Situation eine ganz neue, bizarre Note. Da ihre eigene Fantasie so lebensecht gewesen war, konnte sich Joss nur allzu gut vorstellen, was heftiges Schnuppern an den unverdünnten Essenzen bei Marvin ausgelöst haben mochte. Ach du lieber Himmel! Vor Schreck ließ sie beinahe den Einkaufskorb fallen.

Womöglich hatte er sie gar nicht verlassen, weil er glaubte, dass sie sich für einen Liebhaber parfümierte? Vielleicht hatte er auf Sukies Mittel noch heftiger reagiert als sie selbst und war völlig high zu einem Happy-Hippie-Trip aufgebrochen – zu Gott weiß was für Erlebnissen! Wenn er unter dem Einfluss bewusstseinsverändernder Substanzen einfach ein paar Sachen in eine Reisetasche gestopft hatte und losgebraust war?

Joss schluckte. Herr im Himmel! Was sollte sie nur den Kindern sagen?

Bis Sukie ihre Einkäufe ausgepackt hatte, war es ihr gelungen, sich einzureden, dass sie Joss von dem Vers zu den ermutigenden Badezusätzen wirklich nicht unbedingt erzählen musste. Ganz unnötig. Es war ja alles gut gegangen. Joss hatte die Essenzen weder unverdünnt angewendet, noch irgendwelche unangenehmen Nebenwirkungen verspürt – das hätte sie ihr sonst doch sicher erzählt. Und was den zweiten Teil des Gedichts betraf – der allen möglichen Wirbel hätte verursachen können –, nun, wenn der sich erfüllt hätte, würde inzwischen bestimmt schon das ganze Dorf darüber reden.

Vielleicht war Coras Gedicht hier nicht ganz zutreffend; vielleicht wirkten Wunscherfüllung und Liebeszauber eben nicht gleichzeitig. Es sei denn, Joss hätte sich nach dem Bad bis über beide Ohren aufs Neue in den grässlichen Marvin verliebt. Nein. Unmöglich!

Doch wenn man den bewusstseinsverändernden Aspekt der Düfte berücksichtigte, war es wohl keine so gute Idee gewesen, in Verbindung mit Jasmin und Lavendel die Rosenessenz durch Weißdorn zu ersetzen – diesen Fehler würde sie nicht noch einmal machen.

Hm, dachte Sukie, als sie die Tür des Eisschranks zuknallte, das hätte leicht ins Auge gehen können. Wenn auch nur mit einer ihrer Mischungen etwas schiefginge, wäre Schluss mit der Selbstversorgung aus der üppigen Schatzkammer ihres Gartens, und das wäre schrecklich schade, wo doch alles gerade so gut lief. Und, noch schlimmer, es wäre auch das Aus für ihre aktuellen Pläne zur Wiedervereinigung von Milla und Bo-Bo. Trotz

Chelseas heftiger Zweifel hatte sie den Fern-Liebeszauber keineswegs aufgegeben; zwar war Nicky Hambly bislang noch nicht flehentlich auf den Knien in den Supermarkt gerutscht, aber das konnte ja vielleicht noch kommen.

Außerdem – und mit diesem Gedanken ging Sukie beglückt vor sich hin lächelnd in den sonnendurchfluteten Garten hinaus – hatte Coras Stärkungsrezept bei Joss doch sensationell gut geholfen, ohne unerwünschte Nebenwirkungen. Obwohl sie inzwischen davon überzeugt war, dass der Garten des Cottage mächtige magische Naturkräfte barg, hatte Joss' bahnbrechender Erfolg sie dennoch ein wenig überrascht. Zu wissen, dass eine ihrer Mischungen der armen unterdrückten Joss so viel Selbstvertrauen verliehen hatte, um eine Stelle zu finden – noch dazu einen wirklich interessanten Job –, gab ihr mächtig Auftrieb.

Sukie ging gebückt unter Bögen sprießenden Geißblatts und knospender Kletterrosen hindurch und überlegte, was der fürchterliche Marvin wohl dazu gesagt haben mochte. Hoffentlich war er nett gewesen, hatte Joss zu ihrem neu gewonnenen Selbstvertrauen und ihrem Karrierestart gratuliert und war mit ihr zur Feier des Tages fein essen gegangen. Leider kam ihr das aber eher unwahrscheinlich vor. Wenn sie an Joss' Stelle wäre, würde sie diesen Marvin augenblicklich verlassen. Warum blieb sie nur bei ihm? Nun, hoffentlich eröffnete ihr der neue Job endlich eine Chance zum Glücklichsein. Joss war so ein liebenswürdiger Mensch, sie hätte es wirklich verdient, dass sich ihr Leben mal zum Guten wendete.

In dem reichlich verwilderten und üppig blühenden Garten von *Pixies Laughter* duftete es herrlich. Sukie kannte inzwischen die meisten Pflanzen, die sie für ihr Sortiment an Essenzen benötigte, und bald vergaß sie das eheliche Elend der Joss Benson, während sie vergnügt im Sonnenschein Jasmin und Butterblumen und Tausendschön und Klee und Nesseln sammelte.

»Welch ländliches Idyll«, rief Derry lachend vom Gartentor her. »Lass dich nicht stören!«

»Mensch!« Sukie richtete sich auf und blinzelte über einen Arm voller Pflanzen hinweg gegen die Sonne. »Hast du mich erschreckt! Äh – Milla ist bei der Arbeit – sie ist schon in aller Frühe los.«

»Ich weiß.« Er öffnete die alte, quietschende Gartenpforte. »Ich habe gerade ein paar Straßen weiter einen Kostenvoranschlag gemacht und dachte, ich schau mal, ob du da bist – und ich hier vielleicht eine Tasse Tee bekommen könnte.«

»Keine Chance«, antwortete Sukie frech und verbarg ihre Freude und Verwirrung hinter einem Büschel aus Taubnesseln und wilder Petersilie. »Bin viel zu beschäftigt. Hat dein Kunde dir keinen Tee angeboten? Ich dachte, das sei ein absolutes Muss?«

Derry schüttelte den Kopf. »Ich durfte nicht mal am Teebeutel schnuppern.«

»Wie grausam.« Sukie grinste. »Aber wenn du hier eine Tasse Tee bekommen möchtest, musst du sie dir erst verdienen. Meinst du, du könntest in deinem Wissensschatz aus Omas Nähkästchen kramen und mir sagen, ob es hier irgendwo Vogelmiere gibt? Alles andere habe ich wohl – aber Vogelmiere fehlt mir noch für ein neues Rezept.«

»Können wir nicht vielleicht einen Kompromiss schließen?«, fragte Derry. »Da ich kurz vor dem Verdursten bin, mach ich erst Tee für uns beide und spiele dann den Blumen-Detektiv, einverstanden?«

»Einverstanden.«

Sukie sah ihn ins Haus gehen – ein Bild von einem Mann in ausgewaschenen Jeans und mit blondem Haar, das in der Frühlingssonne glänzte – und seufzte. Himmel, war er hinreißend. Und nett. Und warum auch nicht? Schließlich konnte er ja nicht ahnen, was sie für ihn empfand. Zum Glück.

An der Hintertür sortierte sie das dicke Büschel gesammelter Pflanzen in mehrere von Coras Erntekörben und reckte sich. Na schön, Chelsea hatte wahrscheinlich recht, es war wohl moralisch nicht ganz einwandfrei, bei Milla das Entfernungs-Liebeselixier anzuwenden, aber sie würde es dennoch tun. Oder nicht? Ach verdammt – wenn Derry nun Milla wirklich liebte? Wenn eine Wiedervereinigung von Milla und Bo-Bo ihm das Herz bräche? Würde sie damit leben können, ihn unglücklich gemacht zu haben?

Nein, das würde und könnte sie nicht. Ach verflixt!

»Es gibt Tee aus der Kanne, weil er dann besser schmeckt. Ich habe Milch, Zucker, zwei Tassen – Untertassen oder Kekse konnte ich nicht finden ...« Derry erschien mit einem Tablett auf der Schwelle. »Und wenn du versprichst, mich nicht zu hauen, Vogelmiere ist das bodendeckende Zeug da drüben, das mit den kleinen weißen Blüten.«

»Tatsächlich? Das hättest du ja auch gleich sagen können!«

»Hätte ich –«, Derry setzte das Tablett auf einem wackeligen Korbtisch unter dem üppigen Rosenbogen ab und setzte sich vorsichtig in einen ebenso wackeligen Korbsessel, »– aber dann hättest du wahrscheinlich ›Danke und auf Wiedersehen‹ gesagt, und ich hätte keinen Tee bekommen.«

»Bestimmt nicht.« Sukie lächelte, bückte sich und rupfte mehrere Hand voll jener Pflanzen aus, die sie immer unter dem Namen Sternenkraut gekannt hatte. »Aber für deine Frechheiten bekommst du womöglich doch noch Haue!«

Sie grinsten einander an.

»Liebe Güte, ist das ein pappiges Zeug. Gut, ich glaube, das reicht.« Sukie brachte den klebrigen Haufen Vogelmiere zu den anderen Pflanzen bei der Hintertür und setzte sich zu Derry an den Tisch. Er hatte den Tee schon eingeschenkt. »Wohl bekomm's – und danke. Ach, ist das schön.«

»Der Tee, das Wetter, der Garten oder die Gesellschaft?«

Sie sah ihm über den Tassenrand in die blauen Augen und vor lauter Lust und Liebe wurde ihr ganz flau im Magen. »Alles zusammen.«

»Richtige Antwort.« Derry lächelte. »Und kann ich aus dieser, ähm, Ernte schließen, dass du noch immer mit den hausgemachten Essenzen arbeitest?«

Erleichtert, nicht über Persönliches sprechen zu müssen, nickte Sukie, erzählte ihm, dass sie plante, sich über kurz oder lang selbstständig zu machen, und berichtete von Joss Bensons erstaunlichen Erfahrungen nach dem stärkenden Bad.

»Diese Mischung war also eigentlich gar kein Liebeszauber?«, fragte Derry. »Bei den Stickbildern, die wir gefunden haben, ging es aber immer nur um Liebesdinge. Oder hast du dieses Rezept erst später gefunden?«

»Ja, und – na ja, eigentlich hatte es einen kleinen Haken. Die Mischung aus diesen Essenzen war genau das, was Joss für ihren Termin brauchte, aber es war ein Vers dabei, der mich fürchten ließ, dass es einige, äh, Probleme geben könnte. Sie hat jedoch nichts Derartiges erwähnt.«

»Dann mal raus mit der Sprache. Was sollte die Mischung bewirken?«

»Liebe Güte!« Sukie starrte in ihren Tee. »Willst du es wirklich hören? Na schön …«

Badest du in Jasmin und Lavendel,
Liebe und Kraft werden sie spenden.
Schließ die Augen, und träum deinen Traum,
und treib dahin in duftendem Schaum.

Was du dir wünschst, wird wirklich wahr
und bleibt dir gewährt für immerdar.
Doch fügst du Weißdorn noch hinzu,
entfacht er feurige Lust im Nu.
Falsche Liebe wird entschwinden
und wahre Liebe zu dir finden.

»Ein bisschen holprig zwar, aber eindeutig.« Derry grinste. »Der erste Teil hat sich also erfüllt, der zweite jedoch nicht? Hat Mrs Benson, nachdem sie aus der Wanne gesprungen war, nicht stehenden Fußes ihren Mann verlassen, um mit dem Milchmann durchzubrennen, den sie insgeheim schon seit Jahren liebte?«

»Zum Glück nicht.« Sukie schauderte bei der Vorstellung. »Ich hoffe, Cora hat sich mit dem letzten Abschnitt getäuscht. Obwohl es die arme gute Joss mit ihrem Scheusal von Ehemann schwer genug hat und sich meiner Meinung nach getrost von ihm trennen sollte – aber aus eigenem Entschluss und nicht infolge einer Aromatherapie.«

Derry trank seinen Tee aus und lachte. »Diese älteren Herrschaften müssen ja ganz schön lustig drauf gewesen sein. Dank Großtantchen Cora war unser Dorf in früheren Generationen wahrscheinlich eine Hochburg der freien Liebe.«

Sukie kicherte. »Ja, heutzutage geht es da vergleichsweise brav und gesittet zu – oh …«

Derry beugte sich quer über den Tisch zu ihr herüber. »Halt mal still. Du hast da noch Vogelmiere am Pullover. So …«

Keiner von beiden rührte sich. Keiner von beiden sprach ein Wort. Der süß duftende verschwiegene Garten umfing sie mit seinem warmen Dunst wie eine abgeschiedene Zauberwelt. Sukie hörte ihr Herz klopfen, als sie einen Anflug von Sommersprossen auf Derrys Nasenrücken und blonde Pünktchen in seinen langen dunklen Wimpern erspähte und seinen warmen, sauberen, männlichen Körpergeruch erschnupperte.

»Sukie … ich weiß ja –«

»Huhu! Ist jemand zu Hause?«

Sie fuhren auseinander, als zwei ältere Damen durchs Gartentor hereingetrippelt kamen.

»Wir sind doch nicht etwa zu früh dran? Für unsere Fußmassage? Das Sammeltaxi hat uns zeitiger abgeholt als erwartet. Wie schön, es gibt gerade Tee! Komm, Elsie, jetzt mach mal ein bisschen. Schaff deine Hühneraugen zum Tisch rüber und trink ein Tässchen.«

»Äh, ich geh dann wohl besser.« Derry stand auf, seine Schultern bebten vor unterdrücktem Lachen. »Sie entschuldigen mich, meine Damen. Und Sukie, wir sehen uns – ich komme bald wieder.«

»Ja, ja gerne …«, antwortete Sukie rasch. »Und, äh, danke für die Vogelmiere.«

»War mir ein Vergnügen«, grinste Derry und steuerte aufs Gartentor zu. »Viel Spaß mit den Hühneraugen.«

22. Kapitel

Im Gemeindesaal von Hazy Hassocks war der Bär los.

»Ich flipp aus!« Ungläubig schaute Chelsea sich um. »Kommen wir ins Fernsehen?«

»Ins Fernsehen nicht –«, in ihrem besten langen grauen Kleid mit dem besten beige-braunen Paisleyschal, das graue Haar mit ihrem besten Haarband straff aus dem runzeligen Gesicht gebunden, trippelte Topsy auf die Freundinnen zu, »– aber es ist jemand vom Lokalradio da und ein Reporter vom *Winterbrook Advertiser*.«

»Äh – wieso denn?« Sukie besah sich die lärmende Menge. »Hab ich irgendwas nicht mitgekriegt?«

»Das ist alles, weil Mrs Benson heute Abend diesen Impresario herbringt.« Topsy vollführte eine kleine Pirouette. »Und wegen dem Vortanzen.«

»Tja nun, das wusste ich schon – aber ist das nicht ein bisschen zu viel des Guten? Gab es denn so viele Bewerbungen um Vals freien Platz?«

»Vier.« Topsy wedelte theatralisch mit den Händen. »Aber du weißt ja, wie es auf dem Dorf so zugeht – alle haben zur Unterstützung ihre Freunde und Familien mitgebracht. Da kommt eine ganz hübsche Menschenmenge zusammen, wie man sieht.«

Das sah Sukie nur zu gut. Auf dem Land gab es immer großen Zulauf, wenn irgendwo etwas umsonst zu haben war – vor allem, wenn es um irgendwelche Amateurdarbietungen ging, die ohne Weiteres in belustigender Demütigung der Beteiligten enden konnten. Eine neuzeitliche Version des altrömischen Spektakels mit Christen und Löwen, nur nicht ganz so blutrünstig.

»Wir machen doch keine Kostümprobe, oder?«, fragte Sukie, während Chelsea davonhüpfte und sich auf der Bühne zu Roo, Betty und Trace gesellte. »Ich hatte noch fragen wollen …«

»Nein.« Topsy schüttelte den Kopf. »Dorchester und ich fanden, das könnte die neuen Mädels zu sehr einschüchtern.«

Dorchester und ich? Sukies Blick wanderte durch den schummrig beleuchteten Saal – ach ja, dort war er. In pflaumenblauem Samt und Tweed mit einer auffälligen Krawatte hielt er stolz wie ein Schneekönig in einer der Ecken Hof.

»Schau du nicht so, Sukie.« Topsy funkelte sie an. »Du und ich kennen als Einzige in diesem Raum die Wahrheit über Dorchester und mich. Alle anderen glauben, es sei eine rührende Romanze im dritten Frühling und wir hätten nur den rechten Augenblick abgewartet, um im Herbst des Lebens unsere Renten zusammenzuwerfen, oder ähnlichen Schwachsinn. Du und ich, wir beide wissen, dass es Magie mit sofortiger Wirkung war und dass die Veilchen daran schuld sind, nicht wahr?«

Sukie senkte den Blick zum staubigen Fußboden. »Tja nun, kann schon sein. Aber du bist doch glücklich, oder?«

»So glücklich wie seit Jahrzehnten nicht mehr.« Topsys Knopfaugen glänzten. »Es war sehr unartig von dir, mich mit einer von Coras Tinkturen zu behandeln – und zu schwindeln, das Zeug wäre synthetisch –, aber ich bin wirklich froh, dass du es getan hast.«

Sukie lächelte. »Dann bin ich auch froh. Hocherfreut. Hilton sagte, Dorchester hat dir die Sammlerbox von *Dr. Kildare* gekauft?«

»Ja, und nicht nur das!« Topsys Füße vollführten vergnügte Ballettschritte. »Er hat mich ins Internet-Café in Winterbrook eingeführt und mir über eBay ein eigenes Stethoskop und einen Blutdruckmesser besorgt!«

Niemand hat größere Liebe …, zitierte Sukie in Gedanken die bekannte Bibelstelle, und Topsy tänzelte, die Erkennungsmelodie von *Casualty* summend, davon, um weitere Neuankömmlinge zu begrüßen.

In der Menge erspähte Sukie Valerie Pridmore mitsamt ihrer ganzen großen Familie und auch einige ihrer Massageklienten, alle Händchen haltend mit neuen Partnern. Und da waren Rita und Edie aus der Kartenrunde in Begleitung von Savoy und Claridge – wahrscheinlich musste der arme alte Hilton mal wieder allein im *Barmy Cow* die Stellung halten. Auch Tom und Ken taten eindeutig sehr vertraulich miteinander. Sukie überlegte, wie Cora es wohl gefunden hätte, dass ihre Tränke das Coming-out alternder Homosexueller bewirkten. Wahrscheinlich hätte sie sich gefreut – schließlich hatte ihr ja nur jedermanns Glück am Herzen gelegen. Ach, und Bert schien nun auch jemanden gefunden zu haben – eine vollschlanke Dame mit lila Locken und einem glitzernden Kaftan –, er lotste sie durch die Menge und machte sie hier und dort bekannt.

Sukie seufzte. Alles in allem hatte die Naturmagie von *Pixies Laughter* doch Gutes bewirkt. Auch wenn sie bei einigen der neuen Paare anfangs leichte Zweifel gehabt hatte. Cora wäre stolz darauf gewesen, dass sie die Familientradition fortführte, ohne Schaden anzurichten. Und sie setzte immer noch große Hoffnungen darauf, dass der Fernzauber bei Chelsea doch noch wirkte – obwohl sie beschlossen hatte, ihn aus Gründen der Fairness bei Milla nicht anzuwenden. Sie brächte es nicht fertig, Derry das Herz zu brechen – nicht einmal, um ihr eigenes zu kitten.

In *The Close* schaute Joss aus dem Esszimmerfenster und war so zappelig wie eine junge Katze. Marvin wurde immer noch vermisst, aber ihre neuen Erkenntnisse – dass er möglicherweise an einem Anfall geistiger Umnachtung litt – hatten auf die Polizei keinen großen Eindruck gemacht. Erst hatte man leicht aufgehorcht, in der Annahme, vielleicht einem Drogenbaron auf die Spur zu kommen, aber als Joss von Aromatherapie sprach, hatten die Polizisten nur noch abgewinkt. Seitens der Krankenhäuser wurde ihr erneut versichert, dass niemand eingeliefert worden sei, auf den Marvins Beschreibung zuträfe – und schon gar nicht wegen einer Überdosis Duftöl.

Den Kindern hatte sie bislang noch nichts gesagt.

An diesem Abend würde sie Marvin und das nervenzermürbende Grübeln beiseiteschieben müssen, das war ihr klar. Heute Abend musste sie ruhig und kompetent auftreten und Freddo beweisen, dass er für diesen Job die Richtige ausgewählt hatte. Das würde nicht leicht werden, aufgewühlt, wie sie war, aber wenn Marvin zurückkäme, müsste sie schließlich für sie beide die Brötchen verdienen. Sie wurde gebraucht und hatte Verantwortung zu tragen.

Joss tigerte durch den Bungalow. Sie hatte noch einmal ein Zauberwald-Bad genommen – um die für den Abend erforderliche Ruhe und Gelassenheit zu erlangen – und es war einfach herrlich gewesen. Ebenso traumhaft wie das vorige, nur kam die Wirkung nicht mehr so unvorbereitet. Und nun, eingehüllt in eine Duftwolke aus Jasmin und Lavendel, merkte sie, dass sie – anstatt sich um Marvin zu sorgen – es kaum noch erwarten konnte, mit ihrer neuen Arbeit zu beginnen. Sie freute sich sogar richtig auf das Wiedersehen mit Freddo.

Es war alles höchst eigenartig.

Freddo hatte angerufen und gesagt, falls Marvin und sie nicht vorhätten, gemeinsam zu den Proben zu gehen, wäre es ihm ein

Vergnügen, sie in *The Close* abzuholen, sofern sie das nicht in Schwierigkeiten brächte. Und Joss hatte – wahrheitsgemäß – geantwortet, Marvin sei nicht zu Hause und ja, danke, sie würde sich sehr freuen, wenn Freddo sie abhole.

Nun, da sie wusste, dass er bestimmt schon unterwegs war, fühlte sie sich so aufgekratzt wie ein Teenager bei der ersten Verabredung.

Valerie Pridmore, die, wie fast alle Leute aus Bagley-cum-Russet, auch zum Gemeindesaal von Hazy Hassocks kommen würde, ärgerte sich tierisch, dass sie die Abholszene verpasste.

»Ich würd gern einen kurzen Blick auf ihn werfen«, hatte sie gesagt, »bloß um sicherzugehen, dass er okay ist. Du bist so ein Unschuldslamm, Joss, du solltest wirklich nicht zu fremden Männern ins Auto steigen.«

Und Joss hatte gelacht und gesagt, Val rede ja wie ihre Mutter und Freddo Fabian sei doch alles andere als ein fremder Mann.

Eigentlich, dachte sie nun, entsprach das ja nicht ganz der Wahrheit. Nun, sie hatte nicht die geringsten Zweifel, dass Freddo ehrlich und anständig war – aber seine äußere Erscheinung fänden manche sicher ein bisschen befremdlich, wahrscheinlich selbst Val.

Bei dem Gedanken fing Joss an zu kichern und konnte gar nicht mehr aufhören. Ach, was war sie doch für ein sündhaftes Weib! Hier herumzukichern, während der arme Marvin womöglich in einem Pappkarton schlief oder in einem Hospiz für unheilbar Umnachtete – oder wo auch immer.

Sie hatte Val von der Sache mit der Aromatherapie nichts erzählt – denn die hätte darüber womöglich gelacht. Den Gedanken, dass irgendjemand Marvin auslachte, konnte Joss aber nicht ertragen. Armer Marvin – er war im Grunde selbst sein schlimmster Feind gewesen und hatte seinen Fall selbst verschuldet. Erschreckend schnell gewöhnte sie sich an ein Leben ohne ihn. Seit er fort war, machte sie es sich meistens mit Fertiggerichten vor dem Fernseher bequem und sah sich Soaps oder Schöner-Wohnen-Sendungen oder Comedy-Shows an, angesichts derer Marvin in ihrem früheren Leben den roten Kopf mit den pulsierenden Schläfenadern aufgesetzt hätte.

Außerdem hatte sie einige grundlegende Veränderungen in ihrem Kleiderschrank vorgenommen. Da sie das Bankkonto nicht anrühren wollte, weil Geld nun ein noch heikleres Thema war als je zuvor und Marvin immer die Finanzen verwaltet hatte, hatte Joss einige ihrer langweiligsten cremeweißen, beigefarbenen und mausgrauen Gewänder zu einem Tierschutz-Charity-Shop in Winterbrook gebracht, den Biff und Hedley Pippin betrieben, und über sich selbst gestaunt, als es ihr gelungen war, für einige andere Stücke im Austausch dagegen einen günstigen Preis auszuhandeln.

Sie hatte den Laden mit mehreren Zigeunerröcken verlassen, die laut Biff vergangenes Jahr groß in Mode gekommen waren, ein paar fast neuen, leuchtend bunten Oberteilen von *Marks and Spencer*, einer Hippie-Schultertasche und einem Paar mit Pailletten besetzten Sandalen – alles quasi für einen Apfel und ein Ei.

In diesem neuen Look und die kurzen blonden Haare mehr verstrubbelt als gekämmt, fand Joss insgeheim, dass sie an diesem Abend gut zwanzig Jahre jünger aussah. Natürlich würde alles wieder anders, wenn Marvin nach Hause käme, weil er bei diesem Anblick sicher einen seiner geifernden Verdammt-Ausbrüche bekäme, aber für das Showprogramm heute Abend war die Aufmachung genau richtig.

Um Himmels willen! Joss blieb fast das Herz stehen, als sie einen Wagen in die Auffahrt einbiegen hörte. In einem Anflug gedanklicher Treulosigkeit hoffte sie inständig, dass dies nicht der heimkehrende Marvin war. Nicht heute Abend! Heute Abend könnte sie seine Rückkehr wirklich nicht gebrauchen.

Die Daumen fest gedrückt und mit angehaltenem Atem spähte sie hinter den IKEA-Vorhängen hervor und musste laut loslachen.

Ein riesengroßes, bonbonrosafarbenes und chromblitzendes Cadillac-Cabrio tuckerte vor der Haustür.

Freddo sprang mit wehendem goldenem Haar, klimpernden Armreifen und einem weißen Hemd über schwarzen Hosen aus dem Wagen und wäre fast mit ihr zusammengerumpelt, als sie aus der Eingangstür stürmte.

»Sorry, Joss, Schätzchen – ich bin doch hoffentlich nicht zu spät dran? Und – ja, Wahnsinn – siehst du toll aus. Einfach hinreißend. Wie eine Prinzessin. Da bleibt einem ja die Spucke weg, Schätzchen. Heut Abend bin ich der stolzeste Mann von Hazy Hassocks.«

»Danke.« Joss vermutete, es sei wohl das Beste, ein Kompliment einfach anzunehmen. »Du siehst auch toll aus.«

Was durchaus stimmte: anders zwar, aber toll. Und dieses Auto …

»Ich halt dir die Tür auf«, sagte Freddo und machte eine schwungvolle Geste, »aber wenn du lieber obendrüber auf den Beifahrersitz hüpfen möchtest, soll's mir auch recht sein.«

Joss kicherte. »Nein, ich nehm den konventionellen Einstieg, danke. Das Hüpfen heb ich mir für später auf.« Sie glitt auf den dunkelroten Ledersitz. »Lieber Himmel – das ist ja fantastisch. Ist das deiner?«

Freddo nickte und sprang auf den Fahrersitz. »Manche finden ihn wohl ein bisschen zu auffällig, und er frisst mächtig viel Sprit, aber ich liebe diesen Wagen. Hab ihn bei einer Auktion gekauft, als eine Boy-Group pleiteging und das Management bis zur letzten Büroklammer alles verhökern musste. Sind wir startklar?«

Joss nickte und fragte sich, ob das auch bloß ein Traum war. Wenn Val sie doch nur sehen könnte!

Freddo ließ den Wagen an, und das wilde Röhren überzeugte sie davon, dass dies sehr wohl die Wirklichkeit war.

»Dein Mann hat doch nichts dagegen, oder?«, fragte Freddo, als sie *The Close* verließen. »Ich hoffe, es hat keinen Ärger gegeben?«

»Er ist noch unterwegs«, sagte Joss leichthin und genoss es, den warmen Abendwind im Gesicht zu spüren, der ihre Haare zum Flattern brachte und ihre Röcke bauschte. »Aber er hat bestimmt nichts dagegen.«

Sie wusste, dass sie Marvins Verschwinden über kurz oder lang würde publik machen müssen, aber nicht heute Abend. Diesen Abend wollte sie sich auf gar keinen Fall verderben lassen.

Als der Cadillac an dem keltischen Kreuz und *Coddles* vorbei die Grenze zwischen Bagley und Russet überquerte, gafften ihnen mehrere Kinder hinterher und juchzten und winkten. Joss hatte das Gefühl, als könnte das Leben schöner überhaupt nicht sein, und lächelte und lachte und winkte zurück.

Und sie lachte noch immer, als Freddo das Autoradio aufdrehte und sie zu dem Song »Soul Man« von Sam and Dave laut singend in schwindelerregender Geschwindigkeit durch die Frühlingslandschaft brausten.

Vor dem Gemeindesaal gesellte sich Sukie zu Valerie Pridmore, die draußen eine Zigarette rauchte. Sie hatte sich nicht davongestohlen, um zu rauchen, sondern weil sie es nicht länger ertragen konnte, wie Topsy sich drinnen als »große Choreografin« aufspielte.

»Die macht mich wahnsinnig«, sagte Sukie und lehnte sich in

der Abendsonne neben Val an die Mauer. »Weil die Presse da ist, lässt sie uns die albernsten Figuren vorführen. Ich hoffe, sie legt beim Vortanzen einen anderen Gang ein, denn sonst hat sie bis zum Ende des Abends alle Kandidatinnen in den Streckverband gebracht. Sei froh, dass du dem entgangen bist.«

»Das kannst du laut sagen.« Val blies eine Wolke Tabakrauch in den lauen Wind. »Mir den Fuß zu verknacksen, war das Beste, was mir passieren konnte. Topsy hat sehr viel mehr Energie, als in ihrem Alter bekömmlich wäre. Wahrscheinlich wird sie den guten Dorchester noch umbringen.«

»Ja, aber wenigstens stirbt er dann mit einem Lächeln auf den Lippen, meinst du nicht?«

»Aber sicher«, kicherte Val. »Ach – Mensch! Schau dir das an!«

Und Sukie schaute.

Ein langer, niedriger, pinkfarbener Amischlitten mit offenem Verdeck schwenkte auf den Parkplatz ein, dass der Kies unter den Reifen hervorspritzte.

»Schick, oder? Teufel auch, Val! Das ist Joss!«

»Das gibt's doch nicht.« Val verschluckte sich am Zigarettenrauch. »Nie im Leben! Ich werd verrückt! Sie ist es wirklich! Das muss der Wagen von diesem Agenten sein, für den sie arbeiten soll ... Herr im Himmel! So ein Glückskind!«

Sukie lachte. So, so, so ... Und der gut gelaunte Mann am Steuer mit dem wallenden Blondhaar, der gebräunten Haut und dem Flair eines Filmstars kam ihr eindeutig bekannt vor. Den hatte sie doch schon mal irgendwo gesehen.

»Sieh dir das an!« Val schnaufte bewundernd, als Freddo heraussprang und Joss die Wagentür öffnete. »Ihr Marvin hätte so was nie gemacht. Und sieh dir ihn an! Toller Typ! Joss, meine Gute, da bist du ja richtig auf die Füße gefallen. Und ihre Kleider! Sie sieht echt toll aus, findest du nicht?«

»Sie lächelt, als würde sie von innen heraus leuchten«, bestaunte Sukie die Verwandlung und hoffte, dass diese zumindest teilweise auf ihre Essenzen zurückzuführen war. »Und er auch. Ich frage mich, ob den beiden klar ist …«

Val lachte. »Wenn nicht, wird es ihnen bestimmt bald aufgehen – hoffentlich kommt ihr Marvin nie mehr zurück.«

»Was?« Sukie runzelte die Stirn. »Ist Marvin denn fort? Als ich Joss gestern traf, hat sie nichts davon erwähnt.«

»O weh!« Val machte ein erschrockenes Gesicht. »Bitte, Sukie, vergiss, was ich gesagt habe. Ich sollte es keinem erzählen, und das hab ich auch nicht. Bis jetzt. Ja, er ist abgehauen – und das war das Beste, was ihr passieren konnte.«

Sukie nickte zustimmend. »Ich verrate kein Sterbenswörtchen. Kein Wunder, dass sie aussieht wie ein frisch geschlüpfter Schmetterling. Schon komisch, wie das Leben manche Probleme löst.«

Nun, das Leben und ein paar Pflanzen aus dem Garten von *Pixies Laughter* …

Joss und Mr Fabian kamen dicht nebeneinandergehend auf die beiden zu und lächelten immer noch. Joss errötete leicht und machte alle miteinander bekannt. Sukie, immer noch überzeugt, dass sie Freddo Fabian schon mal irgendwo gesehen hatte, schüttelte ihm zu Armreifgeklimper die Hand. Joss und Val umarmten einander wortlos – Worte waren zwischen ihnen in diesem Moment wirklich nicht nötig.

»Sukie!« Topsy erschien in der Tür. »Hör auf zu schwätzen, und komm rein, Liebes! Wir können anfangen! Oh – Mrs Benson und Mr –?«

»Fabian. Freddo Fabian.« Freddo drückte Topsy die Hand. »Sie müssen Topsy sein. Freut mich, Sie kennen zu lernen, Schätzchen. Bin schon gespannt auf den Auftritt heute Abend.«

Sukie hüpfte in den Saal zurück, während Topsy vor Stolz beinahe platzte und ganz aus dem Häuschen war, dass jemand vom Showbusiness sich für sie interessierte.

Das Vortanzen war absolut grauenhaft. Die vier Kandidatinnen – Sheila, Mary, Loz und Grace – konnten alle recht gut tanzen, aber Topsy schüchterte sie schrecklich ein. Keine von ihnen konnte sich die Schritte der Tanzfiguren lang genug merken. Sukie war gerade wieder schnaufend zum Stehen gekommen, da rief Topsy schon: »Noch einmal!«

Das Publikum in dem gestopft vollen Saal amüsierte sich königlich. Wenn alles glattgegangen wäre, hätten sie nur halb so viel Spaß an diesem Abend gehabt.

»Zum Teufel noch mal«, murmelte Chelsea, als Orpheus in der Unterwelt entschwand und sie sich erneut in Formation stellten, »mir fallen gleich die Beine ab.«

»Mir auch.« Sukie massierte ihre Waden. »Topsy – gönn uns eine Pause, bitte. Lass es die neuen Mädchen mal allein probieren – zeig ihnen einfach ein paar Schritte, sodass sie dich nachahmen können. Du kannst doch von ihnen nicht erwarten, dass sie gleich das ganze Programm mit uns abspulen.«

Topsy runzelte die Stirn. »Ich werde dich erst dann nach deiner Meinung fragen, Sukie, wenn du gut genug bist, um Choreografin zu werden. Aber da wir hier möglichst bald zu Potte kommen müssen, geht es vielleicht nicht anders. Mädels?« Ihr knopfäugiger Blick richtete sich auf Sheila, Mary, Loz und Grace, die vor Angst zitterten. »Wollt ihr es lieber mal allein probieren? Obwohl so viel Publikum da ist?«

Sheila, Mary, Loz und Grace nickten.

»Gut«, seufzte Topsy und nickte Dorchester zu, der die Tonanlage bediente. »Also los – Sheila als Erste …«

Offenbachs mitreißende Musik dröhnte durch den Saal, das

Publikum stampfte mit den Füßen und klatschte in die Hände. Sukie, Chelsea, Trace, Roo und Betty sanken dankbar am Bühnenrand nieder, und Topsy leitete Sheila durch die Schrittfolge.

So ging es sehr viel besser. Mary, Loz und Grace folgten auf dem Fuße, ebenfalls weitaus flüssiger.

»Tanzen alle richtig gut, jetzt wo sie nicht mehr so überfordert sind«, flüsterte Sukie. »Welche sie wohl aussuchen wird?«

»Gute Frage.« Chelsea streckte die Beine aus. »Ach Mist, jetzt geht's wieder los.«

Topsy stand vor der Bühne und überschlug sich fast. »Schön, meine Damen – und während ich zu einer Entscheidung komme, wird meine Originaltruppe unseren Gästen aus Medien und Showbusiness eine Probe unseres Könnens zeigen.«

Joss, die neben Freddo in der vordersten Reihe der Stühle saß, die für die Ehrengäste bereitgestellt worden waren, begegnete Sukies Blick und lächelte. Sukie fand, dass Joss noch nie so glücklich ausgesehen hatte, und lächelte zurück.

Dann zogen sie ihr eigentliches Programm durch, und all die schmerzenden Muskeln waren vergessen, als sie herumwirbelten, einander umkreisten, die Beine in die Luft schwangen, hüpften, juchzten, die Röcke hochwarfen, Rad schlugen und schließlich aus dem Sprung im Spagat landeten.

Freddo sprang auf, jubelte und applaudierte laut, gefolgt vom übrigen Publikum im Saal.

Topsy kletterte auf die Bühne und strahlte ihre Truppe an. »Super, Mädels. Richtig gut. Nicht ein falscher Schritt. Und Mr Fabian ist offenbar begeistert von uns. Begeistert! Er wird uns unter Vertrag nehmen – das ist eine wunderbare Neuigkeit. Aber es gibt da ein kleines Problem – ich kann mich nicht entscheiden, was die neuen Damen betrifft. Ich würde gern alle nehmen – aber dann haben wir wieder denselben Stolperstein wie zuvor, nämlich die ungerade Zahl. Tja, was machen wir nur? Ich möchte keins der neuen Mädels verlieren. Wir bräuchten noch eine Dame, die sich auf die Bühne wagt – dann hätten wir genau die richtige Formation, wie im Moulin Rouge.«

Sukie schwieg einen Moment, dann flüsterte sie Topsy etwas ins Ohr.

»Bist du sicher?« Topsy machte ein ungläubiges Gesicht. »Mrs Benson? Erst machst du die Choreografin und jetzt auch noch den Talentscout?«

»Frag sie«, sagte Sukie und hoffte, dass die stärkenden Essenzen noch immer wirkten. »Mehr als nein sagen kann sie nicht. Sie ist eine großartige Tänzerin – ich hab sie in Aktion gesehen.«

Schulterzuckend hockte sich Topsy an den Bühnenrand. »Liebe Mrs Benson – ich frage mich, ob Sie uns nicht vielleicht aus der Patsche helfen könnten?«

Joss wirkte leicht verwirrt, nickte, hörte aufmerksam zu, schüttelte den Kopf und lächelte dann. Sukie sah, wie sie Freddo etwas zuflüsterte und er ihr flüsternd antwortete.

Und zum Erstaunen des ganzen Gemeindesaals stieg Jocelyn Benson aus Bagley – die traurige, verängstigte, schüchterne, unterdrückte Jocelyn Benson – auf die Bühne empor.

Dorchester warf erneut den Offenbach an, Joss sah Topsy konzentriert zu, dann raffte sie ihren Zigeunerrock, klopfte mit den Paillettensandalen den Takt, um sich einzuzählen, und fegte über die Bühne.

»Die ist ein echtes Naturtalent«, flüsterte Chelsea. »Dabei muss sie steinalt sein!«

Schon war der Gemeindesaal wieder auf den Beinen, man stampfte und klatschte, während Joss zur Musik herumwirbelte und tanzte und die Beine hochwarf. Sukie bemerkte, dass Freddo auf dem Stuhl stand, anerkennend pfiff und Joss nicht aus den Augen ließ.

Aber hallo – dachte Sukie –, der ist ja hin und weg von ihr …

Die Musik klang aus. Joss kam zu Topsy und zog keuchend eine Grimasse. »Äh, tut mir leid, ich komm mit den Beinen nicht so hoch und kann nicht Rad schlagen, und einen Spagat krieg ich bestimmt nie im Leben hin, aber –«

»Nix aber!« Topsy strahlte. »Und ich verrat Ihnen ein kleines Geheimnis – nur Sukie und Chelsea machen einen richtigen Spagat. Die anderen Mädels rutschen mit dem vorderen Bein nach vorne und knicken das andere nach hinten ab, keiner merkt den Unterschied. Und Sie würden ganz wunderbar dazupassen, meine Liebe. Also, was sagen Sie?«

»Bekomm ich dann auch so ein märchenhaftes Kostüm, wie Sukie es mir gezeigt hat? Mit diesen tollen Rüschenröcken?«

»Ja, natürlich«, Topsy sah sie fragend an. »Sicher bekommen Sie das. Also, was sagen Sie? Möchten Sie gerne mitmachen?«

»Ja …«, antwortete Joss, noch immer ganz außer Atem. »O ja, ja bitte.«

»Meine Damen und Herren!« Topsy trat an den vorderen Bühnenrand. »Vielen Dank für Ihre Unterstützung heute Abend! Es übertrifft all meine Erwartungen, und ich freue mich sehr, Ihnen mitteilen zu können, dass wir alle neuen Kandidatinnen in die Cancan-Truppe von Bagley-cum-Russet aufnehmen werden!«

Das Publikum im Gemeindesaal, im Allgemeinen ebenso schnell mit Lob zur Hand wie mit Tadel, zeigte stimmgewaltig sein Einverständnis mit dieser diplomatischen Entscheidung.

Die angestammten Tänzerinnen umarmten die Neuzugänge.

Joss konnte kaum sprechen und fiel Sukie um den Hals. »Danke – ich weiß nicht, wie du das für mich eingefädelt hast – aber ich danke dir so sehr!«

Und Sukie, in der Hoffnung, dass Marvin nicht wieder nach Hause kommen und alles verderben würde, sah Joss mit feuchten Augen hinterher, als sie die Bühne verließ und ein mächtig stolzer Freddo sie umarmte.

Es ging schon fast so zu wie bei einem Footballspiel, jetzt fehlten nur noch Tränen, ein paar Küsse und ein oder zwei Rückwärtssaltos.

Topsy klatschte wieder in die Hände. »So – nun haben wir unsere Truppe beisammen – und ich freue mich, Ihnen außerdem mitteilen zu können, dass wir künftig durch einen Agenten vertreten werden – den berühmten Freddo Fabian aus Winterbrook …« Topsy zeigte auf Freddo, der immer noch Joss umarmte, es aber dennoch fertigbrachte, sich gleichzeitig vor dem Publikum zu verbeugen. »Und ich hoffe, Sie kommen, um uns tanzen zu sehen: Neben zahlreichen anderen Darbietungen treten wir am Maifeiertag auf dem Dorfanger von Fiddlesticks auf, bei der Hochzeitsfeier von Fern und Timmy Pluckrose.«

Erneut erklang laute Zustimmung im Gemeindesaal, und dann gab es einen Massenansturm auf die umliegenden Lokale, wo noch weitergefeiert wurde.

Nachdem sie in Gesellschaft alter und neuer Freunde eine weitere vergnügte Stunde im *Faery Glen* an der Hauptstraße von Hazy Hassocks verbracht hatte, saß Joss nun vor dem Bungalow mit Freddo im Wagen. Der Abend war in eine dunkle, kühle Nacht übergegangen, der man anmerkte, dass der Sommer noch auf sich warten ließ, und Joss fröstelte.

»Ich will dich nicht länger aufhalten, Schätzchen.« Freddo grinste sie an. »Es wird allmählich kalt. Aber ich habe diesen herrlichen Abend so genossen, ich möchte gar nicht, dass er zu Ende geht.«

»Ich auch nicht«, antwortete Joss aufrichtig. »Es war einer der schönsten Abende meines Lebens.«

Freddo lachte. »So geht's mir auch, Schätzchen. Ein tolles

Vergnügen. Und noch tollere Gesellschaft. Und du – du hast mich schlicht aus den Socken gehauen. Du warst der Star dieser Show.«

Joss errötete und kicherte ein bisschen. »Ich war von mir selbst überrascht. Ich fand es herrlich. Eigentlich hab ich schon immer schrecklich gern getanzt, aber Marvin mag, äh, mochte, äh, na ja, er hält nichts davon …«

»Blöder Kerl«, meinte Freddo gut gelaunt. »Ach, nun ja, Schätzchen – alles Schöne muss wohl irgendwann mal ein Ende haben, und dein Mann hätte es sicher nicht gern, wenn wir hier draußen noch lange herumsitzen wie die Teenager, was?«

Joss schüttelte den Kopf. Sicher nicht. Wo auch immer er war. Sie wusste zwar wirklich nicht, warum, aber eigentlich wollte sie sich von Freddo noch lange nicht verabschieden. »Ja, ich sollte wohl besser gehen. Danke für alles. Wir sehen uns dann am Montag – im Büro.«

Freddo stieg aus dem Wagen und hielt ihr die Tür auf. »Für mich kann es gar nicht schnell genug Montag werden, Joss, ehrlich wahr. Wir sind bestimmt ein tolles Team. Ich danke dir so sehr.«

Und seine Lippen streiften leicht ihre Wange.

Joss konnte sich gar nicht mehr erinnern, wann sie das letzte Mal geküsst worden war, und hielt den Atem an. Dann schenkte sie Freddo ein letztes Lächeln, suchte nach ihrem Schlüssel und öffnete die Tür zum Bungalow.

Im Dunkeln gegen die Eingangstür gelehnt, hörte sie den Cadillac davonbrausen, dann berührte sie verwundert ihre Wange. Es war nur ein kleiner freundschaftlicher Kuss gewesen, und doch war ihr, als sei ihre Welt wie auf den Kopf gestellt. Was war das doch für ein wundervoller Abend gewesen …

Plötzlich klingelte neben ihr im Flur das Telefon, und sie schrak zusammen.

Sie lächelte. Wahrscheinlich rief Freddo sie von seinem Handy aus an – dabei konnte er doch noch gar nicht weiter gekommen sein als bis zu dem keltischen Kreuz.

Mit einer nahezu zärtlichen Geste nahm Joss den Hörer ab. »Hallo?«

»Hallo?«, fragte eine kühle Frauenstimme. »Ich versuche schon den ganzen Abend, Sie zu erreichen – haben Sie keinen Anrufbeantworter?«

»Äh, doch … aber er ist nicht eingeschaltet.« Mit einem Plumps landete Joss wieder auf dem Erdboden und fand, das waren aber schlechte Manieren für jemanden, der kurz vor Mitternacht noch versuchen wollte, ihr etwas zu verkaufen. »Vielleicht haben Sie die falsche Nummer gewählt. Und was auch immer Sie verkaufen, tut mir leid, aber ich bin nicht interessiert. Außerdem ist es schon viel zu spät –«

»Ich habe nichts zu verkaufen. Sind Sie Jocelyn? Jocelyn Benson?«

»Ja, aber –«

»Sie kennen mich nicht, Mrs Benson, aber mir ist, als würde ich *Sie* sehr gut kennen. Ich bin Anneka Lindstrom.«

Joss schüttelte den Kopf, sie konnte momentan an nichts anderes denken als an Freddo und den Kuss und das Lachen und das Cancan-Tanzen. »Bedaure, es ist schon viel zu spät für –«

»Ich war die Sekretärin Ihres Ehemanns«, fuhr die kühle Stimme fort. »Ihres Ehemanns Marvin, der seit einiger Zeit nicht mehr bei Ihnen ist, wie Ihnen vielleicht aufgefallen sein dürfte. Das liegt daran, dass er nun hier bei mir ist. Und sehr verzweifelt. Ich finde, wir sollten uns treffen, Mrs Benson, und zwar so bald wie möglich, um die Lage zu besprechen, meinen Sie nicht?«

23. Kapitel

Joss hatte am folgenden Morgen früh den Bus zum Bahnhof genommen und saß nun im Zug nach Paddington, in dem Büroangestellte übers Handy anderen Büroangestellten zuriefen, sie seien kurz hinter Reading. Das, dachte sie, war also die Fahrt, die Marvin jeden Tag zur Arbeit absolviert hatte, eine Fahrt, nach der sie ihn nie gefragt und von der er ihr nie erzählt hatte. Eine anstrengende Fahrt, eingequetscht zwischen Hunderten von Fremden, die gähnend und mit gelangweilten Gesichtern durch Berkshire rasten.

Und wenn sie in Paddington ankäme, würde sie …

Sie seufzte. All die überbordende Hochstimmung des vorangegangenen Tages löste sich in grauen Nebel auf. In Paddington angekommen, würde Joss, da sie sich im Londoner U-Bahn-Netz nicht auskannte, gemäß Annekas Anweisung ein Taxi nehmen und damit quer durch die Stadt nach Battersea fahren und dann …

Und was dann?

Eigentlich hatte Joss nicht die leiseste Ahnung. Anneka hatte diesen Punkt während des Telefongesprächs am Vorabend nicht näher ausgeführt, sondern sich nur vergewissert, dass Joss Adresse und Telefonnummer hatte und käme, vermutlich, um ihren geistig verwirrten Ehemann zurückzuholen, der nicht mehr wusste, wo er eigentlich hingehörte.

Ob Marvin wohl noch immer völlig weggetreten war? Oder

zornig? Oder einfach nur er selbst? Joss sah die Landschaft vor dem Fenster vorbeisausen und fühlte sich von unendlicher Traurigkeit übermannt. Wie grausam, gestern einen verführerischen Blick auf Glück und Jubel und das wahre Leben erhascht zu haben, nur um all dessen im Handumdrehen wieder beraubt zu werden.

Wenn Marvin wieder zu Hause war, würde er vielleicht zulassen, dass sie bei der Künstleragentur arbeitete, doch er würde es ihr schwer machen, das wusste sie. Allerdings würde sie in diesem Punkt nicht einlenken. Nachdem sie so weit gekommen war, würde sie nicht alles wieder aufgeben. Mit dem Cancan war es etwas anderes. Marvin würde ihr garantiert nicht erlauben, Cancan zu tanzen, und sie wusste, dass sie dies nicht würde durchfechten können, auch nicht mit ihrem neu gewonnenen Selbstvertrauen. Sie mussten ja irgendwie miteinander auskommen, und sie wusste aus jahrelanger Erfahrung, dass es einfacher war nachzugeben. Und wenn er sie bei Freddo arbeiten ließe, ohne allzu große Schwierigkeiten zu machen, nun, *one out of two ain't bad*, dachte sie in Anlehnung an einen Song von Meat Loaf.

Freddo … Joss seufzte. Würde sie denn überhaupt mit ihm arbeiten können? Wie gute Freunde? Denn sie wusste, dass ihre Gefühle für ihn alles andere als platonisch waren, das hatte sie am vergangenen Abend gemerkt.

Traurig lächelte sie vor sich hin: Freddo und Marvin – Tag und Nacht.

Freddo war in jeder Hinsicht so, wie ein Mann eigentlich nicht sein sollte, und war doch genau das, was sie sich wünschte – sie hatte sich Hals über Kopf in ihn verliebt. Die Liebe war wirklich ein seltsames Spiel. War sie denn nicht eigentlich schon viel zu alt für die erste große Liebe im Leben? Zumal es sich noch dazu um einen wild aussehenden Mann mit unseriös gefärbtem Haar, halbseidenem Schmuck und komischen Klamotten handelte?

Und sie musste sich nicht einmal mit der Frage abquälen, ob Freddo ihre Gefühle erwiderte, denn sie wusste, dass es so war. Aber nun würde das alles ein Ende haben müssen.

Joss setzte sich zurecht, sah hinaus auf die blühende Frühlingslandschaft und versuchte, sich in ihr Schicksal zu fügen.

Die beiden Mädchen, die ihr gegenübersaßen, jung, in schicken Bürokostümen, mit glattem, glänzendem Haar und französisch manikürten Fingernägeln, wichen ihren Blicken aus. Was sahen die beiden mit dem Hochmut der Jugend? Eine unscheinbare Frau mittleren Alters ohne eigenes Leben, die in Gedanken an ihre traurigen, unscheinbaren Träume den Tränen nahe war?

Sie hätte gute Lust gehabt, sich vorzubeugen und die überheblichen Blicke aus den makellosen jungen, unverbrauchten Gesichtern zu verscheuchen, indem sie ihnen erzählte, dass sie sich letzte Nacht hoffnungslos verliebt hatte in einen Mann, dessen Haare länger und blonder waren als ihre eigenen, und dass sie Cancan getanzt hatte und Soulsongs singend in einem pinkfarbenen Cadillac mit offenem Verdeck über die Landstraßen Berkshires gebraust war.

Doch wenn sie das täte, würden die beiden sie wahrscheinlich für übergeschnappt halten. Denn, dachte Joss niedergeschlagen, als die Ausläufer Londons ruckelnd vor dem Waggonfenster in Sicht kamen, falls sie glaubte, dass diese Geschichte je zu einem Happy End führen könnte, dann war sie wohl wirklich übergeschnappt.

Der Taxifahrer manövrierte sie mit professionellem Geschick durch London. Joss war angesichts der Unmengen von Fahrzeugen, die aus allen Richtungen auf sie zugeschossen kamen, der hoch emporragenden Gebäude, des Menschengewimmels, der Farben und des Lärms schlichtweg sprachlos und lehnte sich überwältigt zurück.

Sie war mit Marvin nur selten in London gewesen und alleine noch nie. Nicht mal zu einer Sightseeingtour oder einem Einkaufsbummel. Derlei hätte ja ein unerhörtes Zugeständnis bedeutet. Und Anneka war sie auch nie begegnet. Vor vielen Jahren, als der noch junge Marvin seinen Aufstieg auf der Karriereleiter begann, hatte er eine Sekretärin namens June gehabt, eine üppige, vergnügte Frau mit üppigem schwarzen Haar und noch üppigeren Ohrringen. Joss hatte June sympathisch gefunden, wenn sie sich bei Geschäftsessen oder anderen Veranstaltungen begegnet waren. Marvin jedoch nicht. Er fand June gewöhnlich. Joss vermutete, es hing damit zusammen, dass June keine Angst vor ihm hatte und nicht genügend Ehrfurcht zeigte.

Seit Marvins Beförderung in die Manageretage hatte er an geselligen Veranstaltungen der Firma nicht mehr teilgenommen, wenn es sich vermeiden ließ. Und wenn eine Konferenz oder Feier stattfand, um die er sich wirklich nicht drücken konnte, blieb er gleich in der Stadt und ging ohne Joss hin. Während dieser Zeit war Anneka seine Sekretärin gewesen, aber für Joss war das nur ein Name, der kühle schwedische Name der Person, die für die endgültige Fassung des *Bagley Bugle* gesorgt hatte. Liebe Güte – es kam ihr vor, als läge das alles schon Ewigkeiten zurück ... Joss hatte Anneka für ihre Belastbarkeit bewundert, die sicher erforderlich war, wenn man den ganzen Tag mit Marvin zusammenarbeitete. Die Beziehung der beiden hatte sie nie in Frage gestellt, denn sie wusste, es war alles rein geschäftlich. Die Vorstellung, es könnte anders sein, wäre in ihren Augen lächerlich gewesen – und war es noch.

Nein, was auch immer Joss in Battersea vorfinden würde, ein

Liebesnest sicher nicht. Den Heimweg würden Marvin und sie gemeinsam antreten.

Joss seufzte, als an den verstopften Straßenkreuzungen die Stadtteilschilder Südlondons auftauchten. Sie hatte sich Anneka immer wie eine anmutige Mischung zwischen der blonden ABBA-Sängerin und der Schauspielerin Ulrika Jonsson vorgestellt, die zu Marvins aktueller Vorliebe für IKEA-Einrichtungen passte: blond, schlank, patent, hübsch und minimalistisch.

Nun, dachte sie, als der Taxifahrer in eine Straße mit elegant renovierten dreistöckigen Häusern einbog, bald würde sie es ja wissen.

Als das Taxi davonfuhr und Joss auf der ausladenden weißen Treppe die Reihen glänzender Messing-Namensschilder betrachtete, fühlte sie sich eigentümlich verlassen. Ach! Ach, wie lange war es her, dass sie in Winterbrook nach Freddos Namensschild gesucht hatte! Wie lange war es her, dass sie geglaubt hatte, ihr Leben sei schon so gut wie vorbei – und sie dann hinter jener abblätternden grünen Tür in Winterbrook entdeckt hatte, dass dem ganz und gar nicht so war?

Sie klingelte bei »A. Lindstrom«. Niemand antwortete. Keine Lautsprecherstimme sagte, sie solle einen Knopf drücken oder hereinkommen oder sich gedulden oder sonst was. Joss stand abwartend auf der Schwelle, während die Sonne unangenehm heiß auf ihre Schultern brannte, und überlegte, ob sie noch etwas anderes unternehmen müsste, um sich zu diesem imposant aussehenden Gebäude Zutritt zu verschaffen.

Plötzlich ging die weiße Tür auf.

»Guten Morgen!« Joss holte ein Lächeln und ein wenig Selbstvertrauen hervor. »Entschuldigen Sie, vielleicht habe ich auf die falsche Klingel gedrückt. Ich möchte zu Anneka, Anneka Lindstrom.«

»Sie steht vor Ihnen.«

Joss wusste im ersten Moment gar nicht, was sie sagen sollte. Die untersetzte Frau mittleren Alters, die ihr die Tür aufhielt, sah mit ihrem grauen Dutt, der dicken Schildpattbrille, ungeschminkt und in einem ganz besonders vernünftigen Rock zu einem beige melierten Wollpullover aus wie eine Doppelgängerin des Film-Kindermädchens Mrs Doubtfire.

»Ach, äh …« Joss holte Luft. »Ich meine, hallo, nett, Sie kennen zu lernen. Ich bin Jocelyn Benson.«

»Mrs Benson.« Anneka streckte ihr eine sehr saubere, vierschrötige Hand entgegen. »Freut mich ebenfalls. Treten Sie bitte ein.«

Nach dem kurzen sachlichen Händedruck folgte Joss, noch immer bemüht, die wirkliche Anneka mit dem Bild aus ihrer Vorstellung in Einklang zu bringen, den stämmigen Beinen eine kurze Treppe glänzend weißer Stufen mit glänzendem Messinggeländer hinauf, durch eine große Eichentür und in eine kleine, quadratische Diele: weiß gestrichene Wände, Fußboden aus hellem Holz, ordentlich. Aufgeräumt – aber nicht so steril, wie sie es erwartet hätte.

»Hier entlang, Mrs Benson«, bat Anneka, und es klang fast, als bellte sie einen Befehl.

Das kommt der Sache schon näher, dachte Joss, als sie sich im Wohnzimmer umsah – alles in Schwarz und Weiß und wahnsinnig teuer, nichts lag irgendwo herum, keine Kissen, keinerlei Firlefanz. Düstere, rechtwinklige, einfarbige Einrichtungsgegenstände standen mit den Kanten parallel zu anderen düsteren, rechtwinkligen, einfarbigen Einrichtungsgegenständen.

Hercule Poirot wäre begeistert gewesen.

»Kann ich Ihnen etwas zu trinken anbieten, Mrs Benson? Tee? Kaffee?«

»Eine Tasse Tee wäre nett, vielen Dank. Äh, ist Marvin hier? Geht es ihm gut?«

»Jetzt geht es ihm sehr gut. Als er hier eintraf, benahm er sich sonderbar und war verwirrt, aber nun weiß er, was zu tun ist, und ist wieder ganz er selbst. Er sitzt auf dem Balkon und liest die Morgenzeitung«, sagte Anneka, noch immer, ohne zu lächeln. »Vielleicht sollten wir uns erst einmal unterhalten, Mrs Benson.«

»Joss bitte, und ja, natürlich.« Joss folgte Anneka in eine ebenso einschüchternde, wahnsinnig aufgeräumte Küche, ganz in Weiß, poliertem Chrom und schwarzem Granit gehalten, und merkte, dass sie die Begegnung mit ihrem Mann gerne noch hinauszögerte, indem sie sich mit dieser abschreckenden Frau unterhielt, die mit Marvin insgesamt wahrscheinlich mehr Zeit verbracht hatte als sie selbst.

Mit gnadenlos sachlicher Effizienz bereitete Anneka Tee in sachlichen weißen Porzellantassen.

Sie setzten sich an einen, wie Joss fand, grauenhaft scheußlichen schwarzen Chromtisch.

»Ihr Gatte«, sagte Anneka, »ist ein wahrhaft wunderbarer Mann. Ich möchte, dass Sie das wissen, Mrs Benson. Ich bewundere ihn schon seit vielen Jahren. Man hätte ihn nicht so schlecht behandeln dürfen.«

»Ich habe ihn nie schlecht behandelt!«

»Ich meine die Firma, Mrs Benson. Dort hat man ihn schändlich behandelt. Sie, scheint mir, haben ihn einfach nur falsch behandelt. Ich habe leider den Eindruck, dass Sie Marvin überhaupt nicht richtig kennen.«

»Wie bitte?« Joss fühlte sich auf den nicht vorhandenen Schlips getreten. Sie nippte an ihrem Tee – schwarz und viel zu heiß – und setzte die Tasse rasch wieder ab. »Ich bin seit über dreißig Jahren mit ihm verheiratet, habe ihm zwei Kinder geschenkt und ihm immer zur Seite gestanden –«

»Das meine ich nicht.« Ohne mit der Wimper zu zucken,

trank Anneka einen Schluck kochend heißen Tees. »Ich meine, dass Sie offenbar nichts von seinen Träumen oder seinen Hoffnungen wussten und ihn auch nie in irgendeiner Weise ermutigt haben. Marvin ist in geschäftlichen Dingen geradezu genial. Er ist ein talentierter und intelligenter Mann, der weder im Beruf noch zu Hause je die ihm gebührende Wertschätzung erfahren hat.«

»Entschuldigen Sie mal!« Joss fühlte sich nun aber doch veranlasst, sich zu verteidigen. »Wie können Sie so etwas sagen? Was geht Sie das überhaupt an? Ich war Marvin eine vorbildliche Frau und habe mich während unserer Ehe immer nach seinen Wünschen gerichtet, habe ihn nie gesellschaftlich blamiert, ihm nie widersprochen, nie meine eigenen Interessen in den Vordergrund gestellt, nie –«

»Ihn nie geliebt?« Annekas Gesicht verzog sich zu einer Grimasse, die wohl ein Lächeln darstellen sollte. »Nie der Stimme seines Herzens gelauscht? Nie seine Träume geteilt?«

»Ich verbitte es mir, hier meine intime Beziehung zu meinem Ehemann zur Diskussion zu stellen! Außerdem hatte er kein Herz und hätte auch nie irgendwelche Träume mit mir teilen wollen! Hören Sie, Anneka, sicher kennen Sie eine Seite von Marvin sehr gut, aber das ist die berufliche Seite. Über unser Privatleben wissen Sie nur die Einzelheiten, die er ausgewählt hat, um sie Ihnen zu erzählen. Sie wissen doch gar nicht, was für ein Mensch er in Wirklichkeit ist. Ich bin Ihnen sehr dankbar, dass Sie sich um ihn gekümmert haben, als er unglücklich und verwirrt war, aber –«

Anneka zuckte die breiten Schultern. »Marvin meinte, Sie seien nur ein Schatten«, sagte sie. »Ein Mensch, in dem kein Funke glüht. Da lag er offenbar falsch. Das stimmt nicht. Lieben Sie ihn, Mrs Benson?«

»Er ist mein Ehemann.«

»Aber lieben Sie ihn?«

»Ich bin nicht bereit, das mit Ihnen zu erörtern. Dazu werden Sie mich ja wohl kaum herbestellt haben.« Joss schob den skelettartigen Stuhl zurück. »Ich will jetzt mit Marvin sprechen. Ich will wissen, wie es ihm geht.«

»Bestens – die Balkontüren befinden sich an der Rückwand des Wohnzimmers.« Anneka rührte sich nicht. »Ich halte mich zurück.«

»Ja«, sagte Joss und verließ die Küche, »tun Sie das.«

Die doppelt verglasten Balkontüren standen offen, und Marvin, der erstaunlich fit und entspannt wirkte, saß in beigefarbenen Chinos und einem dunkelroten Polohemd – Kleidungsstücke, die Joss noch nie zuvor an ihm gesehen hatte – in einem hochmodernen Stuhl in der Sonne und las Zeitung. Auf dem Tisch neben ihm standen ein Glas, ein Krug Orangensaft und ein Teller voller Krümel. Hinter ihm erstreckte sich die Stadt im Dunst, so weit das Auge reichte.

»Hallo, Marvin, wie geht es dir?«

»Jocelyn ...« Marvin faltete die Zeitung zusammen und blinzelte zu ihr empor. »Anneka sagte, dass sie dich angerufen hat. Ich hab ihr erklärt, das sei ein Fehler, aber – guter Gott!«

Joss, die wieder einen der Zigeunerröcke, dazu ein buntes Top und die Paillettensandalen trug, lächelte. »Das ist mein neuer Kleidungsstil, Secondhand-Hobo. Hübsch, nicht wahr?«

»Nein.« Marvin richtete sich im Lehnstuhl auf. »Für so einen Aufzug bist du viel zu alt, und deine Haare sehen ja fürchterlich aus. Ich wünschte, Anneka hätte sich nicht mit dir in Verbindung gesetzt, aber sie bestand darauf, dich wissen zu lassen, wo ich bin. Ich hab ihr gesagt, das würde dich einen Dreck interessieren.«

»Wie konntest du so etwas nur denken? Ich war außer mir und ganz krank vor Sorge! Ich habe die Polizei angerufen und die Krankenhäuser und all deine Freunde und überall nach dir gesucht und – wo zum Teufel warst du denn bloß?«

»Hier.«

»Wie? Die ganze Zeit?«

Marvin nickte.

»Du Mistkerl! Und ich hab Höllenqualen ausgestanden –«

»Setz dich, Jocelyn. Jetzt, wo du da bist, sollten wir einiges besprechen.«

»Allerdings.« Joss ließ sich auf einem gegenüberstehenden Stuhl nieder. »Ich finde, du bist mir eine Erklärung schuldig, meinst du nicht? Also sprich, Marvin. Ich bin ganz Ohr.«

Marvin erzählte seine Geschichte und sagte, er wisse wirklich nicht, was ihn plötzlich dazu getrieben hätte, den Bungalow, die Siedlung *The Close* und Bagley-cum-Russet unbedingt verlassen zu müssen.

»Es war, als hätte sich der ganze Wirrwarr in meinem Kopf auf einen Schlag geklärt.« Er sah Joss an. »Als sei ich bis zu diesem Augenblick ein anderer Mensch gewesen und hätte wie im Nebel und eigentlich nur halb gelebt – und dann stand mir auf einmal die Lösung vor Augen. Kristallklar. Ich habe nicht lange nachgedacht, was ich empfinde oder warum, ich wusste einfach instinktiv, was ich zu tun hatte.«

»Und das war, von zu Hause fortzugehen und hierherzukommen? Zu Anneka?«

»Ja. Entschuldige. Nicht dass ich hierherkam, aber ich sollte mich wohl dafür entschuldigen, dass ich dir nicht Bescheid gesagt habe. Du hattest dich so sehr verändert, seit ich meinen Job los war … ich hatte das Gefühl, du würdest wahrscheinlich kaum merken, dass ich weg bin. Tut mir leid.«

»Hör auf, dich zu entschuldigen«, sagte Joss. »Das hast du sonst auch nie für nötig gehalten – und jetzt ist es dafür viel zu spät. Aber ich habe sehr wohl gemerkt, dass du fort warst, und habe mir große Sorgen gemacht. Verzweifelt habe ich versucht, dich zu finden, aber von diesem kleinen, äh, romantischen Unterschlupf konnte ich ja nichts wissen.«

Marvin zuckte zusammen. »So war das nicht, Jocelyn. Das war nicht der Grund, warum ich herkam. Ich bin dir nie untreu gewesen.«

»Soll das heißen, das alles und Anneka«, Joss machte eine ausladende Handbewegung, »wäre rein geschäftlich?«

Marvin schüttelte den Kopf. »Nein, jetzt nicht mehr. Jetzt ist es sehr viel mehr als das, aber als ich ankam, war mir das nicht bewusst. Ich wusste nur, dass ich hierhermusste, dass Anneka der Mensch war, bei dem ich sein wollte, der Mensch, der mich verstand und nachfühlen konnte, was in mir vorging. Dass sie der einzige Mensch auf der Welt war, der mir etwas bedeutete und mit dem ein weiteres Leben für mich lebenswert wäre. Es tut mir leid, Jocelyn. Eine andere Erklärung habe ich nicht, aber ich empfinde auch keine Reue.«

Joss blickte über die Dächer, wo sich die Sonne über den Ziegeln und Schieferplatten in einen Schal gelben Dunstes hüllte. Das war ja doch wohl mehr als sonderbar! Marvin fühlte sich von dieser untersetzten, einschüchternden, besserwisserischen, unweiblichen Frau mehr angezogen als von ihr? Sollte sie gekränkt sein? Oder gar verletzt? Joss prüfte ihre Gefühle und stellte fest, dass sie im Grunde einfach nur Erleichterung verspürte.

Sie sah Marvin wieder an. »Hast du dich deshalb so grauenhaft benommen? Ich meine, noch schlimmer als sonst, seit deiner Entlassung? All diese Gehässigkeiten und das Genörgel und die schrecklichen Fernsehsendungen – weil du dich nach Anneka verzehrt hast?«

Marvin seufzte. »Mag sein, ja, vielleicht. Wahrscheinlich. Ich weiß nicht. Ich weiß nur, dass ich mich wieder wie ein Mensch fühle, seit ich hier bin – und dass ich glücklich bin, wahrhaft glücklich.«

»Wie schön für dich!«

»Jocelyn, ich weiß, dass dich das verletzt, aber lass mich versuchen, es dir zu erklären. Als ich meine Stelle verlor, war ich gekränkt und verwirrt und hatte Angst. *Ich* hatte Angst. Immer hatte ich alles in meinem Leben unter Kontrolle gehabt, und auf einmal war alles futsch. Und du – du fingst an, mir zu widersprechen, dich gegen mich aufzulehnen, und wolltest aus lauter Mitleid sogar die Brötchen verdienen, und auf einmal hatte ich nicht einmal mehr dich unter Kontrolle.«

Einen Moment lang saßen sie da und starrten einander schweigend an.

Joss zog mit der Fußspitze das Muster der Bodenfliesen nach. Die Pailletten tanzten in der Sonne. »An dem Tag, als du fort bist – hast du da an meinen Badeölen gerochen?«

»*Was?*«

»Die Badezusätze, die du in der Tasche meines Morgenmantels gefunden hast. Sukie Ambrose hat mir später erzählt, dass sie, äh, eine seltsame Wirkung haben könnten. Sie wusste nicht, dass du sie eingeatmet hast, aber ich dachte es mir und –«

»Quatsch mit Soße, Jocelyn! Was redest du denn da für einen Unsinn?!«

»Hast du an meinen Badeölen gerochen oder nicht? Nachdem ich zu dem Vorstellungsgespräch gegangen war? Bestimmt hast du herumgeschnüffelt, weil das Bad am Mittag von der üblichen Routine abwich – und dann hast du diese kleinen Fläschchen gefunden und sie geöffnet und –«

»Ich kann mich nicht erinnern. Schon möglich – keine Ahnung. Interessiert mich auch nicht. Ich weiß nur, dass ich bis zu diesem Punkt nur halb gelebt habe und dass du mich allein gelassen hast – du hast gesagt, du würdest dir einen Job suchen – und dann, ja, ich habe diese blöden kleinen Duftfläschchen gefunden … und auf einmal war ich innerlich frei und wusste, was ich wollte.«

Joss sah ihn an. Das war also der Mann, mit dem sie fast ihr ganzes Erwachsenenleben verbracht und neben dem sie geschlafen hatte – der Mann, den sie nicht nur nicht liebte, sondern den sie nun nicht einmal mehr sonderlich sympathisch fand.

»Wie schön, Marvin. Es freut mich, dass du zu dir selbst gefunden hast, wie auch immer das zugegangen ist. Den meisten Menschen gelingt das nie. Ich sollte den Bungalow dann wohl zum Verkauf anbieten, oder?«

»Was?« Marvin fuhr ruckartig hoch. »Soll das heißen, du bist nicht gekommen, um mich zur Rückkehr zu bewegen?«

»Nein! Warum sollte ich?« Joss spürte, wie innere Stärke durch ihre Adern rauschte. »Du bist nicht der Einzige, der noch ein Leben vor sich hat, Marvin. Trotz all dem, was du mir im Lauf der Jahre angetan hast, habe ich eine Stelle gefunden – eine wirklich gute Stelle als Pressereferentin und Sekretärin – und nun werde ich mir eine günstige Mietwohnung suchen oder so.« Sie beugte sich vor. »Außerdem bin ich gestern Abend mit meinem neuen Chef in einem pinkfarbenen Cadillac durch Bagley gefahren und habe Cancan getanzt!«

»Wer leidet jetzt hier unter Wahnvorstellungen?« Marvin schaltete in eine gemäßigte Variante des roten Kopfes mit den pulsierenden Schläfenadern. »Erzähl nicht solche Lügen, Jocelyn. Das ist weder angebracht noch notwendig.«

»Ich erzähle keine Lügen. Gestern Abend habe ich entdeckt, was mir entgangen ist. Und ich habe jede Minute ohne dich in vollen Zügen genossen. Es war, wie wenn man nach einer sehr langen Haftstrafe aus dem Gefängnis freikommt.«

»Jocelyn …« Marvins Gesichtsausdruck verfinsterte sich. »Ich hätte doch etwas anderes von dir erwartet –«

»Ach? Wieso? Hast du geglaubt, ich wäre nach wie vor dein Opfer? Marvin, ich hätte das schon vor vielen Jahren sagen und tun sollen. Du hast mich während unseres gesamten Ehelebens tyrannisiert – und dafür gesorgt, dass ich mich elend und schuldig und unglücklich fühlte. Aber jetzt, da ich weiß, dass du versorgt und wohlauf bist, werde ich in Freuden künftig ohne dich leben, und zwar wirklich leben.«

Marvin schluckte, wandte den Kopf ab und starrte über die Dächer.

O Gott. Er weinte doch nicht etwa?

»Marvin ...?«

»Du!« Er fuhr herum. »Du hast mir die verdammte Schau gestohlen! Wie kannst du es wagen, so mit mir umzuspringen, Jocelyn? Ich war es, der dich verlassen hat! Ich hatte vor, dir zu sagen, dass alles aus ist – wie kannst du es wagen – wie? Jocelyn? Verdammt noch mal, du lachst doch nicht etwa – über mich?«

»Doch, tut mir leid«, kicherte Joss. »Nicht gerade schicklich, wie? Aber es ist genau der passende Moment dafür. Meine Sternstunde! Diese Szene hätte ich zu gerne auf Video. Also, wo wären wir stehen geblieben? Ach ja, der Bungalow – und wie wäre es mit Scheidung, wo wir gerade beim Thema sind?«

Drei Stunden später, als sich der Zug nach Reading ratternd von London entfernte, lehnte sich Joss in ihrem Sitz zurück und lächelte. Alles war viel besser gelaufen, als sie jemals zu träumen gewagt hätte.

Anneka war auf den Balkon gerufen worden und hatte, wahrscheinlich durch jahrelange Sekretärinnenfürsorglichkeit geübt, für frisch gepressten Orangensaft und warme Croissants mit Kirschmarmelade gesorgt, und Marvin hatte – höchst ungewohnt – »bitte« und »danke« gesagt, und die beiden hatten einander beinahe schmalztriefend angelächelt. Joss hatte sie beobachtet, dabei aber keine Eifersucht empfunden, sondern nur leise Wehmut, dass sie alle so viel Zeit vergeudet hatten, um herauszufinden, was sie wirklich wollten.

Dann hatte Marvin gesagt, sie solle ruhig im Bungalow bleiben. Er käme vorbei, um seine restlichen Sachen abzuholen, und er hätte schon Pläne entworfen, um eine Hypothek aufzunehmen, die ihnen beiden ein gewisses Startkapital verschaffte: Joss, um davon zu leben, und ihm, um mit Anneka zusammen eine Headhunter-Firma zu gründen.

Joss hatte allem zugestimmt, denn es gab keinen Grund, dies nicht zu tun, und hatte sich bereiterklärt, jede Unterschrift zu leisten, mit jedem Anwalt zu sprechen und alle erforderlichen Schritte einzuleiten, um ihre Ehe in sämtlichen Belangen zu einem Ende zu bringen – das Wort Abschluss wollte sie nicht verwenden, denn das war einer von Marvins Lieblingsausdrücken –, sofern Marvin es übernahm, die Kinder zu informieren.

Von Annekas Telefon aus hatte sie dann Valerie angerufen, ihr kurz berichtet, was sich zugetragen hatte, und sie gebeten, falls irgend möglich, jemanden aufzutreiben, der sie in Reading vom Bahnhof abholen könnte, damit sie nicht auf den spätabendlichen Bus nach Bagley warten und auch keine sündhaft teure Taxifahrt durch halb Berkshire unternehmen müsste. Dann hatte sie sich von Anneka und Marvin verabschiedet und war so mutig und glücklich gewesen, dass es ihr gelungen war, den Weg nach Paddington selbstständig mit der U-Bahn zurückzulegen.

Und jetzt, dachte sie und lächelte die beiden gegenübersitzenden Frauen, die offenbar von einem Einkaufsbummel kamen, verträumt an, würde sie nach Hause fahren und Val zum Abendessen einladen – zusammen mit ihrem großen, gammeligen Ehemann – und zur Feier des Tages würde es Fisch und Chips aus Papiertüten geben, dazu billigen Wein und laute Musik.

Sie lächelte immer noch, als sie in Reading aus der Bahnhofshalle in die warme Spätnachmittagssonne hinaustrat. Was für ein wunderbarer Abend, um ein neues Leben zu beginnen …

»Joss!« Valerie Pridmore drängte sich durch die Massen ankommender und abreisender Passagiere auf sie zu. »Hier entlang, Süße! Wir haben einen Parkplatz gefunden!«

Joss strahlte, und sie umarmten einander. Während sie gleichzeitig über die wundersamen Ereignisse in Battersea draufloschwätzten, fragte Joss sich kurz, in welchem der illegalen Autos von Vals Sprösslingen sie wohl nach Hause kutschiert werden würde – aber es kümmerte sie nicht. Hauptsache, sie kam nach Hause – in ihr Heim … Wenn sie ihren ersten Lohn bekommen hätte, würde sie die Zimmerwände in leuchtenden Farben streichen und Teppiche und Kissen kaufen und große prächtige Pflanzen für den Garten und …

Abrupt blieb sie stehen.

Der rosa Cadillac sorgte für einigen Wirbel, und Freddo, in Jeans und Lederjacke, mit Klunkern behängt, nicht minder.

Mit Freudentränen in den Augen sah Joss die lachende Val kopfschüttelnd an.

»Waren keine großen Überredungskünste nötig«, gluckste sie. »Glaub mir, als ich ihm erzählt hab, was los ist, wär er am liebsten den ganzen weiten Weg nach London gefahren, um dich abzuholen. Ich hab ihn begleitet – auch wenn ich weiß, dass bei dreien einer überflüssig ist, aber wann krieg ich sonst schon mal Gelegenheit, in so einem Schlitten zu fahren?«

Joss umarmte sie ganz fest, bedankte sich flüsternd und sagte, sie sei die beste Freundin auf der ganzen Welt.

Kaum hatte Freddo die beiden erspäht, sprang er aus dem

Wagen und rannte durch die Menschenmenge auf sie zu. Mit einem Freudenjuchzer hob er Joss hoch und wirbelte sie herum, und dann küsste er sie. Und sie küsste ihn. Und es war einfach unbeschreiblich.

»Willkommen daheim, Joss, Schätzchen«, sagte er sanft, drückte sie fest an sich und sah sie mit bedingungsloser Liebe an. »Willkommen daheim!«

24. Kapitel

Es ist schon fast so wie an einem richtigen Sommerabend.« Milla streckte ihre langen nackten Beine unter dem eleganten Leinenkleid aus. »Genau das Richtige für mich, nach einer Woche voller Konferenzen und hektischer Käufe und Verkäufe: Entspannung in einem friedlichen Garten. Für April ist es wunderbar warm. Ich bin eindeutig kein Wintermensch.«

»Ich auch nicht.« In Jeans und T-Shirt weniger elegant gekleidet, sank Sukie Milla gegenüber in den wackeligen Korbstuhl und hob ihr Glas mit Chardonnay. »Auf den Maifeiertag morgen – und einen wonnigen Wonnemonat.«

Sie ließen die Gläser erklingen und kicherten, denn sie waren schon bei der zweiten Flasche.

Der Garten von *Pixies Laughter* kam nun in seiner Schönheit voll zur Geltung. Wild wuchernder Jasmin, Geißblatt und Clematis umrankten grün überdachte Lauben, und in allen Ecken und Winkeln lagen pfirsich- und fliederfarbene Blütenblätter verstreut. Hier war man in einer abgeschiedenen grünen Oase, fern von der Welt.

»Am ersten Mai«, Milla zündete sich eine Zigarette an und blies Rauch über den Tisch, »haben Bo-Bo und ich immer –« Sie brach ab.

»Erzähl weiter!«

»Nein, ist ja blöd.«

»Sprich darüber, Milla – wenn es dir hilft.«

»Da hilft gar nichts, Sukie. Der Mistkerl hat mich sitzen lassen und ist spurlos verschwunden – da kann man nichts machen. Aber ich erinnere mich noch immer an jede alberne Kleinigkeit.«

»Was habt ihr denn am ersten Mai gemacht? Etwas Besonderes?«

»Ziemlich.« Milla nickte verträumt. »Wir sind im Morgengrauen nach Oxford gefahren, um den Sonnenaufgang zu beobachten. Nachdem wir die ganze Nacht gefeiert hatten, standen wir mit Unmengen anderer Leute auf der *Magdalen Bridge*, haben dem Chor gelauscht – der Gesang klang so himmlisch, dass man eine Gänsehaut bekam – und den Morgen des ersten Mai begrüßt. Und dann, weil Papa Staat es damals noch nicht verboten hatte, sind wir aufs Brückengeländer geklettert und in den Fluss gesprungen!« Milla lachte. »Hand in Hand. In voller Abendgarderobe! Meistens kam dann die Polizei, hat sich aufgeregt und uns herausgefischt. Anschließend haben wir uns notdürftig abgetrocknet und sind zur Markthalle gegangen, um ausgiebig zu frühstücken …«

Sukie betrachtete Millas Gesicht, ihre lebhafte Mimik und ihre glänzenden Augen. Liebe Güte … Die Erinnerungen an Bo-Bo waren heute Abend aber sehr lebendig.

»Hand aufs Herz, hast du denn wirklich nie versucht, dich mit ihm in Verbindung zu setzen, seit er, äh, davongelaufen ist?«

»Nur ganz am Anfang, aber dann nicht mehr, nein.« Milla schenkte Wein nach. »Ich schätze, er wollte nicht gefunden werden. Große Mauer des Schweigens bei allen, die ihn kannten. Hat seine Handynummer geändert und alle anderen Kontaktdaten. Hat seine Aktien verkauft, seine Firmen, seine Wohnung. Er ist vom Erdboden verschwunden, als hätte er nie gelebt. Außer hier drin natürlich, da wird er ewig weiterleben …« Sie deutete auf ihren Kopf und ihr Herz. »Ich bin schon eine blöde Kuh. Einerseits hasse ich ihn für das, was er mir angetan hat, aber andererseits –«

Sukie schwieg. Die Gelegenheit wäre ideal, um auf den Fern-Liebeszauber zu sprechen zu kommen, aber aufgrund moralischer Skrupel brachte sie es noch immer nicht fertig.

»Bo-Bo hat sein Leben offenbar völlig umgekrempelt und mich vergessen – und ich finde, ich sollte ihn nun auch wirklich hinter mir lassen.« Milla bediente sich aus der Schüssel mit Nachos auf dem wackligen Korbtisch und tunkte sie torkelig in die Dips. »Es wird wohl Zeit für einen neuen Anfang. Alles neu macht der Mai!«

Wieder kicherten sie.

Sukie wischte sich Nachokrümel von den Jeans. »Was für einen neuen Anfang meinst du? Mit Derry?«

»Ja, nein, ach Sukie, ich weiß es einfach nicht! Aber über kurz oder lang werde ich wohl in den sauren Apfel beißen müssen und aufhören, immer vor allem wegzulaufen. Es war toll, hier zu wohnen, es hat mir unheimlich gutgetan, und du warst wirklich ein Schatz, aber ich weiß, dass ich nicht wirklich hierhergehöre. Ich bin eine U-Bahn-süchtige Großstadtpflanze. Ich kann nicht für immer hierbleiben.«

»Wahrscheinlich nicht. Aber du würdest mir echt fehlen – auch wenn ich nie erwartet hatte, dass wir als Hausgenossinnen zusammen alt werden.«

»Ich fand es wirklich toll.« Milla hob ihr Glas und stieß leicht taumelig mit Sukie an. »Und natürlich würde ich dich nicht einfach sitzen lassen – wie gewisse andere Leute –, sondern warten, bis du wieder einen passenden Mitbewohner gefunden hast. Aber ich glaube, ich muss fort von hier, und zwar eher früher als später.«

Sukie wurde leicht übel – und das hatte nichts mit übermäßigem Genuss von Wein und Knabberzeug zu tun.

»Soll das heißen – du und Derry, ihr geht hier weg und –?«

Milla zuckte die Schultern. »Durch Derry wird alles noch komplizierter. Wir sind glücklich miteinander, glaube ich. Aber sein Herz ist hier, in Berkshire, und seine Firma auch. Ich würde ihn nicht bitten, sie mir zuliebe aufzugeben, weil ich weiß, das könnte und wollte er nicht. Aber wenn ich wieder nach London zöge, könnten wir uns ja auch weiterhin treffen, meinst du nicht?«

»Sicher«, erwiderte Sukie munter und stieß sich selbst den Dolch ins Herz. »Natürlich könntet ihr das. Wäre sicher kein Problem. Hast du schon mit ihm darüber gesprochen?«

»Nein!« Milla kippelte mit dem Stuhl. »Es ist alles so verworren. Einerseits weiß ich, dass ich weiterziehen sollte. Andererseits habe ich durch Derry, obwohl wir noch gar nicht lange zusammen sind, erkannt, dass es tatsächlich liebenswerte, lustige, nette, anständige Männer auf der Welt gibt – von seinem tollen Körper ganz zu schweigen. Und ich kann mir beim besten Willen nicht vorstellen, dass er irgendjemanden sitzen ließe, du etwa?«

Sukie schüttelte den Kopf. Konnte sie nicht. Ihr schwante Übles … »Soll das heißen, dass du, äh, daran denkst, ihn zu heiraten?«

»Warum nicht? Vielleicht ließe er sich ja doch überreden, eine Tischlerei in London aufzumachen, er wäre bestimmt total gefragt in all diesen neu entstehenden Lofts und zu Wohnraum umfunktionierten Fabrikgebäuden – und meine Eltern würden sich tierisch pesten.«

O Gott … Sukie stopfte sich eine so große Hand voll Nachos in den Mund, dass sie gar nicht wusste, ob sie das alles würde runterschlucken können. Ach, zum Teufel mit Moral und Ethik! Hier ging es um Selbsterhaltung!

Sie sah zwischen den hohen Sträuchern zum Himmel empor,

ein heller Fleck in Blau, Grau, Rosa und Flieder. »Okay – was wenn – nur mal angenommen – wenn wir alle Zweifel einen Moment lang beiseiteließen und du die Wahl hättest, dich zwischen den beiden zu entscheiden? Mit welchem Mann würdest du dein Leben verbringen und ihn ewig lieben wollen? Derry oder Bo-Bo?«

Milla antwortete nicht und ließ den Chardonnay in ihrem Glas kreisen. Sukie konnte es nicht mehr ertragen. Sie hatte Chelsea versprochen, den Liebeszauber an Milla nicht ohne deren Wissen auszuprobieren – aber sie hielt es einfach nicht länger aus.

Sie stellte ihr Glas vorsichtig auf den unebenen Tisch und stand auf. »Nein, sag es mir nicht. Gib keine Antwort auf diese Frage. Bitte nicht. Und warte mal einen Augenblick …«

Eine verwunderte Milla zurücklassend, eilte sie ins Haus.

Es gab wohl keine andere Methode, um sich Klarheit zu verschaffen. Auch wenn es vielleicht eine unübliche Methode war, aber Cora hätte sicher genauso gehandelt. Cora hatte gedacht, dass Sukie die Geheimnisse von *Pixies Laughter* niemals lüften würde, aber sie war doch dahintergekommen – und hatte bislang nur Gutes damit bewirkt. Wer könnte ihr einen Vorwurf machen, wenn sie nun auch ihrem eigenen Glück ein wenig auf die Sprünge helfen wollte? O Gott, wo hatte sie nur das Fläschchen hin, das sie bei Chelsea verwendet hatte? Wo? In welcher Tasche steckte es? Warum hatte sie nur so viel Wein getrunken? Warum konnte sie nicht mehr klar denken? Sie musste eine neue Tinktur herstellen …

Wie ging der passende Vers? Wie lautete das Rezept? Wusste sie es noch – oder musste sie erst wieder im Handarbeitskorb kramen? Ach nein … dort lag nur das Gedicht, aber ohne die Zutatenliste war es nutzlos. Und die Zutaten standen auf diesem Papierfetzen – wo hatte sie den bloß hingetan? So ein verdammter Mist aber auch!

Sie versuchte sich zu erinnern, aber in dem Wissen, dass Milla jeden Moment die Geduld verlieren und in die Küche kommen könnte und womöglich den Namen nennen würde, den sie nicht hören wollte, kam Sukie immer nur der Vers über Rosmarin und Koriander in den Sinn, sodass sie schließlich aus lauter Verzweiflung laut vor sich hin murmelte: »Cora, wenn es auch nur halbwegs vertretbar ist, was ich vorhabe, dann hilf mir bitte!«

Und auf einmal war sie ganz gefasst. Ruhe kehrte ein. Und die Worte standen ihr klar vor Augen, so deutlich wie alle Reime ihrer Kinderzeit:

So viele Menschen sind einsam.
So viele gebrochene Herzen,
so viele Liebende in Schmerzen,
so viel Kummer und Leid
sind vielleicht morgen schon geheilt.
Wie groß die Entfernung auch mag sein,
die Liebe kommt heim über Stock und Stein.
Glaube an der Pflanzen Kräfte,
an der Blumen duftende Säfte
bringt wahrhaft Liebende einander zurück,
sodass sie vereint in ewigem Glück.
Ohne Tränen, ohne Pein
werden sie unzertrennlich sein.

Zittrig rieb sich Sukie die Augen. Die Liste der Zutaten und Coras abschreckende Warnung waren nun ebenfalls unauslöschlich in ihr Gedächtnis eingraviert …

Entfernungs-Liebestränke sind hochwirksam, stellen jedoch einen starken Naturzauber dar, und man sollte nur als al-

lerletztes Mittel darauf zurückgreifen, um Liebende zusammenzuführen.

Sie dürfen nur angewandt werden, wenn unumstößliche Gewissheit besteht, dass das Endergebnis auch wirklich den persönlichen Wünschen entspricht, denn sie können nicht rückgängig gemacht werden.

Man nehme: 3 Tropfen Ingwer, 2 Tropfen Rosmarin, 2 Tropfen Jasmin, 1 Tropfen Klee, 1 Tropfen Zimt, 1 Prise pulverisierte Alraune und vermische die Zutaten mit Mandelöl. Die Tinktur sollte an einem Pulspunkt in die Haut eingerieben werden, vorzugsweise am linken Handgelenk, denn von dort gelangen die Pflanzenkräfte direkt zum Herzen eines der getrennten Liebenden, während dieser sich innerlich das Bild des Geliebten vor Augen hält. Die beiden werden unfehlbar in immerwährender Liebe vereint werden.

Nach hektischem Kramen im Küchenschrank förderte Sukie die benötigten Essenzen sowie eine Flasche Basisöl zu Tage. In Windeseile bereitete sie die Mischung zu, kleckerte dabei alles voll und dachte sich, dass es wahrscheinlich ganz verkehrt war, was sie da machte, und es ihr für ewig das Herz brechen würde.

Aber sie musste es wissen.

Milla blinzelte schläfrig, als Sukie wieder aus der Hintertür trat. »Ich dachte schon, du kommst gar nicht mehr wieder und lässt mich hier sitzen, wie gewisse andere Leute. Oh, was ist das? Etwas Feines zu trinken?«

Sukie setzte sich hin und stellte das Fläschchen auf den Tisch.

»Nein, das gehört zum Spiel.«

»Super!« Milla beugte sich vor und schob sich das blonde Haar hinter die Ohren. »Sollen wir die Flasche auf der Stirn balancieren und dabei Shakespeare zitieren oder so was?«

Sukie runzelte die Stirn. »Was für komische Partyspiele kennst du denn? Nein, so kompliziert ist es nicht. Das hier«, sie holte tief Luft, »ist ein Liebestrank.«

»Ist ja spitze!« Milla kreischte vor Lachen. »Das wird ja immer besser! Schieß los, Sukie – was müssen wir tun?«

»Du machst dasselbe wie vorhin. Denk an den einen Mann, den du aufrichtig und wahrhaft von ganzem Herzen liebst und mit dem du dein Leben teilen willst. Aber sag nichts. Verrat mir nicht seinen Namen. Denk bloß an ihn und stell dir vor, du wärst in einer ganz besonders romantischen Situation mit ihm zusammen.«

»Gut, das ist ja nicht weiter schwer. Und was machst du?«

»Ich«, antwortete Sukie, schüttelte das Fläschchen und öffnete den Verschluss, »gebe nur ein paar Tropfen von dieser Tinktur auf dein linkes Handgelenk und massiere sie ein, damit der Liebeszauber direkt zu deinem Herzen gelangt, während du in Gedanken der Liebe deines Lebens in die Arme fällst.«

Milla legte folgsam den linken Arm mit dem Handgelenk nach oben auf den kippeligen Tisch. »Das muss ich auf der nächsten Vorstandssitzung erzählen. Solche Anekdoten lockern die Atmosphäre immer so schön auf … ach nein, entschuldige, ich mach jetzt die Augen zu und träume von –«

»Nicht sagen!«

»Stimmt ja, tut mir leid. Also los. Ich bin bereit …«

Mit klopfendem Herzen und trockenem Mund tröpfelte Sukie die Tinktur auf Millas schlankes Handgelenk und verrieb sie sanft am Pulspunkt unterhalb des Daumens.

So. Nun war es geschehen. Nicht mehr rückgängig zu machen. Und wenn sich die Dinge nicht so entwickelten, wie sie es sich wünschte, dann war es doch allemal besser, Bescheid zu wissen, anstatt weiterhin auf das Unmögliche zu hoffen.

»War das alles?« Milla öffnete die Augen und schnupperte an

ihrem Handgelenk. »Also Sukie, ich hab ja keine Ahnung, was da drin ist, aber damit könntest du direkt Chanel Konkurrenz machen! Ein herrlicher Duft! So, und wie geht es jetzt weiter?«

Sukie lächelte. »Nun, jetzt warten wir einfach mal ab, was passiert.«

Und wenn es so lief wie mit Chelsea und Nicky Hambly, geschähe vorerst rein gar nichts.

Plötzlich quietschte in der stillen Dämmerung das Gartentor, und beide fuhren herum.

»Hallo!« Derry grinste sie an. »Ich hoffe, ihr habt noch Wein übrig. Ich brauche unbedingt was zu trinken.«

Sukie rappelte sich mühsam hoch, denn sie wusste, dass sie sich anderenfalls gleich ganz fürchterlich danebenbenehmen würde. »Äh, ich hol noch ein Glas und eine Flasche. Ach ja, und auch was zum Knabbern. Bleibt ihr nur hier – ich hatte sowieso schon mehr als genug.«

Hinter den dummen Tränen verschwamm alles vor ihren Augen, und sie wankte in die Küche.

Eine halbe Stunde später fand sie im *Barmy Cow* nur dürftigen Trost. Sukie kauerte auf einem Hochstuhl an der Ecke der Bar vor einem unberührten Glas Shandy und sah unglücklich zu, wie die anderen Gäste um sie herum lachten und schwatzten, als wären sie viele Meilen entfernt. An diesem warmen Abend lag selbst im grauen Mief des Pubs ein Hauch von Frühling, und sogar der Staub schien ein wenig zu glitzern.

Weil sie es in *Pixies Laughter* nicht mehr ausgehalten hatte, während Milla und Derry im Garten ihre glückliche Zukunft planten, hatte sie so bald wie möglich die Flucht ergriffen und war in der Dämmerung durchs Dorf gelaufen, in der Hoffnung, sie würde Chelsea, die sie übers Handy nicht erreicht hatte, vielleicht im Pub antreffen.

Da war sie aber nicht.

Doch so gut wie alle anderen waren da, und die vier Berkeley-Boys wuselten wie die Derwische hinterm Tresen herum, während Topsy, Edie und Rita am Ecktisch beisammensaßen und ihnen so begeistert zusahen wie Groupies ihrer Lieblingsband.

An einem lauen Abend wie diesem trieb es die Bewohner von Bagley-cum-Russet mit Macht aus den Häusern. Zudem war morgen ein Feiertag, sodass niemand früh zu Bett musste … Sukie hätte am liebsten in ihr Shandy geweint. Mit diesem Fern-Liebeszauber hatte sie einfach zu hoch gepokert – sie hatte sich ihr Unglück ja selbst eingebrockt.

Und das hier war schlimmer als jede Folter. Nicht nur, dass sie dauernd daran denken musste, was zu Hause wohl vor sich ging, zu allem Überfluss war sie nun auch noch von einem Großteil der mehr oder weniger gut zusammenpassenden Paare umgeben, die sie durch ihre magischen Massageöle unabsichtlich zusammengeführt hatte.

Sogar Joss Benson, die blendend aussah, unbeschwert und innerlich leuchtend vor Glück, war mit dem schillernden Freddo Fabian da und spielte mit Val Pridmore und deren Familie Darts. Alle waren vergnügt – nicht etwa, dass Sukie Joss ihr Glück nicht gönnte, dachte sie, während sie halbherzig den schalen Schaum von ihrem Shandy schlürfte. Wenn es jemand verdient hatte, von einem unpassenden Partner befreit zu werden, dann Joss, und zumindest bei dieser Geschichte waren Sukies Liebestränke nicht im Spiel gewesen, oder?

Bei den Cancan-Proben war über nichts anderes gesprochen worden, als dass Joss und der fürchterliche Marvin sich endgültig getrennt hatten und dass Joss nicht nur neue Kleider, sondern auch einen neuen Mann hatte und nun mit Freddo zusammen war. So eine tolle Klatschgeschichte hatte es in Bagley-cum-Russet seit Jahren nicht gegeben.

»Heute so ganz allein, kleine Sukie?« Topsy war an die Bar getrippelt. »Ich hoffe, dir fehlt nichts? Hast du vielleicht ein medizinisches Problem, bei dem ich dir irgendwie helfen könnte?«

»Nein danke, mir geht es gut«, antwortete Sukie rasch und hoffte, dass Dorchester Topsy nicht auch noch ein Fachbuch geschenkt hatte wie *Diagnosen leicht gemacht – so kuriere ich Freunde und Familie.* »Ich hatte gehofft, Chelsea sei vielleicht hier …«

»Die ist mit ihrer Familie nach Newbury. Waren vorhin alle da. Irgend 'ne Fete in der Wassermühle.«

Sukie seufzte. Dann unternahm heute also jeder irgendwas mit irgendwem. Na klasse …

Topsy schäkerte kurz ein bisschen mit Dorchester, dann sah sie Sukie wieder an. »Ist wirklich alles in Ordnung? Siehst mir ein bisschen blass aus. Hoffentlich bist du für morgen gut in Form, für das Hochzeitsdings in Fiddlesticks. Wo das doch dieses Jahr unser erster Auftritt ist, da dürfen wir Mr Fabian auf keinen Fall enttäuschen!«

»Ich werde topfit sein, bestimmt«, sagte Sukie und fragte sich, ob es ihr wirklich gelingen würde, ein Showlächeln aufzusetzen und auf einer Behelfsbühne die Beine in die Luft zu werfen, um fremder Leute Freudenfest zu feiern. »Freu mich schon drauf. Echt.«

»Braves Mädel. So ist's recht. Laut Wettervorhersage wird morgen wieder ein wunderschöner Tag. Kommen bestimmt jede Menge Leute.«

»Toll. Ich meine, es wird bestimmt toll.«

Topsy nickte vergnügt und machte sich mit drei kleinen Gläsern, die nach »Port Lemon« aussahen, aber wahrscheinlich etwas ganz anderes enthielten, wieder auf den Weg zu Rita und Edie.

Hilton beugte sich über den Tresen. »Stimmt was nicht mit dem Shandy, Sukie? Sie haben das Glas ja kaum angerührt.«

»Nein, ist bestimmt prima … bin nur nicht richtig in Stimmung.«

»Ich geb Ihnen noch etwas Limonade dazu«, schnaufte Hilton. »Damit es ein bisschen mehr prickelt.«

Zu niedergeschlagen, um ihn davon abzuhalten, lehnte sich Sukie zurück, während er abgestandene Limonade in ihr ohnehin schon schales Getränk träufelte. Wie auch die anderen Berkeley Boys hatte Hilton der warmen Witterung Rechnung getragen und trug ein Polohemd mit offenem Kragen in einem wenig kleidsamen Türkisgrün. Sukie sah mit Schrecken, wie sich ein Anhänger von seiner runzeligen Brust löste und nun über ihrem Shandy baumelte.

»Hilton … Ihr, äh, Medaillon hängt raus und, äh, ist aufgegangen.«

»Oh!« Hilton stockte verwirrt. »Stimmt. Danke. Ich will nur …«

Sukie sah den herzförmigen Anhänger und erhaschte einen flüchtigen Blick auf das ebenfalls herzförmige Foto darin. Ihr wurde noch übler als zuvor.

Herr im Himmel! Das durfte doch nicht wahr sein …?

»Hilton – vielleicht will ich das gar nicht wirklich wissen, aber warum zum Teufel tragen Sie ein Bild von mir um den Hals?«

Hilton lief rot an, hustete und stellte die Limonadenflasche ab.

»Das sind nicht Sie, kleine Sukie. Ach, was soll's. Schauen Sie –«, seine knotigen Finger fummelten an dem Medaillon. »Sehen Sie, könnte wirklich fast ein Bild von Ihnen sein, stimmt schon, ist es aber nicht. Das ist Ihre Tante Cora, als sie etwa in Ihrem Alter war.«

Sukie bestaunte das vergilbte Schwarzweißfoto. Natürlich,

jetzt merkte sie, dass es Cora zeigte. Sie hatte schon genug alte Fotos von Cora gesehen, um ihre Großtante zu erkennen – aber auf den ersten Blick hätte auch sie selbst es sein können: dasselbe ovale Gesicht, dasselbe wuschelige dunkle Haar, derselbe entschlossene Gesichtsausdruck.

Hilton streichelte den Anhänger. »Cora war ein schönes Mädchen, genau wie Sie, und ich hab sie von ganzem Herzen geliebt. Aber sie hat es nie erfahren – nicht wirklich. Als ihr junger Mann im Krieg ums Leben kam, hat es ihr das Herz gebrochen, und sie ist nie darüber hinweggekommen. Danach hatte sie keine Augen mehr für andere Männer, auch nicht für mich. Dass ich dieses Foto besitze, wusste sie gar nicht. Ich hab es neunzehnhundertsiebenunddreißig bei einem Picknick aufgenommen – Jahre später hat sie mir zusammen mit anderem Kram für einen Trödelmarkt im Dorf dieses Medaillon gegeben. Ich hab's behalten, auch wenn es vielleicht nicht ganz korrekt war, und das Foto reingetan …«

»Und seitdem tragen Sie es? Haben Sie denn nie eine andere Frau angesehen? Nie eine andere geliebt?«

Hilton schüttelte den Kopf und schloss den Anhänger mit einer zärtlichen Geste. »So ist es, Sukie. Aber ich wär froh, wenn Sie das bitte für sich behalten. Ich hab dieses Geheimnis mein Lebtag keinem verraten, außer meinen Brüdern, und so soll es auch bleiben.«

»Ja …« Sukie tätschelte seine Hand. »Ja, natürlich. Ach, Hilton – warum ist das mit der Liebe immer so schrecklich traurig?«

»Nicht immer, Schätzchen. Sehn Sie sich Claridge und Savoy und Dorchester an – sind neuerdings ausgelassen wie junge Hunde. Auch Ken und Tom haben zueinandergefunden – sogar Bert hat sich mit dieser Brenda aus Hassocks zusammengetan, die aussieht wie der griechische Sänger Demis Roussos. Ganz zu schweigen von Mrs Benson und ihrem Freddo – ein starker Typ, und er macht sie richtig glücklich. Sehn Sie, es ist nicht alles ein Trauerspiel.«

»Sind Sie denn zufrieden damit, ich meine, nicht verliebt und stattdessen allein zu sein?«

»Liebe Güte, Schätzchen, natürlich! Ich bin gesund und hab den Pub und meine Brüder und meine Freunde. Mir hat es all die Jahre genügt, Cora in meiner Nähe zu wissen und ihr Kamerad zu sein.«

Als Hilton abzog, um weitere Kunden zu bedienen, fühlte sich Sukie noch elender als zuvor. Sie stützte die Ellbogen auf den Tresen und scherte sich keinen Deut mehr darum, wie klebrig er war. Würde sie damit leben können? Als gute Freundin in Derrys Nähe zu sein? Ihm zu begegnen, mit ihm zu sprechen und mit ihm zu lachen, aber ihn niemals lieben zu können?

Traurig schüttelte sie den Kopf. Nein, das könnte sie nicht.

»Sukie!« Valerie Pridmore winkte ihr von Weitem zu. »Sukie!«

Sukie hatte wenig Lust, sich den Dartsspielern anzuschließen, und winkte teilnahmslos zurück.

»He, Sukie!« Val winkte immer wilder. »Komm mal schnell her!«

Seufzend, weil sie wusste, dass sie in ein endloses Dartsspiel verwickelt werden würde, was sie gelinde gesagt verabscheute, rutschte Sukie von ihrem Hocker und drängte sich durch die Gästeschar des *Barmy Cow*.

Val packte sie am Arm und zerrte sie in eine etwas ruhigere Ecke. »Ist Milla daheim?«

»Was? Ja …« Sukie wollte gar nicht daran denken, was zu Hause vor sich ging, und machte ein finsteres Gesicht. »Wieso?«

»Weil der Herr da drüben, der gerade mit Joss und Freddo spricht, nach ihr sucht. Hat gesagt, er glaubt, dass sie hier im

Dorf wohnt, weiß aber nicht, wo. Hat gesagt, er versucht, sie zu erreichen. Aber falls er nicht ganz koscher ist, wollte ich ihm lieber nicht gleich deine Adresse geben. Was meinst du?«

»Wahrscheinlich einer, den sie in einem Nachtclub aufgerissen und dann wieder vergessen hat.« Sukie zuckte die Schultern. »Am besten keine Auskunft geben. Wirkt er wie ein Stalker?«

»Er ist absolut hinreißend, wenn du mich fragst – vielleicht nicht ganz so ein Leckerbissen wie Derry, aber ziemlich nah dran. Und mächtig vornehm, kann ich dir sagen.«

Ach je, dachte Sukie – wahrscheinlich der glatzköpfige, zahnlose, mehrfach verheiratete Baron, den Millas Mutter gern als Schwiegersohn hätte.

Müde schüttelte sie den Kopf. »Sag ihm nichts. Außerdem ist Milla heute Abend mit Derry zusammen, und an einem Dreier hat sie bestimmt kein Interesse.«

»Sag das nicht«, kicherte Val. »Wirf mal kurz 'nen Blick auf ihn, Sukie. Na, was meinst du? Würdest du den von der Bettkante schubsen?«

Gleichgültig spähte Sukie durch den Kneipenmief.

O Gott!

Der Mann, der da mit Joss und Freddo sprach, sah haargenau aus wie der junge Bryan Ferry – erotische Glut, in die Stirn fallendes schwarzes Haar und markante Wangenknochen. Sukie kannte dieses Gesicht von dem Foto neben Millas Bett.

Er sah auf und begegnete ihrem Blick. Er lächelte.

»Ähem.« Sukie räusperte sich. »Hm, ich habe gehört, Sie suchen nach Milla? Sie sind wohl nicht etwa –«

»Boswell Borthington.« Er lächelte und zeigte strahlend weiße Zähne. »Sir Boswell Borthington für meine Feinde – für meine Freunde Bo-Bo.«

Zum Teufel noch mal! Sukie schloss die Augen. Bo-Bo! Endlich! Aber viel zu spät!

25. Kapitel

Ferns und Timmys Hochzeitsparty war in vollem Gange. Auf dem weitläufigen Dorfanger von Fiddlesticks – ein englischer Traum mit verschlungenen Kieswegen, zahlreichen Trauerweiden und einer rustikalen Brücke über einem breiten, träge dahinfließenden dunklen Fluss – ging es seit Mittag zu wie bei einer extravaganten Mischung aus Mardi Gras und Notting-Hill-Karneval. So kam es zumindest den Dorfbewohnern vor, die am Maifeiertag in Scharen herbeiströmten, um alle angebotenen Vergnügungen zu genießen, solange sie nur kostenlos waren.

Die Wettervorhersage hatte sich ausnahmsweise als richtig erwiesen, und Fiddlesticks glänzte unter strahlend blauem Himmel im hellen Sonnenschein. Unmengen von Leuten waren aus Hassocks und Bagley und Winterbrook gekommen – sogar von so weit entfernten Orten wie Steeple Fritton, Lesser Fritton und Fritton Magna – um bei freier Verpflegung vor dem *Weasel and Bucket* und kostenlosen Getränken im Schankraum den Tag und die Nacht durchzufeiern. Auf Petronella Bradleys Nostalgie-Jahrmarkt konnte man wie früher auf Pferden reiten, während Flynn und Posy Malones Kirmes-Dampfmaschine dabei für den Zauber und Reiz vergangener Zeiten sorgte.

Joss, die Feiertage sonst immer gefürchtet hatte, weil Marvin dann den ganzen Tag zu Hause blieb und noch ungenießbarer war als sonst, konnte sich an die neue Freiheit noch gar nicht ganz gewöhnen und kam sich fast so vor, als würde sie die Schule schwänzen. Sollte sie denn als erwachsene Frau nicht eigentlich irgendetwas »Vernünftiges« tun?

Aber ja: Später würde sie da oben im Rahmen des abendlichen Unterhaltungsprogramms Cancan tanzen – sie warf erneut einen nervösen Blick auf die höchst professionelle Bühne samt Scheinwerfern, Lautsprechertürmen und schwarzen Kabeltrommeln am anderen Ende der Wiese – aber vorerst genoss sie einfach nur jeden Moment der Party.

Zugegeben, sie hatte ganz schön Bammel davor, zum ersten Mal in aller Öffentlichkeit zu tanzen, auch wenn sie die Schrittfolgen immer wieder geprobt und jeden Abend bis zum Umfallen geübt hatte. Sukie und Chelsea hatten unendlich viel Geduld mit ihr gehabt und ihr sehr geholfen.

Joss konnte nur hoffen, dass sie die beiden heute Abend nicht enttäuschte.

Fern und Timmy waren eine Zeit lang in vollem Hochzeitsstaat, überglücklich und braun gebrannt von den Flitterwochen am Indischen Ozean, über die Wiese gewandelt. Joss hatte ihnen mit Freddo an der Hand alles Gute gewünscht und sich, wie jeden Tag seit ihrer Rückkehr aus Battersea, gefragt, ob das Leben denn eigentlich überhaupt noch schöner sein könnte.

Sie hatte begonnen, in der Künstleragentur zu arbeiten, und fand es herrlich. Sie und Freddo waren in jeder Hinsicht ein ideales Team, und es kümmerte Joss nicht die Bohne, wie lange die Anwälte bräuchten, um die Bande ihres früheren Lebens zu lösen. Sie fühlte sich gebraucht, geliebt und anerkannt und war über die Maßen glücklich.

Über kurz oder lang würde sie Freddo bitten, seine reichlich chaotische Wohnung in Winterbrook aufzugeben und zu ihr in den Bungalow zu ziehen, und sie wusste, da würde sie nicht lange bitten müssen – aber so weit war es noch nicht. Auch wenn sie an Selbstsicherheit gewonnen hatte, würde sie sich doch niemals aufdringlich oder tonangebend zeigen. Außerdem hatten sie ja alle Zeit der Welt. Momentan genoss sie einfach nur ihr neues Leben in vollen Zügen; ihre Unabhängigkeit, die beruflichen Herausforderungen und vor allem das Gefühl, zu lieben und geliebt zu werden.

»Ich hab für die Band noch einiges zu erledigen«, sagte Freddo, als sie über den sonnenbeschienenen Jahrmarkt mit den altmodischen, braun-goldenen Wohnwagen und den im Kreis trabenden Reitpferden schlenderten. »Sie müssten bald da sein. Möchtest du mitkommen – oder bleibst du lieber hier, Schätzchen?«

Joss nickte. »Dort drüben habe ich gerade Val und ihre Familie gesehen. Mit ihr werde ich mich bestimmt nicht langweilen.« Sie berührte seine Wange. »Es ist ganz in Ordnung, Freddo. Wirklich. Wir müssen nicht ständig zusammenkleben. Ich weiß doch, dass du heute arbeiten musst – und ich lauf dir bestimmt nicht davon.«

Er schmunzelte. »Bloß nicht! Ich möchte nur nicht, dass du denkst oder befürchtest, ich wollte nicht mit dir zusammen sein. Das will ich. Immer. Die ganze Zeit.«

»Ich auch.« Joss erwiderte sein Lächeln. »Und wir werden ja auch zusammenbleiben, nicht wahr?«

Du liebe Güte! Hatte sie das wirklich gesagt? Wie vorwitzig!

Freddo küsste sie. »Ja, sobald es gesetzlich möglich ist, solltest du Mrs Fabian werden. Joss Fabian …« Er sinnierte einen Moment. »Klingt fast wie der Name eines Rockstars, findest du nicht, Schätzchen?«

»Klingt wunderbar«, antwortete Joss. Ihr wurde leicht schwindelig, und sie war nicht ganz sicher, ob sie ihn richtig verstanden hatte. »Ist das denn – willst du …?«

»Dich fragen, ob du mich heiraten möchtest? Ja …« Freddo lachte. »Verdammt, Joss – eigentlich hatte ich vor, das heute Abend ganz romantisch zu machen, bei Mondschein, mit Champagner und Rosen. Tut mir leid.«

»Sag bloß nicht, es täte dir leid!« Joss umarmte ihn. »Das war der allerromantischste Heiratsantrag der Welt!«

Freddo rückte leicht von ihr ab, nahm ihre Hände in die seinen und sah sie an. »Du, du sagst doch ja, oder?«

Joss zuckte die Schultern. »Ach, ich weiß nicht … Will ich dich wirklich heiraten? Soll ich überhaupt noch mal heiraten? Die erste Runde war ja nicht gerade viel versprechend. Außerdem bin ich ja noch verheiratet, es wäre also gar nicht legal …«

Sie sah ihn an. Sein ledergebräuntes Gesicht lag in tiefen Falten, und sein Blick war voller Schmerz. Er sah ganz furchtbar unglücklich aus. Freddo hatte überhaupt kein Talent, seine Gefühle zu verbergen. Verstellungskünste waren ihm fremd – zum Glück.

Sie lachte. »Natürlich sage ich ja! Ja! Ja! Ja!«

Sie fing beinahe an zu tanzen. »JA!«

»Himmel!« Freddo atmete aus, nahm sie in die Arme, hüpfte mit ihr umher und küsste sie immer wieder. »Gott sei Dank! Mensch, Schätzchen, das war der schlimmste Moment meines Lebens. Wahnsinn! Wir werden unverschämt glücklich sein, was?«

Joss nickte sprachlos, dann packte sie ihn an der Hand, drängte sich durch die Menge und eilte mit ihm zu der alten Brücke.

Sie wühlte in ihrer Tasche – nicht so eine ordentliche, unauffällige Tasche wie früher, sondern das neue lässige, schlabberige Patchwork-Teil mit Pailletten und Glitzer – und kramte ihren Ehering und den mit Saphiren und Diamanten besetzten Verlobungsring von Marvin hervor. Auf der Heimfahrt von London hatte sie die Ringe im Zug abgenommen und eigentlich vorgehabt, sie in die Wertstofftonne zu werfen, es dann aber vergessen.

Mit einem Schleuderwurf, um den so mancher Sportler sie beneidet hätte, ließ sie beide Ringe in einem glitzernden Bogen durch die Luft fliegen. Sie landeten einige Meter entfernt mit einem befriedigenden Platschen in der breiten braunen Strömung, trieben kurz an der Oberfläche und versanken dann für immer im moorigen Flussbett.

»So.« Sie seufzte zufrieden. »Ende einer Ära.«

»Was bist du für ein Wahnsinnsweib«, sagte Freddo grinsend. »Die kleinen Klunker waren ganz schön schick – im Vergleich dazu könnte das hier …« Er zog eine Schachtel aus der hinteren Hosentasche seiner ausgefransten Levis-Jeans, »ja fast ein bisschen protzig aussehen. Aber –«, zur Begeisterung der zahlreichen Zuschauer sank er vor ihr auf ein Knie, »– wenn du ihn annimmst, machst du mich zum glücklichsten Mann der Welt. Joss, ich liebe dich von ganzem Herzen – jetzt und für immer.«

Joss sah den großen, prächtigen, rechteckigen rosa Diamantring und jauchzte vor Freude. »Oh! Der ist ja traumhaft! Ach danke! Ich liebe ihn! Und –«, sie blinzelte sich die Freudentränen aus den Augen, »dich liebe ich auch.«

Unter allgemeinem Jubel stand Freddo wieder auf und steckte Joss den Ring an den Finger.

Dann, ohne auf den Lärm und die Menschenmenge zu achten, sanken sie einander in die Arme.

»Beeil dich!«, sagte Chelsea gereizt. »Ich will nach Fiddlesticks und mich wenigstens noch ein bisschen auf der Party amüsieren, bevor wir auf die Bühne müssen.«

Sukie sah von den großen Theaterkartons hoch, die auf dem Wohnzimmerboden standen, und antwortete: »Wenn du beschwipst bist, kannst du nicht mehr Cancan tanzen. Also ist es umso besser, wenn wir erst später kommen. Hinterher ist noch genug Zeit, sich zu betrinken. Okay, haben wir jetzt alles? Zehn Kleider, Unterröcke, Strümpfe, Strapse, Strumpfbänder, Höschen, Schuhe, Halsbänder, Handschuhe, Straußenfedern – hab ich was vergessen?«

»Deinen Sinn für Humor!« Chelsea hockte sich neben sie. »Ach Mensch, Sukie, hör mal, ich weiß ja, wie du dich fühlst, aber –«

»Weißt du nicht«, entgegnete Sukie rasch und machte die Schachteln zu. »Das kannst du gar nicht nachfühlen – aber danke, dass du es versuchst.«

Chelsea umarmte sie. »Und du hast keine Ahnung, was geschehen ist? Was los ist? Wo sie geblieben sind?«

»Nein.« Sukie stand auf und schob die Schachteln über den Fußboden. Ronald hatte wie der sagenhafte Schneider von Gloucester die ganze Nacht an den Kostümen für die neuen Tänzerinnen genäht und sie erst eine halbe Stunde zuvor geliefert. »Nimmst du bitte auch eine? Wenn nicht alle in den Kofferraum passen, legen wir den Rest einfach auf den Rücksitz.«

Mit einem letzten mitleidigen Blick packte Chelsea den nächsten Karton und schleifte ihn in den heißen Mainachmittag hinaus.

Sukie überprüfte im Spiegel schnell noch mal ihr Make-up, denn in Fiddlesticks gab es wahrscheinlich keine entsprechenden Örtlichkeiten außer den Klos im Pub, wo es bestimmt gestopft voll sein würde, und war überrascht, dass sie direkt halbwegs menschlich aussah. Erstaunlich, dachte sie, wie leicht sich ein gebrochenes Herz hinter ein bisschen Schminke verbergen lässt.

Am Abend zuvor war sie total begeistert gewesen, Bo-Bo im *Barmy Cow* entdeckt zu haben, und hatte auf der Stelle Milla angerufen, um ihr die Neuigkeiten zu berichten. Daraufhin hatten sich die Ereignisse nur noch so überschlagen.

Milla, wahrscheinlich in wilder Knutscherei mit Derry unterbrochen, hatte ihr einfach nicht geglaubt.

Da hatte Sukie ihr Handy an Bo-Bo weitergereicht und samt allen anderen im Pub mit angehört, wie er die kreischende Milla davon überzeugte, dass er es wirklich sei und sie sich unbedingt treffen müssten.

Sukie, die noch nicht weiter vorausgedacht hatte, als dass Bo-Bo – auf magische, mysteriöse Weise – plötzlich hier in Bagley-cum-Russet war, hatte ihr Handy zurückverlangt und ihn fragend angesehen.

»Und? Ist sie bereit, Sie zu treffen?«

»Ja«, hatte Bo-Bo mit seiner wunderbar sonoren Stimme geantwortet. »Gott sei Dank – das ist weit mehr, als ich verdient habe. Sie sagt, sie müsse mir etwas erzählen, aber offenbar nicht bei ihr zu Hause.«

Das konnte Sukie verstehen. Man konnte wohl schlecht den alten Liebhaber empfangen, wenn der neue vermutlich gerade nackt am Kronleuchter schaukelte.

»Wir treffen uns in einer halben Stunde bei Nacht und Nebel an dem keltischen Kreuz«, hatte Bo-Bo gesagt. »Milla meinte, Sie könnten mir den Weg beschreiben.«

Das hatte Sukie getan und außerdem, wie wohl jede Mitbewohnerin und besorgte Freundin, in der Zwischenzeit versucht, möglichst viel an Informationen aus ihm herauszukitzeln.

Bo-Bo war ein guter Gesprächspartner. Nur allzu gern schien er sich die Last von der Seele zu reden.

An der Trennung war offenbar Millas Mutter schuld. Bo-Bo

hatte es ohnehin schon als äußerst belastend empfunden, dass achtzehn Millionen Hochzeitsgäste zu kommen drohten, samt exklusiver Medienberichterstattung des *Celeb-Watcher*-Magazins, aber als Millas Mutter dann auch noch darauf bestanden hatte, dass er in der Kapelle aufstehen und alle dreiundneunzig Verse der Familienhymne singen sollte, und zwar auf Latein, da war er endgültig eingeknickt. Na ja, gab er zu, das war ein bisschen übertrieben dargestellt, aber ungefähr so war es ihm vorgekommen.

»Sie kann einen ganz schön einschüchtern«, erklärte er vertraulich bei einem Pint Shandy. »Ich war es gewohnt, mehrere Firmen zu leiten, in denen die Leute schon springen, wenn ich nur eine Augenbraue hebe, aber diese Frau versetzt mich in Angst und Schrecken. Und so war es auch mit der Hochzeit. Nicht die Ehe, wohlgemerkt. Ich habe Milla von ganzem Herzen geliebt, immer schon, und so wird es auch immer bleiben. Ich wollte sie wirklich heiraten. Ich habe es bloß nicht ertragen, dass aus unserer Hochzeit so ein Affenzirkus gemacht werden sollte.«

»Aber«, fragte Sukie und schielte zur Uhr, um die kurze Zeit möglichst ertragreich zu nutzen, »das haben Sie Milla doch sicher gesagt?«

»Ja. Und ich glaube, sie hat es auch verstanden. Aber sie wurde von dieser ganzen Flutwelle gigantischer Hochzeitsvorbereitungen, der Betriebsamkeit und ausgefeilten Logistik einfach mitgerissen – außerdem wollte sie ihre Mutter nicht verärgern.«

»Aber einfach wegzulaufen …?« Sukie hatte die Stirn gerunzelt. »War das nicht ganz schön feige?«

»Ja, wahrscheinlich schon. Aber ich wusste einfach nicht mehr, was ich machen sollte. Und ich bin ja nicht nur vor der Hochzeit davongelaufen.« Bo-Bo hatte interessiert mehrere kleine pelzige Flusen begutachtet, die in seinem Shandy schwammen. »Als mir klar wurde, dass ich dieses ganze Fiasko unmöglich durchstehen würde und Milla es einfach nicht fertigbrachte, ihren Eltern zu sagen, wir wollten lieber im Stillen heiraten, da bin ich ja ganz und gar von der Bildfläche verschwunden.«

Sukie fischte die schwimmenden Teilchen mit dem Zipfel einer Biermatte heraus.

»Milla hat Ihnen doch sicher erzählt, dass ich meine Firmen und meine Aktien verkauft habe, einfach alles, und abgetaucht bin. Ich habe mich selbst dafür gehasst, ihr wehzutun, mich verabscheut, weil ich sie verlasen hatte. Vielleicht war ich schwach, aber sie wusste, wie sehr ich sie wollte, und zwar für immer. Aber ihre Familie und das ganze Drumherum wollte ich einfach nicht. Also bin ich nach Griechenland gegangen. Nicht aufs Festland, sondern auf eine kleine Insel, wo mich keiner kannte und –«

»Und dann haben Sie angefangen, in einem Lokal mit Blick auf die Ägäis zu arbeiten«, hatte Sukie geseufzt, »und wurden zu einem echten Aussteiger wie *Shirley Valentine*. Jetzt servieren Sie wohl barfuß und in Shorts den Touristen Retsina, und niemand weiß, dass Sie in Wirklichkeit ein Sir sind und Multimillionär.«

Bo-Bo hatte sie über den Rand seines Glases hinweg befremdet angesehen. »Guter Gott, nein. Ich habe ein paar Hotels gekauft, ein oder zwei Apartmentblocks, ein Restaurant und mehrere Villen – und bin jetzt eine Art Pauschalreisenkönig für die griechischen Inseln.«

»Ach so.« Das hatte Sukie nun doch ein wenig desillusioniert. »Hatten Sie denn nie das Bedürfnis, mit Milla Kontakt aufzunehmen und sie zu sich zu holen?«

»Doch, sicher. Ich habe nie aufgehört, an sie zu denken und

sie zu lieben. Aber wie hätte ich von ihr erwarten können, dass sie mir jemals verzeiht? Ich hatte sie auf das Schlimmste gedemütigt. Sie gekränkt. Sie blamiert. Ich wusste, dass sie mich dafür hassen würde. Also habe ich eben versucht, mein neues Leben ohne sie zu leben – aber es ging nicht.«

Sukie drückte fest beide Daumen und beugte sich vor. »Und warum sind Sie nach so langer Zeit heute Abend hier? Was führt Sie in dieses Hinterwäldlerdorf, viele Meilen von Ihrer griechischen Idylle entfernt? Warum sind Sie hergekommen?«

»Weil ich«, Bo-Bo schob das Shandy fort, »zum ersten Mal seit meinem Verschwinden aus geschäftlichen Gründen dringend nach England musste. Ich hatte mir vorgenommen, nicht nach Milla zu suchen, ich dachte, sie ist inzwischen bestimmt mit einem Mann verheiratet, der sie wirklich verdient, und das würde mir nur noch mehr das Herz brechen – aber ich konnte einfach nicht anders. Wohin ich mich auch wendete, überall stieß ich auf eine Mauer des Schweigens. Kein Mensch wollte mir etwas sagen, selbst wenn er etwas wusste. Und dann –«

»Und dann?« Sukie hatte den Atem angehalten.

»Und dann habe ich heute Abend endlich das Richtige getan. Ich hatte ganz stark dieses eigenartige Gefühl, dass Milla mir nahe war. Dass sie mich sehen wollte …«

Ooooh! Sukie musste sich auf ihre Hände setzen, um nicht aufzuspringen und in die Luft zu boxen.

»Also habe ich ihre Eltern aufgesucht.«

»Teufel auch! Das war aber mutig.«

»Wurde auch Zeit, endlich mal mutig zu sein«, hatte Bo-Bo betrübt geantwortet. »Jedenfalls hat ihre Mutter die übelsten Schimpfwörter verwendet, die ich je im Leben gehört habe. Manche dieser angelsächsischen Ausdrücke kannte ich nicht einmal – aber dass sie Gift und Galle spuckte, war unmissverständlich. ›Verpiss dich, du Scheißkerl!‹ klingt wohl in allen Sprachen recht ähnlich.«

»Stimmt. Aber –«

»Und als ich völlig am Boden zerstört wieder ins Auto steigen wollte, um ohne Milla nach Griechenland zurückzukehren und ohne sie weiterzuleben, kam ihr Vater – der sich übrigens vor der Mutter genauso fürchtet wie ich – aus dem Gewächshaus gehuscht und hat mir zugeflüstert, dass Milla in Berkshire, in Bagley-cum-Russet, wohnt, bloß die genaue Adresse wusste er nicht. Dann ist er wieder davongetrippelt. Und da bin ich.«

»Da sind Sie«, hatte Sukie glücklich gesagt.

»Glauben Sie, dass sie mir jemals verzeihen könnte?«

»Vielleicht – wenn Sie inständig genug darum bitten, vor ihr auf die Knie fallen und ihr das Herz zu Füßen legen. Um sie beim keltischen Kreuz zu treffen, sollten Sie jetzt allmählich aufbrechen – erzählen Sie ihr alles, was Sie mir erzählt haben, aber sagen Sie ihr vor allem, dass Sie sie lieben, okay?«

»Okay«, hatte Bo-Bo gesagt, und: »Vielen Dank!« Er hatte sie auf die Wange geküsst und war gegangen.

Sukie hatte voll überschwänglicher Freude ihr Shandy ausgetrunken, Cora aus vollem Herzen gedankt und war den ganzen Heimweg entlang fröhlich dahingehüpft.

Derry wäre sicher am Boden zerstört, dass Milla sich von ihm abwandte, und bräuchte jemanden, der ihn tröstete und ihm Mut zusprach. Wahrscheinlich saß er traurig im Garten bei Wein und Nachos und hatte dringend eine Schulter zum Anlehnen nötig …

Aber da war er nicht.

Das Haus war leer. Verlassen. Eine Spur fallen gelassener Kleidungsstücke hatte von Millas Zimmer die gewundenen Stufen hinab zu einem halb gepackten Koffer auf dem Treppenabsatz geführt, und daneben hatte ein Zettel gelegen:

Liebste Sukie,
du kannst wirklich zaubern! Danke! Ich wusste zwar schon ungefähr, was ich wollte – aber die Entscheidung wurde mir dann ja abgenommen. Ich ziehe also jetzt schon aus und nicht erst später – hoffentlich ist das für dich in Ordnung. Du wirst mir schrecklich fehlen. Ich melde mich und sorge dafür, dass meine restlichen Sachen abgeholt werden. In meinem Zimmer liegt ein Scheck für die Miete und noch etwas mehr. Ich kann dir für diesen Liebeszauber gar nicht genug danken. Du hast mein Leben verändert – und nun habe ich den Richtigen – den Mann, den ich liebe.

Fühl dich geküsst und umarmt
Milla xxx

»Ja, aber welchen?«, hatte Sukie heulend in die Küche geschrien, in der es bei dem ganzen Durcheinander von Tinkturen und Essenzen, leeren Weinflaschen, zerkrümelten Nachos und eingetrockneten Dips wie im Schweinestall aussah. »Welchen von beiden, zum Teufel noch mal?«

26. Kapitel

Jopsy hatte schlimmes Lampenfieber und trieb die Cancan-Truppe schier zur Verzweiflung. Alle waren ohnehin schon nervös genug, während sie an ihren Strumpfhaltern herumfummelten, die großen weißen Rüschenunterhosen überzogen und sich gegenseitig Straußenfedern ins Haar steckten.

Seit Einbruch der Dunkelheit hatte die JB Roadshow bereits eine Stunde lang sensationellen Soul gespielt. Nun saßen die Musiker am Bühnenrand, tranken Bier, rauchten, lachten und entspannten sich, während die Cancan-Truppe sich auf ihren Auftritt vorbereitete.

Sukie fühlte sich wie betäubt. Den ganzen Nachmittag über hatte sie in der Menge nach Derry Ausschau gehalten, war suchend im *Weasel and Bucket* ein und aus gegangen, hatte nicht gerade beiläufig alle Bewohner Bagleys nach ihm gefragt, Fern und Timmy, Amber und Lewis und Jem, die Kylies, beide Blessing-Familien, Gwyneth mit ihrem Hund, Pike und Big Ida und Val Pridmore und Joss und Freddo – ja sogar Zillah Flanagan, die Mutter von Lewis, die mit der JB Roadshow auf Tour gegangen war, nachdem sie letzten Herbst deren Bassisten, den sagenhaften Clancy Tavistock, geheiratet hatte.

Aber offenbar hatte niemand Derry an diesem Tag gesehen.

Sein Telefon war ausgeschaltet. In der Tischlerei, die am Feiertag geschlossen war, erreichte sie nur den Anrufbeantworter. Sukie hatte unzählige Male dort angeläutet, nur um seine Stimme zu hören, und dann geweint.

Nun wurde es zunehmend finster, sie lehnte mit dem Rücken seitlich an der Bühne und sah auf das wogende Meer überwiegend bekannter Gesichter hinaus. Hunderte und Aberhunderte drängten sich über den Jahrmarkt oder saßen beim Picknick am Fluss, während Derry und Milla wahrscheinlich irgendwo in einem kleinen Liebesnest ihre ewigwährende Zweisamkeit feierten.

Bo-Bo hatte mit seinen Bemühungen wohl keinen Erfolg gehabt, das hatte sie schon befürchtet. Wahrscheinlich war er gerade auf dem Rückflug zu seinem griechischen Inselparadies und dabei ebenso unglücklich und niedergeschlagen wie sie.

Natürlich, jetzt wurde ihr klar: Milla musste die Nachricht geschrieben haben, als sie selbst ins *Barmy Cow* abgedüst war, kurz nachdem Derry aufgetaucht war, durch den magischen Sog des Liebeszaubers herbeigerufen – also schon bevor Bo-Bo sie aufgespürt hatte. Milla hatte sich zu diesem Zeitpunkt wohl bereits für Derry entschieden und sicher schon beschlossen, Bo-Bo beim Treffen am keltischen Kreuz zu sagen, er sei einfach ein ganz kleines bisschen zu spät gekommen …

Sukie seufzte.

Tja nun – schließlich war sie selber schuld. Sie war schließlich davor gewarnt worden, nicht mit den Liebestränken herumzupfuschen. Sie hatte das Risiko auf sich genommen – und würde nun für den Rest ihres Lebens die herzzerreißenden Folgen ertragen müssen.

»Also, Mädels!« Topsy klatschte in die Hände. »Hinter die Bühne! Kommt jetzt! Rasch! Die Band ist startklar. Die freuen sich schon auf Offenbach – und mit Livemusik wird euer Auftritt bestimmt sensationell. Seid ihr alle bereit?«

»Allzeit bereit.« Sukie löste sich von der Bühnenwand. »Schau nicht so streng, Topsy. Wir werden dich schon nicht blamieren.«

Als sie hinter der Segeltuch-Rückwand standen, wechselten Chelsea und Sukie verstohlen zweifelnde Blicke. Die Proben zu zehnt waren eine ganz schöne Wackelpartie gewesen. Immerhin machten sie mangelndes Moulin-Rouge-Können durch umso mehr Juchzen und begeistertes Kreischen wett, und als sie nun vollzählig in ihren schwarz-roten Kleidern mit den Unmengen von Petticoats und den tanzenden Straußenfedern im Haar dastanden, sahen sie wirklich großartig aus.

»Sukie …« Joss drängte sich an den anderen vorbei und drückte ihre Hand. »Ich danke dir. So etwas wie das hier habe ich mir, ach, ich weiß gar nicht, wie lange schon, gewünscht. Durch dich hat sich mein Leben vollkommen verändert. Ich weiß nicht, was du in deine Tinkturen gemischt hast oder ob sie bei alldem überhaupt mitgewirkt haben – aber was auch immer du für mich getan hast, ich werde es dir ewig danken.«

Sukie umarmte Joss, die JB Roadshow stimmte zu immer lauter werdenden Anfeuerungsrufen der Zuschauermenge dröhnend die bekannten Anfangsakkorde von »Orpheus in der Unterwelt« an – und es ging los.

Unter donnerndem Applaus trabten sie auf die Bühne, hakten sich ein, lüpften die Röcke, ließen die Höschen aufblitzen, warfen die Beine hoch, hüpften und kreiselten und schwangen erneut die Beine. Im Wirbel lärmender, schwindelerregender, farbenfroher Begeisterung davongetragen, hätte Sukie ihren Kummer fast vergessen können. Es war, als würden sie durch Mitwirkung der Live-Band von einer Gemeindesaal-Amateurtruppe zu echten, leibhaftigen Pariser Revuetänzerinnen – glamourös und talentiert.

Die Schrittfolgen liefen makellos. Obwohl sie zu zehnt waren, rempelte niemand zusammen, und keine verpasste einen Einsatz.

Ebenso hätte Sukie ihr gebrochenes Herz fast vergessen können, als sie sich bei Chelsea einhakte und sie kreiselten, die Beine hochwarfen, die Röcke lüpften, juchzten und Rad schlugen.

Die Jungs von der JB Roadshow spielten, was das Zeug hielt, und hatten offenbar mächtig Spaß dabei. Auch Joss machte sich ganz erstaunlich gut. Dann ging es aufs Finale zu, ein letzter Lauf, aufreizendes Rockwedeln, die Unterröcke neckisch über die Köpfe geworfen, mal von hinten, mal von vorn, dann ein letzter Tusch, ein letzter Juchzer – und in den Spagat.

Der Applaus war ohrenbetäubend. Bebend und außer Atem sah Sukie nur verschwommen pfeifende und jubelnde Gesichter. Es war berauschend. Wie im siebten Himmel rappelten die Tänzerinnen sich auf und fielen einander erschöpft, aber glücklich in die Arme.

»Spitze, Mädels!« Topsy wischte sich eine Träne aus dem Auge. »Großartig! Die Band ist ganz begeistert – und will in einer Stunde oder so noch eine Zugabe bringen. Wenn die Leute vom *Gunpowder Plot* mit dem Feuerwerk fertig sind. Ist euch das recht?«

Keuchend und strahlend nickten alle.

Als die JB Roadshow mit einer weiteren tollen Soulnummer losröhrte und alles zu tanzen begann, stahlen sich Joss und Freddo in die Schatten davon, und Chelsea nahm Sukie am Arm.

»Ich brauch was zu trinken«, keuchte sie. »Im Pub ist die Schlange garantiert meilenlang. Ich werd mir hinter der Bühne aus der Kühlbox der Band ein Bier stibitzen. Kommst du mit?«

Warum nicht? Als Kind hatte sie mit Chelsea Äpfel geklaut, jetzt eine Dose Bier zu stibitzen, war auch nicht viel anders.

Die Musik wummerte durch ihren Körper, als sie mit Chelsea zwischen Koffern und Schachteln und riesigen Kabeltrommeln hindurch um die Bühne herumging. Im hohen Gras lagen mehrere Pärchen verborgen und auf der Suche nach der Kühlbox stolperte Sukie, Entschuldigungen murmelnd, über so manche halb entblößte Hautpartie.

»Hier! Ich hab's! Fang auf!«, schrie Chelsea, um die Band zu übertönen.

Sukie fing.

Gerade hatten sie die eiskalten Bierdosen mit einem köstlichen Schaumzischen geöffnet und an die dürstenden Münder gesetzt, als jemand von der seitlichen Bühnenwand um die Ecke gestapft kam.

»Was machen Sie da?«, knurrte eine Stimme. »Sie beide da! Ja, Sie!«

Sie hielten inne. Ein Polizist tauchte als Schatten aus der Dunkelheit auf. Mist, dachte Sukie, Liebeskummer und Gefängnis, und das innerhalb von nur vierundzwanzig Stunden. Wie könnte das Leben schöner sein?

Seine Blicke wanderten über ihre hochgeschnürten Busen, die Netzstrümpfe und die farbenprächtigen Kleider, und er grinste – dann erstarb sein Lächeln, und er machte ein verdutztes Gesicht. »Chelsea? Chelsea Hopkins? Und Sukie Ambrose? Ich glaub es nicht! Ich hätte gedacht, ihr wärt inzwischen weit, weit weg von hier! Das ist ja ein Ding – habt ihr da getanzt? Seid wirklich ihr das gewesen da droben? Das war ja eine sagenhaft scharfe Nummer!«

Na toll, dachte Sukie, ein sexgeiler Polizist – der gruseligerweise auch noch ihre Namen kannte.

Sie beäugte ihn. Groß, schlank, dunkelhaarig …

Er stand da wie angewurzelt. »Ich kann es kaum fassen ... Chelsea, du wirst dich an mich wohl kaum noch erinnern, aber in der Schule war ich total verknallt in dich. Ich hatte allerdings solche Angst, dass du nur mit mir spielst, dass ich dir immer ausgewichen bin. So ein Trottel war ich. Seitdem bin ich nie einer anderen begegnet, die dir das Wasser reichen konnte ...«

Chelsea gab ein ersticktes Geräusch von sich.

»Liebe Güte!« Sukie schüttelte den Kopf. »Nicky Hambly! Ich dachte, du wärst bei der Air Force – aber eine Uniform lässt sich bestimmt leicht gegen eine andere tauschen. Chelsea, das ist –«

Aber es war offenbar vollkommen überflüssig, ihn Chelsea vorzustellen. Nicky und sie sahen einander kurz verklärt an, und im nächsten Augenblick sprangen sie schon mit einem Freudenjuchzer lachend und Händchen haltend in die Dunkelheit davon.

Sukie war sich selten so überflüssig vorgekommen. Sie nahm Chelseas stehen gelassenes Bier und trottete unglücklich wieder zur Vorderseite der Bühne.

Die Bandmitglieder hüpften in wilden Verrenkungen auf der Bühne herum und röhrten einen Lee-Dorsey-Klassiker, zu dem das Publikum begeistert tanzte.

Sukie umrundete das Gehege, in dem Ambers *Coronation-Street*-Ziegen für die Nacht sicher eingepfercht waren, und setzte sich im Dunkeln auf eine rustikale Bank. Wie konnte man sich, umgeben von so viel Fröhlichkeit, Lärm und Scharen glücklicher Menschen, nur so einsam fühlen? Wie kam es, dass sie für ihre besten Freunde, zahlreichen Bekannten und ein paar Leute, die gar nichts davon wussten, Romanzen hatte heraufbeschwören können – und selbst so furchtbar unglücklich war?

Sie würde sich jetzt einfach auf ihre Karriere konzentrieren müssen und sich so in die Arbeit stürzen, dass gar keine Zeit bliebe, an Derry zu denken und an das, was hätte sein können. So bald wie möglich würde sie Jennifer sagen, dass sie sich von *Beauty's Blessings* lösen wolle, um sich mit der Aromatherapie selbstständig zu machen, und dann mindestens zwanzig Stunden am Tag arbeiten. Jennifer würde letztlich schon einverstanden sein, wenn sie für jeden Termin, der über den Salon gebucht wurde, eine kleine Provision bekäme. Ja, das ließe sich bestimmt machen.

Und ob die Verwendung von Liebestränken nun moralisch fragwürdig war oder nicht, sie würde auf jeden Fall für ihre Massageöle weiter die Pflanzen aus dem Garten von *Pixies Laughter* verwenden und Coras Vermächtnis in Ehren halten. Sie würde die Tradition fortführen und mit Hilfe der Naturkräfte auf ihre Weise die Leute glücklich machen.

Traurig nickte Sukie im Dunkeln. Wenn sie doch nur auch selbst glücklich werden könnte …

»Rutsch mal.«

Sie wandte den Kopf.

Derry lächelte ihr entgegen. »Rück ein wenig. Deine Petticoats brauchen ja einen ganzen Sitzplatz für sich.«

Sukie schluckte und schaute weg, sie wollte nicht Milla überglücklich hinter ihm stehen sehen.

»Ach, und ein Bier!« Derry zwängte sich auf die Bank und nahm ihr eine der Dosen aus der Hand. »Hervorragend. Da sitzt das schönste Mädchen der Welt, herausgeputzt in einem Kostüm, das Eunuchen in Wallung brächte, und hat noch dazu ein kaltes Bier für mich. Danke, lieber Gott.«

Sie schmunzelte. Er brachte sie immer zum Schmunzeln.

»Ihr wart fantastisch. Auf der Bühne. Ich war so stolz auf dich. Hallo! Sprichst du nicht mehr mit mir?«

Sie nickte. »Doch, natürlich. Danke – ich, ich wusste gar nicht, dass du da warst.«

»Bin gerade rechtzeitig zu eurem Auftritt gekommen. Danach hab ich mich gefreut wie ein Schneekönig und gewartet, dass du runterkommst, weil ich dir sagen wollte, wie großartig du warst. Aber dann bist du mit Chelsea plötzlich verschwunden.«

Sie trank einen Schluck Bier. »Ist Milla auch hier?«

»Nein, warum sollte sie? Sie hat dir doch eine Nachricht hinterlassen, oder nicht?«

Sukie nickte wieder. »Stand aber nicht viel drauf … war ja auch nicht nötig.«

»Kann ich mir denken. Sukie, warum unterhalten wir uns so förmlich, als wären wir uns eben erst vorgestellt worden?«

»Tun wir das? Ach verdammt, Derry, du weißt genau, warum!«

»Nein, weiß ich nicht. Ich bin, so schnell ich konnte, hergekommen. Wollte auf keinen Fall deine Show verpassen. Aber ich musste ja Bo-Bos Mietwagen am Flughafen abgeben und Millas ganzen Krempel in meinen Jeep packen und bin den ganzen Tag hin- und hergesaust – was ist?«

»Milla und Bo-Bo sind zum Flughafen gefahren? Milla und *Bo-Bo*? Gemeinsam?«

»Ja, das sagte ich doch gerade. Milla meinte, sie habe dir einen Zettel hingelegt, der alles erklärt. Sie wollte ihren Wagen in Reading am Bahnhof stehen lassen, damit der Fuhrparkmanager ihrer Firma ihn dort abholen kann, und Bo-Bo – blöder Name, aber ein netter Kerl – hatte nur einen kleinen Zweisitzer. Und weil Milla so dermaßen viel Zeug hatte, habe ich mich als zusätzlichen Fahrer angeboten, bin mit dem Jeep hinterher und habe die beiden überall hingebracht, und zwar so rasch wie möglich, damit sie rechtzeitig zu ihrem Abflug nach

Griechenland in Heathrow sind. Schließlich habe ich mich am Flughafen von Bo-Bo und Milla verabschiedet. War eine runde Sache, so hat sich der Kreis quasi geschlossen, denn am Flughafen hatten wir uns ja auch kennen gelernt. Jedenfalls sind damit die halbe Nacht und ein Großteil des Tages draufgegangen, und dann musste ich auch noch ein paar Stunden schlafen. Aber –«

Sukie hielt ihm den Mund zu. »Moment mal! Milla ist also mit Bo-Bo zusammen? Nicht mit dir?«

»Nein.« Sanft nahm Derry ihre Hand weg, ließ sie aber nicht los, sondern streichelte ihre Finger. »Nicht mit mir. Ich bin hier. Bei dir. Gestern Abend bin ich zum Cottage gekommen, um Milla zu erklären, dass es aus ist. Und das habe ich ihr auch gesagt. Ich hatte zwar ein schlechtes Gewissen dabei, aber es ging nicht anders. Sie hat es ganz gelassen aufgenommen, und dann kam dein Anruf wegen Bo-Bo. Eigentlich hatte ich ja gleich zu dir ins *Barmy Cow* flitzen wollen, egal was für zweifelhafte Drinks die Berkeley Boys zur Feier des Tages hervorgezaubert hätten, aber dann erklärte Milla, dass sie sich mit Bo-Bo treffen wollte, dass sie ihn liebt und mit ihm zusammenleben will, und hat mich um Hilfe gebeten … Also habe ich ihr geholfen.«

»Weil du so nett bist?«

»Ja, genau.« Derry grinste. »Und weil sie gesagt hat, sie hinterlässt dir eine Nachricht. Und weil ich sie mag, aber vor allem, damit sie und dieser verdammte Bo-Bo aus dem Weg sind und ich endlich Zeit und Raum finde, um mit dir zusammen zu sein. Denn danach habe ich mich schon gesehnt, seit – ach Gott, seit dem Tag, als ich in deinem Bett aufgewacht bin.«

Sukie schmunzelte. »Klingt ganz schön verworren.«

»Für mich klingt das sehr stimmig.« Derry nahm ihr auch die andere Bierdose aus der Hand und küsste sie. »Und falls ich hiermit eben einen großen Fehler gemacht habe – sag es mir bitte, dann gehe ich und erhänge mich in aller Stille an einer dieser so passend aufgestellten Trauerweiden.«

»Du hast eben einen großen Fehler gemacht.«

»Wie? So ein Mist, ich hab gar kein dickes Seil dabei.«

Sie strahlten einander an, dann schmiegte Sukie sich an ihn und küsste ihn wieder. Und noch einmal, für den Fall, dass der erste Kuss nur ein Traum gewesen sein sollte.

»Ich habe bei Milla und Bo-Bo einen Liebeszauber angewandt«, sagte sie leise. »Das hätte ich bei dir auch gern gemacht – hab es dann aber doch nicht getan.«

»Wäre auch vollkommen überflüssig gewesen.« Derry fuhr mit dem Zeigefinger die Umrisse ihrer Lippen nach. »Ich war ohnehin schon ganz verzaubert von dir. Allerdings –«, er lachte sie schelmisch an, »– habe ich *dir* einen Liebestrank verabreicht – nur für alle Fälle.«

»*Was?*« Entgeistert sah sie ihn an. »Wann denn?«

»Neulich Nachmittag im Garten. Als die Damen mit den Hühneraugen kamen. Ich hatte uns Tee gekocht, erinnerst du dich? In einer Kanne.«

Sie nickte.

»Und ich dachte, ein kleiner Zaubertrank könnte die Liebe ankurbeln – also habe ich die Mischung aus Vergissmeinnicht und Wetterkraut verwendet, weil es schnell ging, die passenden Essenzen im Küchenschrank standen und ich den Vers noch wusste.«

Sukie boxte ihn. »Hinterhältiger Halunke! Sag schon, wie ging der Spruch gleich wieder?«

»*Wetterkraut rot und Vergissmeinnicht blau, machen wahr den Liebestraum.*« Derry lachte. »Aua, der Reim ist echt grauenhaft, oder? Die Wirkung aber hoffentlich nicht.«

»Die Damen mit den Hühneraugen könnten durchaus davon profitiert haben«, Sukie kuschelte sich noch näher an ihn, »aber was mich betrifft, war das ebenfalls vollkommen überflüssig. Ich hatte mich bereits verliebt.«

»Sag bloß – und wer ist der Glückliche? Jemand, den ich kenne?«

»Nö. Nur so ein unheimlich gut aussehender, hoch begabter Tischler aus Winterbrook, der vielleicht eines Tages – ich hoffe bald – bei mir in *Pixies Laughter* einziehen wird.«

»So ein Glückspilz.« Derry küsste sie zärtlich. »Ich wette, er kann es kaum erwarten.«

»Das will ich hoffen.« Sukie raffte ihre Röcke, als er sie auf seinen Schoß zog, und schlang die Arme um seinen Hals. »Ich glaube eigentlich nicht, dass wir Coras Zaubertränke brauchen, um die Liebe anzukurbeln, was meinst du?«

»Ganz bestimmt nicht«, antwortete Derry sanft und küsste sie wieder. »Wir werden keinerlei Hilfsmittel brauchen, Sukie. Ich glaube, wir haben mehr als genug eigene Zauberkraft …«